엘러리 퀸 *Ellery Queen*

20세기 미스터리를 대표하는 거장. 작가 활동 외에도 미스터리 연구가, 장서가, 잡지 발행인으로 잘 알려져 있다. 또한 '엘러리 퀸'은 그의 작품 속에 등장하는 탐정 이름이기도 한데, 셜록 홈스와 명성을 나란히 하는 금세기 최고의 명탐정이다.

엘러리 퀸은 한 사람의 이름이 아니라 만프레드 리(Manfred Bennington Lee, 1905~1971)와 프레더릭 다네이(Frederic Dannay, 1905~1982), 이 두 사촌 형제의 필명이다. 둘은 뉴욕 브루클린 출신으로 각각 광고 회사와 영화사에서 일하던 중, 당시 최고 인기 작가였던 밴 다인(S. S. Van Dine)의 성공에 자극받아 미스터리 소설에 도전하기로 마음먹는다. 그들의 계획을 현실로 만든 것은 《맥클루어스》 잡지사의 소설 공모였다. 탐정의 이름만 기억될 뿐 작가의 이름은 쉽게 잊힌다고 생각한 그들은, '엘러리 퀸'이라는 공동 필명을 탐정의 이름으로 삼았다. 그들이 응모한 작품은 1등으로 당선됐으나, 공교롭게도 잡지사가 파산하고 상속인이 바뀌어 수상이 무산된다. 하지만 스토크스 출판사에 의해 작품은 빛을 보게 되는데, 이것이 바로 엘러리 퀸의 역사적인 첫 작품 《로마 모자 미스터리》(1929)였다.

이후 엘러리 퀸은 논리와 기교를 중시하는 초기작부터 인간의 본성을 꿰뚫는 후기작까지, 미스터리 장르의 발전을 이끌며 역사에 길이 남을 걸작들을 생산해냈다. 대표작은 셀 수 없을 정도이나, 그가 바너비 로스 명의로 발표한 《Y의 비극》(1932)은 '세계 3대 미스터리'로 불릴 만큼 높은 평가를 받고 있으며 중편 〈신의 등불〉(1935)은 '세계 최고의 중편'이라는 별칭을 가지고 있다. 이외 《그리스 관 미스터리》(1932), 《이집트 십자가 미스터리》(1932), 《X의 비극》(1932), 《재앙의 거리》(1942), 《열흘간의 경이》(1948) 등은 미스터리 장르에서 언제나 거론되는 걸작들이다. '독자에의 도전'을 비롯해 그가 작품에서 보여준 형식과 아이디어는 거의 모든 후대 작가들에게 영향을 미쳤으며 특히 일본의 본격, 신본격 미스터리의 기반이 됐다.

작품 외에도 엘러리 퀸은 미스터리 장르의 전 영역에 걸쳐 두각을 나타냈다. 비평서, 범죄 논픽션, 영화 시나리오, 라디오 드라마 등에서도 활동했으며, 미국미스터리작가협회 회장을 역임했다. 또 현재에도 발간 중인 《EQMM 엘러리 퀸 미스터리 매거진》(1941년 시작됨)을 발간해 앤솔러지 등을 출간하며 수많은 후배 작가를 발굴하기도 했다. 미국미스터리작가협회는 이런 엘러리 퀸의 공을 기려 1969년 '《로마 모자 미스터리》 발간 40주년 기념 부문'을 제정하기도 했으며, 1983년부터는 미스터리 분야에서 두각을 나타낸 공동 작업에 '엘러리 퀸 상'을 수여하고 있다.

SIGONGSA *design* 홍지연
photo © Eric Schaal

Ellery Queen  Collection

로마 모자 미스터리

The Roman Hat Mystery

Copyright ©1929 by Frederick A. Stokes Co. Copyright renewed by
Ellery Queen.
Korean Translation Copyright ©2011 by Sigongsa Co., Ltd.

Korean edition is published by arrangement
with The Frederic Dannay Literary Property Trust,
The Manfred B. Lee Family Literary Property Trust and their agent JackTime.

- 이 책은 《The Roman Hat Mystery》(1967, The New American Library, Inc.)를 토대로 번역하였으며 《The Roman Hat Mystery》(1929, STOKES) 초판본을 참고해 개정했습니다.
- 원문 대조 및 교정: 김예진

로마 모자 미스터리

엘러리 퀸 지음

이기원 옮김

A Problem in Deduction

이 책이 나오기까지 큰 도움을 주신
뉴욕 시 독성학의 최고 권위자
알렉산더 괴틀러 교수님과
친절한 연구실 분들께
깊은 감사의 말씀을 드립니다.

차례

1부

1장 이 장에서는 극장의 관객들과 시체가 소개된다 · · · · · · · · · · · · · · · · 21

2장 이 장에서는 아버지는 일하고 아들은 지켜본다 · · · · · · · · · · · · · · · 32

3장 이 장에서는 어느 '목사'가 애도하러 온다 · 53

4장 이 장에서는 여러 사람들이 불려오고
그중 두 명이 용의자로 지목된다 · 76

5장 이 장에서는 퀸 경감이 몇 가지 신문을 한다 · · · · · · · · · · · · · · · · · · 87

6장 이 장에서는 지방 검사가 왓슨 역할을 맡는다 · · · · · · · · · · · · · · · 117

7장 퀸 부자의 추리 · 131

2부

8장 이 장에서는 퀸 부자가 필드의 애인을 만난다 · · · · · · · · · · · · · · · 147

9장 이 장에서는 마이클스라는 정체불명의 인물이 나타난다 · · · · · · · 171

10장 이 장에서는 필드의 모자가 수면 위로 떠오른다 · · · · · · · · · · · · · 182

11장 이 장에서는 과거의 그림자가 드리워진다 · · · · · · · · · · · · · · · · · · · 199

12장 이 장에서는 퀸 부자가 어느 명문가에 쳐들어간다 · · · · · · · · · · · 217

13장 리처드 퀸 VS 엘러리 퀸 · 237

3부

14장 이 장에서는 모자를 찾아 헤맨다 · 265
15장 이 장에서는 고발이 이루어진다 · 285
16장 이 장에서는 퀸 부자가 연극을 관람하러 간다 · · · · · · · · · · · · · · · 301
17장 이 장에서는 모자들이 더욱 많이 등장한다 · · · · · · · · · · · · · · · · · 318
18장 막다른 골목 · 345

막간 독자의 주의를 환기시키며 · 357

4부

19장 이 장에서는 퀸 경감이 다시 한 번 신문한다 · · · · · · · · · · · · · · · · 361
20장 이 장에서는 마이클스가 편지를 한 통 쓴다 · · · · · · · · · · · · · · · · 375
21장 이 장에서는 퀸 경감이 범인을 체포한다 · · · · · · · · · · · · · · · · · · 381
22장 그리고 설명하다 · 387

작품 해설 · 423

사건 관련 인명 일람

메모: 독자의 편의를 위해 몬테 필드 살인 사건에 관련된 모든 사람들의 신상 목록을 기록해둔다. 독자들을 혼란스럽게 할 의도는 전혀 없으며, 오히려 더욱 단순하게 보는 데 도움을 주려 한다. 간혹 미스터리 소설 독자들은 중요치 않아 보이는 인물들이 너무 많이 등장하는 바람에 사건의 해결이 될 만한 실마리를 잃곤 한다. 혹시 막다른 길에 부딪혀 불공평하다고 느끼고 항의하려는 독자들이 있다면, 이야기를 읽는 동안 자주 이 페이지로 돌아와 목록을 확인해볼 것을 권한다. 반드시 도움이 될 것이다.

E. Q.

몬테 필드 희생자
윌리엄 푸색 회계 사무원. 다소 멍청함.
도일 머리 좋은 형사
루이스 팬저 브로드웨이 극장 지배인
제임스 필 연극 〈건플레이〉의 주인공
이브 엘리스 진실한 우정의 소유자
스티븐 배리 누군가는 이 젊은이의 고민을 이해할지도 모른다.
루실 호턴 극 중에서 '거리의 여자' 역을 맡은 배우
힐다 오렌지 저명한 영국 여배우

토머스 벨리 범죄에 대해서 '좀 아는' 형사
헤스, 피고트, 플린트, 존슨, 해그스트롬, 리터 뉴욕 경찰청 강력계 형사들
새뮤얼 프라우티 부검시관
매지 오코넬 문제의 좌석 옆 통로에 있던 극장 안내원
슈투트가르트 박사 항상 관객 속에는 의사가 한 명씩 있게 마련이다.
제스 린치 오렌지에이드를 파는 친절한 소년
존 카차넬리 일명 '목사 조니'. 연극 〈건플레이〉에 '직업적' 관심을 가지고 있다.
벤저민 모건 이 사람을 어떻게 생각하십니까?
프랜시스 아이브스 포프 사교계에 관심을 갖기 시작한 나이의 아가씨
스탠포드 아이브스 포프 놀기 좋아하는 젊은이
해리 닐슨 로마 극장 홍보 담당자
헨리 샘슨 똑똑한 지방 검사
찰스 마이클스 파리 혹은 거미?
안젤라 루소 평판 있는 숙녀
티모시 크로닌, 아서 스토츠 법률가
오스카 르윈 희생자의 법률 사무소 사무장
프랭클린 아이브스 포프 부(富)가 곧 행복을 의미한다면……
아이브스 포프 부인 건강에 대해 지나치게 걱정한다.
필립스 부인 나름대로 쓸모 있는 마음씨 착한 중년 여성
새디어스 존스 박사 뉴욕 시의 독극물 전문가
에드먼드 크루 뉴욕 경찰청 형사과의 건축 전문가
주나 다재다능한 신종 인류

문제
누가 몬테 필드를 죽였는가?

이 문제를 풀 영리한 신사들

리처드 퀸 **엘러리 퀸**

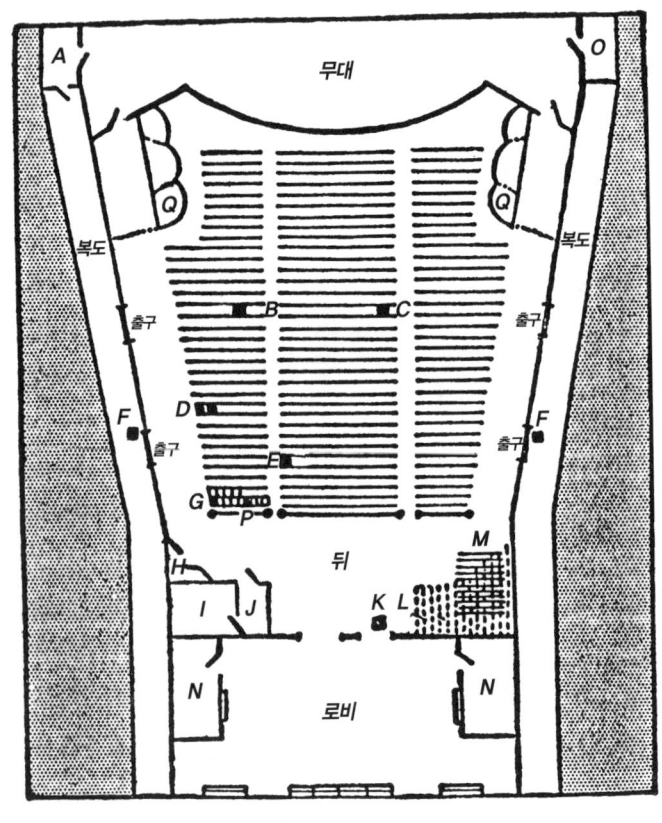

로마 극장 평면도
엘러리 퀸 그림

A	분장실
B	프랜시스 아이브스 포프의 자리
C	벤저민 모건의 자리
D	'목사 조니' 카차넬리와 매지 오코넬의 자리
E	슈투트가르트 박사의 자리
F, F	오렌지에이드 파는 소년들이 있던 곳(막간 휴식 시간 동안)
G	범행 현장. 검은 네모 칸이 몬테 필드가 앉아 있던 자리. 오른쪽 세 자리와 바로 앞의 네 자리는 빈자리였음.
H	홍보 담당자 해리 닐슨의 사무실
I	극장 지배인 루이스 팬저의 사무실
J	대기실
K	검표원 자리
L	발코니석으로 올라가는 계단
M	발코니석에서 내려오는 계단
N, N	매표구
O	의상실
P	윌리엄 푸색의 자리
Q, Q	악극단석

서문

나는 출판사와 저자로부터 몬테 필드 살인 사건의 대략적인 머리글을 써달라는 부탁을 받았다. 하지만 나는 작가도 범죄학자도 아니다. 그래서 범죄 수법이나 추리소설에 대한 탁월한 견해를 펼친다는 것은 내 능력으로는 사실상 불가능하다. 그렇지만 십 년 전부터 지금까지 일어난 사건들 중에 가장 불가사의한 사건으로 꼽히는 이 이야기를 소개해달라고 부탁받은 데는 그만한 이유가 있다. 내가 아니었더라면 《로마 모자 미스터리》는 독자들에게 선보일 수 없었기 때문이다. 나는 이 책이 빛을 보는 데 기여했으며, 이야기 전개에 다소 관여하기도 했다.

지난겨울에 나는 답답한 뉴욕을 떠나 유럽으로 여행을 떠났다. 그렇게 유럽 대륙을 마음대로 떠돌아다니던 중(젊은 시절 콘라드의 모험이 그러하듯, 여행은 무릇 지루함에서 비롯되기 마련이다.) 8월 어느 날, 나는 이탈리아에 있는 작은 산골 마을에 도착했다. 내가 어떤 경로로 그곳에 도착했는지, 그곳이 어디인지, 또 그곳의 이름이 무엇인지는 밝힐 수 없다. 주식 중개인이 한 약속일지라도 약속은 약속인 법이다. 장난감처럼 조그만 그 산골 마을은 산 중턱에 동그마니 올라앉아 있었다. 그곳에는 지난 이 년 동안 만나보지 못한 옛 친구 두 명이 은거하고 있었다. 그들은 뉴욕의 어수선한 뒷골목을 빠져나와 이곳 이탈리아 산골에서 평화로움을 만끽하고 있었다. 그들이 시골 생활을 후회하지는 않는지 궁금해진 나는 그들의 은둔 생활을 방해하고 싶은 충동이 일었다.

예전보다 훨씬 늙고 날카로워진 리처드 퀸과 여전히 다정다감한 그의 아들 엘러리 퀸은 나를 무척 반겨주었다. 우리는 친구 이상으로 친밀한 관계였고 그 사실은 여전히 변함없는 것 같았다. 그것은 아마도 포도주 향내 가득한 공기가 맨해튼에서의 찌는 기억들을 말끔히 치유해주었기 때문인지도 모른다. 어쨌든 그들은 내가 찾아온 것이 무척이나 반가운 눈치였다. 엘러리 퀸 부인(엘러리도 이제는 아름다운 한 여성의 남편이자, 할아버지를 꼭 빼닮은 한 아이의 아버지였다.)은 퀸이라는 이름 그대로 여왕 같았다. 하인 주나도 예전의 망나니 같았던 모습은 찾아볼 수 없었고, 내가 그리운 사람이라도 되는 양 반갑게 맞아주었다.

엘러리는 내가 뉴욕을 잊어버리고 이 아름다운 마을 정경에 흠뻑 취할 수 있도록 정성껏 돌봐주었다. 하지만 나는 그들의 집에 머문 지 며칠 안 돼 어떤 몹쓸 생각에 사로잡혀 엘러리를 괴롭혔다. 나는 다른 것은 몰라도 끈기 하나는 자신 있었기 때문에, 그곳을 떠나기 직전 엘러리는 내 끈질긴 설득에 굴복하고 말았다. 엘러리는 나를 서재로 데리고 가더니 문을 잠그고는 오래된 철제 캐비닛을 뒤지기 시작했다. 그러고는 한참 만에 빛바랜 원고 뭉치를 꺼냈다. 나는 엘러리가 캐비닛을 열자마자 그것을 발견했지만 망설이다 이제야 꺼내는 게 아닌가 하는 생각이 들었다. 원고지는 법률가들이 흔히 쓰는 푸른색 종이였고, 엘러리 특유의 방법으로 매듭이 묶여 있었다.

우리는 말싸움을 해야 했다. 나는 원고를 가방에 넣어 미국으로 가겠다고 했고, 엘러리는 그것을 캐비닛에 그냥 넣어두겠다고 고집했기 때문이다. 그때 책상에 앉아 독일 잡지에 보낼 〈미국의 범죄와 수사법〉이라는 논문을 쓰던 리처드가 끼어들어 우리를 말렸다. 퀸 부인도 흥분해 마치 시정잡배처럼 주먹질하려는 엘러리의 팔을 잡고 말렸다. 여기에 주나도 가세하여 우리를 뜯어말리려고 애썼으며, 엘러리의 아들 역시 옹알이로라도 한마디 끼어들려는 듯 입에 물고 있던 작은 손을 꺼내 내저었다.

결국 그 싸움은 나의 승리로 끝이 났다. 《로마 모자 미스터리》를 내 가방 속에 넣어 미국으로 가져올 수 있었기 때문이다. 그러나 그들이 무조건 항복한 것은 아니었다. 엘러리는 좀 별난 사람이다. 그는 이 이야기에 등장하는 모든 인물들의 이름을 가명으로 바꿔 그들의 정체가 드러나지 않도록 해야 한다고 고집했다. 따라서 그들의 본명이 독자들에게 밝혀질 일은 맹세코 없으리라.

따라서 '리처드 퀸'이나 '엘러리 퀸'도 본명이 아니다. 그것은 엘러리 자신이 지은 가명이다. 그리고 한 가지 더 말해두자면, 엘러리는 여기에 나오는 이름의 철자를 짜 맞추어 진짜 이름을 추리해내지 못하도록 퍽 고심했다.

《로마 모자 미스터리》는 뉴욕 경찰청 문서보관실에 있는 자료를 바탕으로 한 것이다. 엘러리와 그의 아버지는 이 사건에서도 서로 협조하며 일을 처리했다. 그즈음 엘러리는 이미 유명한 추리 작가가 되어 있었다. 그는 "사실이 허구보다 더 기묘하다."라는 금언을 믿는 남자였다. 그래서 추리소설에 응용하려고 늘 범죄 수사에 대한 내용을 메모해두곤 했다. 특히 모자 사건은 상당한 관심을 끌었기에 엘러리는 한가해지면 이 이야기를 소설로 정리해서 출판할 생각으로 늘 꼼꼼하게 메모를 해두었다. 하지만 엘러리는 《로마 모자 미스터리》에서 곧 손을 떼야 했다. 또 다른 사건이 일어나 그 사건에 몰두해야 했기 때문이다. 새로 손을 댄 사건이 해결되자 엘러리의 아버지인 리처드 경감은 평생의 바람이었던 평온한 은퇴 생활을 위해 짐을 싸들고 이탈리아로 갔다. 엘러리는 새로운 사건('모방 살인 사건(The Mimic Murders)'을 말한다. 이 사건은 아직 소설 형태로 출간되지 않았다.)을 해결하는 와중에 만난 여자와 결혼을 앞두고 있었다. 또한 문학계에서 위대한 성취를 이루겠다는 야망에도 불타고 있을 무렵이었다. 따라서 그에게도 이탈리아는 행복한 결혼 생활과 소설 집필을 보장하는 최적의 장소였다. 엘러리는 아버지의 축복을 받으며 결혼한 이후 주나와 함께 이탈리아로 이사했다. 하지만 그 원고는 내가 그곳을 찾아갔을 때까지도 캐비닛 안에서 잠자고 있었다.

이제 이 따분하기 이를 데 없는 머리글을 접기 전에 내 입장을 한 가지만 확실하게 밝혀야겠다. 나는 리처드와 엘러리 사이에 흐르는 부자간의 정에 대해 설명할 때마다 곤혹스럽기 짝이 없다. 그들은 보통 사람들이 아니다. 리처드 퀸은 삼십이 년간이나 뉴욕 경찰청에서 근무한 베테랑 수사관으로, 경감의 직위까지 오른 인물이다. 그의 범죄 수사 경력은 화려하다. 예를 들면, 현재는 고전이 되어버린 바너비 로스 살인 사건(엘러리 퀸은 이 사건에서 아버지 퀸 경감의 비공식 자문 역할을 맡았다.)에서 빛나는 공을 세워 "리처드 퀸은 다마카 히에로, 브리용, 크리스 올리버, 르노, 제임스 레딕스 등과 같은 유명한 수사관들과 어깨를 나란히 한다."라는 평가를 받기도 했다.(《시카고 프레스》, 191×년 1월 16일자)

그는 신문에 찬사가 실릴 때마다 부끄러워했다. 그리고 그 사실을 터무니없는 소리라고 치부해버리곤 했다. 하지만 엘러리는 아버지가 그 기사들을 몰래 스크랩하는 것을 알고 있었다. 리처드를 전설적인 인물로 만들려는 기자들의 극성에도 불구하고, 나는 그 사실에서 리처드의 인간적인 모습을 보았다. 그러한 리처드의 공적은 많은 부분이 아들인 엘러리의 조언에 힘입었다는 사실 또한 강조해두고 싶다.

이 이야기는 공식적으로 발표되지 않은 것이다. 그들이 미국에 있는 동안 사용했던 물건들은 지금도 친구들이 소중히 보관하고 있다. 그리고 그들이 살았던 웨스트 87번가의 작은 집은 현재 개인 박물관이 되어 그들이 모은 골동품들을 소장하고 있다. 그중에는 티로드가 그린 두 사람의 초상화도 있는데, 지금은 어느 이름 모를 갑부의 개인 화랑에 걸려 있다. 리처드 퀸이 경매장에서 구해서 보석보다도 소중하게 가지고 다니던 플로렌타인 담배 케이스는, 리처드가 누명을 벗겨준 어느 매력적인 노부인의 손에 들어갔다. 전 세계의 어떤 장서보다도 완벽하리라 여겨지는 엘러리의 범죄 관련 서적 컬렉션은 퀸 일가가 이탈리아로 떠날 때 매우 유감스러워하면서도 전부 버리고 말았다. 그리고 물론 그들이 해결한 많은 미출간 사건 기록들은, 현재 일반인들의 호기심 어린 눈을 피해 뉴욕 경찰청 문서보관실에 보관되어 있다.

이러한 사실들은 그들과 친한 몇몇 사람을 빼고는 알지 못한다. 하지만 나는 다행스럽게도 그 친한 사람 가운데 하나이다. 리처드 퀸은 지난 반세기 동안 경찰에 몸담은 형사들 중에서도 가장 돋보이는 인물로서, 경찰청장 자리를 짧게 스쳐갔던 여타의 사람들보다 오히려 그 명성이 높았다고 생각된다. 다시 한 번 강조하지만 리처드의 명성은 그 아들의 천재적인 두뇌 때문에 이루어진 것이리라.

리처드 퀸은 순수하게 인내심이 필요한 사건에서는 단연 독보적이었다. 그는 세세한 것까지 찾아내는 관찰력과, 복잡한 동기나 수법을 잊지 않는 뛰어난 기억력 그리고 가망 없는 벽에 부딪쳤을 때 발휘되는 냉철한 판단력 등을 갖고 있었다. 아무리 복잡하고 난해하며 비논리적인 사실이 마구 던져진다 해도 리처드는 그것들을 순식간에 정리해낸다. 마치 사냥개처럼, 복잡하게 뒤얽힌 여러 단서들 사이에서 진짜 증거를 찾아내는 것이다.

그러나 직관력과 타고난 상상력은 소설가인 아들 엘러리가 더 뛰어났다. 리처드와 엘러리가 서로 떨어져 있을 때는 그들의 수준 높은 지적 능력이 제 힘을 발휘하지 못했지만, 일단 머리를 합치면 대단한 능력을 발휘했다. 리처드 퀸은 자기 아들 덕분에 성공과 명성을 얻었다고 친구들에게 솔직하게 밝혔다. 정직하지 못한 사람들은 공을 독차지하기 위해 그런 일들을 숨기기도 한다. 하지만 당시의 범법자들이 이름만 듣고도 치를 떨었던 백발의 리처드는 자랑스러운 부성애를 담아 그 사실을 소박하게 '고백'했던 것이다.

한 가지만 더 덧붙이자면, 엘러리가 《로마 모자 미스터리》라는 제목으로 발표한 이 책은 퀸 부자가 해결한 사건 가운데서 가장 대표적인 것이다. 범죄학을 전공하는 사람이나 미스터리 독자들은, 이 소설을 읽고 나면 왜 엘러리 퀸이 몬테 필드 살인 사건을 연구해볼 가치가 있다고 말했는지 이해할 수 있을 것이다. 흔한 살인 동기나 범죄 수법은 범죄 전문가라면 누구나 추측할 수 있다. 하지만 이 몬테 필드 살인자의 경우는 그렇지 않다. 이 사건에서 퀸 부자가 상대한 것은 치밀한 두뇌와 교묘한 술책을 지닌 살인자였다. 이 사건이 해결되고 나서 리처드 퀸

이 지적했듯이, 이것은 사실 인간이 생각해낼 수 있는 가장 완벽한 범죄였다. 그러나 이 사건도 다른 '완전 범죄'들과 마찬가지로 허점이 있다. 바로 그것 때문에 엘러리의 날카로운 추리에 걸려들어 사건의 전말이 백일하에 드러나 결국 파멸을 맞았던 것이다.

                        1929년 3월 1일
                              뉴욕에서
                                J. J. 맥

1부

경찰들은 종종 '바보새'가 주는 교훈을 따라야 한다. 바보새는 해변에서 물건을 줍는 사람들의 손과 몽둥이가 위험하다는 것을 알면서도, 죽음을 무릅쓰고 모래톱에 알을 묻는다. (……) 경찰도 이와 같다. 모든 일본인들은 경찰이 철두철미함이라는 알을 부화시키려는 것을 방해해서는 안 된다.

-《천 개의 잎사귀》, 다마카 히에로

1
이 장에서는 극장의 관객들과 시체가 소개된다

192×년의 연극 시즌은 이상하게 시작되었다. 유진 오닐은 지적인 관객들이 흔쾌히 지갑을 열고 티켓을 구입할 만한 새 작품을 집필하는 데 늑장을 부렸다. 그리고 연극에 그다지 열정이 없는 일반 대중들은 진지한 연극보다는 가볍게 즐길 수 있는 영화를 더 좋아했다.

9월 24일 월요일 저녁, 안개비가 브로드웨이의 가로등 불빛을 희미하게 가릴 무렵 37번가에서 콜럼버스 서클까지 늘어선 극장가의 지배인과 연출가들은 원망스러운 표정으로 하늘을 올려다보고 있었다. 흥행에 실패한 연극 제작자들은 하느님과 기상대에 원망을 퍼부으며 상연을 중지하고 스태프들을 해고했다. 싸늘한 비 때문에 관객들은 집에서 라디오나 듣고 브리지 카드 게임이나 하면서 지냈다. 브로드웨이는 사람들의 발길이 끊어져 을씨년스럽기까지 했다.

하지만 47번가의 화이트 웨이 서쪽에 있는 로마 극장 앞은 연극을 보려는 사람들로 북적였다. 극장의 차양에는 〈건플레이 Gunplay〉라는 타이틀이 휘황찬란하게 붙어 있었다. 매표소 직원은 '당일 입장'이라고 써 붙인 매표구에 몰려든 관객들을 능숙하게 통솔했다. 노란색과 파란색이 섞인 제복을 입은 문지기의 동작에서는 그 제복이 지닌 권위와 오랜 세월에 걸친 노하우가 엿보였다. 그는 모자와 모피 코트 차림의 귀빈들에게 침착하게 인사를 건넨 뒤 만족스러운 분위기로 가득한 객석으로 그들을 안내했다. 마치 악천후는 이들의 〈건플레이〉 공연과는 아무 상관도 없는 것만 같았다.

브로드웨이 극장가에서 로마 극장은 비교적 신생 극장에 속했다. 극장 안의 손님들은 이 연극이 다소 난폭하다는 사실을 알고 있는 탓인지 자리에 앉아서도 내내 떠들어댔다. 잠시 후 프로그램을 뒤적이는 소리가 멎고, 마지막으로 들어온 관객이 옆자리 손님의 발에 걸려 넘어질 정도로 극장 안이 어두워지자 막이 올랐다. 총소리가 정적을 꿰뚫더니 한 남자의 비명이 들려왔다. 드디어 연극이 시작된 것이다.

이번 시즌에 처음으로 막을 올린 〈건플레이〉는 암흑가 이야기였다. 자동 권총과 기관총을 난사하고, 나이트클럽을 습격하고 갱들의 복수가 이어지는 등 상투적이긴 하나 제법 재미있게 짜인 세 막짜리 액션극이었다. 거칠고 외설적으로 시대를 풍자하기도 했지만 관객들의 취향에는 잘 들어맞는 것 같았다. 그렇기 때문에 비가 내리는 우중충한 날씨에도 극장은 만원이었다. 이런 밤에 몰려든 관객으로 그 인기가 여실히 증명된 셈이었다.

연극은 순조롭게 진행되었다. 관객들은 스릴 넘치는 1막의 클라이맥스에 매료되었다. 비는 이미 그쳐 있었다. 1막이 끝나고 10분간의 휴식 시간이 되자 관객들은 숨을 돌리기 위해 극장 통로에서 어슬렁거렸다. 검은 막이 오르면서 2막이 시작되자 무대는 더욱 격렬해졌다. 밝은 조명 아래 신랄한 대사들을 토해내며 2막은 클라이맥스로 치달았다. 뒤쪽에 있는 좌석이 좀 시끄러웠으나 무대의 소음과 객석의 어둠 때문에 아무도 알아차리지 못했다. 특별한 일도 아니었고, 어느 누구도 그 일에 주의를 기울이지 않았기 때문에 연극은 무리 없이 진행되었다. 그런데 뒤쪽의 소란이 점점 커지기 시작했다. 뒤쪽에 있던 관객 몇 명이 신경질적인 목소리로 조용히 하라고 주의를 주었다. 항의가 줄을 이었다. 눈 깜짝하는 짧은 순간 수십 개의 시선들이 객석의 그 자리 쪽으로 쏟아졌.

갑자기 날카로운 비명이 극장 안을 뒤덮었다. 무대에서 펼쳐지는 연극에 정신없이 매료되어 있던 관객들은 무슨 일인가 하고 일시에 소리의 진원지로 고개를 돌렸다. 모두가 그 또한 연극의 일부이며 새로운 시도라 생각했다.

그때 아무런 예고도 없이 조명이 켜졌다. 조명은 관객들의 당혹스럽고 공포에 찬 얼굴을 비추었다. 왼쪽 끝 출구 옆에서 거구의 경찰이 마르고 신경질적인 얼굴의 한 사내를 잡고 서 있었다. 경찰은 호기심에 찬 눈으로 자신을 바라보는 사람들의 시선을 손으로 내저으며 우렁차게 소리쳤다.

"그냥 자리에 앉아 계십시오! 움직이지 마세요! 자리를 뜨지 말란 말입니다! 아무도 움직이면 안 됩니다!"

관객들 사이에서 웃음소리가 터져 나왔다.

하지만 그 웃음소리는 곧 사라지고 말았다. 무대 위에서 배우들이 당황해하는 모습을 발견했기 때문이다. 그들은 연기를 계속했지만, 눈길은 소란이 일고 있는 객석을 향해 있었다. 관객들은 배우들의 태도에서 어떤 불안감을 읽어내고는 불길한 예감에 당황하여 자리에서 일어나려고 했다. 그러자 경찰이 다시 큰 소리로 외쳤다.

"자리에 그냥 앉아 있어요. 제발 그냥 앉아 있으란 말입니다."

관객들은 이것이 연기가 아니라 진짜라는 것을 깨달았다. 여자들은 비명을 지르며 함께 온 남자들에게 매달렸다. 발코니석의 관객들은 객석에서 무슨 일이 일어났는지 보려고 서로 밀치며 소동을 일으켰다.

야회복을 입은 사내 한 명이 경찰 옆에 서서 손바닥을 비비고 있었다. 경찰은 외국인처럼 보이는 그 뚱뚱한 사내에게 고개를 돌리며 큰 소리로 말했다.

"당장 출입구를 봉쇄해야겠습니다, 팬저 씨. 출입구에 직원들을 배치해서 아무도 못 나가게 막으십시오. 그리고 사람을 보내서 바깥 골목도 막고요. 경찰들이 올 때까지 말입니다. 빨리 움직여주십시오. 더 혼란스러워지기 전에!"

팬저는 수많은 사람들을 헤치고 서둘러 뛰쳐나갔다. 관객들은 경찰의 고함에도 아랑곳하지 않고 무슨 일이 일어났는지 물으려는 듯 법석을 피워댔다.

경찰은 뒤쪽 좌석 맨 왼편 출입구 앞에 떡 버티고 서서, 야회복을 입고 기묘한 자세로 쓰러져 있는 남자를 큰 몸집으로 가리고 있었다. 그는 겁먹은 한 남자의 팔을 단단히 움켜쥔 채 뒤편을 바라보며 소리쳤다.

"이봐, 해리!"

그가 이름을 부르자 키 큰 금발 머리의 사내가 중앙 출입구 옆에 있는 작은 방에서 뛰어나와 사람들을 헤치고 다가왔다. 그러고는 바닥에 쓰러져 있는 남자를 예리한 눈으로 내려다보았다.

"무슨 일이야, 도일?"

"이 사람을 좀 맡아주게."

도일이라고 불린 경찰이 사내의 팔을 잡아 흔들며 말했다.

"저기 사람이 죽어 있네. 그런데 이자가……."

도일은 겁에 질린 호리호리한 사내를 무섭게 쏘아보았다.

"저는 푸색……, 위……, 윌리엄 푸색입니다."

붙잡힌 사내가 더듬더듬 말했다.

"이 사람이, 죽은 자가 '살인이야.'라고 조그맣게 말하는 걸 들었다고 하네."

해리 닐슨은 말없이 시체를 바라보았다.

도일은 입술을 깨물며 쉰 목소리로 말을 이었다.

"난처한 일이야, 해리. 여기에 경찰은 나 혼자뿐이야. 이렇게 많은 사람들을 나 혼자 어떻게 다루나. 좀 도와주게."

"무슨 말인지 알겠어. 지옥을 방불케 하는 소동이군."

바로 그때, 좌석 위에 올라가 상황을 살펴보려는 사람을 발견하고는 도일이 화난 목소리로 소리쳤다.

"이봐요! 거기서 내려와요! 모두 자리에 앉으세요. 자기 자리에 앉으란 말입니다. 지시에 따르지 않는 사람은 연행하겠습니다!"

그는 해리 닐슨을 돌아다보았다.

"사무실로 가서 신고를 해줘, 해리. 당장 달려오라고 해. 가능한 한 많은 경찰이 와야 해. 극장이라고 말하면 될 거야. 그러면 알아서 나올 거라고. 그리고 이 호루라기를 가지고 거리로 나가 힘껏 불어. 지금 당장 도움이 필요하다고."

해리는 있는 힘을 다해 사람들을 헤치고 나가기 시작했다.

"퀸 경감님이 직접 와야 한다고 말하게, 해리!"

도일이 멀어져가는 해리에게 소리쳤다.

해리 닐슨은 곧 사무실 안으로 사라졌다. 잠시 후, 날카로운 호루라기 소리가 극장 밖에서 들려왔다.

도일에게 출입구와 골목을 봉쇄하라는 지시를 받았던 극장 지배인이 어수선한 관객들 사이에서 나타났다. 그는 까무잡잡한 얼굴에, 깨끗한 셔츠는 구겨져 있었으며 얼굴은 불쾌감으로 가득 차 있었다. 그가 사람들에게 떠밀리며 도일에게 다가가는데, 어느 여자가 그를 붙들었다.

"왜 우리를 못 나가게 여기에 잡아두는 거죠, 팬저 씨? 나는 여기서 나갈 권리가 있어요. 그건 당신도 잘 알 거예요. 나와는 아무 상관도 없는 일이에요. 당신들 문제일 뿐이라고요. 제발 무고한 사람들을 이렇게 가둬두지 말라고 말해주세요."

팬저는 그 자리를 빠져나가려고 애쓰며 말했다.

"자, 제 말 좀 들어보십시오. 경찰은 임무에 충실하고 있는 겁니다. 여기서 한 남자가 죽었습니다. 이것은 중요한 문제라고요. 아시겠죠? 따라서 저는 이 극장의 지배인으로서 경찰의 지시에 따라야 합니다. 조금만 참으세요. 고통스럽더라도 말입니다."

지배인 팬저는 가까스로 여자의 손에서 풀려날 수 있었.

도일은 의자에 올라서서 팔을 거칠게 흔들며 흥분한 관객들을 정리하고 있었다.

"자리에 앉아 조용히 좀 하고 있어요. 명령입니다. 시장님이 왔어도 지금 내 말을 들어야 해요. 이봐요, 당신! 외눈 안경 쓴 당신 말이오. 앉아요. 그렇지 않으면 강제로 앉히겠소! 당신, 지금 어떤 일이 일어났는지 모릅니까? 조용히 좀 하라고요."

도일은 바닥으로 뛰어내리고는 이마에서 흘러내리는 땀을 닦았다.

객석은 아수라장이 되었고, 영문을 모르는 발코니석의 관객들은 무슨 일인지 보려고 난간 너머로 고개를 내밀었다. 관객들은 연극이 중단된 사실조차 모를 정도로 정신이 없었다. 밝은 조명 아래의 배우들은 이미 의미가 사라진 대사를 떠듬떠듬 중얼거릴 뿐이었다. 막이 천천히 내려가면서 이날 저녁의 공연이 끝났음을 알렸다. 배우들은 자기들끼리 숙덕거리면서 퇴장했다. 그러면서도 그들의 시선은 관객들과 마찬가지로 어리둥절한 채로 시체가 있는 곳을 떠나지 않았다.

뚱뚱한 노부인 역할을 맡아 요란한 무대 의상을 입고 있는 여배우의 이름은 힐다 오렌지였다. 그녀는 연기파 배우로 술집 주인인 마담 머피 역을 맡고 있었다. 주연 여배우는 날씬한 몸매와 미모를 자랑하는 이브 엘리스였는데 '떠돌이 나네트' 역할을 맡았다. 〈건플레이〉의 주인공은 제임스 필이라는 훤칠한 사내로 트위드 옷에 테 없는 모자를 쓰고 있었다. '갱'의 유혹에 빠진 사교계의 젊은이 역을 맡은 세련된 옷을 입은 사람은 스티븐 배리였다. '거리의 여자' 역을 맡은 루실 호턴은 연극 평론가들로부터 엄청난 찬사를 한 몸에 받고 있는 배우로, 요즘 같은 연극 시즌이 불황 속에서도 최고의 스타 자리를 지키고 있었다. M. 르 브랭은 디자이너였는데 〈건플레이〉에 등장하는 주연 배우의 옷에서부터 짧은 턱수염의 노인이 입고 있는 거친 트위드 재킷에 이르기까지 모든 무대 의상을 담당했다.

악역을 맡아 시종일관 험악한 표정을 짓던 배우들의 얼굴이 혼란스러운 관객들 때문에 시무룩하게 바뀌었다. 가발을 쓰고 얼굴에 분장을 한 배우들은 무대에 쳐진 검은 장막 밑을 빠져나와 관객들을 밀치며 소란의 진원지로 갔다. 그들 중 몇 사람은 이미 벌써 수건으로 얼굴의 분장을 지우고 있었다.

이때 중앙 출입구에서 새로운 소동이 일어났다. 푸른 제복을 입은 경찰들이 경찰봉을 들고 극장 안으로 들어오자, 도일의 제지에도 불구하고 관객들이 자리에서 일어났기 때문이다. 도일은 그들을 이끌고 온 키가 큰 사복 차림의 사내에게 경례를 하고는 안도의 한숨을 내쉬었다.

"무슨 일인가, 도일?"

사복 차림의 사내가 어수선한 실내를 훑어보더니 얼굴을 찌푸리며 물었다. 그가 데리고 온 경찰들은 관객들을 뒤로 밀어붙이고 있었다. 서 있던 관객들은 그제야 자기 자리로 돌아가려고 했다. 하지만 그들은 경찰들에게 떼밀려 맨 끝줄 뒤쪽에서 웅성거리던 사람들 속으로 섞여 들어갔다.

"이 남자가 살해당한 것 같습니다, 경사님."

도일이 말했다.

"음……."

사복을 입은 사내가 담담한 표정으로 시체를 내려다보았다. 쓰러져 있는 사내는 얼굴이 검은 소매에 가려진 채 앞좌석 밑으로 발을 뻗은 상태였다. 그리 보기 좋은 모습은 아니었다.

"총에 맞았나?"

사내가 도일에게 물으며 눈알을 굴렸다.

"아닌 것 같습니다, 경사님. 마침 관객 중에 의사가 있어서 살펴보게 했는데, 독살당한 것 같다고 합니다."

"이자는 누구지?"

경사는 도일 옆에서 떨며 서 있는 푸색을 가리키며 으르렁거리듯이 물었다.

"시체를 발견한 사람입니다. 처음부터 여기에 꼼짝 못하게 붙들어놓고 있었습니다."

고개를 돌리며 도일이 대답했다.

"좋아."

그러고는 경사는 몸을 돌려 몇 미터 뒤쪽에 몰려 있는 사람들에게 부드럽게 말했다.

"여기 지배인이 누굽니까?"

팬저가 경사 앞에 나섰다.

경사는 팬저를 바라보며 무뚝뚝하게 말했다.

"나는 벨리입니다. 형사죠. 소란 피우는 관객들을 진정시키려고 노력은 해봤습니까?"

"제가 할 수 있는 한 최선을 다했습니다."

지배인이 손을 비비며 중얼거리듯 말했다.

"하지만 관객들은 여기 계신 경찰관의 다소 무례한 행동에 불쾌해하는 것 같습니다."

지배인 팬저가 책임을 전가하려는 듯 도일을 가리켰다.

"관객을 마구 다뤘으니까요. 하지만 제 입장에서는 아무 일도 없는 것처럼 관객들을 제자리에 앉힐 수는 없었습니다."

"좋아요. 그런 일은 우리가 하겠습니다."

벨리 경사가 대답했다. 그리고 근처에 있던 경찰에게 재빨리 지시를 내렸다.

"자……, 출입구와 비상구는 어떻게 됐나? 잘 손써놨겠지?"

벨리 경사는 도일에게 몸을 돌리며 물었다.

"물론입니다, 경사님. 지배인에게 부탁해서 출입구마다 서 있는 안내원들에게 사람들을 나가지 못하게 하라고 시켰습니다."

도일은 미소를 지으며 말을 받았다.

"잘했어. 나간 사람이 있었나?"

"없습니다. 그건 제가 장담할 수 있습니다, 경사님."

팬저가 대신 대답했다.

"안내원들이 확실하게 출입구마다 서 있었으니까요. 그 사람들은 연극 효과를 높이는 데도 한몫합니다. 악당들이 나와서 총을 쏴대고 비명을 질러대는 연극이기 때문에 그들이 출입구 앞에 서 있는 것이 더 비밀스러운 효과를 자아내거든요. 원하시면 제가 쉽게 확인해드릴 수도……."

"우리가 하겠습니다."

벨리 경사는 지배인의 말을 자르고는 도일을 바라보았다.

"도일, 다른 사람을 부르진 않았나?"

"퀸 경감님을 모셔오라고 했습니다. 연극 홍보 담당자 닐슨에게 경찰서로 전화하라고 시켰습니다."

벨리의 사나운 얼굴에 엷은 미소가 번졌다.

"좋아, 잘했어. 자, 이 시체를 어떻게 한다? 시체에 손댄 사람은 없었나?"

그때 도일의 손에 붙들려 있던 사내가 끼어들었다.

"저는…… 단지 이 시체를 발견하기만 했을 뿐입니다. 하느님께 맹세할 수 있어요. 저는……."

"알아요, 알아. 그러니까 가만히 있으시오. 왜 우는소리를 하는 거요? 자 도일, 계속해보게."

벨리가 차갑게 말했다.

"제가 온 뒤로 시체에 손댄 사람은 아무도 없습니다. 물론 의사인 슈투트가르트를 빼고는 말입니다. 제가 그를 관객들 중에서 찾아내서 이 사람의 생사 여부를 알아보게 했습니다. 그 외에는 아무도 이 시체 곁에 오지 않았습니다."

도일이 자랑스러운 듯 말했다.

"고생이 많았군. 하지만 이제 괜찮네."

벨리 경사가 말했다. 그가 팬저 쪽으로 몸을 돌리자, 팬저는 몇 발자국 뒤로 물러섰다.

"지배인 양반은 무대로 올라가서 안내 방송을 좀 해주시오.

퀸 경감님이 오셔서 모두 가도 좋다는 말을 하기 전까지는 여기에 있어야 한다고 말입니다. 알겠죠? 불평해도 아무 소용 없다는 말을 하시오. 불평을 하면 할수록 여기에 더 오래 있을 수밖에 없다는 걸 명심하도록 해야 합니다. 모두 자기 자리에 앉도록 하고, 수상한 짓을 했다가는 골치 아플 거라고 말해주시오."

"알았어요, 알았습니다. 이런 제기랄! 무슨 대단원의 막을 내리는 것도 아니고."

지배인은 끙 소리를 내면서 무대로 나가는 통로를 향해 걸어 나갔다.

그때 극장 뒤에 있는 커다란 문이 열렸다. 그러고는 어떤 사람들이 카펫을 밟으며 시체 있는 쪽으로 걸어 들어왔다.

2
이 장에서는 아버지는 일하고 아들은 지켜본다

리처드 퀸 경감은 외모나 태도에 이렇다 할 특징이 없는 사람이었다. 단지 작은 몸집에 희끗희끗한 머리의 노신사일 뿐이었다. 그는 늘 구부정한 자세로 걸었다. 하지만 숱 많은 머리칼과 턱수염 그리고 부드러운 회색 눈과 늘씬한 손은 경감인 그의 이미지와 완벽하게 어울렸다.

퀸 경감이 카펫 위를 바쁘게 걸어오는 모습은, 그를 바라보는 사람들에게 그다지 깊은 인상을 주지는 않았다. 하지만 그에게는 근엄함이 깃들어 있었으며, 눈가의 잔주름은 그의 미소를 더욱 온화하게 만들어주었다. 그런 모습은 묘하게도 극장 안의 상황과 잘 어울리는 것 같았다. 그래서인지 퀸 경감이 가까이 다가올수록 사람들의 웅성거림도 커졌다.

그의 부하들 사이에서도 현저한 변화가 생겼다. 도일은 왼쪽에 있는 출입구 옆 구석으로 물러섰다. 벨리 경사는 퀸 경감의 등장으로 주위 상황이 변한 것에도 아랑곳하지 않고 차가운 얼굴로 시체를 내려다보며 서 있었지만, 이제 상관에게 사건을 위임할 수 있다는 사실에 기분이 좋은 듯 약간 긴장을 푼 것 같았다. 통로를 지키고 있던 정복경찰들은 퀸 경감에게 힘차게 경례를 했다. 짜증과 분노 때문에 투덜투덜 불평하던 관객들도 이유 모를 안도를 느꼈는지 조용해졌다.

퀸 경감은 벨리와 악수를 하며 나지막하게 말했다.

"퇴근 시간에 이런 일이 일어나다니 안됐네, 토머스."

그러고는 도일을 향해 인자한 미소를 지었다. 퀸 경감은 동정 어린 표정을 지으며 바닥에 있는 시체를 내려다보았다.

"토머스, 출입구 단속은 잘 했겠지?"

벨리가 고개를 끄덕였다.

퀸 경감은 흥미롭다는 듯 주위를 둘러보고 나서는 작은 목소리로 벨리에게 무엇인가를 물었다. 그러자 벨리는 다시 고개를 끄덕이며 도일에게 손짓했다.

"도일, 이 자리에 앉아 있던 사람들은 어디 있지?"

벨리는 죽은 사람 옆자리 세 개와 앞좌석 네 개를 가리켰다.

"모르겠습니다."

도일은 당황하며 말했다.

퀸 경감은 다시 아무 말 없이 서 있다가 도일을 제자리로 돌려보낸 뒤 벨리에게 조용히 주의를 주었다.

"이렇게 사람들이 만원인 극장에 빈자리들이 있다니……. 이 사실을 잘 기억해두게나."

벨리는 초조한 듯 눈을 치켜떴다. 퀸 경감은 그의 표정에 상관하지 않고 말을 이었다.

"참 기분 나쁜 사건이야. 지금 여기에 있는 것은 시체 한 구와 흥분으로 떠들어대는 관객들뿐일세. 헤스와 피고트에게 사람들을 좀 정리하라고 하지, 토머스."

토머스 벨리는 퀸 경감을 따라온 두 사복형사에게 지시를 내렸다. 두 형사가 관객들을 헤치고 뒷좌석 쪽으로 가자 현장 주위에 둘러서 있던 관객들이 양쪽으로 나뉘었다. 정복경찰이 거기에 가세했다. 배우들은 뒤로 물러서라는 지시를 받았다. 객석 중간쯤에 줄이 쳐지고 쉰 명쯤 되는 관객들이 줄 뒤로 밀려났다. 형사들은 침착하게 사람들 사이를 돌아다니며 표를 조사하고는 한 사람씩 자기 자리로 돌아가게 했다. 오 분도 채 안 돼 그 일은 끝났다. 배우들은 잠시 줄 뒤에 남아 있게 했다.

퀸 경감은 왼쪽 끝 통로에 선 채 외투에서 갈색 코담뱃갑을 꺼냈다. 그리고 흐뭇한 표정으로 담뱃가루를 조금 덜어냈다.

"이제 좀 나아졌군, 토머스."

퀸 경감이 만족스러운 듯 말했다.

"자네도 알겠지만, 나는 혼란스러운 건 딱 질색이야. 그건 그렇고 저 죽은 사내의 신원을 아나?"

토머스 벨리는 고개를 저었다.

"모르겠습니다. 저는 시체에 손 하나 대지 않았습니다. 경감님이 여기에 오시기 불과 몇 분 전에 왔으니까요. 저는 47번가를 돌던 경찰에게 도일이 호루라기를 불었다는 보고를 받고 달려온 겁니다. 제가 올 때까지 도일이 여기 있었는데 일을 썩 잘 처리했더군요. 도일은 자기 상관으로부터도 근무 평점을 좋게 받고 있습니다."

"아, 그래? 도일 형사, 이리 와보게나."

퀸 경감의 말에 도일이 경감 앞으로 걸어나와 경례를 했다.

"음, 그래."

흰 머리의 퀸 경감은 의자 등받이에 몸을 편안하게 기대며 인사를 받았다.

"여기서 대체 무슨 일이 일어난 건가, 도일 형사?"

"제가 아는 바를 말씀드리자면……, 2막이 끝나기 불과 이삼 분 전이었습니다. 뒤쪽에 서서 연극을 보고 있던 제게 저 사람이 달려왔습니다."

도일은 한쪽 구석에 기운 없이 서 있는 푸색을 가리켰다.

"그러고는 '사람이 살해됐어요, 경찰 양반! 사람이 죽었다고요!' 하고 소리쳤습니다. 흥분한 탓인지 마구 울부짖고 있어서 저는 미친 거라고 생각할 정도였습니다. 그러고는 곧바로 여기로 달려왔습니다. 객석은 어두운 데다 무대에서는 총소리가 난무하고 여자의 비명이 울릴 때였지요. 저는 바닥에 쓰러져 있는 시체를 발견했습니다. 시체를 크게 움직이지는 않았고, 다만 심장에 손을 대보았는데 아무런 느낌도 받을 수 없었습니다. 그래서 의사를 찾았습니다. 그랬더니 슈투트가르트라는 의사가 관객 가운데 있었습니다."

퀸 경감은 자리에서 일어났다. 그는 앵무새처럼 머리를 한쪽으로 갸우뚱하게 기울였다.

"훌륭해, 도일 형사. 슈투트가르트라는 의사에게는 나중에 물어보겠네. 그런 다음 어떻게 했나?"

"네, 그리고 나서 이 통로를 담당하는 여자원에게 지배인을 불러오도록 시켰습니다. 바로 저 사람입니다. 이름은 루이스 팬저입니다."

퀸 경감은 팬저를 바라보았다. 그는 몇 미터 떨어진 곳에서 해리 닐슨과 이야기하고 있었다.

"저 사람이 팬저군. 좋아, 좋아……."

갑자기 퀸 경감은 팬저를 밀치고 앞으로 갔다. 지배인은 퀸 경감이 쉽게 지나갈 수 있도록 뒤로 한 걸음 물러섰다.

"엘러리! 내 연락을 받은 모양이구나."

퀸 경감은 중앙 출입구로 들어와 상황을 살피는 젊은이의 어깨를 탁 쳤다. 그러고는 가볍게 그를 안았다.

"별 다른 일은 없겠지, 엘러리? 오늘은 어느 책방을 헤집고 다니다 온 거냐? 어쨌든, 와줘서 고맙구나."

퀸 경감은 코담뱃갑을 꺼내서 담뱃가루를 폐 속 깊이 들이마셨다. 너무 깊이 들이마시는 바람에 기침까지 했다.

엘러리 퀸이 눈동자를 굴리며 말을 꺼냈다.

"사실, 고맙다는 말씀을 하실 것까지는 없어요. 아버진 지금 저를 애서가들의 완벽한 낙원에서 낚아 올리신 거라고요. 구하기 어려운 팰코너의 초판본을 놓고 서점 주인과 흥정을 하다가 아버지가 경찰청에 계시면 돈을 좀 빌리려고 전화했던 거예요. 그랬다가 이렇게 오게 된 거고요. 아, 팰코너……. 아뇨, 됐어요. 그 책은 내일 사야겠어요."

퀸 경감은 만족스러운 표정을 지으며 입을 열었다.

"내가 좋아하는 코담뱃갑을 발견했다면 또 모를까. 어쨌든 잘 왔다. 오늘 밤에는 그럴듯한 일거리가 있으니 같이 해보자꾸나."

퀸 경감은 아들의 소매를 잡고 왼편으로 걸어갔다. 엘러리 퀸은 아버지보다 키가 15센티쯤 컸으며, 어깨가 떡 벌어져서 걷는 모습이 늠름했다. 그는 짙은 회색 양복 차림에 가느다란 지팡이를 들고 있었다. 그리고 콧잔등에는 체격 좋은 사내들에게는 어울리지 않는 테 없는 코안경이 걸쳐 있었다. 하지만 갸름한 얼굴이나 눈썹, 반짝이는 눈 때문에 스포츠맨보다는 학자에 가까워 보였다.

퀸 부자는 시체를 둘러싸고 있는 사람들 틈바구니를 비집고 들어갔다. 엘러리는 토머스 벨리로부터 정중한 인사를 받았다. 엘러리는 허리를 굽혀 시체를 자세히 살핀 다음 뒤로 물러났다.

"도일 형사, 계속 얘기해보거나. 시체를 보고, 제보자를 잡아두고, 지배인을 부른 다음……. 그다음에는 뭘 했나?"

퀸 경감이 위엄 있게 물었다.

"팬저 씨는 제 지시에 따라 모든 출입구를 봉쇄했습니다. 그 때문에 관객들이 소란을 피우며 항의했지만 별다른 일은 없었습니다."

도일이 말했다.

퀸 경감은 주머니 속의 코담뱃갑을 만지작거리며 대꾸했다.

"좋아, 좋아! 제대로 일을 처리했구먼. 그런데 저기 있는 저 사람은 누구지?"

퀸 경감이 구석에서 두려움에 떨고 있는 작은 사내를 가리켰다. 그러자 그 작은 사내는 쭈뼛쭈뼛 앞으로 걸어나와 동정을 바라는 눈빛으로 말없이 퀸 경감을 바라보았다.

"이름이 뭡니까?"

퀸 경감이 부드럽게 물었다.

"푸색, 윌리엄 푸색입니다. 경리예요. 저는 그냥……."

"한 번에 한 가지만 답하면 됩니다. 푸색 씨, 당신은 어디에 앉아 있었지요?"

푸색은 아무 말 없이 맨 뒷줄 여섯 번째 자리를 가리켰다. 그 옆의 다섯 번째 자리에 있는 아가씨가 겁에 질린 눈으로 그들을 보고 있었다.

"알겠소. 그럼, 저 아가씨와 같이 왔나요?"

"네, 그렇습니다. 제 약혼녀 에스더, 에스더 재블로입니다."

그들의 뒤쪽에서는 한 형사가 수첩에 메모를 하고 있었다. 엘러리는 퀸 경감 뒤에서 출입구들을 차례차례 살펴보았다. 그리고 코트 주머니에서 책을 꺼내 여백에다 극장의 약도를 그리기 시작했다.

퀸 경감이 푸색의 약혼녀를 바라보자, 그녀는 눈길을 다른 데로 돌렸다.

"푸색 씨, 일이 어떻게 되었는지 말해보시지요."

"저……, 저는 아무런 관계도 없습니다."

퀸 경감은 푸색의 팔을 토닥였다.

"아무도 당신을 범인이라 몰아세우지 않습니다. 단지 무슨 일이 있어났는지 말을 듣고 싶을 뿐이죠. 자, 천천히 한번 당신이 본 대로 말해보세요."

푸색은 퀸 경감을 물끄러미 바라보았다. 그리고 입술에 침을 바른 다음 말을 꺼냈다.

"그러니까, 저는 제 약혼녀와 함께 연극을 보고 있었어요. 연극이 너무 재미있어 푹 빠져 있었죠. 2막을 보고 있었는데, 정말 흥미진진했습니다. 무대에서 배우들이 총을 마구 쏴대고 소리를 지르고 있을 때였습니다. 그때 저는 통로로 나가려고 자리에서 일어났죠. 바로 이 통로로 말이에요."

푸색은 초조한 듯이 자신이 서 있는 통로를 가리켰다. 리처드 퀸 경감은 온화한 얼굴로 고개를 끄덕였다.

"저는 제 약혼자 앞을 지나가야 했어요. 이쪽으로는 약혼자와 남자 한 사람만 지나면 바로 통로였죠. 그래서 그쪽으로 나간 겁니다."

푸색은 변명을 하듯이 잠시 머뭇거렸다.

"연극이 가장 흥미진진할 때 그렇게 지나가는 게 도리가 아닌 것 같아서……."

"푸색 씨는 예의가 바르시군요."

퀸 경감이 잠시 미소를 지으며 말했다.

"네. 객석이 꽤 어두웠기 때문에 저는 자리를 더듬으며 통로로 나갔어요. 그러다가 여기 이 사람이 있는 데까지 오게 된 겁니다."

 푸색은 몸서리를 치고는 빠르게 말을 이어나갔다.

 "처음에는 이상한 자세로 앉아 있구나 하고 생각했습니다. 무릎이 앞좌석에 붙어 있어서 지나갈 수가 없었거든요. 그래서 저는 '실례합니다.'라고 말했죠. 그런데 이 사람이 무릎을 조금도 움직여주지 않는 거예요. 저는 어떻게 해야 할지 몰랐습니다. 저는 남들만큼 뻔뻔하지가 못하거든요. 그래서 하는 수 없이 되돌아가려고 몸을 돌렸습니다. 그런데 그때 여기 이 사람이 앞으로 넘어지는 것 같았어요. 바로 옆에 있었기 때문에 알 수 있었던 거죠. 깜짝 놀랐습니다. 놀라지 않을 수 없는 상황이었으니까요."

 "이해합니다. 정말 놀랐을 겁니다. 그리고 나서 어떻게 했습니까?"

 퀸 경감이 수긍하며 다시 물었다.

 "글쎄요……. 워낙 정신이 없으시……. 이 사람이 자꾸 앞으로 고꾸라져 머리가 제 발에 닿았습니다. 저는 어떻게 해야 할지 몰랐어요. 도움을 청해야겠다고 생각은 했지만, 입에서 말이 떨어지지 않았습니다. 왜 그랬는지 저도 모르겠어요. 저는 이 사람이 술에 취했거나 아니면 병이 났을지도 모른다고 생각하고 이 사람을 일으키기 위해 쭈그려 앉았습니다. 일으킨 후에 어떻게 해야겠다는 구체적인 생각도 없이요."

 "그 심정 이해합니다, 푸색 씨. 계속해보세요."

 "아까 이 경찰에게 말했던 대로예요. 제가 머리에 손을 대자 이 사람이 제 손을 잡았습니다. 도움을 청하려고 안간힘을 쓰는 것 같았습니다. 그러고는 조그맣게 중얼거렸죠. 간신히 들을 수 있을 정도였는데 소름 끼치는 말투였어요. 뭐라고 표현할 수 없는……."

"계속하세요. 그다음엔?"

"그 사람이 제게 뭐라고 했어요. 말이라기보다는 숨이 넘어가는 소리라고 해야 할 건데……. 몇 마디 하긴 했는데 도저히 알아들을 수 없었습니다. 그때서야 저는 이 사람이 술에 취했거나 병이 난 것이 아니라고 생각했어요. 그래서 무슨 말인지 확실하게 들어보려고 고개를 숙였죠. 그러자 이 사람은 마지막 숨을 몰아쉬듯 말을 했습니다. '살인이야……, 날 죽이려고…….'라고 했습니다."

"'살인이야.'라고 말한 게 분명한가요? 충격을 받았겠군요. 푸색 씨, 정말 '살인'이라고 말했겠지요?"

퀸 경감이 진지하게 물었다.

"분명 그렇게 말했고, 그렇게 들었습니다."

푸색은 화가 나는 듯 딱 잘라 말했다.

퀸 경감은 다시 입가에 미소를 지으며 말을 이었다.

"자, 자……. 분명히 해두려는 거니까 불쾌하게 생각하지 마시죠. 그다음엔 어떻게 했나요?"

"그런 다음, 저는 이 사람이 몸부림치는 것을 느낄 수 있었습니다. 그리고 잠시 후, 제 팔에 안겨 축 늘어지고 말았죠. 저는 이 사람이 죽은 것 같아서 정말 두려웠어요. 그다음 일은 저도 모르겠습니다. 제가 기억할 수 있는 건 그 사실을 뒤쪽 좌석으로 가서 경찰에게 신고했다는 거예요. 여기에 있는 이분에게요."

푸색은 부동자세로 서 있는 도일을 가리켰다.

"그게 전부인가요?"

"그렇습니다, 경감님. 제가 알고 있는 모든 것을 전부 말씀드린 겁니다."

푸색은 길게 한숨을 내쉬며 답했다.

그러자 퀸 경감은 푸색의 코트 앞깃을 잡아당기며 윽박질렀다.

"아직 말하지 않은 게 있소, 푸색 씨. 왜 자리를 떴는지 말하지 않았잖소!"

퀸 경감은 푸색을 노려보았다.

푸색은 헛기침을 한 다음 말을 어떻게 해야 할까 고민했다. 그리고 상체를 숙이고는 퀸 경감의 귀에 대고 속삭였다.

"음!"

퀸 경감의 입가에 아주 희미한 미소가 돌았다. 하지만 목소리는 여전히 엄격했다.

"알았습니다, 푸색 씨. 도와줘서 고맙습니다. 다 잘 알아들었소. 이제 당신 자리로 돌아가 있다가 다른 사람들이 다 돌아갈 때 가도록 해요."

퀸 경감은 가도 좋다는 뜻으로 손짓을 했다. 푸색은 바닥의 시체를 잠시 불쾌한 표정으로 바라보다가 뒤쪽에 있는 약혼녀에게 갔다. 약혼녀는 그가 오자마자 낮지만 다소 흥분된 어조로 질문을 퍼부어댔다.

퀸 경감은 미소를 띤 채 토머스 벨리 경사를 돌아보았다. 엘러리는 뭔가 못마땅한 몸짓을 하며 말을 꺼내려 했다. 하지만 곧 마음을 바꾸고는 조용히 뒤쪽으로 걸어가 모습을 감추었다.

퀸 경감이 탄식하듯 입을 열었다.

"자, 토머스. 이제 이 사내를 조사해볼까?"

퀸 경감은 한쪽 무릎을 꿇은 채 죽어 있는 사내에게 몸을 숙였다. 천장의 조명이 밝았는데도 그 비좁은 바닥은 아주 어두웠다. 벨리가 손전등을 꺼내 퀸 경감 뒤에서 빛을 비췄다. 그 전등 빛은 퀸 경감의 손이 움직이는 대로 따라다녔다. 잠시 후 퀸 경감은 셔츠 앞섶에 묻은 갈색의 지저분한 얼룩을 말없이 가리켰다.

"혈흔입니까?"

토머스 벨리가 맥 풀린 소리로 물었다. 퀸 경감은 조심스럽게 그 얼룩의 냄새를 맡아보았다.

"위스키 같네."

퀸 경감은 시체의 심장에 손을 대보는가 하면, 느슨한 옷깃 사이로 노출된 목덜미를 만져보기도 했다. 그런 후 서 있는 토머스 벨리 경사를 올려다보며 말했다.

"독살 같군. 자 토머스, 슈투트가르트 의사를 데려오게. 프라우티가 오기 전에 그의 의견을 들어야겠어."

벨리 경사가 명령을 내리자, 잠시 후에 올리브색 피부에 검은 콧수염을 기른 중키의 사내가 형사와 함께 나타났다.

"모셔왔습니다."

벨리 경사가 말했다.

"오, 그래."

퀸 경감은 조사를 멈추고 그를 쳐다보았다.

"안녕하십니까. 시체가 발견되고 나서 바로 보셨다고 들었습니다. 저로서는 분명한 사인을 모르겠습니다만 어떻게 생각하십니까?"

"아주 기본적인 검사만 했을 뿐입니다."

슈투트가르트 박사는 신중하게 대답했다. 그는 손가락으로 깨끗한 옷깃을 연신 쓸어내렸다.

"실내가 어두운 데다가 상황 자체가 묘했기 때문에 이렇다 할 사인을 발견할 수 없었습니다. 처음엔 안면 근육의 경직 상태로 보아 단순한 심장마비인 것 같았습니다. 하지만 자세히 살펴보니 얼굴에 푸른 기가 돌았습니다. 이렇게 밝은 상태에서 보았다면 더 쉽게 알아낼 수 있었을 겁니다. 이 사람의 입에서 술 냄새가 난다는 사실로 미뤄 볼 때 저는 알코올성 중독이 아닌가 생각합니다. 하지만 어디까지나 추측에 불과하지요. 자신 있게 말씀드릴 수 있는 것은, 이 사람이 총에 맞거나 칼에 찔려 죽은 것이 아니라는 점뿐입니다. 물론 외상이 있는지 자세히 살펴보았습니다. 교살일지도 모른다고 생각해서 목도 조사해 보았고요. 저 옷깃은 제가 풀어놓은 겁니다. 하지만 아무런 이상이 없었습니다."

"알았습니다."

퀸 경감이 미소를 지었다.

"정말 감사합니다. 마지막으로 한 가지만 더 묻겠습니다. 이 사람은 메틸알코올 중독으로 죽은 것 같진 않습니까?"

퀸 경감은 돌아서는 슈투트가르트 박사를 붙들고 물었다.

"절대 그렇지는 않습니다. 그보다 훨씬 빠르고 효과적인 것에 당한 겁니다."

슈투트가르트 박사가 재빨리 대답했다.

"이 사람을 죽게 한 독약이 정확히 무언지 모르시겠습니까?"

올리브색 피부의 의사는 잠시 주저하다가 심각하게 말했다.

"죄송합니다만 경감님, 더 자세한 걸 알아낼 수는 없습니다. 적어도 이런 상황에서는……."

슈투트가르트 박사는 말끝을 흐리며 물러갔다.

퀸 경감은 얼굴에 미소를 띤 채 시체 옆에 쭈그리고 앉아 조사를 계속했다.

바닥에 쓰러져 죽어 있는 사내의 모습은 그리 보기 좋은 것은 아니었다. 퀸 경감은 사내의 경직된 손을 들어 올려 그의 일

그러진 얼굴을 꼼꼼하게 들여다보았다. 그러고는 좌석 밑을 살펴보았지만 아무것도 없었다. 좌석 등받이에는 검은색 비단 망토가 아무렇게나 구겨져 걸쳐 있었다. 퀸 경감은 시체의 겉옷과 망토에서 소지품들을 꺼냈다. 그는 안주머니에서 편지 몇 통과 서류를 꺼낸 뒤, 조끼와 바지 주머니에서도 소지품을 꺼내 분류해놓았다. 한쪽엔 편지와 서류를 놓았고, 다른 쪽에는 잔돈과 열쇠, 그 밖의 잡동사니들을 놓았다. 바지 뒷주머니에서는 'M. F.'라는 이니셜이 새겨진 은제 위스키 병이 나왔다. 퀸 경감은 지문이라도 찾으려는 듯, 약한 광채가 나는 병을 조심스럽게 들어 자세히 살폈다. 그리고 고개를 흔들고는 깨끗한 손수건으로 조심스레 그 병을 싸 물건들 옆에 질 놓아두었다.

그 밖에 '좌측 LL32'라고 쓰인 파란색 연극표도 있었는데, 퀸 경감은 그것을 자신의 조끼 주머니에 넣었다.

퀸 경감은 계속 다른 물건들을 조사했다. 그의 손은 조끼와 상의 그리고 바지 사이를 부지런히 오갔다. 상의 아랫주머니를 더듬던 퀸 경감이 낮게 소리 질렀다.

"음, 토머스……. 여기 재미있는 걸 찾았네."

퀸 경감은 모조 다이아몬드가 박혀 있는 작고 두툼한 여자 핸드백을 꺼내 들었다.

퀸 경감은 그것을 이리저리 살피다가 핸드백을 열더니 한 무더기의 여성용 물품을 꺼냈다. 핸드백의 작은 칸막이에는 립스틱과 명함첩이 들어 있었다. 잠시 후 그는 내용물들을 원래대로 담은 뒤 핸드백을 자신의 주머니에 넣었다.

퀸 경감은 바닥에 놓았던 서류들을 집어들어 훑어보았다. 마지막 장에 죽은 사람의 이름이 쓰여 있었다.

"몬테 필드라는 이름을 들어본 적 있나, 토머스?"

퀸 경감이 고개를 들고 물었다.

"네, 여기서는 알아주는 변호사입니다."

토머스 벨리가 대답했다.

"토머스, 이 사람이 몬테 필드야."

퀸 경감이 심각한 표정을 지으며 말했다.

토머스 벨리는 아무 말도 못 하고 끙 하는 신음을 냈다.

"경찰이 또 당했군요."

이때 엘러리의 목소리가 퀸 경감 뒤쪽에서 들려왔다.

"몬테 필드 같은 쓰레기들이 설치고 나돌아다니게 내버려두는 걸 보면, 경찰 수준이 얼마나 떨어지는지 알 수 있죠."

퀸 경감은 자리에서 일어서며 무릎을 조심스레 털고는 코담배를 한 줌 꺼냈다.

"엘러리, 경찰을 너무 욕하지 마라. 그리고 네가 몬테 필드를 알고 있을 줄은 몰랐다."

"그렇게 잘 알지는 못해요. 판테온 클럽에서 한 번 만난 적이 있을 뿐이죠. 거기서 이자에 대한 소문을 들었습니다. 그때 들은 애기들로 미루어 볼 때, 이렇게 죽임을 당한 게 당연한 일이 아닌가 생각되는군요."

"이자의 허물은 다음에 이야기하자. 나도 사실 이자에 대해서 들은 적이 있어. 그리 좋은 이야기는 아니었지."

퀸 경감이 다소 무거운 목소리로 말했다. 퀸 경감이 자리를 떠나려 하자 시체와 좌석을 흥미롭게 살펴보던 엘러리가 물었다.

"아버지, 이 자리에서 뭔가 옮긴 것이 있나요? 한 가지라도요."

"뭔가 발견한 게 있는 모양이로군."

퀸 경감이 고개를 돌리며 말했다.

"이 사람이 썼던 모자가 없어요. 제 눈이 정확하다면, 이 사람의 모자는 의자 밑에도 없고 주변 바닥에도 없군요. 아니, 이 근처 어느 곳을 찾아봐도 없네요."

"너도 그걸 알아차렸구나, 엘러리. 내가 이 남자를 조사할 때 맨 처음으로 발견한 사실이지."

퀸 경감의 얼굴에서 부드러움이 점차 사라져갔다. 이마에는 주름이 잡히고 희끗희끗한 콧수염이 위로 치켜졌다. 그는 어깨를 으쓱했다.

"주머니엔 모자 보관증도 없었지. 그래서……, 플린트!"

젊은 사복경찰이 퀸 경감 앞으로 급히 나왔다.

"플린트, 좌석 밑에 모자가 있나 자세히 살펴보게. 이 근처 어디에 있을지도 몰라."

"알겠습니다, 경감님."

플린트는 쾌활하게 대답하고 퀸 경감이 말한 좌석 밑을 차근차근 조사했다.

"벨리 경사."

퀸 경감이 사무적인 태도로 입을 열었다.

"리터와 헤스…… 아니, 그 두 사람이면 될 것 같네. 그들을 찾아오게."

토머스 벨리는 그들을 찾으러 갔다.

"해그스트롬!"

퀸 경감은 옆에 서 있던 다른 형사를 불렀다.

"네, 경감님."

"이 물건들을 빨리 처리해주게."

퀸 경감은 몬테 필드의 주머니에서 꺼내놓았던 작은 물건들을 가리켰다.

"잃어버리지 않도록 내 가방에 넣어주게."

해그스트롬은 시체 옆에 웅크리고 앉았다. 엘러리는 그가 하는 것을 보려고 몸을 수그렸다. 그리고 조금 전에 약도를 그렸던 책의 여백에 무언가를 적어넣고는 혼잣말을 하며 책을 쓰다듬었다.

"이런, 슈텐드하우제의 특별 한정판인데."

벨리 경사가 리터와 헤스를 데리고 돌아왔다. 퀸 경감은 엄하게 말했다.

"리터, 이자의 집 앞에서 잠복을 하게. 이름은 몬테 필드야. 변호사지. 웨스트 75번가 113번지일세. 교대하러 갈 때까지 수고 좀 해줘. 누구라도 찾아오는 사람이 있으면 붙잡아두고."

"알겠습니다, 경감님."

리터는 가볍게 경례를 하곤 몸을 돌려 나갔다.

이제 퀸 경감은 헤스에게 말했다.

"헤스, 자네는 지금 체임버스 51번지에 있는 몬테 필드의 사무실로 가게. 그리고 명령이 있을 때까지 기다려. 안으로 들어가서 말이야. 만약 들어가지 못한다면 밤새 문 앞에라도 있어야 해."

"알겠습니다, 경감님."

헤스도 가버렸다.

퀸 경감은 시선을 돌려, 엘러리가 몸을 수그린 채 시체를 살펴보는 것을 보고 미소를 지었다.

"이 아버지를 믿을 수 없다는 게냐, 엘러리. 뭘 그렇게 기웃거리는 거냐?"

퀸 경감이 작은 목소리로 물었다.

엘러리는 미소를 지으며 몸을 일으켰다.

"그저 호기심일 뿐이에요. 이 시체에는 흥미로운 점이 있어요. 아버지는 이 사내의 머리 치수를 재보셨어요?"

엘러리는 윗옷 주머니에서 책 묶는 끈을 꺼내 내밀었다.

퀸 경감은 그것을 받아들고 얼굴을 찌푸리며 객석 뒤쪽에 있는 경찰 한 명을 불렀다. 그리고 끈을 내밀며 경찰관에게 시체의 머리 치수를 재도록 낮은 목소리로 명령했다.

"경감님."

퀸 경감은 고개를 들었다. 해그스트롬이 팔꿈치를 바닥에 붙인 채 눈을 반짝이며 퀸 경감을 쳐다보고 있었다.

"물건들을 가방에 넣다가 몬테 필드의 좌석 밑에서 이것을 발견했습니다. 벽 쪽에 붙어 있었죠."

해그스트롬 형사는 양조장에서 즐겨 쓰는 짙은 녹색 병을 들고 있었다. 거기에는 '팰리스 엑스트라 드라이 진저에일'이라는 이름의 화려한 상표가 붙어 있었다. 술은 절반 정도 들어 있었다.

"좋아, 해그스트롬. 뭐 재미있는 것이라도 찾았나 보군. 계속하게."

퀸 경감이 짧게 말했다.

"네, 저는 이 술병이 오늘 밤에 몬테 필드가 마시던 거라고 생각합니다. 오늘은 낮 공연이 없는 데다 청소부들이 매일 청소를 하니까요. 따라서 몬테 필드나 그와 관계가 있는 사람이 마시지 않았다면 이 술병이 거기에 있을 리가 없겠죠. 이것은 '중요한 단서'라고 생각합니다. 그래서 이쪽 객석을 담당하는 판매원에게 진저에일 한 병을 달라고 했습니다. 그랬더니 여기서는 진저에일을 팔지 않는다고 하더군요."

해그스트롬이 미소를 지으며 말을 끝냈다.

"머리 제대로 썼군, 해그스트롬 형사."

퀸 경감이 만족스러운 듯 말했다.

"그 판매원을 이리 데려오게."

헤그스트롬이 가자, 이번에는 흐트러진 옷차림에 탄탄한 몸집을 한 작은 사내가 경찰에게 팔을 잡힌 채 이끌려왔다. 사내는 소리를 지르고 있었다. 퀸 경감은 한숨을 내쉬었다.

"댁이 책임자요?"

158센티미터쯤 되는 작은 사내는 땀을 흘리며 소리쳤다.

"그렇소."

퀸 경감이 퉁명스럽게 대답했다.

"그렇다면, 댁에게 할 말이 있습니다."

작은 사내가 소리쳤다.

"이봐, 이것 놔! 내 말 안 들려!"

그는 옆에서 팔을 잡고 있는 경찰에게 윽박지르더니 다시 퀸 경감에게 말했다.

"내가 댁에게 하려는 말은……."

"팔을 놔주게."

퀸 경감이 푹 가라앉은 목소리로 경찰에게 말했다.

"도대체, 이게 뭐요? 사람을 이렇게 다루어도 된단 말이오? 나는 연극이 중단된 이후 거의 한 시간 가까이 아내와 딸과 함께 있었소. 그런데 댁 부하들은 우리를 가게 내버려두기는커녕 자리에서 일어나는 것조차 허락하지 않았다고. 이런 빌어먹을 일이 어디 있단 말이오? 댁 맘대로 사람들을 잡아두어도 되는 거요? 나는 댁을 죽 지켜보고 있었소. 우리는 이 극장에 갇혀서 고통을 당하고 있는데도 댁은 여기서 얼쩡거리기만 했지. 댁은 이걸 알아야 할 거요. 지금 당장 내 식구들을 밖으로 내보내주지 않으면, 샘슨이라고 내 친한 친구가 지방 검사인데 오늘 일을 그에게 말하겠소."

퀸 경감은 흥분되어 상기된 사내의 얼굴을 불쾌한 표정으로 바라보았다. 그리고 한숨을 내쉬며 엄중한 목소리로 말했다.

"이봐요. 당신은 고작 한 시간 가지고 그러는데 이걸 생각해보시오. 아까 사람을 죽인 사람이 관객들 사이에 있을지도 모른다는 사실을 말이오. 어쩌면 당신 아내나 딸 곁에 태연하게 앉아 있을지도 모르지. 그 살인자도 당신과 마찬가지로 빨리 이곳에서 빠져나가고 싶을 거요. 당신 친구라는 그 지방 검사에게 불평을 털어놓는 것은 당신 자유요. 하지만 그것은 나중 일이오. 지금 당신이 해야 할 일은, 불편하겠지만 내가 나가도 좋다고 할 때까지 자리로 돌아가 기다리는 것뿐이오."

퀸 경감과 작은 사내의 실랑이를 보고 있던 관객들 사이에서 웃음이 터져 나왔다. 사내는 경찰 뒤를 따라 자기 자리로 돌아가다가 이 수모를 만회하려는 듯 걸음을 빨리해 경찰을 앞질러 갔다.

'멍청이 같으니라고!'

퀸 경감은 속으로 중얼거리며 벨리 경사를 쳐다보았다.

"팬저 씨와 매표소로 가서 이 번호를 확인해보게."

퀸 경감은 좌석 뒤로 허리를 구부리고는 낡은 봉투에 좌측 LL30, 좌측 LL28, 좌측 LL26, 좌측 KK32, 좌측 KK30, 좌측 KK29, 좌측 KK26 등의 좌석 번호를 적은 다음 그것을 벨리에게 건네주었다. 벨리는 퀸 경감이 적어준 봉투를 들고 밖으로 나갔다.

엘러리는 아버지와 관객들을 바라보다가 좌석 배치를 눈여겨보더니 퀸 경감의 귀에다 대고 말했다.

"〈건플레이〉같이 잘나가는 연극에서 자리가 일곱 개나 비어 있다는 것은 말도 안 돼요, 아버지. 게다가 그 자리들이 모두 피살된 사나이 근처였고요."

"그런 생각을 언제부터 했지, 엘러리?"

엘러리는 퀸 경감의 질문에 지팡이로 바닥만 두드릴 뿐 아무 대답도 하지 않았다.

"피고트!"

퀸 경감은 큰 소리로 형사를 불렀다.

"이 통로의 안내원과 밖에 있는 문지기, 그러니까 바깥에 서 있는 중년 남자 말일세. 그 사람들을 데리고 오게. 지금 당장."

피고트가 나가자 흐트러진 머리의 젊은 사내가 손수건으로 얼굴을 닦으며 퀸 경감에게 다가왔다.

"어때, 플린트?"

퀸 경감이 다급하게 물었다.

"바닥을 샅샅이 조사했습니다만 찾지 못했습니다, 경감님. 모자가 이 극장 안에 있다면 절묘하게 감춘 셈이죠."

"좋아, 플린트. 가서 대기하게."

형사 플린트가 느릿느릿 물러갔다. 엘러리도 천천히 말했다.

"저 젊은 디오게네스가 정말 모자를 찾을 수 있을 거라 생각하셨어요, 아버지?"

퀸 경감은 툴툴 불평하며 통로로 내려가 낮은 목소리로 사람들에게 일일이 뭔가를 묻기 시작했다. 퀸 경감이 통로 쪽에 앉은 두 사람에게 질문을 하면서 한 줄 한 줄 내려갈 때마다 극장 안의 모든 시선들이 퀸 경감을 뒤쫓아 움직였다. 퀸 경감이 무표정한 얼굴을 엘러리 쪽으로 돌렸을 때, 끈을 가지고 갔던 경찰이 되돌아와 경례를 했다.

"치수를 알아냈나?"

퀸 경감이 물었다.

"모자 가게에서 알아봤는데, 18센티미터쯤 된답니다."

감색 제복을 입은 경찰이 대답했다. 퀸 경감은 고개를 끄덕이고는 그를 돌려보냈다.

토머스 벨리 경사가 풀이 잔뜩 죽은 지배인을 데리고 돌아왔다. 엘러리는 벨리의 말을 듣기 위해 진지한 표정을 지으며 다가갔다. 퀸 경감 역시 상당히 관심 어린 얼굴이었다.

"토머스, 매표구에서 뭔가 알아낸 게 있나?"

"그게 말입니다, 경감님. 경감님께서 주신 일곱 개의 좌석표는 입장권 철에 없었습니다. 게다가 지배인은 매표소에서 팔린 것은 누가 언제 사갔는지 알 길이 없다고 합니다."

벨리 경사가 딱딱한 말투로 보고했다.

"위탁 판매가 된 것일지도 모르죠, 벨리 경사님."

엘러리가 주위를 환기시키며 말했다.

"그것도 확인해보았네, 퀸 군. 그 표는 위탁 판매 기록에도 나와 있지 않았네. 기록 장부를 보면 명백하지."

벨리 경사가 말했다.

퀸 경감은 회색 눈을 빛내며 잠시 동안 서 있다가 입을 열었다.

"그러면 첫날부터 대만원인 이 연극에서 그 일곱 장의 입장권이 팔리긴 팔렸는데, 그 표를 산 사람들이 모두 마침 깜박 잊고 오지 않았다는 얘기가 되는군!"

3
이 장에서는 어느 '목사'가 애도하러 온다

남자 네 명이 서로의 얼굴을 마주 본 채 침묵을 지키고 있었다. 팬저는 발을 까닥거리며 신경질적인 기침을 해댔다. 벨리 경사는 무언가 깊은 생각에 잠겨 있었다. 엘러리는 뒤쪽으로 물러서서 회색과 파란색이 섞인 아버지의 넥타이를 물끄러미 바라보고 있었다.

퀸 경감은 콧수염을 어루만지며 서 있다가 갑자기 어깨를 으쓱하고는 벨리 경사를 바라보았다.

"토머스, 자네에게 힘든 일을 하나 부탁해야겠네. 경찰을 여섯 명쯤 불러 여기 있는 사람들을 일일이 다 조사해주게. 이름하고 주소만 적어두면 돼. 번거로운 작업이라 시간은 좀 걸리겠지만 꼭 해야 할 일이야. 그건 그렇고……, 자네가 처음 이곳에 와서 조사를 시작할 때 발코니석 담당 안내원의 이야기를 들어보진 않았나?"

"물론 들어봤습니다. 그 안내원은 객석 계단에 서서 발코니석 손님들을 2층으로 안내하는 일을 맡은 친구였는데, 이름은 밀러라고 하더군요."

"아주 성실한 녀석입니다."

팬저가 손을 비비며 끼어들었다.

"밀러는 2막이 시작된 뒤에는 일반 객석에서 발코니석으로 자리를 옮긴 사람이 없다고 했습니다. 그 반대의 경우도 물론이고요."

"그렇다면 자네 수고가 많이 덜어지겠군, 토머스."

퀸 경감이 토머스 벨리의 말을 신중하게 듣다가 대답했다.

"그럼, 부하들에게 객석에 앉은 사람과 객석을 통과해 간 사람들만 조사하라고 이르게. 여기 있는 모든 사람들의 이름과 주소가 필요하다는 사실을 잊지 말라고! 한 사람도 예외가 있어서는 안 돼!"

퀸 경감이 단호하게 말했다.

"그리고 토머스……."

"네, 말씀하십시오."

벨리가 걸음을 멈추고 돌아보며 대답했다.

"이름과 주소를 적을 때, 좌석표까지 확인하게. 좌석표를 잃어버린 사람이 있다면 그 사람 이름까지 적어놓고. 만약 좌석 번호와 좌석표에 쓰여 있는 번호가 일치하지 않는 사람이 있거든 이유를 물어서 기록해두게."

"알겠습니다."

벨리는 대답을 하고는 돌아서서 뚜벅뚜벅 걸어갔다. 퀸 경감은 희끗희끗한 콧수염을 쓰다듬더니 다시 코담배를 한 줌 꺼내 냄새를 들이마셨다.

"엘러리. 뭔가 할 말이 있는 것 같구나."

퀸 경감이 입을 열었다.

"네?"

엘러리는 아버지의 말에 깜짝 놀라며 눈을 껌벅였다. 그러고는 코안경을 벗으며 천천히 입을 열었다.

"사랑하는 아버지, 저는 별다른 생각은 하지 않았어요. 다만,

세상은 저처럼 조용하게 책이나 읽고 싶어 하는 사람에게 조그만 평화도 주지 않는다고 생각했을 뿐이죠."

엘러리는 곤란하다는 눈빛으로 죽은 사내가 앉았던 좌석 팔걸이에 걸터앉더니 갑자기 미소를 지었다.

"아버지, 주의하세요. 옛날이야기에 나오는 멍청한 도살장 주인 이야기 아시죠? 아끼는 칼이 없어졌다고 종업원 마흔 명을 모아놓고 난리를 쳤는데, 알고 보니 그 칼을 내내 자기가 가지고 있었다는……."

"너 요즘 꽤 유식해졌구나."

퀸 경감은 떫은 얼굴로 말했다. 그러고는 갑자기 고개를 돌렸다.

"플린트!"

퀸 경감이 갑자기 형사를 불렀다. 플린트는 황급히 경감 앞으로 나왔다.

"플린트, 오늘 밤에 수고한 것 잘 알고 있네. 하지만 일을 한 가지 더 해줘야겠어. 자네 허리는 더 구부리고 있어도 괜찮겠지? 내가 기억하기로 자네는 순찰 근무 당시 경찰청 체육대회에서 역도 경기에 나갔던 것 같은데."

"네, 물론입니다. 아무리 힘든 일이라도 맡겨만 주십시오."

플린트가 대답했다.

"그래서 하는 말인데……."

퀸 경감은 주머니에 두 손을 찔러넣으며 말을 이었다.

"지금 부하들을 데리고 이 건물 안팎을 샅샅이 조사하게. 경찰들을 예비로 더 데리고 왔더라면 좋았을 뻔했군. 하여튼 자네는 이 건물을 훑으면서 입장권을 찾아야 해. 알겠나? 입장권 비슷하게 생긴 것은 하나라도 놓치지 말고 모두 수거해서 내게 가져오라고. 특히 좌석 밑을 철저하게 조사하게. 그렇다고 좌석 뒤쪽, 발코니 계단, 홀, 극장 앞길, 골목, 아래층 휴게실, 화장실 등을 소홀히 다루라는 말은 아니야. 아, 잠깐! 그렇다고 여자 화장실에는 들어가지 말고. 근처 구역 관할서에 연락해서 여경을 불러다가 부탁하게나. 자, 이만하면 됐겠지?"

플린트는 경쾌하게 고개를 끄덕이고는 물러갔다.

"자, 그리고……."

퀸 경감이 두 손을 비비며 말을 꺼냈다.

"팬저 씨, 잠깐 이리 오십시오. 오늘 밤 심려가 대단한 건 알지만, 어쩔 수 없는 일이니 그냥 편하게 마음먹고 있는 게 좋을 겁니다. 그리고 지금 관객들이 술렁이고 있으니 당신이 무대 위에 올라가서 조금만 더 참아달라고 말 좀 해주신다면 정말 고맙겠습니다."

팬저가 무대로 가자 관객들은 그에게 따지기 위해 옷을 잡고 늘어졌다. 그 근처에서는 해그스트롬이 열아홉 살쯤 돼 보이는 체구가 작은 소년 한 명을 데리고 오고 있었다. 소년은 껌을 질경질경 씹고 있었지만 살인 사건으로 동요한 기색이 얼굴에 역력했다. 소년은 장식이 많이 달려서 번쩍번쩍한 검은 바탕에 금색 줄무늬 제복을 입고 있었는데, 잘 다린 윙 칼라 셔츠에 나비넥타이를 맨 차림이 왠지 어색해 보였다. 게다가 이 금발 소년은 벨보이들이나 쓰는 테 없는 모자까지 쓰고 있었다. 퀸 경감이 오라는 손짓을 하자 소년은 마음이 그리 내키지 않는 듯 공연히 헛기침을 했다.

"진저에일을 팔지 않는다고 말한 소년입니다."

해그스트롬이 소년의 팔을 잡아끌며 딱딱한 어조로 말했다.

"정말인가? 진저에일을 팔지 않는다고?"

퀸 경감이 부드럽게 물었다.

소년은 겁에 질려 이리저리 눈동자를 굴리다가 도일의 넓적한 얼굴을 발견하고는 그를 쳐다보았다. 도일은 그에게 용기를 북돋워주려는 듯 어깨를 토닥거렸다.

"겁을 좀 먹어서 그렇습니다. 이 녀석은 괜찮은 놈입니다. 제 담당 구역에서 자랐기 때문에 아주 오래전부터 알고 있는 녀석이죠. 자, 경감님 질문에 대답해야지, 제스."

도일이 말했다.

"정말 저……, 저는 잘 몰라요."

소년은 불안한 듯 다리를 자꾸만 꿈틀거리며 더듬더듬 말을 시작했다.

"휴식 시간에는 오렌지에이드만 팔아요. 규칙이 그렇게 되어 있기 때문에……."

그리고 소년은 유명한 음료 회사의 이름을 댔다.

"다른 회사 물건을 팔지 않고 그 회사 물건만 팔면 혜택을 주거든요. 그래서……."

"알았다."

퀸 경감이 말했다.

"음료는 막간 휴식 시간에만 팔지?"

"네."

긴장이 약간 풀렸는지 소년은 자연스럽게 대답했다.

"휴식 시간이 되면 양쪽 통로 문이 열려요. 그러면 제 동료와 저는 손님들에게 팔 주스를 따라 탁자에 두는 거죠."

"너 말고 한 명이 더 있단 말이지?"

"모두 세 명이에요. 미처 말씀드리지 못했는데……. 나머지 한 명은 아래층의 다른 휴게실에 있어요."

"음."

퀸 경감은 인자한 눈으로 소년을 바라보았다.

"이 로마 극장에서는 오렌지에이드만 파는데, 이 진저에일 병이 왜 여기 있는지 혹시 알겠니?"

퀸 경감은 해그스트롬이 발견한 짙은 초록색 병을 들어 올렸다. 소년의 얼굴에 동요가 일었다. 소년은 시선 둘 곳을 몰라 갈팡질팡했다. 그러고선 지저분한 손을 옷깃 속에 넣고는 기침을 했다.

"왜냐하면……, 저……."

소년은 말하기를 꺼렸다.

퀸 경감은 병을 내려놓고 천천히 좌석 팔걸이에 몸을 기대며 팔짱을 꼈다.

"이름이 뭐지?"

소년의 백지장 같은 얼굴이 노랗게 변하더니, 겁에 잔뜩 질린 표정으로 해그스트롬의 눈치를 살피기 시작했다. 해그스트롬은 진술을 받기 위해 노트와 연필을 꺼내 들고는 소년의 말을 기다렸다. 소년은 입술을 적셨다.

"린치……. 제스 린치예요."

소년이 쉰 목소리로 대답했다.

"휴식 시간에 네가 주스를 파는 장소가 어디지, 제스?"

퀸 경감이 딱딱하게 물었다.

"바로……, 바로 여기요. 왼……, 왼쪽을 맡고 있어요."

소년이 더듬거렸다.

"그래?"

퀸 경감이 미간을 찌푸리며 말했다.

"오늘 밤에도 왼쪽에서 음료수를 팔았단 말이지, 제스?"

"네……. 맞아요."

"그러면 이 진저에일 병에 대해 아는 게 있지 않을까?"

소년은 눈치를 보듯 주위를 둘러보았다. 루이스 팬저는 장내에 사과의 말을 하고 있었다. 소년은 그 모습을 보더니 몸을 앞으로 숙여 낮은 목소리로 말했다.

"네, 사실은 알고 있는데요. 제가……, 아까 말하지 않았던 이유는 팬저 씨에게 혼이 날까 봐 두려워서였어요. 팬저 씨는 엄격한 데가 있어서 규칙을 안 지킨 걸 알면 해고시킬지도 모르거든요. 그분에게 이 사실을 말하시지는 않을 거죠?"

"부담 갖지 말고 말해라. 너는 숨김없이 이야기만 하면 돼."

퀸 경감은 소년을 안심시키고는 해그스트롬에게 자리를 피해 달라는 손짓을 했다. 그가 떠나자 소년이 설명하기 시작했다.

"일이 어떻게 된 건가 하면……, 저는 1막이 끝나기 오 분 전에 늘 하던 대로 바깥에 탁자를 준비했어요. 그리고 1막이 끝나고 어자 안내원이 문을 열자 관객들이 쏟아져 나왔죠. 저는 음료수를 팔기 시작했어요. 우리는 모두 그렇게 일을 해요. 하지만 그때는 사람이 붐비기 때문에 옆에서 무슨 일이 일어나도 알 수 없어요. 그러다가 한산해지면 비로소 숨 쉴 틈이 생기죠. 그때 한 남자가 다가와서 '얘, 진저에일 한 병만 주겠니?' 하고 말했어요. 고개를 들어보니 멋지게 차려입은 신사가 술에 취해서 있었어요. 혼자 킬킬거리는 것으로 보아 기분이 좋은 것 같았어요. 저는 '왜 진저에일을 찾는지 알고 있지.' 하고 마음속으로 혼자 중얼거렸어요. 그 신사는 자기 뒷주머니를 손으로 치며 윙크를 하더라고요. 그래서 저는……."

"잠깐!"

퀸 경감이 소년의 말을 가로막았다.

"그 사람 얼굴을 기억할 수 있니?"

"자, 잘 모르겠어요. 하지만 얼굴을 보면 알 수 있을지도 몰라요."

소년이 불안한 얼굴로 대답했다.

"그럼, 이 사람이 네게 진저에일을 달라고 한 사람이냐?"

퀸 경감은 소년의 팔을 잡아당겨 시체 위로 몸을 숙이게 했다. 제스 린치는 겁먹은 얼굴로 시체를 보고는 깜짝 놀랐다.

"네, 이 사람이 맞아요."

소년은 머리를 세게 끄덕이며 말했다.

"확실하니, 제스?"

소년은 다시 한 번 머리를 끄덕였다.

"그러면, 너한테 왔을 때도 이 복장이었겠지?"

"네."

"뭐 달라진 건 없니, 제스?"

어두운 구석에 서 있던 엘러리가 몸을 약간 내밀었다. 소년은 어리둥절한 표정으로 퀸 경감의 얼굴에서 시체로 시선을 옮겼다가 다시 퀸 경감을 바라보았다. 그리고 거의 일 분가량 아무 말도 하지 않았다. 퀸 경감과 엘러리는 소년이 말할 때까지 잠자코 기다렸다. 갑자기 소년의 얼굴에서 화색이 돌았다.

"아, 생각났어요. 모자를 쓰고 있었어요. 저한테 왔을 땐 화려한 모자를 쓰고 있었어요."

퀸 경감의 얼굴에 미소가 떠올랐다.

"계속해보렴, 제스."

퀸 경감의 시야에 누군가가 다가오는 것이 들어왔다.

"프라우티 박사, 오는 데 꽤 시간이 걸렸군. 무슨 일이라도 있었나?"

키가 크고 여윈 사나이가 검은 가방을 들고 카펫 위를 성큼성큼 걸어왔다. 극장 안은 금연 구역이었는데도 그는 입에 시가를 물고 있었다. 왠지 모르게 서두르는 기색이었다.

프라우티는 가방을 내려놓고 퀸 경감과 엘러리에게 악수를 건넸다.

"경감님. 이사를 간 지 얼마 안 돼서 아직 전화를 설치하지 못했습니다. 오늘은 유난히 바빴어요. 그래서 일찍 잠이 들었죠. 그 친구들이 이사 간 제 집을 찾느라고 꽤 시간이 걸렸을 겁니다. 어쨌든 얘기를 듣는 즉시 바로 달려왔습니다. 제가 해야 할 일은 뭡니까, 경감님."

퀸 경감이 바닥의 시체를 가리키자 프라우티는 그 옆에 앉았다. 경찰 한 명이 다가와 검시관인 프라우티가 시체를 잘 살펴볼 수 있도록 손전등을 비춰주었다.

퀸 경감은 제스 린치의 팔을 잡아 이끌며 한쪽으로 갔다.

"진저에일을 달라고 해서 어떻게 했지, 제스?"

눈을 동그랗게 뜨고 현장을 지켜보던 제스 린치는 침을 꿀꺽 삼키더니 이야기를 계속했다.

"저는 진저에일은 없고 오렌지에이드만 있다고 했어요. 그랬더니 제게 가까이 다가오더라고요. 술 냄새가 확 풍겼어요. 그 남자는 작은 목소리로 '진저에일을 갖다주면 50센트를 주지. 지금 당장 말이야.' 하고 말했어요. 그래서…… 생각해보세요. 요즘 팁을 주는 사람이 어디 흔한가요? 저는 지금 당장은 사러 갈 수 없고 2막이 시작되면 바로 달려가 사오겠다고 말했죠. 그러자 그 남자는 자기 자리를 제게 알려주고는 돌아갔어요. 저는 그 사람이 자기 자리로 돌아가는 것을 봤어요. 휴식 시간이 끝나고 여자 안내원이 출입문을 닫자마자 저는 탁자를 그대로 둔 채 길 건너에 있는 리비 아이스크림 가게로 달려갔어요."

"탁자는 언제나 거기에 놔두니, 제스?"

"아뇨, 문을 잠그기 전에 안으로 가지고 들어가 아래층 휴게실에 놔둬요. 그런데, 그 사람이 진저에일이 당장 필요하다고 해서 그것을 먼저 사와야겠다고 생각한 거예요. 진저에일을 사가지고 와서 탁자를 들고 앞문으로 들어가려고 했죠. 그렇게 해도 뭐라 말할 사람이 없으니까요. 어쨌든 저는 문밖에 탁자를 놔두고 리비 가게로 뛰어갔어요. 그리고 펠리스 진저에일을 사가지고 안으로 들어와 아무도 모르게 그 사람에게 주었죠. 그 사람이 제게 1달러를 주더라고요. 저는 참 좋은 사람이라고 생각했어요. 원래는 50센트를 준다고 했거든요."

"좋아, 제스. 몇 가지만 더 물어보자. 그 사람이 앉아 있던 곳이 저기였니? 진저에일을 가지고 오라고 한 데가 저기냐고."

"네, '좌측 LL32'라고 했어요. 분명 저기예요."

"음, 좋아."

퀸 경감은 잠시 숨을 돌리고는 계속 말을 이었다.

"그 사람 혼자 있었니, 제스?"

"네. 계속 혼자 저기에 앉아 있었어요. 연극은 시작되던 날부터 한 번도 빠짐없이 계속 만원이었는데, 그 사람 주위의 몇 자리가 비어 있어서 이상하다는 생각이 들더라고요."

소년이 명랑하게 말했다.

"좋아, 제스. 네가 형사를 해도 되겠다. 그럼, 자리가 몇 개나 비어 있었는지 기억할 수 있겠니?"

"글쎄요. 실내가 어두운 데다가 그리 자세하게 보지는 않아서……. 한 대여섯 자리쯤 되었던 것 같아요. 그 사람의 옆자리와 앞줄의 오른쪽 자리가 몇 개 비어 있더라고요."

"잠깐, 제스."

엘러리가 낮고 차가운 목소리로 끼어들었다. 소년은 그 말에 깜짝 놀라 엘러리를 쳐다보며 입술을 축였다.

"혹시, 진저에일을 건네줄 때 모자는 못 봤니?"

엘러리는 깨끗한 구두 끝을 지팡이로 가볍게 두드리며 물었다.

"아, 네! 봐, 봤어요!"

소년이 더듬거렸다.

"분명히 봤어요. 병을 건네줄 때 모자가 무릎 위에 놓여 있었어요. 내가 돌아가려고 할 때는 그걸 좌석 밑에 집어넣더라고요."

"또 하나 알고 싶은데……."

소년은 퀸 경감의 목소리가 부드러워진 것을 느끼고는 안도의 한숨을 내쉬었다.

"진저에일을 주었을 때가 2막이 시작되고 나서 얼마나 지나서였지?"

제스 린치는 잠시 생각해보고는 딱 잘라 말했다.

"십 분쯤 지났을 때였어요. 우리는 시간관념이 정확한 편이거든요. 제가 객석에 들어섰을 때, 무대 위에서 여자가 갱 소굴로 붙들려가 악당들에게 괴롭힘을 당하는 장면을 하고 있었으니까 십 분 정도가 지났을 때예요."

"아주 관찰력이 좋은 꼬마 헤르메스로군."

엘러리가 미소를 지으며 중얼거렸다. 그러자 오렌지에이드 파는 소년의 얼굴에서 공포가 사라졌다. 소년은 엘러리를 따라 미소를 지었다. 엘러리는 소년에게 가까이 오라고 손짓하고는 자신도 소년 쪽으로 다가섰다.

"한 가지 묻겠는데, 제스. 왜 진저에일을 사오는 데 십 분이나 걸렸지? 십 분이면 좀 길지 않니?"

갑자기 소년의 얼굴이 빨개졌다. 소년은 동정을 구하려는 듯 시선을 엘러리에게서 퀸 경감 쪽으로 돌렸다.

"그건……, 도중에 여자 친구와 이삼 분가량 이야기를 나누었거든요."

"여자 친구?"

퀸 경감이 호기심이 담긴 목소리로 물었다.

"네, 엘리너 리비인데요……, 걔네 아버지가 아이스크림 가게를 하고 있어요. 제가 진저에일을 사러 갔더니 가지 말고 잠깐 있어달라고 해서요. 제가 극장에 진저에일을 가져다줘야 한다고 말하니까 엘리너는 갖다주고 돌아올 수 없겠느냐고 했죠. 그래서 지는 일있다고 말했어요. 서는 진저에일을 그 사람에게 가져다주고 가게로 가서 이삼 분가량 있었어요. 그런데 갑자기 복도에 놔둔 탁자 생각이 나서……."

"탁자?"

엘러리가 목소리에 열기를 띠었다.

"그래, 맞다. 탁자가 있었지……. 이게 웬 운명의 변덕인가. 그러니까 복도로 돌아왔다는 말이구나!"

"네, 맞아요."

소년이 대답했다.

"저하고 엘리너하고 둘이 함께 왔어요."

"엘리너와 같이 왔다 그 말이지? 그래, 얼마나 거기 있었니?"

엘러리가 부드럽게 물었다.

엘러리가 질문하는 것을 보고 퀸 경감의 눈이 빛났다. 퀸 경감은 엘러리의 말이 마음에 드는지 흐뭇한 미소를 지으며 소년의 대답을 가만히 기다렸다.

"저는 탁자를 바로 옮기려고 하다가 그냥 거기서 엘리너와 이야기를 했어요. 엘리너가 다음 휴식 시간까지 그대로 두어도 괜찮지 않겠느냐고 해서요. 막은 10시 5분에 내리는데, 그 전까지만 오렌지에이드를 준비해놓으면 되기 때문에 저는 그렇게 하기로 했어요. 우리는 나쁜 짓은 하지 않았어요. 그렇게 같이 있는 것이 나쁜 짓은 아니잖아요?"

엘러리는 몸을 곧추세우고 소년을 지그시 바라보았다.

"제스, 지금부터 내 말을 잘 듣고 정확히 대답해야 한다. 너와 엘리너가 복도에 도착했을 때가 몇 시였지?"

"글쎄요."

제스가 머리를 긁적거렸다.

"그 사람에게 진저에일을 가져다준 것이 9시 25분쯤이었어요. 그리고 엘리너에게 갔다가 다시 복도로 돌아왔을 때가 9시 35분쯤 되었을 거예요. 맞아요. 오렌지에이드 판매 탁자로 돌아간 게 9시 35분쯤이었어요."

"좋아. 그럼, 정확히 언제쯤 복도를 떠난 거지?"

"10시 정각이었어요. 안에 들어가서 오렌지에이드를 새로 따라야 할 시간이 된 것 같아 엘리너에게 시간을 물어보았거든요. 그랬더니 엘리너가 손목시계를 보고 가르쳐주었어요."

"극장 안에서 무슨 소리 못 들었니?"

"이야기에 열중해 있었기 때문에 잘 모르겠어요. 우리는 밖으로 나와 조니 체이스를 만날 때까지 안에서 무슨 일이 일어났는지 전혀 몰랐어요. 조니는 안내원인데요, 저쪽쯤에 서 있었다가 저에게 안에서 무슨 사고가 났는지 말해주었어요. 팬저 씨가 왼쪽 복도로 가 있으라고 했다는 것도요."

"그랬군."

엘러리는 다소 흥분해서는 코안경을 벗어 들어 소년의 눈앞에서 흔들었다.

"신중하게 잘 대답해야 해, 제스. 네가 엘리너와 함께 있을 때 복도를 드나든 사람은 없었니?"

소년은 망설이지 않고 또렷또렷하게 대답했다.

"네, 없었어요."

"그래, 수고했다."

퀸 경감은 소년의 등을 두드려주고는 웃는 얼굴로 그를 돌려보냈다. 그러고는 날카로운 눈길로 주위를 둘러보더니, 무대 위에서 별 효과 없는 안내 방송을 막 끝낸 팬저에게 오라는 손짓을 했다.

"팬지 씨, 연극 진행 스케줄에 대해 알고 싶습니다. 2막은 언제 시작했죠?"

"9시 15분 정각에 시작해서 마찬가지로 10시 5분 정각에 끝납니다."

팬저가 재빨리 대답했다.

"오늘도 스케줄대로 진행되었나요?"

"그렇습니다. 효과라든가 조명 같은 문제 때문에 정확한 시간에 시작해야 합니다."

퀸 경감은 입속으로 중얼거리며 나름대로 시간 계산을 했다.

"소년이 살아 있는 필드를 본 것이 9시 25분인데……. 그리고 시체가 발견된 시간은……."

퀸 경감은 곰곰이 생각하며 중얼거리더니 뒤로 돌아서서 도일을 불렀다. 그러자 도일이 재빨리 달려왔다.

"도일, 푸색 씨가 사람이 죽었다고 자네에게 알린 때가 몇 시쯤이었는지 기억할 수 있나?"

도일은 머리를 긁적거렸다.

"잘 모르겠습니다, 경감님. 다만 말씀드릴 수 있는 것은 2막이 거의 끝나갈 무렵이었다는 것뿐입니다."

"그렇게 애매한 정보를 도대체 어디다 쓰란 말인가, 도일?"

퀸 경감이 짜증을 냈다.

"배우들은 어디 있나?"

"저기 뒤쪽 중앙에 모아놓았습니다. 그렇게 할 수밖에 없었습니다."

"아무나 한 사람 데리고 오게!"

퀸 경감이 명령했다. 도일은 배우를 데리러 급히 뒤쪽으로 뛰어갔다. 퀸 경감은 조금 떨어진 곳에 서 있는 피고트 형사를 손짓해 불렀다. 형사는 양옆에 여자와 남자를 데리고 있었다.

"문지기를 데리고 왔나, 피고트?"

퀸 경감이 물었다.

피고트가 고개를 끄덕였다. 그 옆에는 쭈글쭈글한 유니폼을 입은 키 큰 노인이 서 있었는데, 모자를 든 손을 벌벌 떨고 있었다. 그는 비틀거리며 퀸 경감 앞에 나섰다.

"당신이 극장 문을 지킵니까? 여기 정식 직원이냐고요."

퀸 경감이 물었다.

"네."

노인이 모자를 만지작거리며 대답했다.

"그럼, 이제부터 내가 묻는 말에 신중하게 대답해주십시오. 2막이 진행되고 있을 때 극장을 빠져나간 사람이 있습니까? 누구라도 말입니다."

퀸 경감은 사냥개처럼 몸을 앞으로 내민 채 이야기했다. 노인은 잠시 뜸을 들이더니 천천히 말을 꺼냈다.

"없습니다. 아무도 극장 밖으로 나가지 않았습니다. 오렌지에이드 파는 아이만 빼고는 말이에요."

그는 다소 확신에 찬 어조로 말했다.

"한시도 자리를 비운 적이 없었나요?"

퀸 경감이 물었다.

"네."

"그럼, 2막이 진행되는 동안 안으로 들어간 사람은 없었습니까?"

"그러니까……, 제스 린치가 2막이 시작되자마자 들어갔습니다."

"그 외에는 아무도 없었습니까?"

늙은 문지기가 기억을 되살리려고 애쓰는 동안 침묵이 흘렀다. 잠시 후 그는 곧 시무룩해져서 주위 사람들을 둘러보았다.

"기억이 나질 않습니다."

문지기는 기어들어가는 소리로 말했다. 퀸 경감이 재촉하는 듯한 눈빛으로 늙은 문지기를 바라보았다. 그는 어쩔 줄 몰라 땀을 흘리며, 곁에 서 있는 지배인의 눈치를 살폈다. 기억력 때문에 해고라도 당할까 봐 두려워하는 것 같았다.

"정말 죄송합니다. 죄송하다는 말밖에는 할 말이 없습니다. 누군가 있었던 것 같은데, 제가 기억력이 좋지 않아서……. 도저히 기억나지 않습니다."

노인은 사투리 억양이 강한 말투로 말했다.

"이 일을 얼마나 하셨죠?"

엘러리가 차가운 목소리로 끼어들었다. 노인의 당혹스러운 눈길이 새로운 신문자인 엘러리에게 향했다.

"거의 십 년은 되었습니다. 그렇지만 항상 문지기만 한 것은 아닙니다. 이 일을 시작하게 된 것은 나이가 들어서입니다. 달리 할 일도 없고 해서……."

"이해합니다."

엘러리가 친절하게 호응해주었다. 그리고 잠시 침묵하다가 단호하게 말했다.

"그토록 오랫동안 문지기로 일하다 보면 1막 공연 도중에 일어난 일은 기억하지 못할 수도 있을 겁니다. 늦게 오는 사람이 꽤 있을 테니까요. 하지만 2막이 시작되고 난 다음에는 극장 안에 들어오는 사람이 거의 없기 때문에 잘 생각해보면 기억할 수도 있을 겁니다."

"저는……, 도저히 기억나지 않습니다. 아무도 들어오지 않았다고 말할 수도 있지만, 확신할 수가 없거든요. 저로서는 그 이상은 무리입니다."

노인은 고통스러운 듯 대답했다.

"좋아요."

퀸 경감은 노인의 어깨에 다정하게 손을 얹으며 말했다.

"이제 너무 신경 쓰지 마십시오. 우리가 너무 많은 것을 요구한 것 같습니다. 지금은 이 정도로 충분합니다."

문지기가 노인 특유의 종종걸음으로 물러갔다.

도일이 퀸 경감 옆으로 다가왔고 그 뒤를 트위드 옷을 입은 키가 크고 잘생긴 사내가 따라왔다. 아직도 무대 화장을 제대로 지우지 않은 상태였다.

"필 씨입니다, 경감님. 이 연극의 주인공입니다."

도일이 말했다.

퀸 경감은 배우에게 미소를 지어 보이며 손을 내밀었다.

"만나서 반갑습니다, 필 씨. 잠깐 물어볼 것이 있어서 이렇게 불렀습니다."

"도움이 된다면 기쁘겠습니다."

필이 풍부한 바리톤 음색으로 대답했다. 그는 시체를 조사하느라 정신이 없는 프라우티의 등을 흘끗 바라보다가 소름이 끼치는지 얼른 눈길을 돌렸다.

"당신은 이 사건이 일어날 때 무대에 있었지요?"

퀸 경감이 물었다.

"그렇습니다. 배우들은 모두 무대에 있었습니다. 그건 그렇고, 제게 묻고 싶으신 게 뭐죠?"

"사건 당시, 무슨 일이 일어났구나 하고 느꼈던 시간을 정확히 알 수 있을까요?"

"2막이 끝나기 십 분쯤 전이었습니다. 연극이 클라이맥스에 도달했기 때문에 총을 마구 쏘고 있었거든요. 리허설 하는 동안 서로 의논해서 총 쏘는 타이밍을 정확히 정했기 때문에 시간을 알 수 있습니다."

퀸 경감은 고개를 끄덕였다.

"정말 도움이 많이 됐습니다, 필 씨. 바로 그 부분이 알고 싶었습니다. 그리고 이렇게 오신 김에 말씀드리겠는데, 여기에 답답하게 발을 묶어놓아 죄송하게 됐습니다. 하지만 일이 아직 안 끝났기 때문에 어쩔 수 없다는 것을 이해해주시기 바랍니다. 이제 배우들은 모두 무대 뒤로 가셔도 됩니다. 그러나 별도의 지시가 있을 때까지는 절대 극장 밖으로 나가면 안 됩니다."

"알겠습니다, 경감님. 도움이 되었다니 다행입니다."

필은 퀸 경감에게 인사를 하고는 배우들이 모여 있는 곳으로 돌아갔다.

퀸 경감은 옆에 있는 좌석에 기댄 채 생각에 잠겼다. 엘러리는 그 옆에서 아무 말 없이 코안경을 닦고 있었다. 퀸 경감이 아들에게 고갯짓을 했다.

"애야, 어떻게 생각하니?"

퀸 경감이 낮은 목소리로 물었다.

"이건 기본이지요, 친애하는 왓슨. 피해자는 9시 25분에는 살아 있었지만 9시 55분에는 시체가 되어 있었습니다. 문제는 이거예요. 그 삼십 분 동안 무슨 일이 벌어졌을까? 답은 너무나 간단하지요."

엘러리도 낮은 목소리로 답했다.

"그래."

퀸 경감이 고개를 끄덕였다.

"피고트!"

"네."

"그 여자가 안내원인가 보군. 이리 보내게."

피고트는 곁에 서 있는 젊은 여자의 팔을 놓아주었다. 그녀는 가지런한 흰 치마에 얼굴에는 흰 분을 발랐는데, 질린 듯 얼어붙은 미소를 짓고 있었다. 그녀는 퀸 경감 앞으로 재빨리 걸어와 그를 빤히 올려다보았다.

"아가씨가 이곳을 맡은 정식 안내원인가요? 이름이……."

퀸 경감이 쾌활하게 물었다.

"오코넬, 매지 오코넬이에요."

퀸 경감은 아가씨의 팔을 부드럽게 잡았다.

"아가씨, 긴장하지 말고 마음을 편히 가져요. 자, 잠깐 저쪽으로 갈까요?"

두 사람은 LL열로 갔다. 매지 오코넬은 죽은 사람을 보더니 기겁을 했다.

"잠깐 실례해야겠네, 프라우티."

프라우티는 얼굴을 찌푸리며 퀸 경감을 올려다보았다.

"알겠습니다. 조사는 거의 다 끝냈습니다."

검시관은 일어나서 한쪽으로 비켜섰다. 그는 시가를 입에 물고 잘근잘근 씹었다.

퀸 경감은 상체를 숙이고 시체를 내려다보는 오코넬의 표정을 살폈다. 그녀는 무서운 듯 숨을 들이마셨다.

"오코넬 양, 오늘 이 사람을 안내한 기억이 납니까?"

그녀는 잠시 머뭇거렸다.

"네, 기억은 나는데……, 오늘도 바빴기 때문에……. 200명이나 되는 손님을 안내했거든요. 그래서 확실하게는 말씀드릴 수 없네요."

"여기 비어 있는 좌석에 대해서 묻고 싶은데……."

퀸 경감이 비어 있는 일곱 개의 자리를 가리켰다.

"이 좌석들이 1막과 2막이 진행되는 동안 내내 비어 있었나요, 아가씨?"

"글쎄요. 통로를 오가며 보았는데, 지금처럼 비어 있었던 것 같아요. 네, 맞아요. 이 좌석들은 분명히 비어 있었어요."

"2막이 진행되는 동안 이 통로를 드나든 사람은 없었나요, 오코넬 양? 잘 생각해봐요. 확실하게 대답해줘야 합니다."

그녀는 다시 주저했다. 그리고 무표정한 퀸 경감의 얼굴을 힐끔거렸다.

"아뇨, 아무도 못 보았어요."

그러고는 덧붙였다.

"더는 말씀드릴 게 없네요. 이 일에 대해서는 아무것도 모르니까요. 저는 제 일에 충실했어요. 그렇기 때문에……."

"그건 알고 있어요. 그건 그렇고 손님들을 안내하지 않을 때는 주로 어디에 있죠, 아가씨?"

그녀는 통로 뒤편에 있는 구석을 가리켰다.

"2막이 진행되는 동안 줄곧 저기에 있었단 말이오?"

퀸 경감이 상냥하게 물었다. 그녀는 대답하기 전에 입술을 축였다.

"네, 그래요. 하지만 오늘도 평소 때처럼 이상한 것은 보지 못했는걸요."

"좋아요."

퀸 경감의 목소리는 여전히 부드러웠다.

"이제 됐어요."

오코넬은 가벼운 발걸음으로 뒤돌아서 가버렸다.

그들 뒤쪽에서 약간의 소동이 일어났다. 퀸 경감은 프라우티 쪽을 돌아보았다. 그는 가방을 챙기고 일어서면서 우울하게 휘파람을 불고 있었다.

"음, 박사. 끝났군. 결과가 어떻게 나왔지?"

퀸 경감이 물었다.

"간단합니다, 경감님. 이자는 두 시간 전쯤에 살해당했습니다. 처음에는 사인이 좀 헷갈렸습니다만 지금은 어느 정도 명확하게 알 수 있을 것 같습니다. 우선 사인은 독살입니다. 어떤 알코올성 물질에 중독된 것 같습니다. 경감님도 피부에 나타난 푸른 기운을 보셨죠. 입 냄새는 맡아보셨습니까? 여태까지 맡아본 술주정뱅이들 가운데서 가장 냄새가 좋더군요. 아주 비싼 것을 마신 것 같습니다. 하지만 이것은 흔히 볼 수 있는 알코올성 독약은 아닙니다. 만약 그렇다면, 이렇게 빨리 쓰러질 수는 없었겠죠. 제가 말씀드릴 수 있는 건 이게 전부입니다."

프라우티는 말을 마치고 코트 단추를 끼웠다. 퀸 경감은 주머니에서 손수건에 싼 필드의 술병을 꺼내 프라우티에게 건네주었다.

"이건 몬테 필드의 술병이야. 내용물을 분석해주게. 그리고 내용물을 분석하기 전에 지미의 실험실로 가져가서 지문을 채취하도록 하게. 그리고 잠깐!"

퀸 경감은 주위를 둘러보고는 통로 카펫 한구석에 세워져 있는 반쯤 빈 진저에일 병을 집어들었다.

"이 진저에일도 분석해주게, 박사."

프라우티는 몬테 필드의 술병과 진저에일 병을 가방에 넣고는 천천히 모자를 썼다.

"그럼, 이만 가보겠습니다, 경감님. 해부한 다음 자세하게 보고하겠습니다. 일하는 도중이라도 중요한 사실을 알게 되면 즉시 알려드리죠. 지금 시체를 운반할 차가 밖에 와 있을 겁니다. 이리로 오다가 차를 보내라고 연락을 해두었거든요. 그럼, 이만……."

프라우티는 느릿느릿하게 말하더니 하품을 하며 인사를 했다.

프라우티가 나가자 흰 가운을 입은 두 남자가 들것을 가지고 안으로 들어왔다. 퀸 경감은 그들에게 시체를 옮기라고 지시했다. 그들은 시체를 들것에 싣고 흰 천으로 덮은 다음 밖으로 나갔다. 출입구 옆에 있던 형사와 경찰들은 시체가 나가는 것을 안도의 눈길로 지켜보았다. 그들이 해야 할 일이 거의 끝나가고 있는 것이다. 관객들은 수군거리거나 일어서거나 기침을 하거나 투덜거리며 시체가 운반되는 것을 호기심 어린 눈빛으로 지켜보았다.

퀸 경감은 지친 듯 한숨을 내쉬며 엘러리 쪽을 돌아보았다. 그때 객석 오른쪽 끝에서 이상한 소동이 일어났다. 극장 안에 있던 사람들이 모두 일어나 그쪽을 바라보았고, 경찰들은 조용히 하라고 소리를 질렀다. 퀸 경감은 근처에 있던 경찰에게 서둘러 무어라 지시를 내렸다. 엘러리도 눈을 반짝이며 옆으로 다가왔다. 소동의 장본인은 금세 끌려왔다. 두 경찰이 반항하는 사내를 가운데 끼고 있었다. 그들은 사내를 왼쪽 통로 끝까지 끌고 가서는 똑바로 서게 했다.

사내는 키가 작고 다람쥐 같은 인상에, 싸구려 기성복을 입고 있었다. 그리고 머리에는 시골 목사나 쓰는 검은 모자를 쓰고 있었다. 입은 보기 흉하게 일그러져 있었는데, 그 흉한 입으로 마구 욕설을 퍼부어댔다. 그러나 사내는 자신을 쳐다보는 퀸 경감을 발견하고는 한풀 꺾여 반항을 멈추었다. 경찰 하나가 사내를 잡고 난폭하게 흔들며 숨찬 목소리로 보고했다.

"경감님, 이 사내가 뒷문으로 빠져나가려는 것을 붙잡았습니다."

퀸 경감은 미소를 지으며 주머니에서 코담뱃갑을 꺼내 깊이 들이마시고는 재채기를 했다. 기분이 상당히 좋아 보이는 재채기였다. 그는 경찰 사이에 끼여 맥 빠진 듯 서 있는 사내를 쳐다보았다.

"이야, 이거 '목사님' 아니신가? 마침 필요할 때 와주셨구먼!"

퀸 경감이 반가운 듯 말을 걸었다.

4
이 장에서는 여러 사람들이 불려오고
그중 두 명이 용의자로 지목된다

때로는 힘없고 약해 보이는 사람들도 너무 징징거리면 꼴 보기 싫어지는 법이다. 고요한 가운데 무서운 경찰들에게 빙 둘러싸인 '목사'의 모습을 보고, 엘러리는 마치 자기 자신이 가엾은 죄수인 양 비굴한 얼굴을 하는 '목사'에게서 정나미가 뚝뚝 떨어졌다.

'목사'는 퀸 경감의 비아냥거리는 말 속에 숨겨진 뜻을 알아차리고는 바짝 긴장해 퀸의 눈을 흘끗 보았지만, 다시 반항하기 시작했다. 사내는 그렇게 발버둥을 치고 욕설을 해대며 떠들다가 결국 다시 조용해졌다. 그가 하도 몸부림을 치자 다른 경찰이 가세해 그를 바닥에 눕혔기 때문에 어쩔 수 없이 반항을 포기하고 만 것이다. 그는 바람 빠진 풍선처럼 맥이 풀려 있었다. 그때 경찰 하나가 그를 일으켜 세웠다. 그러자 그는 시선을 내리깔고 몸을 움츠린 채 모자를 손에 꽉 쥐고 섰다.

엘러리는 얼굴을 돌려버렸다.

"자, 목사. 그따위 연극을 해봤자 아무 소용 없다는 것을 알고 있을 텐데. 지난번, 강가의 올드 슬립에서 그렇게 했다가 어떻게 됐지?"

퀸 경감은 장난을 치다가 토라져서 말을 하지 않는 어린아이를 달래듯 말했다.

"대답 안 하고 뭐 해!"

경찰 하나가 그의 옆구리를 툭 건드리며 소리쳤다.

"저는 아무것도 몰라요. 정말 모른다고요."

목사는 몸을 기우뚱하며 중얼거렸다.

"자넬 보고는 깜짝 놀랐어, 목사. 왜 그렇게 당황하나. 나는 자네에게 무얼 아느냐고 물은 게 아니야."

퀸 경감이 목소리를 누그러뜨리며 말했다.

"무고한 사람을 이렇게 함부로 대해도 되는 겁니까? 저는 누구 못지않게 선량한 사람이라고요. 내 돈으로 표를 사고 들어왔는데 왜 그러십니까? 저는 집에 가야 합니다. 왜 못 가게 막는 겁니까?"

목사는 화가 난 듯이 소리쳤다.

"표를 샀단 말이지. 그렇다면 이 퀸 영감한테 표를 좀 보여주실까."

퀸 경감은 빌뒤꿈치를 바닥에 비비며 말했다.

목사는 조끼 주머니에 손을 넣고 민첩하게 안을 뒤졌다. 그러더니 곧 얼굴이 창백해졌다. 아무것도 없었다. 그는 주머니에서 천천히 손을 뺀 다음 당혹스러운 표정을 지으며 다른 주머니를 뒤졌다. 그런 행동이 퀸 경감의 웃음을 자아냈다.

"이런, 제기랄! 왜 이렇게 재수가 없는 걸까. 원래 표 같은 건 잘 가지고 다니는데, 오늘 따라 그걸 왜 버렸을까. 죄송합니다, 경감님."

목사가 신음을 냈다.

"그건 아무래도 좋아. 그따위 거짓말은 집어치우라고, 카차넬리. 자네 오늘 여기서 뭘 했어? 왜 그렇게 갑자기 도망치려 했지? 대답해봐."

퀸 경감이 굳어진 표정으로 딱딱하게 말했다.

목사는 주위를 둘러보았다. 경찰 두 명이 그의 양팔을 각각 붙들고 있었다. 험악한 표정의 경찰들이 그를 둘러싼 채였다. 달아날 구멍은 어디에도 없었다. 갑자기 그의 얼굴 표정이 변하며 눈빛이 흐릿해졌다. 그 모습은 결백을 의심받는 성직자 같기도 했고, 누명을 쓴 그리스도교 순교자 같기도 했다. 그를 붙들고 있는 경찰들은 이단 신문관들처럼 보였다. 목사는 때때로 상황을 모면하기 위해 이런 연기를 하곤 했던 것이다.

"경감님."

그가 입을 열었다.

"저를 이런 식으로 취급해서는 안 된다는 걸 알고 계시겠죠? 저는 변호사를 부를 권리가 있습니다. 그리고 묵비권을 행사할 수도 있고요."

그는 더는 아무 말도 하지 않겠다는 듯 입을 다물었다. 퀸 경감은 어이가 없다는 듯 그를 바라보며 물었다.

"필드를 마지막으로 본 게 언제지?"

"필드? 설마 몬테 필드는 아니겠죠? 저는 그를 본 적이 없어요. 저한테 무슨 죄를 뒤집어씌우려고 하시는 겁니까?"

목사는 다소 겁이 나는지 말을 더듬었다.

"바른 대로 대답하지 않겠다면 마음이 바뀔 때까지 기다리는 수밖에 없겠군. 시간이 좀 지나면 생각이 달라지겠지. 잊지 말게. 자넨 아직 보노모 실크 절도 사건의 용의자라는 사실을 말이야."

퀸 경감은 고개를 돌려 한 경찰을 바라보았다.

"이 친구를 지배인실로 데려가서 보호하고 있게."

엘러리는 객석 뒤로 끌려가는 사내를 물끄러미 쳐다보았다.

퀸 경감이 중얼거렸다.

"저 녀석도 머리가 그리 좋은 편은 아니야. 저렇게 잔꾀를 부려 빠져나가려 하다니……."

"저런 사람들은 잘해주면 더한다니까요."

엘러리의 말에 퀸 경감은 미소를 지었다. 그때 벨리 경사가 종이를 한 다발 들고 나타났다.

"아, 토머스가 돌아왔군!"

경감은 기분이 좋은 듯 소리를 내어 웃었다.

"무언가 발견했나, 토머스?"

벨리 경사는 종이 뭉치를 흔들며 대답했다.

"아, 경사님. 아직은 잘 모르겠습니다. 이건 관객들 절반을 조사한 명단인데, 나머지 반은 아직 정리되지 않았으니까요. 직접 보시면 뭐 재미있는 사실이 나오지 않을까요?"

벨리 경사는 이름과 주소를 휘갈겨 쓴 서류를 퀸 경감에게 건네주었다. 퀸 경감이 벨리를 시켜 관객들로부터 알아내도록 한 이름들이었다.

퀸 경감은 어깨 너머로 들여다보는 엘러리와 함께 이름들을 자세히 검토했다. 종이를 반쯤 읽어 내려가던 퀸 경감은 갑자기 긴장했다. 그는 자신의 눈길을 끈 이름을 곁눈질하며 고개를 들고 의아한 듯 벨리 경사를 쳐다보았다.

"모건……. 벤저민 모건. 아무래도 들어본 적이 있는 이름이야. 토머스, 자네는 기억 안 나나?"

벨리는 냉담한 미소를 지었다.

"그렇게 물으실 줄 알았습니다, 경감님. 벤저민 모건은 이 년 전까지 몬테 필드의 동업자로 일했습니다."

퀸 경감은 고개를 끄덕였다. 세 사나이는 서로 상대방의 눈을 쳐다보았다. 이윽고 퀸 경감이 어깨를 움츠리며 짤막하게 말했다.

"모건을 만나 조사해봐야겠군."

퀸 경감은 한숨을 내쉬고 다시 명단을 조사했다. 한 사람씩 이름을 점검하며 이따금 생각에 잠기는 듯 고개를 들었다가는 머리를 내젓고 다시 계속했다. 퀸 경감의 기억력이 엘러리보다 훨씬 뛰어나다는 것을 아는 벨리는 존경스러운 눈길로 상관을 지켜보았다.

마침내 경감은 서류를 벨리에게 넘겨주고 가라앉은 목소리로 말했다.

"그 밖에는 아무도 없군, 토머스 경사. 내가 그냥 보아 넘긴 이름 가운데 자네가 찾아낸 게 있다면 혹 이야기는 다르지만. 어떤가?"

벨리는 말도 꺼내지 못하고 퀸 경감을 바라보다가 고개를 가로저으며 물러가려고 했다. 그러자 퀸 경감이 다시 그를 불러 세웠다.

"잠깐 기다리게, 토머스. 두 번째 명단이 정리되기 전에 모건에게 지배인실로 와달라고 전해주게. 겁주지는 말고. 그리고 이왕이면 그 전에 입장권을 가지고 있는지 어떤지 알아보는 게 좋겠군."

벨리가 알았다는 말을 남기고 총총히 걸어갔다.

퀸 경감은 팬저를 손짓해 불렀다. 지배인은 형사들의 지시를 받으며 이것저것 수사하고 있는 경찰들을 지켜보다가 급히 다가왔다.

"팬저 씨, 청소부들이 대개 몇 시에 청소를 시작하지요?"

"지금 작업을 시작하려고 기다리는 중입니다, 경감님. 다른 극장들은 대개 아침 일찍 정리하지만, 우리는 공연이 끝나자마자 청소를 시작합니다. 뭐 잘못된 거라도 있습니까?"

엘러리는 퀸 경감이 지배인에게 말을 건넸을 때는 미간을 조금 찌푸렸지만 이 대답을 듣자 얼굴이 환해졌다. 그는 기분 좋은 표정으로 코안경을 닦기 시작했다.

퀸 경감은 부드럽게 말을 이었다.

"해줘야 할 일이 있습니다, 팬저 씨. 오늘 밤 모두 돌아간 뒤 청소부들에게 극장을 잘 살펴보라고 지시해주십시오. 무엇이든……, 아무리 하찮게 보이는 것이라도 모두 주워 보관하도록 말입니다. 특히 입장권에 주의하도록 일러주시고요. 청소부들은 믿을 만한가요?"

"그건 염려 없습니다, 경감님. 이 극장이 만들어졌을 때부터 지금까지 계속 일해온 사람들이지요. 무엇 하나 빠뜨릴 리가 없습니다. 마음 놓으십시오. 그러면 모은 쓰레기들은 어떻게 해야 합니까?"

"깨끗하게 포장해서 내일 아침 믿을 만한 사람에게 들려 내게 보내주십시오. 다짐해두는데, 팬저 씨. 이것은 중요한 일입니다. 알겠습니까?"

"네, 알겠습니다."

팬저는 서둘러 밖으로 나갔다.

머리가 희끗희끗한 한 형사가 빠른 걸음으로 들어와서 퀸 경감에게 경례를 했다. 그도 역시 벨리가 가져온 것과 같은 종이들을 들고 있었다.

"경사님께서 이 명단을 경감님께 갖다드리라고 하셨습니다. 나머지 관객들의 이름과 주소입니다."

퀸 경감은 바싹 긴장해 형사의 손에서 그것들을 받아들었다.

엘러리도 앞으로 나섰다. 퀸 경감의 가느다란 손가락이 종이를 한 장 한 장 위에서부터 밑으로 더듬어 내려갔다. 그리고 그 손을 따라 시선도 옮겨갔다.

마지막 페이지를 읽던 퀸 경감은 씽긋 웃으며 엘러리를 올려다보고는 서류를 덮었다. 그는 아들의 귀에 무언가 속삭였다. 엘러리의 얼굴이 환해졌다.

퀸 경감은 기다리고 있던 형사를 돌아보았다.

"이쪽으로 오게, 존슨 형사."

그는 조사를 끝낸 종이를 펼쳐 부하가 잘 볼 수 있도록 했다.

"벨리 경사를 찾아 빨리 이곳으로 오라고 해주게. 그리고 자네는 이 여자를 잡아줘야겠이."

퀸 경감의 손가락이 한 이름과 그 뒤에 기록된 좌석 번호를 가리켰다.

"이 여자와 함께 지배인 사무실로 가게. 거기에는 모건이라는 남자가 있을 거야. 내가 명령을 내릴 때까지 그 두 사람 곁을 떠나선 안 되네. 만약 두 사람 사이에 이야기가 오가거든 잘 들어두게. 어떤 이야기를 하는지 알고 싶으니까. 여자는 정중하게 모셔야 하네."

"알겠습니다. 그리고 경사님께서 전하시는 말씀이 있습니다. 관객들 가운데 따로 떼어놓은 사람들이 있다고 합니다. 입장권을 가지고 있지 않은 사람들이지요. 그들을 어떻게 할지 분부를 듣고 오라고 했습니다."

퀸 경감은 벨리에게 돌려줄 두 번째 명단을 건네며 물었다.

"그들의 이름도 두 개의 명단 가운데 들어 있나, 존슨?"

"네, 들어 있습니다."

"그럼, 다른 관객들과 함께 집으로 돌려보내라고 전하지. 그들과는 만날 필요도, 이야기할 필요도 없네."

존슨은 경례를 하고 돌아갔다.

퀸 경감은 마음속으로 무언가 생각하고 있는 듯한 엘러리와 낮은 목소리로 이야기를 나누었다. 팬저가 마침 그곳에 왔으므로 두 사람은 이야기를 멈췄다. 지배인은 헛기침을 한 번 하더니 공손하게 말했다.

"경감님."

퀸 경감이 몸을 돌렸다.

"아, 팬저 씨였군요. 청소부들에게 잘 일러두었습니까?"

"네. 그 밖에 또 무슨 일이 없을까 해서요. 그리고 이런 일을 묻는 건 실례일지도 모르지만, 손님들이 앞으로 얼마나 더 기다려야 할지…… 귀찮게 자꾸 묻는데……. 이번 사건으로 골치 아픈 일이 일어나지 않았으면 해서요."

팬저의 까무잡잡한 얼굴이 땀으로 번들거렸다.

퀸 경감이 곧바로 말했다.

"그건 걱정은 하지 않아도 좋습니다, 팬저 씨. 그리고 관객들도 이제 잠깐만 기다리면 됩니다. 실은 몇 분 뒤 모두 내보내도록 부하에게 지시하려던 참이었지요. 그런데 나가기 전에 또 한 가지 불평을 들을 일이 있을 것 같은데……."

"뭡니까, 경감님?"

"모두 몸수색을 받아야 할 겁니다. 물론 항의가 나오겠지요. 폭력을 휘둘러 당신을 겁줄지도 모르고요. 하지만 걱정하지 않아도 됩니다. 오늘 밤 여기서 진행되는 일은 모두 내가 책임질 테니까 당신에게는 피해가 없을 겁니다. 그건 그렇고, 내 부하를 도와서 여성 관객들의 몸수색을 할 여자가 한 사람 필요한데……. 여경 한 명이 왔지만 지금 아래층에서 일하고 있으니까요. 누구 믿을 만한 여자를 당신이 구해줄 수 없을까요? 될 수 있으면 중년 여자가 좋겠는데……. 누구에게나 달갑지 않은 일이니 투덜대지 않고 입이 무거운 여자가 좋겠군요."

지배인은 잠시 생각에 잠겨 있다가 말했다.

"그런 여자가 있긴 있습니다. 우리 극장의 의상 담당자인 필립스 부인이죠. 벌써 몇 년째 일하고 있는데, 인상도 좋고 그런 일에 잘 어울릴 여자입니다."

"잘됐군요. 지금 곧 중앙 출입구로 보내주세요. 벨리 경사가 필요한 지시를 내릴 겁니다."

마침 그때 벨리가 들어와 그 말을 들었다. 지배인은 서둘러 통로로 나갔다.

"모건은 잡아두었나?"

퀸 경감이 물었다.

"네."

"잘했네. 또 한 가지 일이 남았네. 이것만 하면 오늘 밤 일은 끝나는 거야. 자네는 일반 객석과 발코니석의 관객들이 나가는 것을 지켜봐야겠네. 중앙 출입구가 아닌 다른 문으로 내보내서는 절대 안 되네. 옆 출구의 부하들에게도 잘 일러두게."

벨리는 고개를 끄덕거렸다.

"잘 알겠지만, 몸수색을 해야 하네. 피고트!"

피고트 형사가 달려왔다.

"자네는 엘러리를 데리고 벨리 경사와 함께 중앙 출구에서 나오는 관객들을 하나하나 살펴보는 일을 도와주게. 부인들 몸수색은 어떤 여자분이 맡을 걸세. 지닌 물건을 모두 조사해야 해. 수상한 것을 지니고 있지 않은지 주머니 속을 잘 뒤져봐야 하네. 입장권은 모두 압수하도록 하고. 그리고 특히 여분으로 갖고 있는 모자에 주의하게. 내가 찾는 것은 실크 모자야. 하지만 어떤 종류의 모자라도 좋으니 여분의 모자를 가진 사람이 있거든 잡아둬. 그리고 부드러운 태도로 대해야 한다는 걸 명심하게. 자, 가서 일을 시작하도록."

그때까지 기둥에 멍하니 기대고 있던 엘러리가 몸을 똑바로 세우고는 피고트의 뒤를 따라갔다. 벨리가 그 뒤를 쫓아가려는데, 퀸 경감이 말을 건넸다.

"발코니석의 관객은 객석이 빌 때까지 내보내지 말게. 그리고 2층으로 사람을 보내 조용히 하도록 해주면 좋겠군."

퀸 경감은 벨리에게 마지막 명령을 내리고 나서 곁에서 명령을 기다리고 있는 도일을 돌아보며 조용히 말했다.

"도일 형사, 자네는 아래층 휴대품 보관소에 가보게. 손님이 외투를 받아가는 것을 잘 지켜보게. 손님들이 모두 가거든 보관소 안을 철저히 수색하도록. 선반에 남아 있는 것은 모조리 나에게 가져오고."

퀸 경감은 살인이 일어난 좌석 바로 뒤쪽 기둥에 마치 대리석 조각처럼 기대섰다. 두 손으로 윗옷 앞깃을 잡은 채 초점 잃은 눈으로 그곳에 마냥 서 있었다. 이윽고 건장한 플린트가 흥분된 표정으로 퀸 경감 앞으로 바삐 걸어왔다. 퀸 경감은 날카로운 눈빛으로 부하를 바라보았다.

"뭐 좀 찾았나, 플린트?"

퀸 경감은 코담뱃갑을 더듬어 찾으며 부하를 바라보았다.

형사는 아무 말 없이 '좌측 LL30'의 기호가 적힌 반쪽짜리 파란색 입장권을 내밀었다. 퀸 경감은 커다랗게 소리 질렀다.

"아니, 이건……, 어디서 발견했지?"

"중앙 출입구 바로 안쪽에 있었습니다. 극장에 들어서자마자 떨어뜨린 것 같습니다."

퀸 경감은 가만히 있다가 갑자기 조끼 주머니에 손가락을 넣어 죽은 사내의 몸에서 발견한 파란 입장권 한쪽을 꺼냈다. 그는 그것을 말없이 바라보았다. 둘 다 같은 파란색으로 한쪽에는 '좌측 LL32' 또 한쪽에는 '좌측 LL30'이라는 번호가 찍혀 있었다.

퀸 경감은 눈을 가늘게 뜨고 얼른 보기에는 신기할 게 전혀 없는 그 종이쪽지를 살펴보았다. 몸을 굽혀 찬찬히 입장권 쪽지의 뒷면을 서로 맞추어보았다. 그리고 의아스러운 듯 잿빛 눈을 빛내며 이번에는 앞면을 서로 맞춰보았다. 그러더니 이번에는 뭔가 불만스러운 표정으로 한쪽의 앞면과 다른 쪽의 뒷면을 서로 맞춰보았다.

세 가지 경우 모두 입장권의 찢어진 자리가 들어맞지 않았다.

5
이 장에서는 퀸 경감이 몇 가지 신문을 한다

퀸 경감은 모자를 눈 위까지 깊숙이 내려 쓰고 객석 뒤에 깔린 붉은색 카펫 위를 서성거리고 있었다. 그리고 언제나 버릇대로 주머니 속의 코담뱃갑을 만지작거렸다. 무언가 깊은 생각에 잠겨 있는 게 분명했다. 그는 한 손에는 파란색 입장권 두 장을 꼭 쥔 채, 아무래도 좋은 생각이 떠오르지 않는지 얼굴을 찌푸렸다.

'지배인 사무실'이라고 쓰인 녹색 얼룩무늬 문을 열기 전, 경감은 고개를 돌려 뒤쪽을 한번 돌아보았다. 극장 안은 웅성거리는 소리로 가득했으나 관객들의 움직임은 질서 정연했다. 경찰과 형사들이 좌석 사이를 누비면서 관객들을 자리에서 일어나게 한 뒤 가운데 통로에 줄을 세웠다. 그러고는 한 사람씩 커다란 중앙 출구에서 몸수색을 받도록 했다. 경감은 관객들이 지금 당하는 부당한 처사에 대해 한마디 항의조차 하지 못한다는 사실을 어렴풋이 눈치챘다. 모두 너무 지쳐 몸수색이라는 굴욕에 반발할 기운도 없는 모양이었다. 부인들은 반쯤은 화를 내면서도 한편으로는 흥미로워하는 기색이 역력한 채, 한쪽에 길게 늘어서서 한 사람씩 검은 옷을 입은 중년 부인에게 수색을 받았다. 퀸 경감은 출입구를 봉쇄한 형사들을 잠깐 바라보았다. 피고트는 오랜 경험으로 터득한 익숙한 솜씨로 남자들의 옷을 재치 있게 조사하고 있었다. 벨리는 그 곁에 서서 여러 유형의 사람들이 검사에 반응하는 모습을 지켜보며 가끔 직접 수색을 하기도 했다. 엘러리는 거기서 조금 떨어진 곳에 서서 두 손을 커다란 외투 주머니에 찔러넣은 채 담배를 피우고 있었다. 아까 사지 못했던 초판본 책보다 중요한 것을 발견할 수 없다는 듯한 표정이었다.

퀸 경감은 한차례 한숨을 쉬고 안으로 들어갔다.

지배인 사무실로 통하는 대기실 안에는 '목사 조니'가 천연덕스럽게 담배를 피워 물고는 가죽 쿠션에 파묻히듯 앉아 있었다. 의자 곁에는 경찰 한 사람이 서서 '목사'의 어깨에 커다란 손을 얹은 채 시키고 있었다.

퀸 경감은 걸음을 멈추지 않고 지나가며 명령했다.

"따라와, 목사."

그 키 작은 악당은 천천히 일어나 피우던 담배를 번쩍이는 놋쇠 재떨이에 능숙한 솜씨로 던져넣고는, 경찰을 뒤에 거느린 채 경감의 뒤를 따라갔다.

퀸 경감은 사무실 문을 열고 문 앞에 서서 재빨리 주위를 둘러보았다. 그러고 나서 한쪽으로 비켜서서 그 악당과 감색 정복을 입은 경찰이 먼저 들어가도록 했다. 세 사람이 들어가고 난 뒤 문이 탁 하고 닫혔다.

루이스 팬저는 사무실을 꾸미는 데에 남다른 취미를 지니고 있었다. 조각으로 장식한 사무용 책상 위에는 산뜻한 녹색 전등갓이 밝게 빛나고 있었다. 의자와 재떨이, 섬세하게 세공한 옷걸이, 비단 덮개를 씌운 소파……. 이런 가구들과 그 밖의 물건들이 보기 좋게 배치되어 있었다. 다른 지배인 사무실과는 달리 그곳에는 스타의 사진이나 연출가 혹은 후원자의 사진

따위가 걸려 있지 않았다. 대신 판화 몇 장과 큰 벽걸이 그리고 컨스터블의 유화 한 점이 고상하게 걸려 있었다.

그러나 퀸 경감은 지배인 사무실의 예술적 품위 같은 것에는 관심을 기울일 여유가 없었다. 그보다는 지금 눈앞에 있는 여섯 명의 인물에 더 관심이 쏠렸다. 존슨 형사 옆에는 날카로운 눈매에 성격이 매우 까다로워 보이는 뚱뚱한 남자가 나무랄 데 없는 야회복을 걸치고 미간을 잔뜩 찌푸린 채 앉아 있었다. 그 옆 의자에는 간단한 야회복에 외투를 걸친 미모의 여자가 앉아 있었다. 그녀는 옆에 있는 잘생긴 젊은이를 올려다보고 있었는데, 젊은이는 야회복에 외투를 입고 손에 모자를 든 채 여자의 몸 위로 허리를 굽혀 낮은 목소리로 무언가 열심히 얘기하는 중이었다. 두 사람 곁에는 또 다른 여자 두 명이 있었는데, 그들 역시 그 남자의 말에 열심히 귀를 기울이고 있었다.

뚱뚱한 남자는 다른 사람들과 달리 초연하게 앉아 있었다. 퀸 경감이 들어서자 그는 기다렸다는 듯이 벌떡 일어섰다. 여자들은 입을 다물고는 새침한 얼굴로 경감을 돌아봤다.

목사 조니는 못마땅한 태도로 헛기침을 하며 호위 경찰을 거느린 채 카펫을 가로질러 한구석으로 갔다. 그러나 우연히 자리를 함께하게 된 사람들의 화려함에 압도된 것 같았다. 그는 발을 옴지락거리며 절망적인 눈길로 퀸 경감을 바라보았다.

퀸 경감은 사무용 책상으로 걸어가 사람들을 향해 섰다. 손짓에 따라 존슨이 재빨리 그 곁으로 갔다. 퀸 경감은 다른 사람들에게 들리지 않도록 목소리를 낮춰 물었다.

"세 사람이 더 와 있는데 이 사람들은 누군가, 존슨 형사?"

존슨이 속삭였다.

"저 늙은 사람이 모건입니다. 그리고 그 곁에 앉아 있는 미인이 경감님께서 잡아두라고 하신 여자입니다. 객석으로 저 여자를 찾으러 갔을 때 저 젊은이와 다른 두 여자가 함께 있었습니다. 경감님의 말씀을 전하자 여자는 신경질적인 반응을 보이더군요. 그러나 일어나 순순히 따라왔습니다. 그런데 다른 세 사람이 저 여자와 함께 여기까지 따라온 것입니다. 저로서는 경감님께서 어떻게 생각하실지 판단이 서지 않았기 때문에……."

퀸 경감은 고개를 끄덕였다. 그리고 여전히 낮은 목소리로 물었다.

"대화 내용을 좀 들어봤나?"

"한마디도 못 들었습니다, 경감님. 모건이라는 사람은 이들을 모르는 모양입니다. 그들 이야기는 오직 경감님이 자기들을 왜 보자고 했는가 하는 것뿐입니다."

퀸 경감은 존슨을 한쪽 구석으로 돌려보내고 기다리던 사람들에게 쾌활하게 말을 건넸다.

"당신들 두 분께 잠깐 할 이야기가 있어 이리 모셨습니다. 다른 분들도 계신 모양인데, 기다리시겠다면 아무래도 좋습니다. 그러나 내가 이 신사와 잠깐 일을 끝낼 때까지 미안하지만 대기실에 있어주기 바랍니다."

퀸 경감은 목사 조니를 향해 턱을 내밀어 보였다. 그는 불쾌한지 몸이 경직된 것 같았다.

두 사나이와 세 여자가 흥분해 떠들어대며 방을 나서자, 존슨이 그 뒤에서 문을 닫았다.

퀸 경감은 '목사 조니' 쪽으로 몸을 돌렸다. 그리고 냉혹한 목소리로 경찰에게 말했다.

"이 시궁창 쥐새끼 같은 놈을 이리 데려오게!"

끌려오다시피 하여 목사 조니가 책상 앞에 세워졌다. 퀸 경감이 위협적으로 말했다.

"이봐, 목사. 난 너라는 놈을 잘 알지. 그러니까 이제부터는 좀 솔직하게 이야기해볼까?"

목사 조니는 눈을 힘없이 뜨고 묵묵히 있었다.

"아무 말도 하지 않을 작정인가, 조니? 이 상태로 그냥 놓아 줄 것 같아?"

그 악당은 무뚝뚝하게 대꾸했다.

"아까도 말씀드렸듯이 나는 아무것도 모릅니다. 그리고 변호사를 만나기 전까지 아무 말도 하고 싶지 않습니다."

퀸 경감은 진지한 목소리로 물었다.

"변호사? 자네 변호사의 이름은?"

목사는 입술을 깨물며 잠자코 있었다. 퀸 경감은 존슨을 돌아보았다.

"존슨, 자네가 바빌론 총기 강도 사건을 맡았었지?"

"네, 그렇습니다, 경감님."

형사가 말했다. 퀸 경감은 부드러운 목소리로 카차넬리에게 설명했다.

"그 사건으로 자넨 일 년 동안 교도소 신세를 졌었지. 기억하고 있나, 카차넬리?"

목사 조니는 계속 입을 다물고 있었다. 퀸 경감은 의자 등받이에 천천히 기대며 말을 이었다.

"그리고 존슨, 나는 아무래도 기억이 안 나는데, 이 친구 변호를 맡은 자가 누구였지?"

존슨은 카차넬리를 가만히 지켜보다가 갑자기 깜짝 놀란 듯 소리쳤다.

"필드였습니다. 그 사람은……"

"그렇지. 지금 시체 보관소 차가운 바닥에 나둥그러져 있는 신사지. 어떤가, 목사. 무슨 말이든 좀 해보시지. 연극은 그만둬. 아까 나는 자네에게 필드라고만 했는데, 자네는 몬테 필드라고 금방 알지 않았나? 이렇게 됐으니 깨끗이 말하는 게 자네에게도 좋을 거야."

목사는 눈에 절망의 빛을 띤 채 경관 쪽으로 비틀거렸다. 이윽고 입술을 축이며 입을 열었다.

"좋습니다, 경감님. 하지만 이번 일에 대해서는 정말 아무것도 모릅니다. 솔직히 말해 필드를 만난 지 한 달도 넘었습니다. 너무합니다. 너무해요. 설마 이 살인 사건으로 내 목을 매달려는 것은 아니겠지요?"

목사 조니는 완전히 풀이 죽어 퀸 경감을 바라보았다. 존슨이 그를 잡아 몸을 똑바로 세웠다. 퀸 경감이 말했다.

"아니, 어째서 그런 결론을 대뜸 내리지? 나는 다만 간단한 정보를 원할 뿐이야. 물론 자네가 살인을 자백한다면, 우리 직원에게 자네 이야기를 확인하게 한 뒤 편안하게 잠을 자도록 해주겠지만 말이야. 어떤가?"

목사가 갑자기 팔을 휘두르며 소리쳤다.

"아니야!"

존슨이 간단히 그 팔을 잡아 몸부림치는 등 뒤로 틀어올렸다.

"왜 또 그런 엉터리 이야기를 꾸미는 겁니까? 나는 지금 아무것도 자백하지 않았습니다! 아무것도 모른다고요. 오늘 밤 필드를 만나지도 않았고, 그가 여기 있는지조차 몰랐습니다. 기억해두는 게 좋을 거예요. 내게는 아주 힘 있는 친구가 있으니까요. 경감님, 그런 죄를 내게 덮어씌울 수는 없을 테니 두고 보시지요."

"안됐군, 조니."

퀸 경감은 한숨을 내쉬고는 코담배를 한 줌 꺼냈다.

"좋아, 몬테 필드를 죽이지 않은 걸로 하지. 오늘 밤 몇 시에 여기 왔나? 입장권은 어디다 두었지?"

목사는 두 손으로 모자를 잡아 비틀었다.

"아까는 아무 말도 하지 않을 작정이었습니다. 경감님, 당신이 나를 함정에 빠뜨려 잡아가려는 줄 알았으니까. 내가 언제 어떻게 이 극장에 왔는지 설명하는 것은 간단합니다. 8시 30분쯤 와서 무료입장권을 보이고 들어왔으니까. 입장권은 여기 있습니다."

목사 조니는 웃옷 주머니를 세심히 뒤져 구멍이 뚫린 파란색 입장권을 꺼냈다. 퀸 경감은 입장권을 흘끗 보고는 주머니에 넣었다.

"그런데, 어디서 그 무료입장권을 손에 넣었나, 조니?"

목사 조니는 신경질적으로 대답했다.

"내……, 내 여자 친구가 줬습니다."

퀸 경감은 유쾌한 듯 말했다.

"그런가? 이 사건에도 여자가 등장하는군! 그 귀여운 키르케의 이름이 뭐지, 조니?"

"그런 것은 알아서 뭣합니까! 그 여잔……. 아니 경감님, 그 여잘 골치 아픈 일에 끌어넣으면 안 됩니다! 그녀는 진실한 아가씨예요. 그 여잔 아무것도 모릅니다. 솔직히 말해서 난……."

퀸 경감은 카차넬리의 말을 가로막았다.

"그 여자 이름은?"

조니는 처량한 목소리로 대답했다.

"매지 오코넬. 이 극장의 안내원이에요."

퀸 경감의 눈이 빛났다. 퀸 경감과 존슨 사이에 재빠른 눈짓이 오갔다. 형사는 방을 나갔다.

퀸 경감은 편안한 자세로 의자 등받이에 몸을 기대며 이야기를 계속했다.

"그래. 내 옛 친구 목사 조니는 몬테 필드에 대해 모른다는 말이군. 좋아, 자네 여자 친구 말이 얼마나 자네 주장을 뒷받침해주는지 보아야겠어."

퀸 경감은 이야기를 하며 조니의 손에 들린 모자를 자세히 바라보았다. 그가 입은 촌스러운 옷차림에 어울리는 검은색 싸구려 중절모였다.

퀸 경감이 느닷없이 말했다.

"이봐 목사, 그 모자 좀 이리 줘!"

퀸 경감은 목사 조니의 머뭇거리는 손에서 모자를 받아들고는 찬찬히 살펴보았다. 그는 안쪽의 가죽 밴드를 꺼내 꼼꼼히 살펴본 뒤 돌려주었다.

"그렇지, 깜박 잊고 있었군."

퀸 경감은 경관을 돌아보았다.

"자네, 카차넬리의 몸을 수색하게."

목사 조니는 싫은 얼굴로 수색을 받았지만 그리 소란을 피우지는 않았다.

"흉기는 없습니다."

경찰은 수색을 계속했다. 그리고 바지 뒷주머니에 손을 넣어 두툼한 지갑을 꺼냈다.

"이걸 보시겠습니까, 경감님?"

퀸 경감은 지갑을 받아들고 대수롭지 않은 표정으로 돈을 세어보더니 경관에게 돌려주었다. 경관은 그 지갑을 조니의 주머니에 다시 넣어주었다.

퀸 경감이 혼잣말처럼 중얼거렸다.

"122달러면 큰돈인데, 조니. 그 지폐에서는 아무래도 보노모 실크 냄새가 나는군. 어때?"

퀸 경감은 엷은 웃음을 띠고 나서 경관에게 물었다.

"술병은 없나?"

경관은 고개를 가로저었다.

"조끼나 셔츠 밑에도?"

경관은 다시 고개를 저었다. 퀸 경감은 몸수색이 끝날 때까지 잠자코 기다렸다. 목사 조니는 마음이 놓인 듯 한숨을 내쉬었다.

"어때, 조니. 자네에게는 아주 운이 좋은 밤이군."

그때 노크 소리가 났다.

"들어오시오."

퀸 경감이 대답했다. 문이 열리고 제복 차림의 날씬한 여자 안내원이 모습을 드러냈다. 그 뒤로 존슨이 따라 들어와 문을 닫았다.

매지 오코넬은 카펫 위에 서서 눈을 내리깔고 생각에 잠긴 애인의 모습을 보고는 입을 비쭉 내밀고 쏘아붙였다.

"봐요! 결국 붙잡혔잖아요. 멍청한 짓 좀 이제 그만해요. 그런 일로 달아날 생각은 말라고 했잖아!"

그녀는 경멸하듯 목사에게 등을 돌리고 분첩으로 마구 얼굴을 두드리기 시작했다.

퀸 경감은 상냥하게 물었다.

"이봐 아가씨, 왜 존 카차넬리에게 무료입장권을 주었다는 말을 하지 않았지?"

그녀는 배짱 두둑이 대답했다.

"모든 일을 다 말해야 할 이유는 없잖아요, 경찰 선생님? 왜 꼭 말씀드려야 하죠? 조니는 이번 사건과 아무런 관계가 없는데요."

퀸 경감은 코담뱃갑을 만지작거리며 말했다.

"그 이야기는 나중에 다시 합시다. 지금 아가씨에게 듣고 싶은 것은, 내가 아까 물었을 때보다 기억력이 좀 나아졌는지 어떤지 하는 거요."

"무슨 뜻이지요?"

그녀가 물었다.

"아까 아가씨는 연극이 시작되기 전에는 평상시에 대기하던 자리에 있다가 그 후에 많은 손님을 자리로 안내했다고 했지요. 하지만 그 몬테 필드, 그러니까 그 죽은 사나이를 좌석으로 안내했는지 어떤지는 기억이 안 난다고 했고. 그리고 아가씨는 연극이 진행되는 동안 내내 왼쪽 통로 끝에 서 있었다고 했소. 연극이 진행되는 동안 줄곧 말이오. 틀림없어요?"

"네, 틀림없어요, 경감님. 누가 뭐라던가요?"

여자는 흥분하여 몸을 떨기 시작했다. 하지만 퀸 경감이 그녀의 떨리는 손가락 끝을 노려보자 떨림이 멎었다.

이때 뜻밖에도 목사 조니가 강경한 어조로 말했다.

"그만둬, 매지. 더는 쓸데없이 바보짓 할 것 없어. 어차피 우리 둘이 함께 있었다는 걸 알게 될 테니까. 그렇게 되면 당신을 붙잡고 늘어질 거야. 당신은 이 사람을 잘 몰라. 미리 깨끗이 말하는 게 좋아."

경감은 유쾌한 듯 악당 조니와 젊은 여자를 번갈아 보며 말했다.

"흠, 목사 조니도 관록이 붙어 분별력이 생긴 모양이구먼. 둘이 함께 있었던 모양인데, 언제 어디서 얼마쯤 같이 있었나?"

매지 오코넬의 얼굴이 붉으락푸르락했다. 그녀는 독기 품은 눈으로 애인을 흘겨보더니 퀸 경감 쪽으로 돌아섰다. 그리고 씁쓸하게 말했다.

"그렇다면 모두 말씀드리지요. 이 바보가 모두 털어놓은 이상 나도 아는 걸 모두 말하겠어요. 그리고 만일 그 멍청한 난쟁이 지배인에게 일러바치고 싶다면 마음대로 해도 좋아요!"

퀸 경감은 눈썹을 치켜세웠지만 입은 열지 않았다. 그녀는 덤벼들듯 말을 계속했다.

"저는 조니에게 무료입장권을 얻어주었어요. 아무튼, 그래요. 조니 같은 남자들은 치고받고 빵빵 쏴대는 것을 좋아하니까요. 게다가 휴일 밤이었거든요. 그래서 무료입장권을 얻어준 거예요. 동반권인데, 무료입장권은 다 그래요. 그래서 조니 옆자리는 계속 비어 있었어요. 왼쪽 통로 옆으로……. 저 잔소리 많은 난쟁이 지배인한테서는 얻어낼 수 없는 특등석이었지요. 1막 때는 제가 너무 바빠 함께 앉아 있을 시간이 전혀 없었어요. 첫 번째 휴식 시간이 끝나고 2막이 오르자 저도 시간이 나 이 사람 곁에 앉아 있었어요. 그게 왜 안 된다는 거죠? 저도 때론 쉬고 싶을 때가 있다고요."

"알겠소."

퀸 경감이 표정을 누그러뜨리며 말했다.

"진작 아가씨가 그렇게 말했더라면 시간도 절약되고 귀찮은 일도 없었을 거요. 그건 그렇고, 2막을 하는 동안 자리를 한 번도 뜨지 않았나?"

"음, 한두 번쯤 자리를 떴던 것 같아요. 하지만 금방 조니 옆으로 왔죠."

그녀가 조심스럽게 말했다.

"지나다닐 때 몬테 필드를 본 적이 있소?"

"아니요. 본 적 없어요."

"그럼, 그 자리 근처에 앉아 있는 다른 사람을 본 적은?"

"아니요. 저는 그 사람이 거기 있는지조차 몰랐어요. 그쪽을 보지도 않았으니까요."

"그럼, 아가씨는…… 2막을 하고 있을 때 맨 마지막 줄로 누군가를 안내한 기억이 없다는 건가?"

퀸 경감이 차갑게 물었다.

"그래요. 정말 본 기억이 없어요. 저녁 내내 기억날 만한 그 어떤 일도 없었는걸요."

매지 오코넬은 질문이 계속되자 차츰 신경질적으로 변했다. 그녀는 목사 조니를 흘끗 쳐다보았다. 목사는 멍하니 바닥을 바라보고 있었다.

"큰 도움이 되었습니다. 아가씨. 이제 가도 좋아요."

퀸 경감이 갑자기 자리에서 일어나며 말했다.

그녀가 나가려 하자 목사 조니가 은근 슬쩍 따라 나가려 했다. 그것을 보고 퀸 경감은 존슨에게 눈짓을 했다. 목사 조니는 존슨에게 끌려 다시 제자리로 돌아와야 했다.

퀸 경감이 냉정하게 말했다.

"가만히 있는 게 좋아, 목사. 그리고 오코넬 양!"

그녀는 무관심한 표정으로 돌아보았다.

"당분간 지배인에게 얘기하지 않겠소. 그리고 충고 하나 해주겠는데, 윗사람과 말할 땐 행동거지를 조심하는 게 좋을 거야. 자, 당장 나가시오. 당신에 대한 다른 얘기가 내게 들리지 않았으면 하오."

그녀는 건방지게 웃더니 몸을 흔들며 방을 빠져나갔다.

퀸 경감은 경관에게 몸을 돌렸다.

"수갑을 채워!"

퀸 경감이 목사를 손가락질하며 명령했다.

"경찰서로 연행해."

경관은 알았다는 듯이 경례를 했다. 이어 수갑이 번쩍이는 빛을 내며 철컥거렸다. 목사 조니는 손목에 채워진 수갑을 멍청하게 바라보았다. 그는 입을 열 틈도 없이 경관의 손에 끌려 나갔다.

퀸 경감은 손을 툭툭 털고는 가죽 의자에 앉아 코담배를 한 줌 꺼내 냄새를 맡았다. 그리고 완전히 달라진 말투로 존슨에게 명령했다.

"미안하지만 존슨 형사, 모건 씨에게 이리 오라고 하게."

벤저민 모건은 자신감이 넘치는 걸음걸이로 퀸 경감의 임시 사무실로 들어섰다. 하지만 어딘지 모르게 불안한 기색이 엿보였다.

"안녕하십니까."

모건이 불안한 기색을 감추려는 듯 묵직한 바리톤 음성으로 말했다. 그는 힘든 하루 일과를 마치고 클럽에서 휴식을 취하는 사람처럼 느긋한 태도로 몸을 의자 깊숙이 파묻었다. 경감은 그의 그러한 태도를 아무렇지 않은 듯 바라보았다. 그런 경감의 모습은 오히려 배가 나온 반백의 모건을 당황케 했다.

"나는 리처드 퀸입니다. 직책은 경감이죠, 모건 씨."

퀸 경감은 친근한 목소리로 말했다.

"그럴 거라 생각했습니다."

모건이 자리에서 일어나 손을 내밀며 말했다.

"경감님은 내가 누군지 알 거라고 생각합니다. 몇 년 전 형사 법정에서 수차례 보았으니까요. 그 사건을 기억합니까? 메리 두리틀이 살인자로 기소되었던 사건 말입니다. 내가 변호를 맡았었지요."

"아, 맞아요. 어디선가 본 적이 있는 분이라 생각했지요. 당신이 그녀를 석방시켰다죠? 정말이지 당신의 변호는 멋진 작품이었습니다. 정말입니다. 그 변호사가 바로 당신이라니……."

퀸 경감이 경쾌하게 대답했다.

모건이 웃었다.

"내가 생각해도 괜찮은 변호였죠."

모건은 경감의 말을 인정하듯 말했다.

"하지만 지금은 옛이야기가 됐소이다, 경감. 알지 모르겠지만, 나는 이제 더는 형사 사건을 맡지 않으니까요."

"그래요? 모르고 있었습니다. 혹시 안 좋은 일이라도 있었습니까?"

퀸 경감은 코담배를 꺼내며 동정하듯 물었다.

모건은 대답 없이 가만히 있었다. 하지만 시간이 조금 지나자 모건은 다리를 꼬며 말을 꺼냈다.

"재수 없는 일이 하나 있었지요. 담배 피워도 괜찮겠습니까?"

퀸 경감이 괜찮다고 하자, 모건은 두툼한 시가에 불을 붙이고는 담배 연기를 빨아들였다. 한참 동안 두 사람은 말이 없었다. 모건은 엄중한 감시를 받고 있다는 사실을 아는 듯했다. 그는 다리를 포갰다 푸는 동작을 반복하며 퀸 경감의 시선을 피했다. 그리고 뭔가를 곰곰이 생각하는지 머리를 푹 숙였다.

긴 시간 동안 침묵이 당혹스러울 정도로 신경을 자극했다. 방구석에 있는 커다란 탁상시계의 째깍거리는 소리를 제외하고는 아무런 소리도 나지 않았다. 갑자기 극장 쪽에서 시끄러운 소리가 들려왔다. 하지만 어느 순간, 항의하는 듯한 소리들이 뚝 그치더니 잠잠해졌다.

"자, 경감님……, 흠……."

모건이 헛기침을 했다. 그는 시가에서 짙은 담배 연기를 뻐끔뻐끔 뿜어내며 차갑고 불편한 목소리로 말했다.

"이게 뭐죠? 무슨 새로운 신문 방식입니까?"

퀸 경감은 깜짝 놀라 모건을 쳐다보았다.

"예? 다시 한 번 말씀해주십시오, 모건 씨. 다른 생각 때문에 잘 못 들었습니다. 미안합니다. 불쾌하지는 않으시겠죠? 나도 이제 늙었나 봅니다."

퀸 경감은 일어서서 뒷짐을 지고 잠시 서성거렸다. 모건은 경감의 움직임을 따라 시선을 옮겼다.

"모건 씨. 내가 왜 남으시라고 했는지 아십니까?"

퀸 경감이 불쑥 말을 꺼냈다. 버릇이 되어버린 퀸 특유의 대화법이었다.

"오늘 밤에 일어난 사건 때문이라는 것은 짐작이 가지만, 그것이 나와 무슨 관계가 있는지는 모르겠습니다."

모건은 시가를 사정없이 빨아대며 말했다.

"곧 아시게 될 겁니다, 모건 씨."

퀸 경감은 책상에 몸을 기대며 말을 이었다.

"분명히 말하자면, 죽은 사람은 단순한 사고사로 죽은 게 아닙니다. 살해된 겁니다. 그 사람은 바로 몬테 필드입니다."

퀸 경감의 말에 모건은 깜짝 놀랐다. 그는 눈이 튀어나올 정도로 놀라 의자에서 벌떡 일어났다. 손이 떨렸고, 숨이 가빠졌는지 무척이나 괴로워했다. 피우던 시가가 바닥에 떨어지기까지 했다. 퀸 경감은 그런 모건을 언짢은 표정으로 지켜보았다.

"몬테 필드!"

모건의 외침은 하도 강렬해 소름이 끼칠 정도였다. 그는 퀸 경감의 얼굴을 멍하니 바라보다가 기운이 빠졌는지 몸을 의자에 묻었다.

"시가를 집으십시오, 모건 씨. 팬저 씨의 소중한 휴식 공간을 망가뜨리면 안 되니까요."

변호사는 어색한 동작으로 시가를 집어들었다.

'이 모건이라는 자는 연기력이 뛰어난 배우이거나, 아니면 정말로 커다란 충격을 받은 걸 거야.'

퀸 경감은 속으로 중얼거리며 자세를 바로잡았다.

"자 모건 씨, 진정하십시오. 그가 죽은 것이 왜 그렇게 놀라운 거죠?"

"그건……, 그건 말이오……. 그 사람! 몬테 필드가……, 이럴 수가!"

그는 얼굴을 뒤로 젖히더니 웃기 시작했다. 모건의 그러한 행동은 퀸 경감의 경계심을 일으키기에 충분했다. 발작과도 같은 행동은 좀처럼 끝나지 않았다. 히스테리를 일으킨 모건의 몸이 마구 흔들렸다. 퀸 경감은 그런 증세에 대해 잘 알고 있었다. 그래서 그는 모건의 뺨을 때리고는 코트의 옷깃을 잡아당겼다.

"진정하시오, 모건 씨."

퀸 경감이 명령조로 말했다.

퀸 경감의 거친 말투는 금방 효과를 보았다. 모건은 웃음을 멈추고 멍한 눈으로 퀸 경감을 바라보다가 의자에 털썩 주저앉았다. 몸은 아직 떨렸지만 정신은 제대로 돌아온 것 같았다.

"미……, 미안합니다, 경감님."

모건은 손수건으로 얼굴을 가볍게 두드리며 중얼거렸다.

"정말 깜짝 놀랐습니다."

퀸 경감이 건조하게 대꾸했다.

"발밑에서 땅바닥이 갈라진다 해도 이렇게 놀라지는 않았을 겁니다. 모건 씨, 도대체 어떻게 된 일입니까?"

변호사는 계속 얼굴에서 땀을 닦아냈다. 그는 상기된 얼굴로 나뭇잎처럼 몸을 떨었다. 그의 입술은 말을 할까 말까 주저하고 있었다.

"좋아요, 경감님. 뭐가 궁금합니까?"

"좋습니다. 몬테 필드를 마지막으로 본 게 언제입니까?"

퀸 경감은 만족스러운 표정을 짓더니 물었다.

변호사는 신경질적으로 헛기침을 했다.

"음……, 벌써 만나지 않은 지 몇 년째 되는 것 같은데요."

그는 낮은 목소리로 말하기 시작했다.

"우리가 함께 일했던 것을 알고 있을 겁니다. 잘나가는 법률 사무소였지만 어떤 사정이 생겨 헤어지고 말았죠. 그 후론 한 번도 그 사람을 만나지 못했어요."

"그게 언제쯤이죠?"

"이 년 조금 넘었습니다."

"그렇군요."

퀸 경감은 몸을 앞으로 내밀며 말했다.

"그건 그렇고, 왜 동업을 파기했습니까?"

변호사는 시가를 만지면서 카펫을 물끄러미 내려다보았다.

"음……, 그건……, 당신도 필드에 대한 소문을 이미 들어 알고 있을 겁니다. 우리는 도덕적인 문제로 의견이 대립되어 헤어진 거죠."

"그럼, 아무 문제도 없었습니까?"

"그렇습니다. 그런 상황에서도 말입니다."

퀸 경감은 책상을 톡톡 두드렸다. 모건은 불안한 표정을 지었다. 아직 충격에서 벗어나지 못한 것 같았다.

"극장에는 몇 시에 오셨습니까, 모건 씨?"

퀸 경감이 물었다.

모건은 뜻밖의 질문이라 생각했는지 잠시 의아해했다.

"8시 15분쯤이었습니다."

그가 대답했다.

"입장권을 보여주시겠습니까?"

퀸 경감이 말했다.

변호사는 주머니를 여기저기 뒤지더니 입장권을 꺼내주었다. 퀸은 그것을 받아들었다. 그리고 자기 주머니에서 석 장의 티켓 조각을 꺼낸 뒤 책상 밑으로 손을 내렸다. 잠시 후 경감은 아무런 동요 없이 티켓 조각 넉 장을 주머니에 다시 넣었다.

"'중앙 M2'에 앉아 계셨군요. 아주 좋은 좌석이죠. 그런데 오늘 〈건플레이〉는 어떻게 보러 오셨습니까?"

"어떻게라뇨? 이건 아주 재미있는 연극이잖소?"

모건은 다소 당황하는 듯했다.

"하지만 이 연극을 보러 일부러 온 것은 아닙니다. 연극을 즐기는 편은 아니니까. 마침 이 로마 극장에서 초대권을 보내주었기 때문에……."

"정말입니까?"

퀸 경감이 놀라서 소리쳤다.

"아주 친절한 곳이군요. 그 표는 언제 받으셨습니까?"

"토요일 아침, 내 사무실에서 초대장과 함께 받았습니다."

"아, 초대장까지 보냈다고요? 지금 그 초대장이 있습니까?"

"음……, 어디 있을 겁니다."

모건이 말을 더듬었다. 그리고 주머니를 뒤지기 시작했다.

"여기 있군."

변호사는 직사각형의 흰 종이를 경감에게 건네주었다. 가장자리가 톱니 모양인 증권 용지를 사용한 것이었다. 퀸 경감은 그것을 조심스럽게 들고 불빛에 비춰보았다. 타자 친 글자 사이로 종이의 무늬가 똑똑히 보였다. 퀸 경감은 입을 다물고 조심스럽게 종이쪽지를 책상의 서류 받침대 위에 놓았다. 그런 다음 모건이 지켜보는 가운데 팬저의 책상 맨 위 서랍을 열고 안을 뒤져 서신 용지 한 장을 찾아냈다. 사각형의 커다란 종이 상단에 극장 문장이 희미하게 인쇄되어 있었다. 퀸 경감은 종이 두 장을 나란히 놓고 잠시 생각에 잠겼다. 그러고는 한숨을 내쉬며 모건이 건네준 종이를 집어들었다. 그리고 천천히 초대장을 읽기 시작했다.

저희 로마 극장은 9월 24일 월요일 〈건플레이〉 야간 공연에 벤저민 모건 씨를 초대합니다. 저희는 이 연극에 대해 뉴욕 법조계의 저명인사이신 귀하의 의견을 듣고 싶습니다. 참석이 의무는 아니지만, 바쁘시더라도 들러서 관람해주시면 감사하겠습니다.

로마 극장 대표 S.

'S'는 겨우 알아볼 수 있을 정도로 작게 잉크로 쓰여 있었다.

퀸 경감은 미소를 지으며 모건을 바라보았다.

"이 극장도 제법이군요. 그런데 좀 이상한데……."

퀸 경감은 한쪽 의자에 앉아 모건과 자신의 대화를 지켜보고 있던 존슨에게 손짓했다.

"지배인을 데려오게, 존슨. 그리고 홍보 담당자 빌슨인지 필슨인지 뭔지 하는 사람도 있으면 함께 데려오게."

퀸 경감은 재빨리 존슨에게 지시를 내렸다.

존슨이 나가자 퀸 경감은 다시 변호사 쪽으로 고개를 돌렸다. 그리고 태연하게 물었다.

"죄송합니다만, 장갑 좀 보여주시겠습니까, 모건 씨?"

모건은 다소 의아해하며 책상에 장갑을 놓았다. 퀸 경감은 호기심 어린 눈으로 그것을 집어들었다. 흰 실크 제품으로 흔한 외출용 장갑이었다. 퀸 경감은 열심히 장갑을 살펴보는 척했다. 그러고는 속을 뒤집어 장갑의 한 손가락 끝에 묻어 있는 반점을 뚫어지게 관찰했다. 그는 모건에게 농담을 하며 자연스럽게 장갑을 한번 껴보았다가 정중한 태도로 변호사에게 돌려주었다.

"그리고……, 아 그렇지, 모건 씨. 모자가 아주 고급인 것 같은데, 잠시 봐도 되겠습니까?"

변호사는 여전히 침묵한 채 모자를 책상에 놓았다. 퀸 경감은 태연하게 모자를 집어들며 〈뉴욕의 거리〉라는 곡을 휘파람으로 불었다. 그는 모자를 요모조모 살폈다. 광택이 나는 최고급품이었다. 안쪽에는 흰 실크 밴드에 '제임스 천시'라는 모자 가게 이름이 금박으로 찍혀 있었다. 그리고 'B. M.'이라는 이니셜이 역시 금박으로 새겨져 있었다.

퀸 경감은 모자를 쓰고는 웃음을 띠었다. 아주 잘 맞았다. 그는 곧 모자를 벗어서 모건에게 돌려주었다.

"부탁에 흔쾌히 응해주셔서 감사합니다, 모건 씨."

퀸 경감은 주머니에서 꺼낸 노트에 뭔가를 써넣었다.

존슨이 문을 열고 팬저와 해리 닐슨을 데리고 들어왔다. 팬저는 주저하며 앞으로 나섰고 닐슨은 안락의자에 앉았다.

"무슨 일입니까, 경감님?"

팬저는 자기 의자에 앉아 있는 퀸 경감의 존재를 의식하지 않으려고 애쓰며 떨리는 목소리로 물었다.

"팬저 씨."

퀸 경감이 천천히 말을 꺼냈다.

"로마 극장에서는 서신 용지를 몇 종류나 쓰고 있습니까?"

지배인의 눈이 커졌다.

"한 가지입니다. 경감님 앞에 있는 바로 그 종이입니다."

"음……."

퀸 경감은 모건이 준 초대장을 팬저에게 건네주었다

"이걸 살펴봐주시죠, 팬저 씨. 이것과 똑같은 종이가 이 로마 극장에 있는지 알 수 있겠죠?"

지배인은 그 종이가 생소한 듯 한동안 바라보았다.

"아뇨, 없습니다. 사실입니다. 확신할 수 있어요. 그런데 이게 뭐죠?"

지배인 팬저는 타자 친 초대장의 글을 몇 줄 읽어보고는 소리쳤다.

"닐슨!"

팬저가 홍보 담당자인 닐슨에게 몸을 돌리며 소리쳤다.

"이게 뭔가? 최신 선전 전략인가?"

홍보 담당자의 얼굴에 초대장을 들이대며 팬저가 말했다.

닐슨은 지배인 팬저의 손에서 초대장을 잡아채 재빨리 읽어 보았다.

"굉장하군요! 이건 정말 기발한 착상입니다."

닐슨이 감탄했다. 그는 놀랍다는 표정으로 초대장을 다시 읽었다. 그리고 네 쌍의 눈이 지켜보는 가운데 씁쓸한 표정으로 그것을 퀸 경감에게 되돌려주었다.

"안타깝게도 이 아이디어는 제 발상이 아닙니다."

닐슨이 천천히 말했다.

"왜 이런 생각을 진작 하지 못했을까."

닐슨은 자리로 돌아가 팔짱을 꼈다. 지배인은 어리둥절한 표정으로 퀸 경감을 바라보았다.

"이상합니다, 경감님. 제가 아는 한 이 극장에서는 이런 용지를 쓰지 않습니다. 그리고 이런 것을 허락한 적도 없습니다. 게다가 닐슨이 이것을 전혀 모른다면……."

지배인은 어깨를 으쓱해 보였다. 퀸 경감은 초대장을 조심스럽게 주머니에 집어넣었다.

"이걸로 됐습니다. 고맙습니다."

퀸 경감은 고갯짓을 하여 그들 두 명을 밖으로 나가게 했다.

그들이 나가자 퀸 경감은 변호사를 관찰하듯 바라보았다. 모건은 얼굴 전체가 뻘겋게 상기되어 있었다. 퀸 경감은 손으로 책상을 내리쳤다. 쿵 하는 소리가 조그맣게 났다.

"어떻게 된 일이죠, 모건 씨?"

퀸 경감이 단도직입적으로 물었다. 모건은 벌떡 일어섰다.

"이건 말도 안 됩니다!"

모건은 퀸 경감 앞에서 손을 내저으며 소리쳤다.

"나는 아무것도 모릅니다. 미안한 말이지만, 그 점에서는 당신도 마찬가지일 거요. 어영부영 장갑이나 모자를 주무르면서 날 협박할 생각이라면……, 그렇지 아직 내 속옷은 조사하지 않았군, 경감."

변호사는 숨이 차는지 말을 끊었다. 그의 얼굴은 새파랗게 질려 있었다.

"왜 그렇게 흥분하십니까, 모건 씨? 마치 내가 당신을 몬테필드 살인 사건의 범인으로 몰기라도 한 것처럼 말씀하시는군요. 자, 좀 앉아서 진정하십시오. 전 관례적인 질문만 했을 뿐입니다."

퀸 경감이 점잖게 말했다.

모건은 의자에 털썩 주저앉았다. 그리고 떨리는 손을 이마에 대고는 중얼거렸다.

"실례했소, 경감. 나도 모르게 흥분한 것 같습니다. 하지만 이건 정말 가혹한 짓이오."

변호사는 원망 섞인 말을 하고는 잠잠해졌.

퀸 경감은 우스꽝스러운 표정으로 모건을 지켜보았다. 모건은 큰일을 치른 사람처럼 손수건과 시가를 꺼냈다. 존슨은 천장을 올려다보며 웃음을 참느라 헛기침을 했다. 시끄러운 소리가 다시 벽 저편에서 들려왔지만 이내 사라져버리고 말았다.

이때 퀸 경감의 목소리가 날카롭게 침묵을 깨뜨렸다.

"이제 끝났습니다, 모건 씨. 가셔도 좋습니다."

변호사는 무언가 말하려는 듯 입을 열었다. 하지만 신경질적으로 모자를 쓰고는 투박한 발소리를 내며 문으로 걸어갔다. 퀸 경감이 신호를 주자 존슨이 가볍게 문을 열어주었다. 그러고는 함께 방을 나갔다.

방에 홀로 남게 된 퀸 경감은 재빨리 일을 시작했다. 주머니에서 연극 티켓 네 조각과 모건이 준 초대권, 몬테 필드의 주머니에서 나온 핸드백 등을 꺼냈다. 그는 핸드백을 다시 열어 속에 든 물건들을 책상에 꺼내놓았다. '프랜시스 아이브스 포프'라는 이름이 예쁘게 인쇄된 명함 몇 장, 레이스가 달린 앙증맞은 손수건 두 장, 파우더가 가득 든 휴대용 케이스, 볼연지와 립스틱, 지폐 20달러와 동전이 몇 개 들어 있는 작은 손지갑 그리고 현관 열쇠 등이 그 안에 들어 있었다. 경감은 물건들을 만지작거리며 생각에 잠겼다. 이윽고 그는 물건들을 핸드백에 담고 연극표 조각과 초대장도 주머니에 다시 넣었다. 그리고 자리에서 일어나 천천히 주위를 둘러보았다. 그는 모자걸이로 가서 거기에 걸려 있는 모자를 조사했다. 'L. P.'라는 이니셜과 17.3센티미터라는 사이즈가 모자 안쪽에 표시되어 있었다.

경감은 그 글자들을 주의 깊게 살핀 후 모자를 제자리에 걸어놓고 문을 열었다.

대기실에 앉아 있던 네 사람이 기다렸다는 듯이 벌떡 일어났다. 퀸 경감은 문 앞에 서서 윗옷 주머니에 손을 찔러넣은 채 미소를 지으며 그들을 바라보았다.

"자, 이제 마지막이군요. 사무실 안으로 들어오십시오."

퀸 경감은 문가에 서서 여자 세 명과 남자 한 명을 들어오도록 했다. 그들은 흥분이 되는지 마구 떠들며 사무실 안으로 들어왔다. 젊은 남자가 의자를 끌어당겨 여자들을 앉히고 자신은 그들 뒤에 섰다. 그러고는 문가에 서 있는 퀸 경감을 쳐다보았다. 경감은 아버지처럼 인자한 미소를 지으며 대기실을 흘끗 쳐다보고는 문을 닫았다. 그리고 느긋하게 책상 쪽으로 걸어와 코담뱃갑을 더듬어 찾으면서 의자에 앉았다.

"자!"

퀸 경감이 부드럽게 말을 꺼냈다.

"너무 오래 기다리게 해서 미안합니다. 아시겠지만 공적인 일이란 게……. 그건 그렇고, 먼저 당신들이 누구인지 알아야겠습니다."

퀸 경감은 인자한 시선으로 여자들 중에서 가장 예쁘게 생긴 여자를 바라보았다.

"당신이 프랜시스 아이브스 포프 씨지요? 전에 직접 뵌 적은 없지만, 내 말이 맞나요?"

여자의 눈이 휘둥그레졌다.

"그래요. 어떻게 제 이름을 아셨죠?"

그녀가 리드미컬하게 대답하며 미소를 지었다. 사람을 끄는 매력적인 미소였다. 그녀에게서는 애교가 철철 넘쳐흐르는 것 같았다. 성숙할 대로 성숙한 젊은 몸매에 갈색의 커다란 눈과 크림색 피부가 퀸 경감의 시선을 자극했다.

퀸 경감은 그녀를 내려다보며 부드럽게 미소 지었다.

"아이브스 포프 양, 이상하게 생각하는 게 당연할지도 모릅니다. 더욱이 내가 경찰이기 때문에 더 그럴지도 모르죠. 하지만 그건 간단한 일입니다. 어쨌거나 당신은 이 사건과 약간 관계가 있는 것 같습니다. 사실은 오늘 조간신문에서 당신의 사진을 보았습니다. 사교란에 실려 있더군요."

그녀가 약간 신경질적으로 웃었다.

"어머, 그랬군요! 저는 그것도 모르고 잔뜩 겁먹었지 뭐예요. 그건 그렇고 제게 볼일은 뭔가요?"

"일 때문이죠. 일 아니고서는 이렇게 부를 이유가 없죠."

퀸 경감이 조용한 소리로 말을 이었다.

"직업이 직업이다 보니까 조금이라도 도움이 될 만한 사람은 모두 만나는 편이지요. 그럼……, 대화를 시작하기 전에 같이 온 손님들이 누구인지 가르쳐주시겠습니까?"

퀸 경감이 눈길을 돌렸다. 그러자 그들 중에서 당황스러움이 섞인 헛기침 소리가 들렸다. 프랜시스가 천천히 입을 열었다.

"죄송해요, 경감님. 여기 계신 분은 힐다 오렌지와 이브 엘리스예요. 친한 친구죠. 그리고 이쪽은 스티븐 배리예요. 제 약혼자예요."

퀸 경감은 약간 놀란 표정으로 그들을 바라보았다.

"이런! 당신들은 모두 〈건플레이〉의 배우들이군요?"

그들이 모두 고개를 끄덕여 보였다. 퀸 경감은 프랜시스 쪽을 돌아보았다.

"쓸데없이 참견하는 것 같지만, 왜 친구들을 데리고 오셨지요? 나는 내 부하에게 분명히 당신만 모시고 오라고 말했을 텐데……"

퀸 경감은 상대가 부담스럽게 느끼지 않도록 미소를 지으며 말했다.

프랜시스를 제외한 나머지 배우들은 모두 퀸 경감의 말에 놀라며 자리에서 몸을 일으켰다. 프랜시스는 동정을 구하는 시선으로 경감을 바라보았다.

"저……, 이해해주세요, 경감님. 저는 여태 신문을 받아본 적이 없거든요. 그래서 두려운 마음에 약혼자와 친구들을 데리고 온 거예요. 저는 그래도 상관없을 거라 생각했는데."

그녀가 약간 당황하는 기색으로 말했다.

"그랬군요."

퀸 경감이 미소를 지으며 대답했다.

"하지만……"

퀸 경감은 안 된다는 제스처를 취했다. 그러자 스티븐 배리가 프랜시스의 의자 위로 몸을 굽히며 말했다.

"원한다면 당신과 함께 있겠어요."

스티븐 배리는 시선에 적의를 담아 퀸 경감을 노려보았다.

"하지만 스티븐은······."

프랜시스가 안타까운 목소리로 말을 하려 했다. 그러나 퀸 경감의 표정은 완고했다.

"알았어요. 스티븐. 당신은 나가는 게 좋겠어요. 밖에서 기다려줘요. 오래 안 걸리죠, 경감님?"

그녀가 시무룩해져서 퀸 경감을 바라보았다. 경감이 고개를 끄덕여 보였다.

"오래 걸리지 않을 겁니다."

퀸 경감의 태도가 많이 달라져 있었다. 조금 잔인하다고나 할까, 어쨌든 좀 전과는 달리 어떤 비정함이 느껴졌다. 그녀는 경감의 태도에 기분이 상한 것 같았다.

힐다 오렌지는 마흔 살쯤 되어 보이는 몸집이 크고 통통한 여자였다. 그녀는 그때까지의 가식적인 표정을 완전히 지워버리고 퀸 경감을 험악하게 노려보았다.

"밖에서 기다릴게요. 만일 기절할 것 같거나 무슨 일이 있거든 소리 질러요. 그다음은 우리가 알아서 할 테니."

힐다 오렌지가 입을 열고는 신경질적으로 방에서 나갔다. 이브 엘리스는 프랜시스의 손을 가볍게 토닥였다.

"걱정하지 마요, 프랜시스. 우리가 곁에 있으니까요."

이브 엘리스는 다정하고 맑은 목소리로 말한 뒤 스티븐의 팔을 잡고 힐다의 뒤를 따랐다. 스티븐 배리는 문을 닫기 전에 고개를 돌려 분노와 불안이 섞인 눈길로 퀸 경감을 한 번 쏘아보았다.

 그들이 나가자 퀸 경감은 자리에서 벌떡 일어섰다. 그의 태도는 상당히 위압적이었으며 냉정했다. 그는 책상에 손을 짚고 프랜시스의 눈을 똑바로 바라보았다.

 "그럼, 프랜시스 아이브스 포프 씨. 지금부터 당신이 해야 할 말은 모두 공적인 겁니다."

 퀸 경감이 단호하게 말했다. 그러고는 주머니에서 재빨리 자그마한 핸드백을 꺼냈다.

 "우선 이걸 돌려드리겠습니다."

 프랜시스는 자리에서 반쯤 일어나며 희미하게 광택을 발하는 핸드백으로 시선을 옮겼다.

 "아니, 그건……, 제 핸드백이에요!"

 그녀의 얼굴이 창백해졌다.

 "그렇습니다, 아이브스 포프 양. 오늘 밤에 이게 극장에서 발견되었습니다."

 "그래요? 저는 참 멍청한 데가 있어요. 지금까지 핸드백이 없어진 줄도 몰랐어요."

 그녀는 자리에 털썩 주저앉으며 자조적으로 웃었다.

 "하지만 아이브스 포프 씨."

 작은 체구의 퀸 경감이 침착하게 말을 이었다.

 "그건 그리 중요한 게 아닙니다. 중요한 것은 당신의 핸드백이 나온 바로 그 장소입니다."

 퀸 경감은 잠시 말을 중단했다.

 "오늘 밤 이 극장에서 살인 사건이 일어났다는 것을 아시죠?"

 프랜시스 아이브스 포프는 공포에 젖은 눈으로 경감을 멍하니 쳐다보았다.

"네."

그녀는 숨을 들이마셨다.

퀸 경감이 냉정하게 말을 이었다.

"그러니까 당신 핸드백은……, 죽은 사람의 주머니에서 나왔습니다."

프랜시스의 눈에 공포가 어리더니 새파랗게 질린 얼굴로 무언가에 억눌린 듯한 비명을 질렀다. 그러고는 의자 위로 쓰러졌다.

퀸 경감은 재빨리 그녀에게 다가갔다. 경감의 얼굴에는 난처하고 걱정스러운 표정이 역력했다. 퀸 경감이 쓰러진 여인에게 다가갔을 때 갑자기 문이 열리며 스티븐 배리가 황급히 들어왔다. 그리고 그 뒤로 힐다 오렌지와 이브 엘리스와 존슨도 따라 들어왔다.

"도대체 프랜시스에게 무슨 짓을 한 거요, 이 빌어먹을 짭새 양반이……!"

스티븐 배리가 경감을 어깨로 밀치며 소리쳤다. 그는 프랜시스를 조심스럽게 안고서 얼굴에 덮인 머리칼을 쓸어올렸다. 그리고 귀에 대고 연신 속삭였다. 그러자 프랜시스는 겁에 질린 눈을 뜨고는 흥분해 있는 약혼자의 얼굴을 바라보았다. 그녀는 그의 얼굴에서 위안을 얻었는지 크게 심호흡을 했다.

"스티븐, 저……, 잠시 정신을 잃고 말았어요."

그녀는 조그맣게 속삭이고는 다시 정신을 잃었다.

"물 좀 갖다줘요."

존슨이 스티븐의 어깨 너머로 컵을 내밀었다. 스티븐은 그녀의 목구멍에 물을 억지로 몇 방울 흘려 넣었다. 그녀는 다시 의식을 회복했다. 여배우 두 명은 스티븐을 프랜시스에게서 떼어내고는 남자들을 모두 밖으로 내몰았다. 퀸 경감은 싫다는 스티븐 배리와 존슨을 데리고 방을 나갔다.

"참 대단한 경찰 양반이시구먼! 도대체 그 여자에게 무슨 짓을 했죠? 범인을 대하는 식으로 머리라도 때렸습니까?"

스티븐 배리가 빈정댔다.

"자, 젊은 친구, 진정하게. 그런 말은 하는 게 아니야. 자네 애인은 지금 약간 충격을 받은 거라고."

퀸 경감이 침착하게 말했다.

그들은 아무 말도 하지 않고 가만히 서 있었다. 시간이 좀 지나자 문이 열리더니 프랜시스가 여배우들의 부축을 받으며 나왔다. 스티븐이 그녀에게 급히 다가갔다.

"괜찮아요?"

스티븐은 프랜시스의 손을 꼭 잡으며 말했다.

"스티븐……, 제발 집으로 데려다줘요."

그녀는 쇠약해진 몸을 스티븐의 팔에 기대며 힘겹게 말했다.

퀸 경감은 그들이 지나가도록 길을 비켜주었다. 그들은 천천히 걸어가 중앙 출입구로 나가는 관객들 뒤에 줄을 섰다. 리처드 퀸은 그들의 모습을 애처로운 시선으로 바라보고만 있었다.

6
이 장에서는 지방 검사가 왓슨 역할을 맡는다

리처드 퀸은 좀 색다른 인물이었다. 몸집이 작고 강단이 있으며 회색 머리카락에 주름도 많았다. 이런 그의 외모는 때로는 유능한 사업가로, 어떤 때는 야간 경비원으로, 그가 원하는 어떤 모습으로도 보일 수 있었다. 옷만 적당하게 갖추어 입으면 어떤 변장에도 잘 어울렸다.

변장에 능숙한 것만큼이나 사람을 대하는 태도도 능수능란하게 잘도 변했다. 그의 이런 모습을 아는 사람은 얼마 되지 않았다. 따라서 그는 협조자에게도, 적에게도, 법외 심판을 받는 범인에게도 언제나 두렵고 신비한 존재였다. 그는 마음만 먹으면 극적으로 과장된 모습을 보일 수도 있었으며 부드럽게 분위기를 끌어갈 수도 있었고, 아버지처럼 자상하게 굴 수도 있었으며 불도그처럼 끈질기게 물고 늘어질 수도 있었다.

그러나 어느 감상주의자가 말했듯이 그의 심연에는 '순수한 마음'이 깔려 있었다. 퀸 경감의 마음은 세상 때에 물들지 않은 상태 그대로였다. 리처드 퀸을 공식적으로 만나는 사람들은 만날 때마다 그에 대한 인상을 다르게 가졌다. 퀸 경감이 끊임없이 새로운 면을 상대에게 보여주었기 때문이다. 그것은 적어도 리처드 퀸의 판단에서는 직무상 필요한 일이었다. 당연히 사람들은 리처드 퀸이라는 인물을 제대로 이해할 수 없었다. 무슨 말을 할지 예측이 어려웠기 때문에 퀸 경감을 항상 두려워했다.

퀸 경감은 혼자 남게 되자 팬저의 사무실로 돌아가 문을 꼭 잠갔다. 그러자 그의 수사관다운 모습이 두드러졌다. 퀸 경감의 늙은 얼굴은 세상의 모든 이치를 통달한 것처럼 보였다. 그는 자신이 충격을 주어서 기절해버린 아가씨를 생각했다. 그녀의 공포에 질린 얼굴이 자꾸만 떠올라 기분이 언짢았다. 프랜시스 아이브스 포프는 퀸 경감이 자신에게도 그런 딸이 있었으면 하고 생각할 정도로 모든 조건을 갖추고 있었다. 충격 때문에 기절한 프랜시스를 생각하자 가슴이 미어졌다. 그리고 그녀 때문에 자신에게 대들던 약혼자 스티븐 배리를 생각하니 묘하게도 부끄러운 감정이 생겨났다.

퀸 경감은 코담뱃갑을 꺼내 한숨을 쉬고는 그 냄새를 한껏 음미했다. 그것이 그의 유일한 기분 전환 수단이었다.

그때 묵직한 노크 소리가 들려왔다. 퀸 경감은 다시 카멜레온처럼 형사 본연의 모습을 되찾아, 진지한 생각과 고뇌에 잠긴 표정으로 되돌아왔다. 사실 그는 내심 엘러리가 돌아온 것이기를 바랐다.

"들어오게."

그가 상냥하게 말했다. 그러자 문이 열리며 두꺼운 외투에 털목도리를 두른, 눈매가 시원하고 빼빼 마른 사내가 들어왔다.

"헨리! 여기서 뭘 하는 거야? 의사가 누워 있으라고 했잖아."

퀸 경감이 자리에서 벌떡 일어나며 외쳤다.

지방 검사인 헨리 샘슨은 윙크를 해 보이고는 안락의자에 털썩 주저앉았다.

"의사는 내 목에 통증만 더했다네. 그건 그렇고 일은 어떻게 돼가나?"

검사가 훈계하듯 말했다. 그리고 목이 아픈지 신음을 냈다.

"나잇살이나 먹은 사람이 왜 그래, 헨리! 자네같이 골치 아픈 환자는 처음 봤어. 몸조릴 제대로 하지 않으면 폐렴에 걸릴지도 모른다고."

퀸 경감도 자리에 앉으며 말했다.

지방 검사의 얼굴에 미소가 번졌다.

"그런가? 맞는 말이야. 하지만 보험에 들어놨으니 상관없네. 걱정할 것 없다고. 그건 그렇고 빨리 내 질문에 대답이나 하게."

"알았네, 알았어. 일이 어떻게 되어가고 있느냐고? 현재로서는 아무 성과도 없어. 만족스러운가?"

퀸 경감이 투덜거리며 말했다.

"친절하게 차근차근 상황을 설명해보게. 나는 환자야. 그러니 머리 복잡하게 돌려 말하지 말라고."

헨리 샘슨이 말했다.

"헨리. 미리 말하지만, 이번 사건은 여태까지 우리가 맡은 것들 중에서도 가장 골치 아픈 사건이야. 자네 금방 머리가 아프다고 했지? 그렇다면 들어봤자 소용없을 거야."

퀸 경감이 상체를 앞으로 기울이며 말했다.

샘슨은 인상을 찌푸리며 경감의 얼굴을 바라보았다.

"정말 복잡한 사건인 것 같군. 게다가 좋지 않은 때에 사건이 터졌어. 선거도 얼마 남지 않았는데 말이야. 무능한 경찰 때문에 살인 사건이 미궁에 빠졌다고 떠들어댈지도 몰라."

"뭐, 그렇게 생각하는 사람들이 있을지도 모르겠군. 하지만 나는 굳이 이 사건을 선거와 결부시키고 싶지는 않아. 한 남자가 살해되었을 뿐이야. 하지만 나는 누가 어떻게 그 사내를 살해했는지, 솔직히 말해서 도저히 모르겠네."

퀸 경감이 가라앉은 목소리로 대답했다.

"좋아. 그건 그만하고."

지방 검사 샘슨의 목소리가 다소 부드러워졌다.

"자, 들어보라고. 조금 전에 무슨 얘기를 들었어. 전화로 들은 건데……."

"잠깐만, 친애하는 왓슨."

퀸 경감은 금세 태도를 바꾸고는 껄껄 웃었다.

"하하, 엘러리의 말투를 한번 흉내 내보았네. 자네가 무슨 얘길 하려는지 알 것 같군. 아마 자네가 집에서 침대에 누워 있을 때 전화가 걸려왔을 거야. 어떤 사람이 잔뜩 흥분해서 있는 말 없는 말 죄다 늘어놓았겠지. 아마 이렇게 말했을걸. '나는 죄인으로 취급당해 갇히는 걸 참을 수 없소. 그 퀸 경감인가 뭔가 하는 자를 단단히 혼내주시오. 그자는 개인의 자유를 무시했단 말이오.' 내 말이 맞나?"

"정말 대단한데!"

샘슨도 웃기 시작했다.

"그 흥분된 목소리의 주인공은…… 키가 작고 몸이 뚱뚱하고 금테 안경을 쓴 사람일 테지. 게다가 목소리가 여자 같아서 듣기가 그리 좋지 않을 거야. 그자는 내게 아내와 딸을 끔찍하게 생각한다는 것을 인식시키려 했네. 아마 주변에 신문기자라도 있을까 봐 한 행동이었을 거야. 그가 '나의 친한 친구인 지방 검사 샘슨'이란 말을 하더군. 맞지, 그자 아닌가?"

샘슨은 한동안 퀸 경감을 바라보았다. 그의 총기 어린 얼굴에 곧 미소가 떠올랐다.

"굉장하군, 홈스 이 친구야!"

샘슨이 감탄했다.

"그렇게 잘 알면, 그 친구의 이름을 대보게."
"그건……, 그러니까……."
퀸 경감의 얼굴이 붉어졌다.
"그러니까……, 아! 엘러리, 마침 잘 왔다!"
퀸 경감은 방으로 들어오는 엘러리를 보며 소리쳤다. 엘러리는 샘슨과 다정하게 악수를 했다. 지방 검사는 오랜만에 만난 엘러리를 반갑게 맞아주었다. 엘러리는 지방 검사에게 건강을 돌보지 않는다며 염려의 말을 늘어놓은 다음 커다란 커피 주전자와 프랑스 과자가 들어 있는 종이봉투를 책상 위에 꺼내놓았다.
"자, 여러분. 오늘 수사는 모두 끝났습니다. 땀 흘리며 고생한 형사님들, 지금부터는 밤참 시간입니다."
엘러리가 미소를 지으며 아버지의 어깨를 가볍게 두드렸다.
"오, 엘러리! 진수성찬이 따로 없구나!"
퀸 경감은 기쁜 마음으로 단성을 내질렀다.
"헨리, 자네도 우리와 들지 않겠나?"
퀸 경감은 김이 모락모락 나는 커피를 종이컵 세 개에 따르며 물었다.
"좋지. 나도 끼워주게."
샘슨이 말하자, 세 사람은 함께 열심히 간식을 먹기 시작했다.
"좀 알아낸 게 있니, 엘러리?"
퀸 경감이 기분 좋게 커피를 마시며 물었다.
"우리가 신이라면 이처럼 번거롭게 먹거나 마시지 않아도 될 텐데요."
엘러리는 슈크림을 우물거리며 말을 이었다.
"별로 알아낸 건 없어요. 그보다 먼저 이곳 임시 신문실에서 있었던 일을 말씀해주세요. 그럼, 저도 아버지가 모르는 사실을 한 가지 말씀드릴게요. 리비 아이스크림 가게의 리비 씨가 제스 린치의 진저에일에 대한 진술을 확인해주더군요. 이 슈크림도 거기서 사온 겁니다. 그리고 엘리너 리비가 복도에 있었다는 사실도 확인해주었지요."

퀸 경감은 큼직한 손수건으로 교양 있게 입술을 닦았다.

"진저에일에 대해서는 프라우티로부터 곧 확실한 보고를 들을 수 있을 거야. 나는 세 사람을 신문했다. 그러고는 끝이야. 아무것도 한 일이 없어."

"그렇군요. 과연 그럴까요? 그럼, 아버지께서는 검사님에게 오늘 밤에 일어난 괴상한 사건을 보고하셨나요?"

엘러리가 다소 냉소적으로 말했다.

"자, 자, 자!"

샘슨 지방 검사가 종이컵을 놓으며 말했다.

"내가 아는 걸 말해야겠군. 삼십 분쯤 전에 '친한 친구' 하나가 내게 전화를 했다네. 배경이 든든한 인물이지. 그가 오늘 연극 공연 도중에 살인 사건이 일어났다고 알려주었어. 그의 말에 따르면, 리처드 퀸 경감이 부하들을 우르르 몰고 극장으로 들어와 사람들을 한 시간도 넘게 가두었다는 거야. 그는 그냥 지나칠 수 없는 불공정한 처사라고 흥분하더군. 그뿐 아니라 경감이 극장의 중앙 출입구에서 자기를 범인 취급했고, 다른 경찰을 불러 아내와 딸의 몸을 수색하라고도 했다더군. 그의 얘기는 대충 이렇다네. 그 외의 말들은 욕설이나 폭언 따위여서 문제의 핵심에는 아무 상관 없는 것이지. 그것 말고 내가 아는 것은 말이야, 몬테 필드라는 사람이 죽었다는 것뿐일세. 이건 벨리 경사에게 들은 거야. 아주 흥미로운 사실이지."

"그렇다면 자네는 이 사건에 대해 내가 아는 걸 거의 다 알고 있는 셈이군."

퀸 경감이 다소 힐난조로 말했다.

"헨리, 자네는 필드를 잘 알고 있을 테니까 나보다 이 사건에 대해 더 잘 알지도 모르지. 그건 그렇고 엘러리, 몸수색을 할 때 아무 일도 없었니?"

엘러리는 편안하게 다리를 꼬았다.

"짐작하셨겠지만, 몸수색은 아무 효과도 없었어요. 아무것도 못 찾았어요. 정말 아무것도요. 범죄자 같은 인상을 가졌거나, 죄를 시인한 사람은 한 명도 없었습니다. 다시 말해, 완전한 실패죠."

"그럴 줄 알았다. 그랬을 거야. 이 사건 뒤에는 머리가 명석한 인물이 숨어 있으니까. 남는 모자도 없었니?"

"그건 말이죠, 아버지……. 바로 그것 때문에 극장 로비에 계속 서 있었지만 그런 모자는 나오지 않았어요."

엘러리가 대답했다.

"손님들은 모두 다 갔고?"

"제가 먹을 것을 사러 갈 때쯤엔 거의 끝나 있었어요. 흥분해서 마구 날뛰는 손님들만 따로 줄을 세워 밖으로 내보내는 일만 남아 있었으니까요. 지금쯤 아마 모두 나갔을 겁니다. 일반석 관람객들과 종업원들, 배우들까지도요."

엘러리가 계속 말했다.

"배우들은 좀 묘하더군요. 무대에서는 화려한 의상을 입고 온갖 폼을 다 잡는데, 무대에서 내려오니까 평범한 인간들이 되더군요. 그건 그렇고 벨리 경사님이 이 사무실에서 나온 다섯 사람을 수색했습니다. 그 젊은 아가씨는 심장이 약한 것 같더군요. 아이브스 포프와 그 일행이라고 짐작은 했었습니다. 아버지도 잘 알고 계시죠?"

엘러리는 미소를 지었다.

"그게 전부군."

퀸 경감이 혼잣말처럼 중얼거렸다.

"그러니까, 헨리……."

퀸 경감은 헨리 샘슨에게 사건 개요를 간단히 설명했다. 지방 검사는 이마를 찌푸린 채 경감의 말에 귀를 기울였다. 퀸 경감이 설명을 끝낸 뒤 덧붙였다.

"그리고 말이야……, 몬테 필드에 대해 아는 게 있으면 우리에게 알려주게나. 무엇이든지 말이야. 그자가 파렴치한 인간이라는 사실은 알고 있네. 하지만 그게 전부야."

지방 검사가 무뚝뚝하게 이야기를 시작했다.

"그 정도 갖고는 몬테 필드에 대해 안다고 할 수 없지. 그자라면 내가 아주 잘 알고 있네. 그래서 하는 말인데, 앞으로 자넨 힘이 좀 들 걸세. 그가 저지른 일을 말해주면 자네에게 도움이 될지 모르겠군. 필드가 검찰의 주목을 받게 된 것은 내 전임자 때부터야. 증권 조작 스캔들에 그가 관련되지 않았나 하는 의심을 받을 때였지. 하지만 당시 담당 부검사였던 크로닌은 아무런 단서도 확보하지 못했네. 필드가 증권 매매를 교묘하게 속였기 때문이야. 우리가 그 일당에게서 쫓겨난 녀석을 통해 정보를 알아냈는데, 그건 사실일 수도 있고 아닐 수도 있었지. 물론 크로닌은 자신이 필드에게 혐의를 두고 있다는 사실을 그가 눈치채지 못하게 했어. 결국 그 사건은 흐지부지되었네. 크로닌은 불도그처럼 끈질긴 사람이었지만 확실한 증거를 확보하지 못했던 거지. 몬테 필드는 정말 어떻게 해볼 방법이 없는 놈이었어.

내가 검찰에 들어가자 크로닌이 필드의 뒷조사를 내게 부탁했네. 물론 은밀히 하라는 것이었지. 그래서 조사해본 결과 알아낸 것은 첫째, 몬테 필드가 순수한 뉴잉글랜드 가문 출신이라는 것이었어. 그렇다고 메이플라워호 이민자들의 후예라고 큰소리칠 정도는 아니었지. 어렸을 때는 가정교사를 두고 공부했고, 명문 학교를 좋은 성적으로 졸업했어. 그 뒤 아버지가 힘을 써서 하버드에 들어갔는데, 어릴 적부터 꽤 말썽꾸러기였던 모양이야. 범죄를 저질렀다는 게 아니라 좀 거칠게 놀았다는 얘기지. 하지만 반면에 자존심도 대단히 센 편이었다네. 가족과 커다란 마찰이 생기자, 그는 필딩이라는 본래의 성을 필드로 바꾸었을 정도였어."

퀸 경감과 엘러리는 고개를 끄덕였다. 엘러리의 눈은 뭔가 깊은 생각에 잠긴 듯했으며, 퀸 경감은 지방 검사를 똑바로 응시하고 있었다.

헨리 샘슨이 말을 이었다.

"필드가 완전히 제멋대로였다고는 생각하지 않네. 머리가 좋은 편이었으니까. 그는 하버드에서 법률을 전공해 좋은 성적을 거두었지. 웅변도 꽤 하는 편이었어. 그러니 그의 명성이 자자할 수밖에. 그런데 그는 졸업하자마자 가족들의 기대에 어긋나는 행동을 했어. 어떤 여자와 좋지 않은 관계를 갖게 된 거야. 그 때문에 아버지가 그를 당장 내쫓았다네. 가문에 먹칠을 했다거나 실망을 시켰다는 이유였겠지. 하지만 그는 그까짓 일로 기죽을 인간이 아니었어. 그는 집에서 나올 때 받은 얼마 안 되는 돈으로 엄청난 돈을 벌어야겠다고 결심했지. 그때 그가 돈을 어떻게 벌었는가는 구체적으로 알아내지 못했네. 하지만 그

다음 얘기는 좀 알아냈지. 필드는 코헨이라는 자와 손을 잡았어. 야비하기로 소문난 악덕 변호사였다네. 어떤 동업이었는지는 안 봐도 뻔하지! 그들은 사기꾼 중에서도 거물급들만을 고객으로 받아서 많은 돈을 벌었어. 알고 있겠지만, 법률의 맹점을 판사보다 더 잘 아는 인물들을 상대로 싸운다는 것은 정말이만저만 힘든 일이 아니야. 그들은 법망을 교묘하게 빠져나간다네. 범죄자들의 황금시대나 마찬가지였어. 당시 범죄자들 사이에선 '코헨 앤드 필드 법률 사무소'가 변호를 맡아주면 안심해도 된다는 말이 공공연히 나돌 정도였다네.

그 법률 사무소에서는 코헨이 베테랑이라 그가 단골 범죄자들과 계약을 맺기도 하고 변호료를 책정하기도 했지. 코헨은 그런 일을 아주 잘했어. 영어 실력은 시원찮았는데도 말이야. 하지만 그는 어느 겨울밤 노스 강변에서 머리에 총을 맞고 비참한 최후를 맞았어. 그 일이 일어난 지도 벌써 십이 년이 다 되어가는군. 아직도 범인이 누구인지 밝혀지지 않았다네. 하지만 법률적 의미로 말해 못 밝혀냈다는 것뿐이야. 그 사건의 유력한 용의자는 몬테 필드야. 그가 거의 확실해. 이제 그가 죽었으니 코헨의 죽음을 사건 기록에서 빼도 괜찮을 거야."

"몬테 필드가 그런 자였군요. 그자는 죽어서까지도 다른 사람에게 불쾌감을 주네요. 게다가 나는 그자 때문에 귀중한 초판본을 사지 못했으니까……. 이거 생각할수록 화가 나는군."

엘러리가 중얼거렸다.

"그 일은 그만 잊어라, 이 책벌레야!"

퀸 경감이 엘러리를 나무랐다.

"헨리, 계속하게. 그래서?"

"그래서……."

샘슨은 마지막으로 남은 과자를 집어 맛있게 먹으며 말을 이었다.

"그럼, 이제 몬테 필드의 생애 중에서 가장 화려한 대목을 이야기해주겠네. 동업자가 불행하게 살해된 뒤 몬테 필드는 새로운 삶을 살았지. 그는 진짜 법률 사업을 시작했네. 물론 그에게는 그런 일을 잘 처리할 수 있는 뛰어난 머리가 있었지. 그는 수년간 혼자서 열심히 일해 과거의 오명을 씻었다네. 그렇게 해서 거만한 법조계 양반들에게서 다소간의 인정을 받게 되었어.

그렇게 겉으로 양심적이었던 시절이 한 육 년쯤 지속되었네. 그러다가 벤저민 모건을 만나게 되었지. 그는 성실한 데다가 경력에 오점도 없고 평판도 꽤 좋은 사내였지만, 훌륭한 법률가가 되기에는 좀 역부족이었던 모양이야. 어쨌든 필드는 모건을 꼬드겨서 법률 사무소를 차렸네. 그때부터 일이 얽히기 시작했지.

자네도 알겠지만, 그즈음 뉴욕에서는 좋지 않은 사태가 일어나고 있었네. 우리는 장물아비, 범죄자, 변호사 그리고 정치인들까지 참여한 거대 범죄 집단이 있다는 걸 어렴풋이 감 잡고 있었네. 엄청난 절도 사건이 수차례나 깨끗이 이루어지고, 밀주가 도시 곳곳에서 판을 치고 있었지. 게다가 살인을 수반한 대담한 노상강도 사건이 꼬리를 물고 일어나 경찰이 정신을 못 차릴 정도였네. 이런 것들은 자네도 잘 알고 있을 거야. 자네 경찰들이 그들 중 몇 명을 검거했으니까. 그러나 조직을 와해시킬 수는 없었고, 보스급들은 건드릴 수도 없었네. 나는 몬테 필드가 그러한 일련의 사건들 배후에 있었다는 믿을 만한 근거들을 가지고 있어. 그에게는 그러한 일들이 누워서 떡 먹기였네. 그는 첫 번째 파트너였던 코헨에게서 배운 방법으로 암흑가의 보스들과 매우 친해졌지. 그렇기 때문에 필드는 이용 가치가 없어진 코헨을 없앤 거야. 여기부터는 근거가 거의 없기 때문에 대부분 내 추측이네. 그러고 난 뒤에 필드는 공명정대하고 존경받는 변호사라는 가면을 쓰고 거대 범죄 집단의 뒤에 선 거네. 그가 어떤 식으로 일을 처리했는지는 알 수 없어. 그렇게 어느 정도 기반이 잡히자 그는 존경받는 인물인 벤저민 모건을 끌어들였네. 이것으로 필드의 법률적 지위는 탄탄해졌네. 그러자 그는 점점 더 커다란 범죄 음모에 가담하게 되었지. 내 짐작으론 최근 오 년 동안 일어난 대규모 부정 거래가 대다수 그자의 손에서 이루어진 게 아닐까 하네."

"그 사건들과 모건과의 관계는 어땠습니까?"

엘러리가 따분하다는 듯 물었다.

"이제 그 얘길 하려던 참이야. 모건은 필드의 그런 공작과는 전혀 관계가 없어. 그 증거가 우리에게 있지. 그는 청렴결백한 인물로 악당일 경우에는 변호를 거부한 일이 많아. 하지만 필드가 어떤 사람인지는 몰랐던 것 같아. 왜냐하면 그가 그것을 알아차렸더라면 필드와 분명히 마찰이 있었을 거야. 물론 그런 일이 실제로 있었을지도 모르지만 말일세. 그건 모건에게 직접 물어보면 알겠지. 아무튼 그는 필드와의 관계를 끊고 말았지. 하지만 필드는 모건과 헤어지자 더 대담한 수법을 자행했네. 그러나 법정에 들고 나갈 만큼 확실한 증거를 남기지는 않았어."

"이야기 도중에 미안하지만, 헨리. 둘 사이가 껄끄럽게 된 일에 대해 구체적으로 설명해주지 않겠나? 이후에 모건을 만날 때 참고하게 말이야."

퀸 경감이 생각에 잠긴 채 말했다.

"좋아."
샘슨이 다소 침울하게 말을 이었다.
"그렇겠지. 지적해주어서 고맙네. 손을 끊자는 얘기가 본격적으로 진행되자 둘 사이에 상당히 큰 대립이 있었어. 잘못했으면 이번에도 좋지 않은 일이 일어날 뻔했지. 한번은 웹스터 클럽에서 점심을 먹을 때 심한 말다툼을 했다고 하네. 그 정도가 너무 심각해 다른 사람들이 말려야만 했다고 해. 그때 모건이 상당히 화를 내면서 그 자리에서 필드를 죽이겠다고 협박까지 했을 정도니까 말이야. 그러나 필드는 태연하게 있었다고 그러더군."
"그 싸움의 원인을 알 만한 사람이 없을까?"
퀸 경감이 물었다.
"안타깝지만 없어. 갑작스러운 일이었으니까. 그런 일이 있고 나서 그들은 순조롭게 일을 마무리 지었다네. 그 뒤로는 아무도 그 두 사람에 대한 이야기를 들은 사람이 없어. 물론 오늘까지는 말이지."
지방 검사가 말을 마치자 실내에는 싸늘한 정적이 감돌았다. 엘러리는 슈베르트의 곡을 나지막하게 휘파람으로 불었고, 퀸 경감은 난폭한 동작으로 코담배를 한 줌 꺼냈다.
"이건 순전히 제 육감이지만……, 모건 씨가 크게 골탕을 먹었을 거라는 생각이 드네요."
엘러리가 허공을 바라보며 중얼거렸다.
퀸 경감은 헛기침을 했다.
"이제부터는 자네들이 해결할 문제야. 나는 따로 할 일이 있어. 필드의 서류를 다시 한 번 자세히 검토해봐야겠어. 이번 일로 그가 뒤를 봐주던 갱단을 섬멸할 수 있으면 좋겠는데. 내일 아침 일찍 부하 한 명을 그자의 사무실로 보내야겠군."

지방 검사가 심각한 얼굴로 말했다.

"이미 내가 사람을 하나 보내 사무실을 지키게 하고 있어."

퀸 경감이 심드렁하게 대꾸했다. 그러고는 눈을 반짝이며 물었다.

"엘러리, 너는 모건이 범인이라고 생각하니?"

"제가 말씀드렸을 텐데요. 저는 단지 모건이 크게 골탕을 먹었을 거라는 말밖에는 하지 않았어요. 물론 모건이 용의자라는 사실은 인정합니다. 한 가지 점만 빼놓고요."

엘러리가 침착하게 말했다.

"그 모자 때문에?"

퀸 경감이 재빨리 물었다.

"아뇨. 제가 말하려는 것은 다른 모자예요."

7
퀸 부자의 추리

"지금 이 사건이 어떻게 되었는가 하면……."
엘러리가 바로 말을 이었다.
"가장 기초적인 것부터 짚어나가면서 생각해봐야 합니다. 정리를 하면 대충 이런 얘기가 되죠. 포악한 대규모 범죄 조직의 배후 인물이라 적이 많았을 몬테 필드가 로마 극장에서 2막이 끝나기 십 분 전, 즉 9시 55분에 살해되었습니다. 시체를 발견한 사람은 윌리엄 푸색이라는 머리가 좀 둔한 사무원인데, 같은 줄의 네 칸 떨어진 자리에 앉아 있었죠. 푸색은 통로로 나가다가 필드와 부딪쳤고, 필드는 살인이라는 말을 신음하듯 내뱉고는 죽어버렸습니다.

그러자 경찰들이 오고, 관객 중에 의사가 나와 필드가 어떻게 죽었는지 조사했습니다. 그 결과 필드는 어떤 알코올성 독약에 의해 죽었다는 결과가 나왔죠. 그 뒤 검시관 프라우티 씨가 다시 확인했습니다. 그러나 그는 한 가지 마음에 걸리는 것이 있다고 했어요. 즉 알코올이라면 사람이 그렇게 빨리 죽을 리 없다는 거죠. 그렇기 때문에 현재로서는 정확한 사망 원인을 알 수 없습니다. 해부를 해야 확실히 알 수 있을 거예요.

관객들 수가 워낙 많았기 때문에 경찰은 지원을 요청해야 했습니다. 그래서 많은 경찰들이 동원된 가운데 수사가 시작되었죠. 가장 처음 관심사가 된 것은 범행 시간과 시체가 발견된 시간 사이에 사건 현장에서 범인이 도망갈 기회가 있었는가 하는 것이었습니다. 현장에 가장 먼저 달려온 도일 형사는 지배인에게 모든 출구에 사람을 배치하라고 시켰습니다.

저도 현장에 도착해서 그런 생각을 하고는 직접 조사를 해봤습니다. 출구들을 돌아보고 문을 지키고 있는 사람들에게 물어보았죠. 그리고 2막이 진행되는 동안 객석 출구에 모두 안내원이 있었다는 것을 알게 되었습니다. 여기에는 두 가지 예외가 있었습니다. 그것은 잠시 후에 말씀드릴게요. 한편 피살자가 1막과 2막 사이의 휴식 시간에는 살아 있었다는 사실을 오렌지에이드 파는 소년 제스 린치가 증명해주었습니다. 그 소년은 그때 복도에서 필드와 얘기를 나누었으니까요. 그리고 2막이 오르고 나서 십 분 뒤에도 필드가 살아 있었다는 사실을 알 수 있습니다. 제스 린치가 좌석에 앉아 있는 필드에게 직접 진저에일을 가져다주었다고 했으니까요. 그리고 그 뒤 필드는 죽어 있는 시체로 발견된 거죠. 극장 안에는 발코니석으로 가는 계단 아래에 안내원이 한 사람 서 있었습니다. 그런데 그 안내원은 2막 도중에 그곳을 오르내린 사람이 하나도 없었다고 증언했죠. 이것으로 범인이 발코니석으로 빠져나갔을 가능성은 없어졌습니다.

아까 말한 두 가지 예외란 왼쪽 끝 통로에 있는 두 개의 문입니다. 여기에도 안내원이 서 있어야 했지만, 매지 오코넬이 객석에 있는 애인에게 가 있었기 때문에 범인이 몰래 빠져나갈 수 있었다는 거죠. 어쩌면 범인은 그 두 개의 문 가운데 하나로 도망갔을지도 몰라요. 도주로가 좋은 위치에 있었으니까요. 그러나 이 가능성도 오코넬의 증언으로 불가능해졌습니다. 저는 아버지가 신문을 끝내고 난 다음 그녀를 붙들고 얘기를 해봤어요."

"이 교활한 녀석, 아비한테 말도 안 하고 몰래 물어봤단 말이냐?"

퀸 경감은 엘러리를 노려봤다.

"네, 그랬어요."

엘러리가 미소를 지었다.

"그래서 단서가 될 만한 중요한 사실을 발견했습니다. 오코넬은 목사 조니에게 갈 때 문의 아래위 빗장을 질러놓고 갔답니다. 소동이 일어났을 때 다시 문으로 뛰어와 보니 빗장이 그대로 걸려 있어, 도일이 관객들을 정리할 때 다시 살며시 열어놓았답니다. 물론 그녀가 거짓말을 했다면 문제는 달라지겠지만요. 하지만 저는 그렇게 생각하지 않습니다. 그 사실은 범인이 문을 빠져나가지 않았다는 것을 알려줍니다. 시체가 발견되었을 때까지 문 안쪽에 빗장이 걸려 있었으니까요."

"내가 한 방 먹었군. 내게는 그런 말 한마디도 하지 않더니. 괘씸한 것 같으니라고. 내가 혼 좀 내줘야겠네."

퀸 경감이 신음을 흘렸다.

엘러리가 웃으며 대꾸했다.

"경감님, 논리적으로 생각하셔야죠. 그녀가 빗장을 건 사실을 말하지 않은 것은 아버지가 묻지 않았기 때문이에요. 사실 그녀도 말할 기분이 아니었을 겁니다. 아무튼 오코넬의 증언으로 문으로 나갔을 가능성은 없어졌습니다. 물론 그것 말고도 다른 가능성이 있겠지만 말이에요. 예를 들면 매지 오코넬이 공범자라면 거짓말을 했을 수도 있지요. 이건 그냥 말 그대로 가능성을 제시했을 뿐이에요. 제가 진짜로 그렇게 생각한다는 건 아니고요. 어쨌든 저는 범인이 다른 사람의 눈에 띌 위험을 감수하고 출구로 나가지는 않았다고 생각합니다. 그렇게 했다면 분명 누군가가 그를 봤을 거예요. 2막 도중에 나가는 사람은 거의 없으니까요. 게다가 범인은 오코넬이 근무를 성실히 하지 않는다는 것을 미리 알 수도 없었을 겁니다. 그녀와 공범이 아닌 한 말이에요. 이것은 사전에 철저하게 계획된 범죄입니다. 따라서 범인이 달아날 방법으로 옆쪽 출구를 택했을 거라는 생각은 하지 않는 게 좋을 겁니다.

이렇게 되면 한 가지가 남습니다. 즉, 중앙 출구죠. 하지만 거기에 있던 검표원과 문지기가 2막 도중에 그리로 나간 사람이 아무도 없다고 증언했습니다. 오렌지에이드를 파는 소년은 예외이고요.

모든 문에는 안내원이 있든가 빗장이 걸려 있었습니다. 그리고 복도에는 9시 35분부터 린치와 엘리너 그리고 안내원인 조니 체이스가 있었는데, 아무도 못 보았다고 했습니다. 조니 다음에는 경찰이 그곳에 서 있었습니다. 이런 사실들을 종합해 정리해보면 시체가 발견되고 수사가 진행되는 동안 줄곧 살인자는 극장 안에 있었다는 결론이 나옵니다."

엘러리가 다소 무겁게 결론을 내렸다. 잠시 침묵이 흘렀다.

"덧붙이자면……, 저는 안내원들에게 2막이 시작된 후 누구라도 자리를 뜬 사람을 본 적이 있느냐고 물어보았습니다. 하지만 다들 그런 사람은 본 적이 없다고 했죠."

퀸 경감은 느릿느릿 코담배를 새로 한 줌 꺼냈다.

"훌륭하구나, 엘러리. 게다가 논리도 정연하고. 하지만 그리 놀랄 만한 일은 아니야. 범인이 극장 안에 있었다고 한들 우리가 어떻게 잡을 수 있었겠니?"

"엘러리에게 그런 식으로 말할 필요는 없네. 그렇게 신경 쓸 것 없어. 아무도 자네가 직무를 태만하게 수행했다고 신고할 순 없을 테니까. 얘기를 들어보니 오늘 밤 자네는 일을 훌륭하게 처리했더구먼."

지방 검사가 미소를 지으며 끼어들었다.

"출구 문제를 좀 더 철저하게 하지 않은 것은 인정하네. 설사 사건 발생 직후 범인이 달아났다 하더라도, 그때까지 극장에 남아 있을 가능성을 생각해 조사했어야 했어."

퀸 경감이 심기가 불편한 얼굴로 말했다.

"그건 맞아요, 아버지. 하지만 아버지는 해야 할 일이 아주 많았고, 저는 소크라테스처럼 멍청하게 서서 지켜보기만 하면 됐으니까요."

엘러리가 진지한 목소리로 대꾸했다.

"수사망에 걸려든 사람은 어떤가?"

샘슨이 호기심이 나는지 입을 열자, 엘러리가 말했다.

"뭔가 나온 게 있는지 물어보시는 거군요. 뭐 이렇다 할 단서는 얻지 못했습니다. 목사 조니를 체포하긴 했지만, 그 친구는 자기 직업상 작은 재미를 보려고 왔을 뿐 그 외의 목적이 없다는 건 척 보면 알 수 있고요. 매지 오코넬은 성격이 좀 이상해서 뭐라고 말할 수가 없습니다. 그리고 시체를 발견한 윌리엄 푸색이 있는데⋯⋯. 참 아버지, 그 친구 머리가 좀 모자란다는 것을 눈치채셨나요? 그리고 벤저민 모건인데, 이 사람의 범행 동기는 충분합니다. 하지만 오늘 밤 그가 범행을 저질렀는지에 대해서는 알 수 없죠. 그리고 그 초대장과 초대권이 수상합니다. 초대장 같은 것은 누구나 쓸 수 있는 거니까요. 모건 자신이 쓸 수도 있지요. 그리고 몬테 필드를 죽이겠다고 협박했던 사실과, 이유를 확실히 알 수는 없지만 2년 전 그들 사이에 있었던 심한 적대감을 무시할 수는 없을 겁니다. 끝으로 프랜시스 아이브스 포프인데, 아까 신문할 때 제가 없었던 것이 유감이군요. 그러나 중요한 사실이 있습니다. 이건 아주 흥미로운 일이죠. 그녀의 핸드백이 그 시체에서 나왔다는 사실 말입니다. 이것을 어떻게 설명해야 할지 모르겠군요. 이것이 지금까지의 상황입니다."

그리고 엘러리는 힘 빠진 목소리로 덧붙였다.

"결국 결론을 말하면, 오늘 밤 우리는 혐의만 있지 증거가 없는 사람들을 만났다는 거예요."

"아들아, 거기까지는 아주 훌륭하게 잘 말했다. 하지만 너는 몬테 필드 주위에 있었던 빈자리는 잊고 있는 것 같구나. 그리고 몬테 필드의 입장권 조각과 범인 것으로 보이는 입장권 조각, 그러니까 플린트가 찾아온 '좌측 LL30' 말이다. 이 두 장이 서로 맞지 않는다는 사실을 발견했단다. 이것은 두 장의 표가 함께 찢어진 게 아니라 검표원이 따로따로 표를 받았다는 걸 의미하지."

퀸 경감이 말했다.

"이번엔 제가 한 방 먹었는데요. 하지만 이제 그 문제는 일단 접어두고, 몬테 필드의 실크 모자에 대해서 말하죠."

"모자? 그래. 너는 어떻게 생각하니, 엘러리?"

퀸 경감은 흥미로운 표정으로 물었다.

"그건 말이죠……, 첫째, 모자가 우연히 분실된 게 아니라는 겁니다. 2막이 시작되고 십 분 뒤쯤 필드의 무릎 위에는 모자가 분명히 놓여 있었다고 제스 린치가 말했습니다. 그런데 사건이 발생하고 난 뒤에는 그 모자가 보이지 않았어요. 이것은 범인이 가져갔다는 것을 의미합니다. 하지만 일단 그 모자가 어디에 있는가 하는 것은 잠시 덮어두죠. 범인이 모자를 왜 가져갔는가 하는 데에는 두 가지 이유가 있습니다. 첫 번째 이유는 모자에 어떤 표시가 되어 있어서 그걸 보면 범인이 누구인지 알 수 있다는 겁니다. 지금으로서는 그 표시가 무엇인지 짐작조차 할 수가 없지만요. 그리고 두 번째 이유는 그 모자 속에 범인이 원하는 어떤 물건이 들어 있다는 겁니다. 이런 말씀을 드리면 범인이 물건만 가져가지 왜 모자까지 가져갔느냐 하실지 모르겠습니다. 거기에 대한 대답은 아마 물건을 꺼낼 틈이 없었거나, 아니면 꺼내는 방법을 몰랐을 거라는 겁니다. 그래서 나중에 꺼내려고 모자째 가져갔을 거라는 생각입니다. 제 생각이 어떻습니까?"

지방 검사가 천천히 고개를 끄덕였다. 퀸 경감은 가만히 앉아 있었지만 눈빛이 심상치 않았다.

엘러리는 안경을 닦으며 말을 이었다.

"그럼, 모자 속에 무엇이 있었을까 잠시 생각해보죠. 크기와 모양 그리고 부피로 보아 그 안에 감출 수 있는 것은 그리 많지 않을 겁니다. 모자 안에 무엇을 감출 수 있을까요? 제가 생각하기에는 서류나 보석, 또는 지폐가 아닐까 합니다. 그런 것들은 모자 안에 감추어도 남의 눈에 잘 띄지 않을 테니까요. 하지만 그런 것은 단순히 모자에만 넣어서 가지고 다닐 수는 없습니다. 모자를 벗으면 떨어지고 마니까요. 따라서 이런 추측이 가능합니다. 그 물건은 모자 안감에 감추어져 있었다고 말입니다. 그렇다면 감출 수 있는 물건은 더욱 한정됩니다. 크고 단단한 물건은 감출 수가 없습니다. 보석이라면 감출 수도 있겠죠. 지폐나 서류도 감출 수 있을 겁니다. 하지만 우리는 몬테 필드가 어떤 사람인지 아니까 보석일 가능성은 지울 수 있겠지요. 아마도 피해자가 값나가는 무언가를 모자 안에 감추었다면, 그의 직업에 관계되는 어떤 중요한 물건일 공산이 더 큽니다.

없어진 실크 모자에 대해 먼저 생각해야 할 것이 또 있어요. 이것은 우리가 사건을 해결하는 데 중점적으로 생각해야 할 문제일지도 모르겠습니다. 범인이 그 모자를 노리고 살인을 계획했는가 하는 겁니다. 이것을 밝혀내는 것은 아주 중요한 문제입니다. 다시 말해 모자에 어떤 의미가 있었다면 범인이 사전에 그 사실을 알고 있었는가 하는 거죠. 저는 이 문제를 논리적으로 생각해볼 때 범인이 그 사실을 미리 알고 있지는 않았다고 생각합니다.

잘 들어보세요. 몬테 필드의 모자가 없어졌고 어디에서도 발견되지 않았으니 당연히 누군가가 집어갔다는 결론을 내릴 수 있겠죠. 이건 당연히 동의하시리라 믿습니다. 앞서 말했듯이 모자를 가져간 사람이 바로 범인이라고 보아도 타당할 겁니다. 자, 여기서 왜 그것을 가져가야 했는지를 잠시 접어두면 우리는 둘 중에 한 가지를 선택해야 합니다. 하나는 범인이 사전에 모자를 가져가야겠다고 생각한 것이고, 다른 하나는 그렇지 않다는 겁니다. 먼저 전자의 가능성을 검토해보죠. 만약 범인이 사전에 계획을 한 거라면 피해자의 모자가 없어졌다는 단순한 사실을 남들이 그렇게 빨리 알아채게 하지는 않았을 겁니다. 바꿔치기할 모자도 가지고 왔을 테니까요. 범인이 사전에 범행을 계획했다면 필드의 머리 치수나 실크 모자의 모양 등을 철저히 조사했을 겁니다. 그러나 바꿔치기한 모자는 없었습니다. 신중하게 계획된 범죄라면 바꿔치기한 모자가 있었겠지요. 이런 사실로 미루어 범인은 모자의 중요성을 사전에 몰랐다는 것이 됩니다. 그렇지 않았다면 범인은 다른 모자를 남겨두는 잔 꾀를 생각해냈을 테니까요. 만약 그렇게 했다면 경찰들은 그것을 필드의 모자라고 생각하고 그냥 넘어갔겠죠.

범인이 사전에 알지 못했다는 것을 증명하는 또 다른 사실이 있습니다. 범인이 모자를 가져가지 않으려고 작정했다면, 적어도 모자 안에 있는 물건은 빼내 가려 했을 겁니다. 그건 간단한 일이니까요. 미리 주머니칼 같은 것을 준비해서 말입니다. 모자가 없어지는 것보다 차라리 찢어진 모자가 있는 게 경찰의 주의를 덜 끌었을 테니까요. 모자 안에 든 것을 미리 알았다면 범인은 틀림없이 그렇게 했겠죠. 그런데 범인은 그렇게 하지 않았습니다. 제가 보기에 이것 또한 범인이 로마 극장에 오기 전에는 모자 안에 숨겨져 있는 어떤 물건에 대해 몰랐다는 사실을 강력하게 뒷받침해주는 근거입니다. Q.E.D.*Quod Erat Demonstrandum, '증명 종료', 수학에서 증명을 마칠 때 사용하는 기호-옮긴이*"

지방 검사는 입술을 꽉 다문 채 엘러리를 바라보았다. 퀸 경감은 무언가 깊은 생각에 잠긴 듯, 그의 손은 코담뱃갑과 자신의 코 사이에서 헤매고 있었다.

"그렇다면 요점이 뭔가, 엘러리? 범인이 모자의 가치에 대해 미리 알지 못했다는 사실이 왜 중요한가 이 말이야."

샘슨 지방 검사가 물었다.

엘러리는 미소를 지으며 입을 열었다.

"간단합니다. 범죄는 2막 도중에 일어났습니다. 저는 범인이 모자의 가치에 대해 몰랐기 때문에 첫 번째 휴식 시간을 이용할 수 없었다는 것을 말하고 싶은 겁니다. 물론 필드의 모자가 이 건물 어딘가에서 발견될지도 모릅니다. 만일 발견된다면 이제까지 말한 가설은 모두 무효가 되겠죠. 하지만 저는 모자가 발견되지 않으리라 생각합니다."

"조금 초보적일지도 모르지만 자네 분석은 상당히 논리적이군. 자넨 법률가가 될걸 그랬어."

샘슨이 수긍한다는 듯 말했다.

"아무도 우리 퀸 집안의 머리는 못 당할걸."

퀸 경감이 갑자기 싱글거리며 말했다. 그의 얼굴에 밝은 미소가 흘렀다.

"지금부터 나는 다른 쪽을 조사해야겠어. 그러다 보면 모자의 비밀도 의외의 곳에서 쉽게 풀릴 수 있을 거야. 엘러리, 필드의 상의에 붙어 있던 양복점 상표를 보았니?"

"그럼요."

엘러리가 미소를 지으며 대답했다. 그러고는 외투 주머니에서 작은 책을 꺼내 펼치고는 뒤쪽에 써둔 메모를 가리켰다.

"브라운 형제 양복점이에요."

"그래, 맞아. 오전 중에 벨리 경사를 그리로 보내야겠다. 말해두지만, 필드의 양복은 최고급품이야. 입고 있던 옷이 300달러나 호가하는 거지. 또 한 가지 알아두어야 할 것은 시체가 입고 있는 모든 옷에 같은 상표가 붙어 있다는 거야. 그것은 부자들에게는 그리 유별난 것은 아니겠지. 게다가 브라운 양복점은 머리끝에서 발끝까지 자기네 제품으로 치장하게 하는 상술을 쓰고 있거든. 따라서 내가 말하고 싶은 것은……."

"필드의 모자도 그곳 제품이라 이거지?"

샘슨이 마치 자기가 단서를 추리해낸 것처럼 기뻐하며 소리쳤다.

"바로 그거네, 친구. 토머스 벨리에게 맡길 일은 그 문제를 조사하는 거야. 가능하면 필드가 쓰고 있었던 모자와 똑같은 것을 구했으면 해. 그걸 보고 싶으니까."

퀸 경감이 미소를 머금은 채 말했다.

샘슨이 기침을 하며 일어섰다.

"이제는 아무래도 집에 가서 좀 쉬어야겠군. 내가 여기 온 것은 자네가 작달막한 그 시장님을 체포하지 않도록 하기 위해서였네, 친구. 오고 싶지 않았지만 그 친구가 하도 난리를 치는 바람에 어쩔 수 없었다네."

퀸 경감은 장난기 어린 웃음을 머금고 샘슨을 올려다보았다.

"헨리, 돌아가기 전에 내 입장을 확실히 이해해주게나. 오늘 밤 일이 좀 지나쳤다는 것은 인정하네. 그러나 정말 필요한 일이었어. 자넨 이번 일에 대한 수사를 진행할 생각인가?"

샘슨은 퀸 경감을 똑바로 바라보았다.

"내가 자네의 수사 방법에 불만을 갖고 있다고 여기나? 이봐 친구. 절대 그렇지 않아. 걱정하지 말게. 나는 한 번도 자네 일에 간섭한 적이 없어. 따라서 새삼스럽게 그럴 생각은 없다고. 자네가 이 사건을 해결하지 못한다면 아마 내 부하들도 해결할 수 없을 거야. 이봐, 큐, 자네 방식대로 밀고 나가게. 원한다면 뉴욕 시민의 절반을 가두어도 상관없어. 내가 뒤를 봐줄 테니 걱정하지 말라고."

샘슨은 다소 나무라는 듯 말했다.

"고맙네, 헨리. 단지 자네의 진심을 확인하고 싶었을 뿐이야. 이제 남은 일은 가만히 앉아서 내 솜씨를 구경하는 일뿐일세."

그러고서 퀸 경감은 천천히 대기실로 나가 문밖으로 머리를 내밀고는 복도 쪽에다 대고 소리쳤다.

"팬저 씨, 잠깐 와주시오."

잠시 후, 경감은 팬저를 데리고 쓴웃음을 지으며 돌아왔다.

"팬저 씨, 샘슨 지방 검사를 소개합니다."

두 남자가 악수를 했다.

"팬저 씨, 이제 일 하나만 끝내면 집으로 돌아갈 수 있어요. 이 극장에 쥐새끼 한 마리 들어오지 못하게 문을 잘 잠그는 겁니다."

팬저의 얼굴이 창백해졌다. 샘슨은 이제 사건에서 완전히 손을 떼고 뒷전에 서겠다는 듯 어깨를 으쓱해 보였다. 엘러리는 수긍하는 뜻으로 고개를 끄덕였다.

"하지만……, 하지만 경감님. 관객이 초만원인 지금……. 정말 그래야 합니까?"

팬저가 긴신히 말했다.

"그렇습니다. 그리고 부하 두 명을 배치해서 주야로 이 극장을 지키게 할 셈입니다."

경감이 냉정하게 말했다.

지배인은 두 손을 비비며 슬그머니 샘슨의 표정을 살폈다. 그러나 지방 검사는 몸을 돌려 벽의 판화를 바라볼 뿐이었다.

"그건 정말 힘든 일입니다, 경감님."

팬저가 우는소리를 했다.

"연출가 고든 데이비스가 펄쩍 뛸 텐데. 하지만……, 꼭 그래야 한다면 어쩔 수 없죠."

"뭐, 걱정할 건 없을 겁니다. 오히려 선전 효과가 있을지도 몰라요. 그래서 다시 극장 문을 열 때는 수요를 감당하지 못해 확장 공사를 해야 할지도 모르죠. 그렇게 오래 걸리지도 않을 겁니다. 밖에 있는 부하들에게 지시를 내려두겠습니다. 그러니 당신은 평상시대로 할 일을 하고 집으로 돌아가도록 해요. 뒷일은 내 부하들이 알아서 할 테니. 조만간 다시 극장 문을 열

날짜를 알려주겠습니다."

퀸 경감이 다소 부드러워진 목소리로 말했다.

팬저는 시무룩한 얼굴로 방 안에 있는 사람들과 악수를 하고는 밖으로 나갔다.

그가 나가자 샘슨이 퀸 경감 쪽으로 몸을 돌리며 물었다.

"맙소사. 이봐, 자네 좀 지나친 게 아닐까? 문까지 닫을 필요가 있는가 이 말일세. 이미 철저하게 조사했지 않은가?"

"글쎄……, 헨리. 아직 모자를 찾지 못했어. 관객들을 집으로 돌려보낼 때 몸수색까지 했네. 그런데 다들 모자를 하나씩만 가지고 있었어. 그렇다면 여기 어딘가에 모자가 숨겨져 있다는 결론이 나오네. 만약 여기에 있다면 범인이 다시 들어와 그것을 가지고 나갈 수 없도록 해야 하지 않나. 해볼 만한 가치가 있는 일이라면 나는 뭐든지 다 해야 하네."

퀸 경감이 천천히 말했다. 샘슨은 고개를 끄덕였다.

세 사람이 함께 사무실에서 니외 아무도 없는 객석으로 가는 동안 엘러리는 무엇 때문인지 인상을 찌푸리고 있었다. 곳곳에서는 사람들이 좌석과 바닥을 샅샅이 조사하는 중이었다. 사내 몇 명은 앞쪽에 있는 박스 좌석에서 분주히 움직였고, 벨리 경사는 중앙 출구에 서서 피고트와 해그스트롬에게 낮은 소리로 말을 하고 있었다. 플린트는 사람들을 감독하며 멀찌감치 떨어져 일하고 있었다. 여기저기서 청소부들이 지친 얼굴로 진공청소기를 가동시켰다. 객석 뒤쪽에서는 뚱뚱한 여자 경찰이 어느 중년 부인과 대화를 나누고 있었다. 팬저가 필립스 부인이라고 말한 그 여자였다.

남자 세 명은 중앙 출입구로 걸어갔다. 엘러리와 샘슨은 텅 빈 객석들을 둘러보았고, 퀸 경감은 벨리 경사에게 재빨리 지시를 내렸다.

"자, 여러분! 오늘은 이만 됐습니다. 모두 돌아가십시오."

벨리 경사가 말했다.

엘러리 일행이 극장 밖으로 나서자 경찰들이 광장에 줄을 치고는 교통을 통제하는 모습이 보였다. 줄 너머에는 호기심에 가득 찬 사람들이 무슨 일인지 보려고 서로를 밀치고 있었다.

"새벽 2시인데 잠도 안 자고 이게 무슨 짓이람."

샘슨이 못마땅한 듯 말했다. 지방 검사는 퀸 부자를 집까지 태워주겠다고 했지만 그들은 샘슨의 제의를 정중히 거절했다. 샘슨은 하는 수 없이 혼자 차에 올랐다. 기삿거리를 찾는 데 혈안이 된 신문기자들이 줄을 넘어 퀸 부자에게 달려와 그들을 에워쌌다.

"아니, 이게 무슨 짓들입니까?"

퀸 경감이 다소 놀란 표정으로 말했다.

"사건의 진상을 알려주십시오, 경감님."

기자들 중 한 사람이 급하게 입을 열었다.

"궁금한 것이 있으면 벨리 경사에게 물어보시오. 그는 안에 있소."

퀸 경감은 기자들이 무리를 지어 극장 안으로 달려 들어가는 모습을 미소를 지은 채 바라보았다.

퀸 부자는 길가에 서서 경찰들이 사람을 통제하는 것을 묵묵히 지켜보았다. 그러다 갑자기 피로가 몰려오는지 리처드 퀸이 먼저 입을 열었다.

"자, 엘러리. 걸어서 가자꾸나."

2부

언젠가 젊은 장 C.가 골치 아픈 사건 때문에 한 달 정도를 고생하다가 나에게 왔다. 그는 비참한 몰골이었다. 그는 아무 말 없이 내게 공문서 한 장을 건넸다. 나는 그것을 펼쳐보고 깜짝 놀랐다. 사표였기 때문이다.
"이봐, 장. 이게 도대체 뭔가?"
나는 소리쳤다.
"저는 실패했습니다, 브리용 씨. 한 달 가까이의 노력이 아무짝에도 쓸모없게 되었습니다. 잘못 짚었던 겁니다. 정말 죄송합니다."
"장, 이 친구야."
나는 근엄하게 말했다.
"이것이 내 대답일세."
나는 그의 눈앞에서 사표를 갈기갈기 찢어버렸다. 그러고는 이렇게 훈계를 했다.
"다시 시작하게. 그리고 이 말을 가슴에 새기게. '옳은 것을 알기 전에 먼저 잘못된 것을 알아야 한다'는 것을."

―《파리 경찰청장의 회고록》, 오귀스트 브리용

8
이 장에서는 퀸 부자가 필드의 애인을 만난다

웨스트 87번가에 있는 퀸 부자의 아파트는 벽난로 위의 파이프 걸이를 비롯하여 벽에 걸린 번쩍이는 펜싱 칼 등 남자의 물건이라 할 수 있는 것들로 꽉 차 있었다. 그들은 빅토리아 시대 말기의 유물이라고도 할 수 있는 갈색 석조 건물의 꼭대기 층에 살았다. 그 집으로 들어가려면 길고 음침하지만 잘 정돈된 복도를 지나 두꺼운 카펫이 깔린 층계를 올라가야 했다. 귀신이 아니고서는 이렇게 무시무시한 곳에 살 수 없을 거라는 생각이 들 만큼 음침한 계단을 많이 올라가면, '퀸'이라고 쓰인 문패가 붙은 커다란 나무문이 나타났다. 그 문을 노크하면 끼익 하는 소리와 함께 문이 열리며 주나의 얼굴이 나와, 방문자를 새로운 세계로 맞이하곤 했다.

대부분의 사람들은 이곳에 오기를 꺼렸지만, 결국 그들은 힘들게 계단을 올라 퀸 부자의 집을 방문하곤 했다. 저명한 인사들이 방문하는 일도 있었다. 그때마다 현관에서 그들의 명함을 받아 태평스럽게 거실로 가지고 가는 일은 주나의 몫이었다.

현관은 엘러리의 아이디어로 꾸몄다. 그곳은 공간이 비좁은데다 사방의 벽은 부자연스럽게 높이 솟아 있었다. 한쪽 벽에는 사냥하는 모습을 그린 벽걸이가 걸려 있었는데, 이런 중세풍의 방에 굉장히 잘 어울렸다. 퀸 부자는 그 그림을 그리 좋아하지 않았지만, 어느 공작에게 감사의 표시로 받은 선물이어서 그대로 둔 것이었다. 그 귀족은 소박하고 가식 없는 신사였는데 아들이 스캔들을 일으켜 자기 명성에 흠이 갈 위기에 놓였었다. 그러나 리처드 퀸 경감의 도움으로 스캔들이 세상에 퍼지는 것을 막을 수 있었다.

벽걸이 밑에는 묵직한 탁자가 놓여 있었는데, 그 위에는 양피지 갓을 씌운 스탠드와 청동제 책꽂이가 있었다. 책꽂이에는 세 권짜리 《아라비안나이트》가 꽂혀 있었다.

탁자에는 무거워 보이는 의자 두 개가 딸려 있었고, 현관 전체에는 칙칙한 빛깔의 카펫이 깔려 있었다.

이렇게 음산한 곳을 지난 사람들은 마음속으로 다음 장소가 어떻든 간에 절대로 겁먹지 말자고 다짐한다. 하지만 다음 장소로 안내를 받으면 너무나 밝고 쾌적한 분위기에 놀라고 만다. 엘러리는 바로 이런 대조의 효과를 짓궂게 노린 것이다. 만약 아들의 짓이 아니었다면, 퀸 경감은 벌써 예전에 현관을 부숴버리고 가구들을 침침한 창고에 처박았을 것이다.

거실은 삼면이 가죽 냄새가 나는 높은 책장으로 둘러싸여 있었다. 모두 거의 천장까지 닿을 정도의 높이였다. 네 번째 벽에는 커다란 벽난로가 있었는데, 단단한 떡갈나무 선반과 번쩍번쩍 빛나는 철제 장식이 이를 떠받치고 있었다. 벽난로 위에는 칼 두 자루가 교차되어 걸려 있었는데, 퀸 경감이 독일 유학 시절 함께 생활했던 뉘른베르크의 펜싱 사범이 선물한 것이었다. 램프가 실내를 밝게 비추었고 안락의자, 팔걸이의자, 낮은 소파, 발판, 밝은 색의 가죽 쿠션이 군데군데 놓여 있었다. 한마디로 말해 다소 사치스러운 취미가 있는 영리한 두 신사가 최대한 안락하게 지내기 위해 꾸며놓은 최적의 방이었다. 이렇게 단순한 물건들이 가득 있는 방은 싫증 나기 쉬운 법인데, 바지런히 집안일을 돌봐주는 쾌활한 주나가 이런 단조로운 분위기를 해결해주었다.

주나는 엘러리가 대학에서 공부하고 있을 때, 퀸 경감이 쓸쓸함을 달래기 위해서 데리고 온 소년이었다. 이 명랑한 소년은 열아홉 살이고 부모가 누구인지도 모르는 고아였다. 낙천적인 성격이라 그런지 자기 성(姓)을 몰라도 그리 신경 쓰지 않았다. 주나는 몸집이 작고 가냘파서 신경질적으로 보였지만, 실제로는 명랑한 성격이었다. 게다가 즐겁게 떠들다가도 필요한 경우에는 쥐 죽은 듯 조용할 줄 아는 눈치도 있었다. 주나는 마치 고대 알래스카 인들이 토템폴을 경배하듯 리처드 퀸 경감을 떠받들었다. 주나와 엘러리 사이에도 유대감이 있긴 했지만, 주나의 헌신적인 봉사를 빼면 잘 표현되지 않았다. 주나는 퀸 부자가 사용하는 침실 옆의 작은 방에 기거했는데, 퀸 경감의 우스갯소리에 따르면 '밤에 벼룩 떠드는 소리가 들리는 방'이라고 하는 곳이었다.

몬테 필드가 살해되고 하루가 지난 아침, 퀸 경감의 집에 전화벨이 울렸다. 그때 주나는 아침을 준비하기 위해 식탁보를 정돈하고 있었다. 주나는 이른 아침에 걸려오는 전화에 익숙했기 때문에 아무런 생각 없이 수화기를 집어들었다.

"퀸 경감님 댁입니다. 어디십니까?"

"주나인가?"

낮고 굵은 목소리가 전화기를 통해 들려왔다.

"안녕한가? 집시 친구. 경감님을 어서 바꿔주게. 빨리!"

"누구신지 알기 전에는 경감님을 깨울 수 없습니다."

주나는 벨리 경사의 목소리를 누구보다도 잘 알고 있었지만

히죽히죽 웃으면서 장난을 쳤다.
 이때 가느다란 손이 주나의 목덜미에 와 닿더니 주나의 몸을 뒤로 돌렸다. 옷을 다 차려입은 퀸 경감이 그날 처음으로 코담배 냄새를 맡으며 서 있었다. 퀸 경감은 주나에게서 수화기를 받아들고 말했다.
 "토머스, 날세. 주나의 장난은 신경 쓰지 말게. 무슨 일인가?"
 "아, 경감님. 이렇게 아침 일찍 전화 드려서 죄송합니다. 좀 전에 리터가 몬테 필드의 아파트에서 전화를 걸어왔는데 흥미로운 보고가 있어서요."
 벨리가 걸걸한 목소리로 말했다.
 "오, 그래? 그럼, 리터가 누구를 제포하기라도 했나?"
 퀸 경감이 싱긋 웃었다.
 "그렇습니다, 경감님."
 벨리가 느긋하게 대답했다.
 "리터의 보고에 의하면, 거기에서 벌거벗은 여자를 잡았답니다. 리터를 혼자 계속 놔둔다면 아내에게 이혼 당할지도 모릅니다. 어떻게 할까요, 경감님?"
 퀸 경감은 활달하게 웃었다.
 "알았네, 토머스. 지금 당장 그곳으로 두 명쯤 지원 보내게. 나도 엘러리를 침대에서 끌어내는 즉시 그곳으로 가겠네."
 퀸 경감이 흐뭇한 얼굴로 전화기를 내려놓았다.
 "주나!"
 그가 소리쳤다. 주나의 얼굴이 부엌문에서 나타났다.
 "빨리, 달걀과 커피를 준비해주게나!"
 퀸 경감은 엘러리를 깨우려고 침실 쪽으로 몸을 돌렸다. 그러자 대충 옷을 입은 엘러리가 잠이 덜 깬 채 서 있는 것이 보였다.

"벌써 일어났니? 침대에서 끌어내야겠다고 생각하던 참인데 말이다. 요 게으른 녀석아."

퀸 경감은 팔걸이의자에 편안하게 앉으며 장난스럽게 말했다.

"이미 일어나 있었어요. 주나가 먹을 것만 주면 모든 게 완벽할 거예요."

엘러리가 말했다.

그는 다시 침실로 들어가더니 잠시 후 복장을 완전히 갖추고 다시 나타났다.

"잠깐만! 엘러리, 도대체 어디 가려고?"

퀸 경감이 벌떡 일어나며 소리쳤다.

"서점에 가려고요, 경감님. 팰코너의 초판본을 사려고요. 아직 있을지도 모르니까요."

엘러리의 능청스러운 대답에 퀸 경감이 못마땅한 듯이 소리쳤다.

"팰코너 따위에 신경 쓸 틈이 없어! 넌 몬테 필드 사건이 끝날 때까지 다른 곳에 신경 써서는 안 된다. 주나, 아침은 언제 다 되는 거냐?"

이윽고 주나가 양손에 쟁반과 우유 주전자를 요령 있게 들고 방으로 들어와 식탁에 음식을 차렸다. 커피가 끓고 토스트가 구워졌다. 퀸 부자는 아무 말 없이 서둘러서 아침을 먹었다.

"자……, 이제 식사가 끝났으니 제가 할 일이 무엇인지 가르쳐주시죠."

엘러리는 빈 커피 잔을 내려놓으며 말했다.

"바보 같은 소리는 그만두고, 모자하고 외투나 가져와!"

퀸 경감은 투덜거렸다. 삼 분 뒤 그들은 택시를 타고 필드의 아파트로 향하고 있었다.

택시는 그들을 어느 고급 아파트 건물 앞에 내려놓았다. 피고트 형사가 담배를 피우며 길가에서 서성대고 있었다. 퀸 경감은 그에게 눈을 찡긋하고는 안으로 들어갔다. 퀸 부자가 엘리베이터를 타고 4층으로 올라가자, 해그스트롬 형사가 그들에게 문패에 '4-D'라 쓰여 있는 방을 가리켰다. 엘러리는 문패 위의 글자를 읽으려고 몸을 앞으로 숙였다가 눈길을 아버지에게로 돌렸다. 엘러리가 무언가 재치 있는 충고를 입에 담으려는 찰나, 퀸 경감은 그에 아랑곳하지 않고 벨을 눌렀다. 즉시 문이 열리며 얼굴이 벌겋게 상기된 리터의 얼굴이 나타났다.

"어서 오십시오. 이렇게 와주셔서 감사합니다."

리터는 문을 연 채 멍하니 서서 우물쭈물 말했다.

퀸 경감과 엘러리는 안으로 들어갔다. 그들은 이내 사치스럽게 꾸며진 현관에서 걸음을 멈추었다. 바로 앞에 거실이 있었고 그 건너에 닫힌 문이 있었다. 그리고 거실 안에서 장식이 달린 여자 슬리퍼와 여자 발뒤꿈치가 살짝 보였다.

퀸 경감은 한 발 앞으로 내디디려다가 생각을 바꿔 재빨리 문을 열고 밖에 서 있는 해그스트롬 형사를 불렀다.

이내 해그스트롬 형사가 달려왔다.

"들어오게. 해야 할 일이 있네."

퀸 경감이 날카롭게 말했다.

퀸 경감은 엘러리와 형사를 데리고 거실로 들어갔다. 그러자 피로에 지쳐 핼쑥해 보이는 여자가 자리에서 일어났다. 여자는 짙은 화장으로 노화된 피부를 감추고 있었다. 게다가 얇고 화려한 실내복을 걸치고 머리칼은 헝클어져 있었다. 그녀는 피우고 있던 담배를 신경질적으로 밟아 껐다.

"당신이 대장인가요? 당신이 뭔데 나를 이렇게 밤새도록 가둬두는 거죠?"

화가 단단히 난 모양인지 여자가 날카롭게 소리쳤다.

경감은 제자리에 가만히 서서 그녀를 물끄러미 쳐다보았다.

갑자기 여자가 달려들 듯한 기세로 경감에게 다가갔다. 그러자 리터가 재빨리 그녀를 가로막고는 팔을 잡아 비틀었다.

"이봐, 당신. 말하라고 하기 전에는 입을 다물고 있는 게 좋을 거야."

형사가 소리쳤다.

그녀는 리터를 노려보았다. 그러고는 몸을 거칠게 비틀어 손을 뺀 다음 의자에 털썩 주저앉았다. 그녀는 헐떡이면서도 그들을 뚫어져라 쳐다보았다.

퀸 경감은 양손을 허리에 짚고는 가만히 서서 기분 나쁜 표정으로 그녀를 위아래로 훑어보았다. 엘러리는 그녀에게 잠시 눈길을 던졌다가 이내 시선을 돌려 방의 벽지와 일본 판화, 책상에 놓여 있는 책들을 보았다. 그리고 돌아다니며 구석구석을 관찰했다.

퀸 경감이 해그스트롬 형사에게 지시했다.

"이 여자를 옆방으로 잠시 데리고 가게."

형사는 여자를 사정없이 일으켜 세웠다. 그녀는 마음대로 하라는 듯 머리를 흔들며 앞장서서 옆방으로 갔다.

"자, 리터 형사. 어떻게 된 일인지 설명해주게."

퀸 경감은 한숨을 내쉬며 안락의자에 앉았다.

리터는 부동자세로 서서 설명을 시작했다. 그의 충혈된 눈이 위로 치켜떠졌다.

"어젯밤 경감님이 명령하신 대로 했습니다. 경찰차로 이 근처에 와서 길모퉁이쯤에서 내렸지요. 누군가에게 들킬지도 모른다고 생각했기 때문이었습니다. 그리고 이곳으로 천천히 올라왔습니다. 아주 조용했고 불빛도 보이지 않았습니다. 아파트로 들어오기 전에 뒤로 돌아가 미리 이곳을 올려다보았거든요. 그래도 저는 벨을 누르고 기다렸습니다. 아무런 응답도 없었습니다."

리터는 커다란 턱을 앞으로 당기며 말을 이었다.

"저는 다시 벨을 눌렀습니다. 전보다 좀 길게 눌렀죠. 그러자 안에서 인기척이 났습니다. 잠시 후 문을 따는 소리가 들리더니 바로 저 여자가 콧소리로 '당신이에요? 열쇠는 어쨌어요?'라고 말하더군요. 아하, 필드의 애인이구나 싶었죠. 그래서 바로 문 앞으로 발을 밀어 넣고 그녀를 붙들었습니다. 그런데……."

여기서 리터는 겸연쩍은 미소를 지었다.

"저는 여자가 옷을 다 차려입고 있을 줄 알았는데, 잡고 보니 얇은 실크 나이트가운만 입고 있지 뭡니까."

"저런, 선량한 법의 지팡이에게 웬 봉변이!"

엘러리가 반짝반짝 윤이 나는 꽃병 위로 몸을 굽히며 나지막하게 중얼거렸다.

리터는 말을 이었다.

"그런데 제가 꽉 잡자 여자가 소름 끼칠 정도로 크게 비명을 질렀습니다. 저는 거실로 여자를 데리고 와서는 얼굴을 좀 잘 보려고 불을 켰습니다. 그녀는 겁을 집어먹어서인지 얼굴이 파랗게 질려 있었지만 기는 죽지 않더군요. 그녀는 제게 한바탕 욕설을 퍼붓더니 웬 놈이냐, 밤중에 여자 방에 왜 들어왔느냐 하며 소리를 고래고래 지르더군요. 그래서 저는 경찰 배지를 보여주었습니다. 그랬더니 이 드세던 미녀 아가씨는 금세 풀이 죽어서는 무슨 말을 해도 대답을 하지 않았습니다."

"왜 그랬을까?"

퀸 경감은 바닥에서부터 천장까지 샅샅이 방 안을 훑으며 물었다.

"잘 모르겠습니다, 경감님. 처음부터 겁을 어느 정도 먹었던 것 같습니다. 그런데 제 배지를 보자 저렇게 태도가 돌변해버렸습니다."

"설마 저 여자에게 필드 얘기를 하지 않았겠지?"

퀸 경감이 낮지만 날카로운 목소리로 물었다.

"네, 한마디도 하지 않았습니다."

리터는 퀸 경감을 흘끗 쳐다보며 말했다. 얼굴에 자기를 무시하는 게 아니냐는 표정이 역력했다.

"여자가 하도 완강하게 나오는 바람에 정보를 캐낼 생각은 아예 포기하고 침실에 가두고는 밖에서 지켰습니다. 줄곧 '몬테가 들어오기만 해봐, 이 멍청아!'라고 말하더군요. 침실에 아무도 없기에 여자를 밀어 넣고 문을 열어두고는 저는 불을 켠 채 밤을 새웠지요. 여자는 결국 침대에 쓰러져 잠을 잤습니다. 그러고는 아침 7시에 부스스 일어나더니 또다시 소란을 피웠습니다. 그때는 필드가 체포되었을 거라고 생각한 것 같았습니다. 자꾸 신문을 보여달라고 했으니까요. 저는 그럴 수는 없다고 하고는 경찰서에 전화를 했습니다. 그 후에는 이렇다 할 일이 없었습니다."

그때 방구석에 처박혀 있던 엘러리가 갑자기 끼어들었다.

"아버지! 필드가 무슨 책을 읽고 있었는지 아세요? 아마 상상도 못 하실 겁니다. 바로 《필적(筆跡)으로 판단하는 성격》이라는 책이에요."

"언제까지 책이나 주무르고 있을 거냐, 엘러리? 이제 그만하고 이리 오너라."

퀸 경감은 툴툴거리면서 일어섰다.

퀸 경감이 침실 문을 활짝 열었을 때, 여자는 침대에 무릎을 모으고 앉아 있었다. 침대는 싸구려 프랑스풍으로 화려하게 장식되어 있었는데, 캐노피가 달리고 천장에서 바닥까지 묵직한 커튼이 드리워져 있었다. 해그스트롬 형사는 창가에 무뚝뚝하게 기대어 서 있었다.

퀸 경감은 재빨리 주위를 둘러보고는 리터를 쳐다보았다.

"어젯밤에 자네가 왔을 때 침대가 흐트러져 있던가? 잠을 잔 흔적이 있었나?"

퀸 경감은 남들이 듣지 못하게 작은 목소리로 물었다. 리터가 고개를 끄덕였다.

"알았네, 리터. 이젠 돌아가서 푹 쉬게. 그동안 수고했어. 그리고 나갈 때 피고트에게 이리로 올라오라고 해주게."

퀸 경감이 부드럽게 말했다.

리터는 퀸 경감에게 경례를 한 다음 방을 나갔다.

퀸 경감은 침대 가장자리로 걸어가 여자 옆에 앉아서는 반쯤 시선을 피하고 있는 여자의 얼굴을 지그시 들여다보았다. 그녀는 화가 나는지 담배에 불을 붙였다.

"나는 경찰청의 퀸 경감이오."

퀸 경감이 부드러운 목소리로 자기를 소개했다.

"미리 말해두지만, 입을 계속 다물고 있거나 거짓말을 하면 당신에게 손해가 될지도 몰라요. 물론, 잘 알고 있겠지만……."

그녀는 퀸 경감 쪽으로 얼른 얼굴을 돌렸다.

"저는 절대 대답하지 않을 거예요, 경감님. 당신이 무슨 이유로 제게 질문하려는지 말해주기 전에는요. 저는 나쁜 짓을 하지 않았어요. 아주 깨끗하다고요."

퀸 경감은 여자가 담배 피우는 것을 보니 자기도 생각이 난 듯 코담배를 한 줌 꺼내면서 부드럽게 말했다.

"당연한 말입니다. 곤히 자고 있는 당신을 느닷없이 깨웠으니까요. 안 그렇습니까?"

"그래요. 잠을 자다가……."

그녀는 대답을 하다가 아차 싶은지 곧바로 입술을 깨물었다.

"게다가 난데없이 웬 경찰이 쳐들어왔고……. 그러니 깜짝 놀란 것도 당연할 겁니다."

"별로 놀라지 않았거든요!"

그녀가 날카로운 목소리로 말했다.

"그런 것은 따지지 말기로 합시다."

퀸 경감이 자상하게 말을 돌렸다.

"이름이 뭐죠? 그 정도는 대답할 수 있겠죠?"

"왜 이름을 말해야 하는지는 알 수 없지만, 그렇다고 굳이 가르쳐드리지 않을 이유도 없군요."

여자가 빈정거리는 투로 말했다.

"안젤라 루소예요. 필드 씨의 약혼녀죠."

"그래요? 안젤라 루소 씨라……. 현재 필드의 약혼자라고요. 아, 좋아요. 그런데 당신은 어젯밤 여기서 뭘 하고 있었죠, 안젤라 루소 씨?"

퀸 경감이 물었다.

"경감님이 참견할 일은 아니잖아요. 이제 돌려보내 주세요. 저는 잘못한 게 하나도 없어요. 저를 이렇게 대할 이유가 없잖아요."

그녀는 차갑게 대답했다.

엘러리는 방 한구석에서 창밖을 내다보다가 갑자기 미소를 지었다. 퀸 경감은 몸을 숙이며 그녀의 손을 다정하게 잡았다.

"루소 씨, 내 말을 믿어주기 바랍니다. 내게는 당신이 어젯밤에 여기서 뭘 했는지 알아야 할 이유가 있어요. 빨리 대답해주시오."

"당신들이 필드 씨를 어떻게 했는지 알기 전에는 안 돼요. 그를 체포했다면 저를 이런 식으로 괴롭힐 필요가 없잖아요. 저는 아무것도 모르니까요."

루소는 손을 뿌리치며 소리쳤다.

"필드는 지금 잘 있어요. 나는 아주 정중하게 당신에게 부탁했습니다. 그런데도……, 좋아요. 사실대로 말하죠. 몬테 필드 씨는 죽었소."

퀸 경감은 몸을 일으키며 냉정하게 말했다.

"몬테…… 필드가……."

그녀의 입술이 기계적으로 움직였다. 그녀는 침대에서 벌떡 일어나더니 풍만한 가슴 위로 잠옷을 여미며 퀸 경감의 얼굴을 무심히 쳐다보았다. 그러더니 갑자기 공허한 웃음을 짓고는 다시 침대에 주저앉았다.

"자, 마음대로 해봐요! 이런 식으로 제 말문을 열려는 거죠?"

그녀가 빈정거렸다.

"미안한 얘기지만, 난 당신하고 장난할 여유가 없소. 내 말은 사실입니다. 몬테 필드는 죽었어요."

그녀는 퀸 경감을 뚫어지게 쳐다보았다. 입술이 움직였지만 목소리는 나오지 않았다.

"또 더 무얼 원합니까, 루소 씨. 그 사람은 살해되었단 말입니다. 이 정도면 당신도 질문에 대답해주셔야지요. 어젯밤 10시 15분 이전에 어디 있었습니까?"

퀸 경감이 그녀의 귀에 대고 속삭이듯 말했다. 그녀의 커다란 눈에 공포가 어리기 시작했다. 그녀는 퀸 경감의 얼굴을 빤히 바라보다가, 이윽고 자기가 궁지에 몰린 것을 깨달았는지 갑자기 울음을 터뜨렸다. 그러고는 베개에 아무렇게나 얼굴을 파묻고 훌쩍였다. 퀸 경감은 뒤로 물러나 방금 방으로 들어온 피고트에게 낮은 목소리로 뭔가 말했다. 갑자기 여자의 울음소리가 뚝 그쳤다. 그녀는 몸을 일으키고는 큰 손수건으로 얼굴을 톡톡 누르며 눈물을 닦았다. 눈이 야릇하게 빛나고 있었다.

"무슨 말인지 알겠어요. 9시 45분에 저는 이 아파트에 와 있었어요."

그녀가 조용하게 말했다.

"증명할 수 있나요, 루소 씨?"

퀸 경감이 코담뱃갑을 더듬으며 물었다.

"증명할 수 없어요. 그럴 필요도 없고요. 하지만 원하는 것이 알리바이라면 이곳의 수위에게 물어보세요. 제가 9시 30분쯤 들어오는 것을 보았을 거예요."

그녀가 귀찮은 듯 대답했다.

"그건 조사해보면 알 수 있겠지요. 어제는 왜 여기에 왔었습니까?"

퀸 경감이 말했다.

"몬테와 약속이 있었어요."

그녀는 내키지 않는다는 듯 시큰둥하게 말했다.

"어제 오후 그가 우리 집으로 전화를 했더군요. 밤에 만나자고요. 자기는 일 때문에 10시까지 못 온다고 해서 제가 먼저 와서 기다리고 있었던 거예요."

그녀는 잠시 쉬었다가 거침없이 말을 이었다.

"우린 이런 식으로 이곳에서 자주 만났어요. 그리고 밤을 함께하곤 했지요. 저흰 약혼했다고요."

"음, 그랬군요."

퀸 경감은 약간 멋쩍어하며 헛기침을 했다.

"그런데 필드 씨가 돌아오지 않아…… 일이 좀 늦게 끝나는 거라고 생각했어요. 그러다가 잠이 들었던 거죠."

"알았습니다."

퀸 경감이 대답했다.

"그런데 필드 그 사람이 어디 간다든가 또는 무슨 일 때문이라든가, 뭐 그런 걸 말해주지 않았나요?"

"아뇨."

"루소 씨, 이건 아주 중요한 질문입니다. 필드는 연극을 즐기는 편이었나요?"

퀸 경감이 신중하게 물었다. 안젤라 루소는 이상하다는 표정으로 퀸 경감을 쳐다보았다.

"그렇지 않아요."

그녀는 딱 잘라 말했다.

"그런데 그런 걸 왜 묻죠?"

퀸 경감이 미소를 지었다.

"그러게 말입니다. 바로 그게 문제죠."

퀸 경감은 해그스트롬에게 눈짓을 했다. 그러자 해그스트롬은 주머니에서 수첩을 꺼냈다.

"필드가 가깝게 지내던 친구 이름을 좀 알려주시죠. 아니면

일 관계로 만나던 사람 중 혹시 아는 사람이 있나요?"

루소는 요염하게 머리 뒤로 깍지를 꼈다. 그러고선 부드러운 목소리로 낮게 말했다.

"솔직히 말하자면……, 전 아무도 몰라요. 6개월 전쯤에 '빌리지'의 가면무도회에서 몬테를 처음 만났어요. 그리고 줄곧 단둘이만 만났지요. 그래서 우리가 약혼한 사실조차도 아는 사람이 없어요. 저는 그의 친구는 한 사람도 만난 적이 없어요. 제 생각엔……."

안젤라 루소는 잠시 뜸을 들였다가 다시 말을 이었다.

"몬테는 친구가 별로 없었던 것 같아요. 그리고 그가 사업상 만나는 사람들은 아무도 몰라요."

"필드의 재정 상태는 어땠습니까, 루소 씨?"

"제가 그런 걸 어떻게 알겠어요?"

그녀는 원래의 냉정을 되찾아 퀸 경감의 말을 되받아쳤다.

"몬테는 씀씀이가 헤픈 편이었어요. 돈에 궁한 적은 없었던 것 같아요. 저와 함께 있을 때 하룻저녁에 500달러쯤 쓰는 것은 보통이었죠. 몬테는 그랬어요. 참 너그러운 사람이었지요. 그런데 그렇게 죽다니……."

그녀는 코를 훌쩍이며 눈물을 닦았다.

"그럼, 은행 잔고는?"

퀸 경감은 쉬지 않고 질문을 해댔다. 루소는 이번에는 미소를 지었다. 감정을 마음대로 통제할 수 있는 것 같았다.

"그런 것을 알려고 한 적은 한 번도 없었어요. 몬테는 항상 제게 잘 대해주었으니까요."

그리고 그녀는 이렇게 덧붙였다.

"굳이 그가 제게 그런 것을 말할 이유가 없잖아요. 게다가 제가 관심 가질 이유도 없고요."

그때 엘러리가 태연한 목소리로 끼어들었다.

"루소 씨, 당신은 어젯밤 9시 30분 전엔 어디 있었습니까?"

그녀는 새로 등장한 낯선 목소리에 깜짝 놀라 고개를 돌려 엘러리를 보았다. 두 사람은 서로 상대방을 유심히 살펴보았다. 잠시 후 그녀의 눈에서 경계심이 풀렸다.

"당신이 누군지 모르겠지만, 그걸 알고 싶으면 센트럴 파크에 가서 연인들에게 물어봐요. 나는 공원을 산책하고 있었으니까. 하도 할 일이 없어서 7시 반부터 공원을 거닐었어요."

"절묘한 알리바이군."

엘러리가 중얼거렸다. 퀸 경감은 문가로 걸어가며 다른 세 사람들에게 손짓을 했다.

"자리를 비켜줄 테니 옷을 갈아입으십시오. 루소 씨, 얘기 잘 들었습니다."

그녀는 사람들이 나가는 것을 짓궂은 눈길로 쳐다보았다. 퀸 경감은 맨 나중에 방 밖으로 나가다가 돌아서서 인자한 미소를 지으며 그녀를 바라보았다.

남자 네 명은 거실로 나오자마자 실내를 조사하기 시작했다. 해그스트롬과 피고트는 구석에 있는 책상을 샅샅이 조사했다. 엘러리는 흥미로운 눈길로 《필적으로 판단하는 성격》이라는 책을 훑어보았다. 퀸 경감은 방 안쪽에 있는 옷장을 살폈다. 커다란 옷장에는 가벼운 외투와 재킷 그리고 망토 등이 걸려 있었다. 경감은 옷에 난 주머니들을 일일이 다 뒤져 손수건, 자물쇠, 오래된 편지, 지갑 등 몇 가지 잡동사니들을 찾아냈다. 그리고 그것들을 한군데로 모았다. 선반에는 모자도 몇 개 있었다.

"엘러리, 모자다!"

퀸 경감이 들뜬 목소리로 외쳤다. 엘러리는 읽고 있던 책을 주머니에 집어넣고 아버지에게로 달려왔다. 퀸 경감은 모자들을 의미심장하게 가리키고는 아들과 함께 살펴보기 시작했다. 낡은 파나마모자와 회색과 갈색의 챙이 젖혀진 중절모 그리고 중산모가 있었다. 거기에는 모두 브라운 형제 상회의 상표가 붙어 있었다.

그들은 모자들을 들고 이리저리 살펴보다가 그중 세 개의 모자에 안감이 없다는 사실을 알아차렸다. 파나마모자와 챙이 젖혀진 중절모 두 개에 안감이 없었다. 네 번째 것은 최고급품인 중산모였다. 퀸 경감은 그것을 꼼꼼히 살펴보았다. 안감을 만져보고 가죽으로 된 밴드를 뒤집어보기도 했다. 그러고는 머리를 절레절레 흔들었다.

퀸 경감이 천천히 말을 꺼냈다.

"엘러리, 솔직히 말해서……, 이 모자에서 단서가 발견될 거라고 생각하는 것은 어리석은 짓이야. 하지만 왜 그런 생각을 하게 되었는지 나도 잘 모르겠다. 어젯밤에 필드가 쓰고 있었던 모자가 이 방에 돌아와 있기란 명백히 불가능하다는 걸 알면서도 말이다. 현장 조사 결과에 따르면 그 살인자는 우리가 도착할 때까지 극장에 있었을 게다. 그리고 리터가 이곳에 도착한 게 11시니까 그 모자는 아파트로 돌아와 있을 수는 없어. 물리적으로도 불가능하고, 또 범인이 그런 짓을 할 이유도 없잖니? 게다가 범인은 필드의 아파트가 조사받으리라는 것을 알고 있었을 거야. 내가 좀 성급했던 것 같구나. 모자들에서 아무런 단서도 얻을 수 없을 텐데 말이다."

퀸 경감은 감정이 좀 상한 듯 중산모를 원래 있던 선반에 던져버렸다. 엘러리는 어두운 얼굴로 생각에 잠겨 서 있었다.

"말씀하신 그대로예요, 아버지. 이따위 모자들은 아무런 의미도 없어요. 그런데도 뭔가 이상한 기분이 드네요. 그건 그렇고……."

엘러리는 허리를 펴더니 코안경을 벗었다.

"아버지는 어제 필드의 소지품 가운데서 모자 말고 다른 것이 없어진 것은 모르셨나요?"

"글쎄……, 간단히 대답할 수 없는 문제지."

퀸 경감이 무뚝뚝하게 말했다.

"하지만 대답하지 못할 것도 없다. 예를 들면 지팡이 같은 것일 수도 있겠지. 하지만 내가 어떻게 그것을 확신할 수 있겠니? 필드가 지팡이를 가져왔다고 치자. 지팡이를 안 가져온 녀석이 극장을 나가면서 그걸 슬쩍 들고 나갔다 하더라도 알아챌 수 없지 않겠니? 어떻게 그 녀석을 잡아 지팡이의 임자를 알아내느냐 말이다. 그래서 그런 것은 생각해보지도 않았다. 그리고 그 지팡이가 로마 극장에 있다면 아직도 그대로 있을 거야. 엘러리, 그것에 대해서는 염려 없다."

엘러리가 씩 웃었다.

"이 시점에서 저는 아버지의 명석함에 찬사를 보내기 위해 셀리나 위즈워스를 인용할 수 있겠군요. 하지만 '당신이 한 수 위예요.' 같은 말 말고는 딱히 적당한 시적 표현이 생각나지 않네요. 왜냐하면 저는 지금까지 그 생각을 못 했으니까요. 하지만 중요한 점은 이겁니다. 옷장 속에는 지팡이가 하나도 없어요. 보통 필드같이 화려한 걸 좋아하는 사람들은 보통 그때그때 차림새에 맞춰 매치할 수 있도록 지팡이를 여러 개 구비해 놓기 마련인데 말이에요. 따라서 만일 외출복이 여기 있는 게 전부고 우리가 침실 옷장에서 지팡이를 발견하지 못한다면, 필드가 어젯밤 지팡이를 가지고 나갔을 가능성도 지울 수 있습니다. 그러므로 그것에 대해서는 잊으셔도 좋아요."

"일리 있는 말이다, 엘러리. 미처 거기까지 생각하지는 못했구나. 그럼, 모두 뭘 하고 있는지 가보자꾸나."

그들은 서랍을 뒤지고 있는 해그스트롬과 피고트 곁으로 갔다. 서류와 메모 따위들이 책상에 쌓여 있었다.

"흥미로운 것이 좀 나왔나?"

퀸 경감이 물었다.

"제가 보기에는 쓸 만한 게 별로 없습니다, 경감님. 그저 흔한 것들뿐입니다. 편지가 몇 통 나왔는데, 거의 안젤라 루소가 보낸 것으로 꽤 진한 내용이더군요. 그 밖에는 계산서와 영수증들입니다. 여기서는 더 나올 게 없는 것 같습니다."

피고트가 대답했다.

퀸 경감은 서류를 흘끗 쳐다보았다.

"그런 것 같군. 쓸 만한 게 없어. 그럼, 다른 곳을 찾아보게."

그가 수긍했다.

그들은 서류들을 책상에 도로 넣었다. 피고트와 해그스트롬은 능숙하게 방 안을 수색해나갔다. 가구를 두드려보기도 하고 쿠션 밑을 들여다보고 카펫을 들춰보는 등 익숙하게 작업을 진행했다. 퀸 경감과 엘러리가 그들을 묵묵히 지켜보고 있는데, 침실 문이 열리더니 갈색 정장에 작은 여성용 모자를 쓴 멋쟁이 차림으로 루소가 나타났다. 그녀는 잠시 문가에 멈춰 서서 크고 순진한 눈망울로 형사들을 지켜보았다. 하지만 형사 두 명은 아랑곳없이 수색에만 몰두했다.

"뭘 하는 거죠, 경감님? 뭘 찾고 있는 거냐고요."

루소의 목소리에는 활기가 없었지만 눈에는 호기심이 가득

했다.

"여자치고는 상당히 옷을 빨리 입는군요, 루소 씨. 돌아가는 건가요?"

퀸 경감은 놀랐다는 듯이 말했다.

그녀는 곁눈질로 경감을 쳐다보았다.

"그래요."

그녀는 얼굴을 돌리며 대답했다.

"지금 어디로……."

퀸 경감이 말을 꺼내기도 전에 그녀는 그리니치빌리지의 맥도걸 거리에 있는 자신의 집주소를 말해주었다.

"고맙습니다."

경감은 주소를 적으며 정중하게 말했다.

"참, 루소 씨!"

퀸 경감은 방을 나가는 그녀를 불러 세웠다.

"한 가지 더 물어볼 것이 있습니다. 평소에 필드가 무얼 즐겼는지 말해줄 수 있겠습니까? 당신이 보기에 필드는 술을 많이 마시는 편이었나요?"

그녀는 재미있다는 듯 웃었다.

"알고 싶은 것이 겨우 그건가요? 글쎄요. 어떻게 말해야 좋을지 모르겠군요. 나는 몬테가 밤새 술을 마시고도 말짱한 것을 보기도 했고, 겨우 한두 잔에 몹시 취해 비틀거리는 것도 보았으니까요. 때와 장소에 따라 다른 모양이에요."

그녀는 또다시 소리 내어 웃었다.

"그렇겠죠. 대부분의 사람들이 그러니까 말입니다."

퀸 경감이 혼잣말처럼 중얼거렸다.

"당신에게 필드의 비밀을 억지로 털어놓으라고 강요하는 건 아닙니다만, 협조 차원에서 대답을 해주십시오. 필드가 자주 가는 술집이 어딘지 아십니까?"

그녀는 웃음을 멈추고 정색을 하며 화난 목소리로 말했다.

"저를 어떻게 생각하는 거죠? 그런 건 알지도 못할 뿐더러 설사 안다 해도 말할 수 없어요. 밀주업자들 중엔 오히려 경찰들보다 나은 사람이 많아요."

"인간은 누구나 마찬가집니다. 그렇더라도……, 우리는 당신이 언제라도 그걸 가르쳐줄 거라고 생각하는데, 어떻습니까?"

퀸 경감이 부드럽게 말했다.

잠시 그들 사이에 침묵이 흘렀다.

"이젠 됐어요, 루소 씨. 다른 데 가지 말고 뉴욕에만 머물러 계십시오. 곧 당신의 증언이 필요할지도 모르니까."

"그럼, 이만 가보겠어요."

그녀는 고개를 살짝 숙여 인사를 하고는 현관 쪽으로 걸어나갔다.

"안젤라 루소 씨!"

퀸 경감이 갑자기 날카로운 목소리로 외쳤다. 그녀는 문손잡이를 쥔 채 퀸 경감을 돌아보았다. 그녀의 입술에서 미소가 사라졌다.

"벤저민 모건이 필드와 손을 끊은 다음 뭘 했는지 압니까?"

몇 초 정도 망설이다가 그녀가 물었다.

"누구라고요?"

그녀는 미간을 찌푸린 채 서 있었다.

"아닙니다. 그냥 가세요."

카펫 위에 버티고 서 있던 퀸 경감이 우울하게 말하고는 먼저 등을 돌렸다. 문 닫는 소리가 등 뒤에서 커다랗게 들려왔다.

해그스트롬이 그녀 뒤를 따라 살며시 방을 나갔다. 방에는 피고트와 퀸 경감 그리고 엘러리만 남았다.

세 남자가 모두 같은 생각을 했는지 그들은 모두 침실로 들어갔다. 언뜻 보기에 아까와 같은 상태였다. 흐트러진 침대가 있었고, 루소의 잠옷과 실내복이 바닥에 아무렇게나 뒹굴고 있었다.

퀸 경감은 침실의 옷장 문을 열었다.

"이런……. 옷 고르는 취향이 상당한데요? 그야말로 멀베리 가의 보 브럼멜*Beau Brummell, 19세기 초의 유명한 멋쟁이 신사 —옮긴이*이로군."

엘러리가 말했다.

모두가 달라붙어 옷장을 뒤졌지만 아무것도 나오지 않았다. 엘러리가 선반을 살펴보았다.

"모자도 없고 지팡이도 없군요. 이제 확실해졌습니다."

엘러리는 만족스러운 듯 중얼거렸다. 작은 부엌 안으로 사라졌던 피고트가 술병으로 반쯤 찬 상자를 낑낑거리면서 가지고 나타났다.

엘러리와 퀸 경감은 상자 위로 몸을 숙였다. 퀸 경감은 마개를 신중하게 뽑아 냄새를 맡아보고는 병을 피고트에게 건넸다. 피고트도 퀸 경감을 따라 냄새를 맡았다.

"냄새에는 별 이상이 없는 것 같은데요. 하지만 맛을 보지는 않겠습니다. 필드 꼴이 되고 싶지는 않으니까요."

피고트가 말했다.

"조심하는 게 당연하죠. 하지만 마음이 바뀌어서 디오니소스의 영혼이 당신 마음으로 스며든다면, 내가 이렇게 기도해줄게요, 피고트. '오, 술이여. 만일 그대에게 달리 불릴 이름이 없다면 부디 죽음이라 불러게 해주오.'*엘러리 퀸은 여기서 아마도 셰익스피어의 다음*

한 구절을 살짝 바꾸어 인용한 듯하다. "오 그대 보이지 않는 술의 정령이여, 만일 그대에게 달리 불릴 이름이 없다면 부디 죽음이라 부르게 해주오."(오델로 2막 3장) –J. J. 맥"

엘러리가 웃으며 대꾸했다.

"이 술을 분석해야겠군. 스카치와 호밀 위스키를 섞은 거야. 상표는 진짜 같군. 확실한 건 아니지만……."

퀸 경감이 씁쓸하게 말했다.

갑자기 엘러리가 아버지의 팔을 붙잡고는 몸을 앞으로 숙이며 긴장했다. 그러자 다른 사람들도 모두 조심스럽게 주의를 기울였다.

뭔가 긁히는 소리가 현관 쪽에서 희미하게 들려왔다.

"누군가 열쇠로 문을 여는 모양인데."

퀸 경감이 낮은 목소리로 속삭였다.

"피고트, 누구든지 들어오면 덮치라고."

피고트는 잽싸게 거실을 지나 문 쪽으로 갔다. 퀸 경감과 엘러리는 침실에서 몸을 낮추고 문 여는 소리에 귀를 기울였다. 방 안은 쥐 죽은 듯 조용했다.

계속해서 달그락거리는 소리가 들렸다. 침입자는 열쇠가 잘 맞지 않아 고생하는 것 같았다. 이윽고 자물쇠 열리는 소리와 동시에 문이 활짝 열렸다. 그리고 그 문은 다시 쾅 소리를 내며 닫혔다.

이어 억눌린 듯한 외침 소리, 목 졸린 황소울음 같은 소리 그리고 피고트의 욕설과 발로 미친 듯 바닥을 쾅쾅 울려대는 소리가 들려왔다. 엘러리와 퀸 경감은 침실에서 뛰쳐나갔다.

피고트는 우락부락하게 생긴 사내를 잡고 안간힘을 쓰고 있었다. 바닥에는 몸싸움하는 바람에 날아간 듯 여행용 가방이 나뒹굴었고 신문지 한 장이 공중에서 펄럭이다가 엘러리가 욕설을 주고받는 사내들 가까이 다가갔을 때쯤 바닥으로 떨어졌다.

결국 사내 세 명이 힘을 모아 겨우 침입자를 제압할 수 있었다. 침입자는 거친 숨을 몰아쉬며 바닥에 누웠고 피고트가 그의 가슴을 눌렀다.

퀸 경감은 고개를 숙이고 씩씩거리는 침입자의 얼굴을 흥미롭게 바라보며 물었다.

"당신, 누구지?"

9
이 장에서는 마이클스라는 정체불명의 인물이 나타난다

침입자는 어리둥절한 모습으로 일어났다. 그는 큰 키에 체격이 좋은 사내로 다소 근엄해 보이는 표정을 짓고 있었으나 눈은 힘이 없어 보였다. 외모나 태도에서 그다지 두드러진 부분은 없었다. 무슨 일을 하는지, 어떤 사람인지는 모르지만 일부러 개성을 없애려고 노력한 것처럼 지극히 평범했다.

"도대체 왜 이러시는 겁니까?"

그 사내가 낮은 목소리로 물었다. 심지어 목소리까지 아무런 특징이 없었다.

"어떻게 된 건가, 피고트?"

퀸 경감이 피고트를 돌아보며 엄격하게 물었다.

피고트는 아직도 숨이 찬지 숨을 몰아쉬며 입을 열었다.

"문 뒤에 서 있다가……, 이자의 팔을 잡았습니다. 그러자 이자가 성난 호랑이처럼 제게 덤비잖아요. 제 얼굴을 한 방 먹이고, 밖으로 달아나려고 하더군요."

퀸 경감은 정색을 하며 고개를 끄덕였다.

"말도 안 됩니다. 이 사람이 먼저 덤벼들었고 난 방어만 했을 뿐이라고요."

침입자가 조용히 말했다.

"그거 참 안됐군. 엉뚱한 일로……"

엘러리가 중얼거렸다.

그때 갑자기 문이 열리며 존슨 형사가 나타났다. 그는 퀸 경감을 구석으로 데리고 갔다.

"벨리 경사님께서 무슨 일이 생길지도 모른다고 저를 보내셨습니다. 그런데…… 이곳으로 올라오다가 저자를 발견했어요. 뭔가 수상하다는 생각에 뒤를 따라왔습니다."

"마침 잘 왔네."

퀸 경감은 고개를 끄덕이며 존슨 형사를 맞이한 뒤 침입자에게 다가갔다.

"자, 친구. 이제 소란이 끝났으니 자네 정체와 이곳에 온 이유를 말해주게."

퀸 경감이 덩치가 큰 침입자에게 무뚝뚝하게 말했다.

"저는 찰스 마이클스입니다. 몬테 필드 씨의 하인이죠."

퀸 경감의 눈이 예리하게 빛났다. 침입자의 동태가 어딘지 모르게 달라졌다. 전과 마찬가지로 얼굴에는 아무런 표정도 없었지만 경감은 직감적으로 그가 동요한다는 사실을 알아차렸다. 아들 쪽을 바라보니 엘러리의 눈빛에서도 아버지와 같은 생각을 읽을 수 있었다.

"뭐라고? 하인이라면 이런 아침에 여행용 가방을 들고 뭘 하는 건가?"

퀸 경감이 여행용 가방을 가리키며 침착하게 물었다. 그것은 좀 전에 피고트가 현관 근처에서 집어다가 거실로 갖다놓은 싸구려 검은색 가방이었다. 갑자기 엘러리가 현관 근처로 어슬렁어슬렁 걸어가서는 허리를 굽히고 무언가를 주워들었다.

"무슨 말씀을 하시는 건지……. 저건 제 겁니다. 오늘 아침에 휴가를 떠날 생각이었습니다. 그래서 몬테 필드 씨에게 월급을 받으려고 온 겁니다. 미리 약속돼 있었거든요."

마이클스는 퀸 경감의 질문에 다소 당황하고 있었다.

퀸 경감의 눈빛이 더욱 날카로워졌다. 예감이 맞았다! 마이클스의 표정이나 행동은 전과 다를 바 없었지만 목소리와 억양이 눈에 띄게 달라져 있었다.

"필드가 오늘 월급을 주기로 했다, 이 말이군. 좀 이상한데……, 잘 생각해봐."

퀸 경감이 중얼거리듯 말했다.

마이클스의 얼굴에 순간적으로 동요하는 빛이 떠올랐다.

"왜 그러시는 겁니까? 필드 씨는 어디 계시죠?"

마이클스가 물었다.

"'주인은 차디찬 땅속에' 있다오. _(주인은 차디찬 땅속에 Massa's in de cold, cold ground)라는 미국 민요의 제목을 인용한 것이다. -옮긴이)"

응접실에 있던 엘러리가 미소 띤 얼굴로 짓궂게 말했다. 그리고 마이클스가 피고트와 격투를 벌일 때 떨어뜨린 신문지를 흔들며 거실로 들어왔다.

"당신은 머리가 잘 돌아가지 않는 모양이군요. 이건 당신이 들고 들어온 조간신문입니다. 여기에는 1면 톱기사로 필드의 얘기가 실려 있죠. 그걸 못 봤다는 것은 말도 안 되지 않나요?"

마이클스는 경직된 자세로 엘러리와 신문을 뚫어져라 쳐다보았다. 그리고 눈을 아래로 내리며 우물쭈물 말했다.

"오늘 아침엔 신문을 읽을 틈도 없었습니다. 도대체 무슨 일이죠?"

"살해되었네, 마이클스. 그리고 자네는 처음부터 그걸 알고 있었어."

퀸 경감이 거침없이 말했다.

"아닙니다. 저는 몰랐습니다."

마이클스가 고개를 가로저으며 대답했다.

"거짓말 마! 왜 이곳으로 왔는지 자백해. 그렇지 않으면 법정에 세울 거야. 그렇게 되면 별의별 말을 다 해야 할걸."

퀸 경감이 단호하게 말했다.

마이클스는 애원하는 눈빛으로 퀸 경감을 바라보았다.

"저는 사실대로 말씀드렸습니다. 필드 씨가 어제, 오늘 아침 월급을 받으러 오라고 했습니다. 그게 전부입니다."

"여기서 만나기로 했나?"

"그렇습니다."

"그렇다면 자네는 왜 벨을 누르지 않았지? 안에 사람이 있는지 확인도 하지 않고 열쇠로 문을 열고 들어왔잖아."

"벨이라니요? 저는 항상 열쇠를 사용합니다. 가능한 한 필드 씨를 방해하지 않으려고요."

마이클스는 눈을 크게 뜨고 말했다.

"필드는 왜 어제 자네에게 월급을 안 줬지?"

퀸 경감이 목소리를 높였다.

"수표책이 없었기 때문이겠죠, 경감님."

마이클스가 태연하게 대답했다. 퀸 경감은 입술을 비틀었다.

"마이클스, 어제 필드를 마지막으로 본 게 몇 시였나?"

"7시쯤이었습니다."

마이클스가 재빨리 대답했다.

"저는 여기에 살지 않습니다. 필드 씨는 방해받는 걸 싫어하시거든요. 보통 전 아침 일찍 여기에 와서 식사를 준비하고 목욕물을 받아놓은 다음 옷을 준비합니다. 그리고 필드 씨가 사무실로 출근하시면 청소를 하죠. 그러고 나면 저녁까지는 제

시간입니다. 필드 씨가 식사를 밖에서 하겠다는 연락이 없는 한 5시부터는 저녁 준비를 합니다. 그리고 저녁에 입을 옷도 준비해놓고요. 그러면 제 하루 일과가 끝나죠. 필드 씨는 어제 제가 밤에 입으실 옷을 준비해드리자 월급 얘길 하셨습니다."

"일과는 그리 힘든 게 아니군."

엘러리가 중얼거렸다.

"어제 저녁엔 어떤 옷을 준비했지요, 마이클스?"

마이클스는 엘러리를 향해 돌아섰다.

"속옷, 양말, 외출 구두, 두꺼운 셔츠, 장식 단추, 칼라, 흰 넥타이, 망토, 모자……."

"잠깐, 모자라고?"

퀸 경감이 말을 가로막았다.

"모자는 어떤 종류였지, 마이클스?"

"실크 모자입니다. 하나밖에 없는 아주 비싼 거죠. 브라운 형제 상회 제품이었을 겁니다."

마이클스가 대답했다.

"그렇다면 묻겠는데, 마이클스. 어제 저녁 여기서 나간 뒤 뭘 했지? 7시 이후에 말이야."

퀸 경감은 기분이 상한 듯 의자 팔걸이를 톡톡 두드리며 말했다.

"집으로 돌아갔습니다. 짐을 챙겨야 했고 좀 피곤하기도 했거든요. 집에 가서는 간단한 요기로 저녁을 때우고 잠을 잤습니다. 아마 9시 30분쯤이었을 겁니다."

마이클스가 대답했다.

"어디에 살고 있나?"

마이클스는 브롱크스 이스트 146번가에서 산다고 말했다.

"필드 씨에게 요즘 자주 찾아오는 손님이 있었나?"

퀸 경감이 계속해서 질문 공세를 해대자 마이클스는 인상을 찌푸렸다.

"뭐라 말씀드리기 힘듭니다. 필드 씨는 그리 사교적이지 않았거든요. 그리고 저는 저녁에는 여기에 없기 때문에 누가 왔다 가는지 저로선 말씀드릴 수가 없습니다. 다만……."

"다만?"

"부인 한 분이……."

마이클스는 잠시 머뭇거렸다.

"이런 때 다른 사람의 이름을 가르쳐주는 것은 그리 좋은 일이 아닌 것 같은데……."

"그 여자 이름이 뭐지?"

퀸 경감은 지친 표정으로 물었다.

"그건…… 루소 씨입니다. 안젤라 루소 씨죠."

마이클스가 대답했다.

"필드 씨는 언제부터 루소 씨를 알고 있었나?"

"몇 달 전부텁니다. 그리니치빌리지의 어느 파티에서 만난 것으로 알고 있습니다."

"그렇군. 그 두 사람은 아마 약혼했지?"

마이클스는 당혹스러운 표정을 지었다.

"글쎄요……. 그렇게 볼 수도 있겠죠. 하지만 정식이라고 볼 수는……."

그들 사이에 침묵이 흘렀다.

"자넨 몬테 필드의 집에서 일한 지 얼마나 됐나, 마이클스?"

퀸 경감이 다그치듯 물었다.

"다음 달이면 삼 년이 됩니다."

퀸 경감은 질문의 방향을 바꾸었다. 그는 필드의 연극 관람 취미, 재정 상태, 술버릇 등에 대해 캐물었다. 마이클스의 대답은 루소의 말과 별 차이가 없었다. 이렇다 할 새로운 사실은 나오지 않았다.

"필드 밑에서 삼 년 가까이 일했다고 했는데……. 어떻게 필드를 알게 되었나?"

퀸 경감이 등받이에 몸을 기대며 물었다.

마이클스는 금방 대답하지 않았다.

"신문 광고를 봤습니다."

"음……, 삼 년이나 같이 있었다면……, 벤저민 모건을 알고 있겠군?"

마이클스는 입가에 미소를 지었다.

"예, 알고 있습니다. 아주 훌륭한 신사분입니다. 변호사로 필드 씨의 동업자였습니다. 하지만 이 년쯤 전에 서로 손을 끊자 저도 만나볼 기회가 없었죠."

그가 상냥하게 대답했다.

"그럼 그 전엔 자주 만났나?"

"아닙니다. 필드 씨와 모건 씨는 성격이 판이해 사교상의 교제는 서로 하지 않았습니다. 저는 그분을 여기서 서너 번 봤을 뿐입니다. 그것도 중요한 일로 바쁠 때였죠. 게다가 필드 씨는 밤에 제가 여기에 있는 것을 원치 않으시니까 자세한 건 모릅니다. 제가 아는 한 서로 손을 끊은 뒤 모건 씨가 이곳에 다시 오신 적은 한 번도 없습니다."

마이클스는 그리움에 젖은 듯한 말투로 대답했다.

퀸 경감은 신문이 시작된 뒤 처음으로 미소를 지었다.

"솔직하게 대답해주어서 고맙네, 마이클스. 그건 그렇고 한 가지 더 묻겠는데 두 사람이 헤어질 때 무슨 불쾌한 이야기 같은 건 없었나?"

"절대 없었습니다!"

마이클스가 흥분해서 소리쳤다.

"그런 이야기는 한 번도 들어본 적이 없습니다. 필드 씨는 그분과 헤어진 뒤에도 모건 씨와 계속 친구로 지낸다고 말씀하셨을 정도였습니다. 모건 씨는 아주 좋은 친구라고 여러 번 말씀하시기도 했는걸요."

그때 누군가가 마이클스의 팔을 건드렸다. 마이클스는 힘없는 표정으로 천천히 고개를 돌렸다. 엘러리가 그를 쳐다보고 있었다.

"무슨 일입니까?"

마이클스가 공손하게 물었다.

"마이클스 씨……. 나는 남의 과거를 들추는 것을 좋아하지 않아요. 하지만 당신, 감옥에 간 일이 있다는 사실을 왜 말하지 않는 거지?"

엘러리는 딱딱하게 말했다.

마이클스는 갑자기 감전이라도 된 듯 몸이 굳어졌다. 그리고 창백한 얼굴로 입을 멍하니 벌린 채, 미소를 띤 엘러리의 얼굴을 바라보았다.

"그걸……. 그걸 어떻게 아셨죠?"

놀란 탓인지 말투에는 이전의 침착함이 하나도 없었다. 퀸 경감은 아들의 얼굴을 대견한 듯이 쳐다보았다. 피고트와 존슨은 떨고 있는 사내 쪽으로 걸어갔다.

엘러리는 담배에 불을 붙였다.

"전혀 몰랐지. 당신이 말해주기 전까진 말이죠. 당신이 델포

이 신전의 신탁을 내려준 덕분에 알게 됐지요, 마이클스 씨."

엘러리가 유쾌한 목소리로 말했다.

마이클스는 얼굴이 파랗게 질리더니 부들부들 떨며 퀸 경감의 얼굴을 돌아보았다.

"저는…… 물어보지 않으셨기 때문에……. 그건 경찰에게 할 만한 이야기가 아니잖습니까."

그는 기어들어가는 목소리로 말했다. 그의 목소리는 잔뜩 긴장해 텅 빈 듯했다.

"어디서 복역했나, 마이클스?"

퀸 경감이 부드러운 목소리로 물었다.

"엘마이라 교도소입니다. 단 한 번뿐이었습니다. 그럴 생각은 아니었는데……. 너무 먹고살기 어려워 돈을 조금 훔쳤습니다. 그래서 단기형을 받았습니다."

마이클스는 더듬거리며 대답했다.

퀸 경감은 자리에서 일어섰다.

"마이클스, 잘 알겠지만……, 자넨 지금 완전한 자유의 몸은 아니야. 집으로 돌아가 천천히 새로운 일거리를 찾아보는 게 좋을 걸세. 하지만 조사가 완전히 끝날 때까지 집에서 떠나면 안 돼. 우리가 필요할 때 언제나 올 수 있어야 하니까. 그리고 가기 전에 자네 가방 좀 볼까?"

퀸 경감은 검은 여행용 가방이 있는 곳으로 가 뚜껑을 활짝 열었다. 거기에는 검은 양복 한 벌, 셔츠, 넥타이, 양말 등이 마구 쑤셔 넣어져 있었다. 옷가지들은 세탁된 것과 그렇지 않은 것들이 섞여 있었다. 경감은 재빨리 조사를 끝내고 멍청하게 서 있는 마이클스에게 가방을 돌려주었다.

"휴가를 떠나는 사람치고는 준비가 철저하지 못하군, 마이클스. 휴가가 취소되어 정말 안됐네. 하지만 어떡하나, 그게 현실인걸."

퀸 경감이 다소 부드러워진 표정으로 말했다.

마이클스는 작은 목소리로 인사를 하고는 가방을 집어들고 밖으로 나갔다. 그러자 피고트가 살며시 그를 따라 밖으로 나갔다.

엘러리는 천장을 바라보며 유쾌한 듯 웃기 시작했다.

"저런 멍청한 녀석 같으니라고. 시치미를 뚝 떼고 거짓말을 하다니. 아버지, 저 녀석이 왜 여기에 왔다고 생각하세요?"

"물론, 뭔가 가져가려고 왔겠지. 그렇다면 분명……, 우리가 찾지 못한 중요한 무언기가 있다는 건데……."

퀸 경감은 생각에 잠겼다.

그때 전화벨이 울렸다.

"경감님이세요?"

벨리 경사의 큰 목소리가 전화기를 통해 들려왔다.

"경찰청에 걸었더니 안 계셔서 그곳으로 전화 드렸습니다. 브라운 형제 상회에서 쓸 만한 얘길 들었습니다. 지금 그리로 갈까요?"

"아니야. 여기서 볼일은 끝났네. 체임버스에 있는 필드의 사무실에 들렀다가 곧 경찰청으로 들어가겠네. 그사이 무슨 일이 생기거든 필드 사무실로 연락하게. 지금 어디 있나?"

"5번가입니다. 브라운 형제 상회에서 막 나온 참입니다."

"그렇다면 경찰청으로 돌아가게. 그리고 토머스, 지금 경찰관 하나를 이리 보내주게나."

퀸 경감은 수화기를 내려놓고 존슨을 돌아보았다.

"자네는 다른 사람이 올 때까지 여기 있게. 금방 올 거야."

그러고는 조용히 말을 이었다.

"그리고 그 친구가 오면 아파트를 잘 지키라고 하고, 교대 근무자를 구해주게. 그런 다음에 경찰청으로 들어와 내게 보고하고. 자 가자, 엘러리. 오늘도 바쁜 하루다."

엘러리는 아버지에게 항의했지만 아무런 소용도 없었다. 퀸 경감은 엘러리를 데리고 서둘러서 건물 밖으로 나왔다.

이윽고 퀸 경감의 잔소리가 택시들의 시끄러운 소음 속으로 묻혀버렸다.

10
이 장에서는 필드의 모자가 수면 위로 떠오른다

오전 10시 정각, 퀸 경감과 엘러리는 다음과 같이 쓰여 있는 반투명 유리문을 열고 들어갔다.

몬테 필드
변호사

  넓은 대기실은 잘 꾸며져 있었다. 옷장에서 잠시 엿본 필드의 취향이 잘 드러나는 인테리어였다. 하지만 대기실에는 아무도 없었다. 퀸 경감은 의아한 눈빛으로 사무실 문을 열고 들어갔고 엘러리가 뒤를 따랐다. 다소 기다란 방에는 책상이 가득 들어차 있었다. 두꺼운 법률 서적들이 빽빽이 꽂혀 있는 책장만 없다면 신문사 편집실로 착각할 수도 있는 그런 분위기였다.

  사무실은 어수선했다. 속기사들이 모여 서서 흥분한 얼굴로 소곤거렸고, 남자 몇 명도 구석에서 수군대고 있었다. 방 한가운데서는 헤스 형사가 귀밑머리가 하얗게 센 남자와 이야기에 열중하고 있었다. 필드의 죽음이 사무실에 끼친 영향을 실감할 수 있는 분위기였다.

  퀸 경감이 들어서자 사람들은 당황해 재빨리 자기 자리로 돌아가 앉았다. 잠시 어색한 침묵이 사무실에 흘렀다.

헤스가 퀸 경감 앞으로 걸어왔다. 눈이 잔뜩 충혈돼 있었다.

"좋은 아침이군, 헤스. 필드의 방은 어딘가?"

퀸 경감이 말했다.

헤스 형사는 퀸 경감과 엘러리를 '사무실'이라고 쓰여 있는 문으로 데리고 갔다. 세 사람은 엄청나게 화려한 작은 사무실로 들어갔다.

"꽤나 사치스러운 남자였군!"

엘러리는 웃으며 빨간 가죽 의자에 몸을 묻었다.

"보고하게나, 헤스 형사."

퀸 경감이 엘러리를 따라 앉으며 말했다.

헤스가 이야기를 시작했다.

"어젯밤 여기 와보니 문이 잠겨 있었습니다. 안에 불이 켜져 있지도 않았고, 아무런 소리도 들리지 않았습니다. 그래서 아무도 없다고 생각하고 밖에서 밤을 새웠습니다. 오늘 아침 9시경, 그러니까 십 오 분 전에 사무장이 왔기에 그와 이야기를 했습니다. 오스카 르윈이라고, 경감님이 들어오실 때 저와 말하고 있던 키 큰 사내 말입니다."

"그가 사무장이라고?"

퀸 경감이 코담배를 들이마시면서 물었다.

"그렇습니다, 경감님. 그는 묵비권을 철저하게 행사할 줄 아는 사람인 모양입니다. 물론 필드가 죽었다는 소식을 신문으로 접하고는 제정신이 아닌 것 같습니다. 그렇다고는 해도 제게 호의적이지 않아서 전 아무것도 알아낸 게 없습니다. 그는 필드가 어제 저녁에 곧장 집으로 돌아갔다고 했습니다. 필드는 오후 4시쯤에 나가서 안 들어온 것 같습니다. 사무장은 신문을 보기 전까지는 살인 사건에 대해 아무것도 몰랐답니다. 하는 수 없이 저는 경감님이 오실 때까지 기다릴 수밖에 없었습니다."

"르윈을 데려오게."

헤스 형사가 키 큰 사무장을 데리고 돌아왔다.

오스카 르윈은 인상이 별로 좋지 않은 사내였다. 눈이 야비해 보였으며, 매부리코에 얼굴이 지나치게 야윈 것이 어딘지 모르게 추하고 탐욕스러운 인상을 풍겼다.

퀸 경감은 날카로운 눈초리로 르윈을 뜯어보았다.

"당신이 사무장입니까? 이번 사건을 어떻게 생각하나요, 르윈 씨?"

퀸 경감이 물었다.

"무서운 일입니다. 정말이지 끔찍한 일이에요. 어떻게 이런 일이 일어날 수 있는지 모르겠습니다. 바로 어제 4시까지만 해도 같이 이야기를 했었는데······."

르윈이 신음하듯 말했다. 르윈은 진심으로 슬퍼하는 것 같았다.

"당신과 대화를 나눌 때 필드 씨에게서 이상한 점을 눈치채지 못했나요?"

"네, 전혀요. 오히려 기분이 좋아 보였습니다. 뉴욕 자이언츠에 대해 농담을 던지기도 하고, 밤에 볼 〈건플레이〉란 연극에 대해서도 말했고요. 그런데 오늘 조간신문을 보니 극장에서 살해되었다고······."

르윈은 신경질적으로 대답했다.

"아, 당신에게 연극 얘길 했나요? 혹시 누구와 함께 간다는 말은 하지 않았습니까?"

"안 했습니다, 경감님."

르윈은 발을 꼼지락거리며 말했다.

"알았습니다."

퀸 경감은 잠시 사이를 두었다.

"당신은 사무장이니까 다른 직원들보다 필드 씨와 가까웠겠죠. 그 사람 사생활에 대해 아는 것 없나요?"

"아는 게 전혀 없습니다. 그는 부하 직원과 친한 편이 아니었습니다. 저도 예외는 아니었죠. 가끔 자기 자신에 대해 얘기하긴 했지만, 진담이 아닌 농담이었습니다. 하지만 우리 사정을 잘 알아주는 좋은 사장님이었습니다. 아는 건 그뿐입니다."

르윈이 즉시 대답했다.

"필드 씨가 다루는 일의 규모는 어느 정도였습니까? 당신은 알고 있을 것 같은데."

"일 말입니까?"

르윈은 깜짝 놀란 듯이 되묻고는 말을 이었다.

"이곳은 법률에 대한 것만 다룹니다. 그리고 그것은 다른 어느 법률 사무소에 뒤지지 않을 정도로 훌륭하지요. 저는 이 년 동안 필드 씨 밑에서 일을 했습니다. 여기는 고위층 단골들이 많이 있습니다. 원하면 그 명단을 보여드리겠습니다."

"그래 주시겠습니까? 그 명단을 내게 보내주시죠. 그러니까 정당한 사업을 해왔다는 얘기군. 그건 그렇고……. 요즘 누군가 여기 일 이외의 다른 일로 필드 씨를 찾아온 적은 없나요?"

"이곳에 오는 사람들은 법률문제로 찾아오는 사람들뿐입니다. 그 밖의 사람들은 없습니다. 물론 일 관계로 만나는 사람들 중에 사교적인 만남을 갖는 분도 있지만……. 아, 그의 하인이라는 사람이 가끔 찾아오기는 했습니다. 마이클스라고 하는데 키가 크고 건장한 사내였죠."

"마이클스? 그 사실을 기억해두어야겠군."

퀸 경감은 골똘히 생각에 잠긴 듯한 얼굴로 르윈을 쳐다보았다.

"좋아요. 현재로서는 이만하면 됐습니다. 직원들은 가도 좋습니다. 하지만 당신은 잠시 남아주길 바랍니다. 샘슨 지방 검사가 사람을 보낸다고 했으니까. 당신의 도움이 꼭 필요할 겁니다."

퀸 경감이 자리에서 벌떡 일어났다.

"필드의 화장실은 어디지, 헤스?"

헤스 형사가 방 한쪽 문을 가리켰다. 퀸 경감은 헤스가 일러준 곳으로 가서 화장실 문을 열었다. 엘러리가 그 뒤를 바짝 따랐다. 그들은 벽 한구석에 있는 작은 화장실을 들여다보았다. 세면대와 약장 그리고 작은 옷장이 있었다. 퀸 경감은 우선 약장의 선반을 조사했다. 요오드팅크, 과산화수소, 면도 크림과 면도기가 있었다.

"특별한 것이 없군요. 옷장은 어떤가요?"

퀸 경감은 호기심에 가득 찬 표정을 지으며 옷장 문을 열었다. 외출복 한 벌과 넥타이 여섯 개 그리고 챙이 젖혀진 중절모가 하나 있었다. 퀸 경감은 그 모자를 들고 사무실로 나와 살펴보았다. 그러고는 엘러리에게 건네주었다. 엘러리는 더러운 것이라도 만지는 듯 그것을 살짝 집어 옷장에 가져다 걸었다.

"모자는 이제 신물 난다."

퀸 경감이 불쾌한 듯 말했다. 그때 노크 소리와 함께 헤스가 말쑥해 보이는 젊은 사내를 데리고 들어왔다.

"퀸 경감님이시죠?"

젊은 사내가 정중하게 물었다.

"그렇소. 당신이 신문기자라면, 경찰이 몬테 필드 살인 사건의 범인을 24시간 안에 체포한다고 써도 좋소. 지금 내가 할 말은 그것뿐이오."

퀸 경감이 딱딱하게 대꾸했다.

젊은 사내가 미소를 지었다.

"안됐지만, 경감님. 저는 신문기자가 아닙니다. 제 이름은 아서 스토츠이고 샘슨 검사님 사무실에 새로 온 직원입니다. 오늘 아침까지 검사님과 연락이 닿지 않았던 데다가 저도 다른 일로 바빴기 때문에 약간 늦었습니다. 정말이지 필드 씨는 안됐습니다."

스토츠는 코트와 모자를 의자 위로 던지면서 빙그레 웃었다.

"보는 각도에 따라 다르겠지. 그자는 여기저기 돌아다니면서 문제를 일으켜왔소. 그런데 대체 지방 검사의 지시는 뭐요?"

퀸 경감이 입속으로 우물거리듯 말했다.

"사실 저는 필드 씨의 경력은 잘 모릅니다. 그 담당은 티모시 크로닌이거든요. 저는 단지 대타로 왔을 뿐입니다. 오늘 티모시가 매우 바쁘기 때문에 오후까지 제가 대신 일을 하게 된 거죠. 아실지 모르겠지만, 크로닌은 벌써 이 년 전부터 필드를 조사해오고 있었습니다. 지금도 그의 기록을 조사하느라 정신이 하나도 없는걸요."

"바람직한 일이군. 샘슨이 티모시 크로닌에 대해 한 말이 맞는다면 그리고 그의 기록에 범죄 사실이 숨겨져 있다면 반드시 찾아내겠지. 헤스, 스토츠 씨를 밖으로 데리고 가서 르윈을 소개시켜주게. 스토츠 씨, 그자는 교활해서 다루기가 힘든 사람이오. 그러니 원리 원칙이 통하지 않을 거요. 그에게 얘기를 들으려면 거짓말이라도 해야 할 거요. 그럼, 다음에 봅시다."

스토츠는 퀸 경감에게 미소를 지어 보이고는 헤스를 따라 나갔다. 엘러리와 퀸 경감은 서로의 얼굴을 바라보았다.

"손에 들고 있는 게 뭐냐."

퀸 경감이 날카롭게 물었다.

"《필적 감정법》이요. 책장에서 찾아냈어요. 왜요, 아버지?"
엘러리는 귀찮은 듯이 대답했다.
"엘, 그 필적 말이다. 지금 와서 생각해보니……. 그 필적에 문제가 있었던 것 같구나."
퀸 경감이 머리를 갸웃거리며 자리에서 일어났다.
"자 가자, 엘러리. 여기서는 더 얻을 게 없는 것 같다."
사무실을 나오니 헤스와 르윈, 스토츠 세 사람만이 있었다. 퀸 경감은 헤스를 손짓해 부르고는 말했다.
"집으로 돌아가서 쉬게, 헤스. 난 자네가 감기에 걸리는 것을 원치 않아."
헤스도 빙그레 웃으며 사무실을 빠져나갔다.
얼마 뒤, 퀸 경감은 센터 가의 개인 사무실에 앉아 있었다. 엘러리는 이곳을 '스타 체임버'천장에 별 모양 장식이 있는 런던 웨스트민스터 궁전의 방으로, 특별 재판이 열리던 곳 -옮긴이라고 불렀다. 작고 편안하고 아늑한 방이었다. 엘러리는 의자에 앉아 필드의 아파트와 사무실에서 가져온 필적에 관한 책 두 권을 열심히 읽기 시작했다. 퀸 경감이 벨을 누르자 토머스 벨리의 듬직한 덩치가 나타났다.
"어서 오게, 토머스. 자네가 브라운 형제 상회에서 얻었다는 흥미로운 이야기란 게 뭐지?"
"얼마나 흥미를 느끼실지 잘 모르겠습니다, 경감님. 그런데 제게는 중요한 것 같거든요. 경감님께서 어제 지시하신 대로 저는 필드의 실크 모자에 대해 조사했습니다. 지금 그것과 똑같은 모자가 제 책상에 있습니다. 보시겠습니까?"
벨리가 벽 쪽에 늘어놓은 의자에 앉으며 말했다.
"토머스, 빨리 가져와보게."
벨리는 잠시 후 모자 상자를 들고 다시 나타났다. 상자의 끈을 풀자 화려한 실크 모자가 나왔다. 퀸 경감의 눈이 휘둥그레질 정도로 훌륭한 것이었다. 퀸 경감은 모자를 들어 올렸다. 안쪽에 18센티미터라는 치수가 표시되어 있었다.

"브라운 상회에서 판매 책임자와 얘기를 했는데, 벌써 몇 년째 필드의 의상을 맡아왔다고 하더군요. 필드는 예전부터 옷이란 옷은 죄다 거기서 산 모양입니다. 그리고 필드는 그 책임자라는 사람이 마음에 들었던 것 같아요. 그 사람은 필드의 취미라든가 그가 필요로 하는 물건을 잘 알고 있었습니다. 그 사람이 말하기를, 필드는 옷에 대해 아주 까다로운 사람이었답니다. 옷은 모두 맞춤복으로 브라운 상회의 특별 부서에서 만들어진 거랍니다. 필드는 최고급 원단을 고집했고 정교한 재봉을 좋아했던 것 같습니다. 그리고 속옷이나 넥타이까지 모두 최신 유행에 따랐다고 하더군요."

"모자는 어떤 것을 좋아했답니까?"

엘러리가 책에서 눈을 떼지 않은 채 끼어들었다.

"지금 그 이야기를 하려던 참인데……."

벨리가 말을 이었다.

"그 책임자는 모자에 대해 상당히 흥미로운 이야기를 해주었어요. 제가 실크 모자에 대해 묻자, '필드 씨는 실크 모자를 거의 광적으로 좋아하셨습니다. 최근 6개월 동안 세 개나 사갔거든요.'라고 하더군요. 물론 저는 그 상회의 판매 장부를 조사해 보았습니다. 그랬더니 정말 반년 간 세 개나 사갔더군요."

엘러리와 퀸 경감은 둘 다 무슨 말인가 하려고 동시에 입을 벌렸다.

"세 개씩이나……."

퀸 경감이 먼저 입을 열었다.

"아니 그건……, 정말 뜻밖이군요."

엘러리는 코안경을 만지며 천천히 말했다.

"그럼, 나머지 두 개는 어디로 간 거지?"

퀸 경감이 어이없다는 듯 말했다. 엘러리는 아무 말 없이 가만히 있었다. 퀸 경감은 재빨리 벨리 쪽을 돌아보았다.

"그 밖에 다른 것은 없나, 토머스?"

"이렇다 할 것은 없습니다. 다만 필드는 옷에 대해 상당히 헤 펐답니다. 지난해에만도 양복 열다섯 벌과 열두 개나 되는 모자를 사갔다는군요."

"모자, 모자, 계속 모자군."

퀸 경감이 신음하듯 말했다.

"그자는 미친 게 분명해. 그런데 토머스, 필드가 브라운 형제 상회에서 지팡이를 산 적이 있는지 알아보았나?"

벨리의 얼굴에 당혹스러운 표정이 스쳤다.

"깜박 잊었습니다. 어제 경감님께 그런 이야기를 듣지 않았기 때문에……."

그는 풀이 죽어 대답했다.

"좋아. 누구든 완벽할 수는 없는 거니까. 그 책임자를 전화로 불러주게, 토머스."

퀸 경감이 체념하듯 말했다.

벨리는 책상에 있는 전화기를 들고 전화를 걸더니 잠시 후 퀸 경감에게 수화기를 건넸다.

퀸 경감이 빠르게 말했다.

"퀸 경감입니다. 당신이 예전부터 몬테 필드 씨를 담당했다고요? ……아, 그래서 확인하고 싶은 것이 있습니다. 그가 당신 가게에서 지팡이를 산 적이 있나요? ……아 그래요? 그럼 또 한 가지 묻겠는데, 그가 옷을 만드는 데 특별한 주문을 한 적이 있었소? 예를 들면 특별한 주머니 같은 거 말입니다……. 그런 일은 없다고요? 좋아요……. 아 그래요? 고맙소."

퀸 경감은 수화기를 내려놓고 몸을 돌렸다.

"모자는 환장할 정도로 좋아했지만 지팡이는 몹시 싫어했나 보군. 책임자 이야기로는 여러 번 필드에게 지팡이를 권했지만 항상 거절당한 모양이야. 싫다고 했다는군. 그리고 옷이나 모자를 주문할 때 특별한 주머니를 부탁한 적은 없었다고 하네. 결국 우리는 원점으로 돌아온 거야."

퀸 경감이 몹시 불쾌한지 얼굴을 찡그리며 말했다.

"그 반대입니다. 그렇지 않아요, 아버지. 결과적으로 우린 어젯밤에 범인이 가지고 간 필드의 소지품이 모자였다는 것을 알게 되었으니까요. 때문에 문제는 더욱 간단해졌습니다."

엘러리가 말했다.

"미리가 많이 니빼진 모양이다. 그런 것은 내게 아무런 의미가 없다고 생각되니 말이다."

퀸 경감이 씁쓸하게 말했다.

"그건 그렇고, 경감님."

갑자기 벨리가 정색하며 말을 꺼냈다.

"지미가 필드의 술병에서 채취한 지문에 대해서 보고를 해왔습니다. 거기에는 두서너 개의 지문이 있었는데 모두 필드의 지문이었답니다. 지미는 그것을 확인하기 위해 시체 안치소까지 갔다 왔답니다."

"글쎄……. 그런가? 그것이 이 사건과 아무런 관계가 없을지도 모르지. 어쨌든 프라우티가 그 안에 든 내용물을 조사해 알려주기를 기다리는 수밖에 없겠군."

퀸 경감이 말했다.

"또 보고할 것이 있습니다. 경감님께서 극장 지배인인 팬저에게 오늘 아침까지 보내라고 하신 극장 쓰레기들이 좀 전에 도착했습니다. 보시겠습니까?"

"물론 봐야지, 토머스. 그리고 나가는 길에 어젯밤 자네가 작성한, 입장권을 가지고 있지 않았던 관객 명단도 가지고 오게나. 좌석 번호마다 이름을 모두 적어놨겠지?"

벨리는 고개를 끄덕이고는 방 밖으로 나갔다. 퀸 경감은 우울한 표정으로 아들을 물끄러미 내려다보았다.

잠시 후, 벨리 경사는 커다란 꾸러미와 관객 명단을 가지고 돌아왔다. 그들은 함께 꾸러미를 풀어 책상 위에 펼쳐놓았다. 대부분이 구겨진 프로그램과 사탕 껍질들이었다. 입장권도 꽤 있었다. 플린트와 경찰들이 수색하다가 빠뜨린 것들이었다. 게다가 거기에는 모양이 다른 부인용 장갑 둘, 남자 상의에서 떨어진 듯한 작은 갈색 단추, 만년필 뚜껑, 여성용 손수건 등과 그 외에 잃어버리거나 버리기 쉬운 자질구레한 것들이 있었다.

"중요한 것은 없는 것 같군. 그래도 입장권 조각들이라도 있으니 다행이야."

퀸 경감이 말했다.

벨리는 떨어져 있던 쪽지를 한군데에 쌓아놓고 거기에 적힌 번호와 글자를 불러주었고, 퀸 경감은 그것을 명단과 대조하기 시작했다. 표가 많지 않았기 때문에 일은 쉽게 끝났다.

"이게 다인가, 토머스?"

퀸 경감이 시선을 들며 말했다.

"그렇습니다, 경감님."

"이 명단에 의하면 아직 쉰 명 정도가 대조에서 빠졌어. 플린트는 어디 있지?"

"이곳 어딘가에 있을 겁니다."

퀸 경감이 수화기를 들고 짤막한 지시를 내리자 플린트가 곧 달려왔다.

"어젯밤에 발견한 게 좀 있나, 플린트?"

퀸 경감이 불쑥 물었다.

"글쎄요……. 극장을 샅샅이 뒤졌는데 프로그램처럼 쓸데없는 것들만 나왔습니다. 그래서 그것들을 청소부에게 넘기고 왔습니다. 하지만 극장표는 꽤 많이 주웠습니다. 특히 복도에서요."

플린트가 부끄럽다는 듯이 대답하며 주머니에서 고무 밴드로 깨끗이 묶은 두꺼운 종이 뭉치를 꺼냈다. 벨리가 그것을 받아 번호와 글자를 읽어주며 아까와 같은 작업을 계속했다. 그 일이 끝나자 퀸 경감은 타자로 친 명단을 책상에 털썩 내려놓았다.

"성과가 없나요?"

엘러리가 책에서 시선을 들며 조용히 말했다.

퀸 경감은 신음을 냈다.

"끝났어. 모든 조사가 끝났다고. 극장표가 하나도 빠짐없이 대조되었으니까. 쪽지도 이름도 숫자도 모두 맞아. 남는 건 하나도 없어……. 그렇지, 아직 한 가지가 남았군."

퀸 경감은 쌓아둔 입장권을 뒤져 프랜시스 아이브스 포프의 것을 찾아냈다. 그리고 주머니에서 월요일 밤에 가지고 온 입장권 조각 넉 장을 꺼내 필드와 여자의 표 끝을 세밀하게 살폈다. 표 두 장의 끝은 전혀 맞지 않았다.

"그래도 한 가지 소득은 있군."

퀸 경감이 극장표 다섯 장을 조끼 주머니에 넣으며 말을 이었다.

"아직 필드 옆 좌석들의 표는 발견하지 못했으니까."

"그것은 앞으로도 발견되지 않을 겁니다. 아버지. 필드가 어제 극장에 왜 있었는지 우리가 전혀 짐작하지 못하고 있다는 사실을 생각해보신 적 있으세요?"

엘러리는 책을 내려놓고 진지한 표정으로 퀸 경감을 바라보았다.

퀸 경감은 눈살을 찌푸렸다.

"물론 생각해봤다. 하지만 잘 모르겠어. 루소와 마이클스가 필드는 연극에 흥미가 없다고 했잖니."

"인간이란 변덕스러운 동물이죠. 하지만 지도 그가 왜 극장에 갔는지가 궁금해요."

엘러리가 말하자 퀸 경감은 무겁게 고개를 내저었다.

"사업상의 일로 약속을 했는지도 모르지. 루소의 말처럼 말이야. 게다가 10시까지 돌아오겠다고 말했다니……"

"저도 사업상의 일 때문이라고 생각해요."

엘러리가 동의했다.

"하지만 이런 점도 생각해봐야 해요. 루소가 거짓말을 했는지도 모른다는 것을요. 필드가 그런 약속을 하지 않았을지도 모른다는 거죠. 또 약속을 했더라도 10시쯤에 만날 그 약속을 지킬 생각이 아예 없었는지도 모르고요."

"내 생각은 대충 이렇다. 맞든 안 맞든 필드는 연극을 보러 로마 극장에 간 게 아니야. 분명 다른 이유가 있어서 그곳에 간 걸 거야. 아마도 사업 때문에……"

"저도 그렇게 생각해요. 여러 가지 가능성을 생각해본다고 해서 손해 볼 건 없죠. 그 말은 사업상 누군가를 만나러 극장엘

갔다는 애긴데, 그 누군가가 바로 범인이라는 건가요?"
엘러리는 미소를 지으며 말했다.
"너는 질문이 너무 많아, 엘러리. 토머스, 그 밖의 물건들을 보여주게."
퀸 경감이 말했다.
벨리는 잡다한 물건들을 조심스럽게 하나씩 퀸 경감에게 건넸다. 경감은 장갑, 만년필 뚜껑, 단추, 손수건 등을 재빨리 조사하고는 옆으로 밀어놓았다. 그러자 사탕 껍질과 구겨진 프로그램이 남았다. 퀸 경감은 구겨진 프로그램들을 살피다가 갑자기 흥분해서 소리를 질렀다.
"찾았어!"
사내 세 명은 퀸 경감의 어깨 너머로 그것을 들여다보았다. 퀸 경감은 구겨진 프로그램을 손으로 폈다. 안쪽 페이지에 남자 옷차림에 대한 기사가 있었다. 그리고 그 주위에 기호들이 적혀 있었다. 그것들은 글자나 숫자, 도형들로, 지루함을 견디느라 장난삼아 낙서한 것 같았다.
"경감님, 필드의 프로그램인 것 같은데요!"
플린트가 흥분해서 소리쳤다.
"그래. 플린트, 어제 필드의 옷에서 나온 것들 가운데 그자의 서명이 들어 있는 편지를 가져오게."
퀸 경감은 날카롭게 지시를 내렸다.
플린트는 급히 방을 나갔다. 엘러리는 그 낙서를 열심히 들여다보았다. 종이 위쪽 주변에도 그림 낙서가 있었다.
이윽고 플린트가 편지를 가지고 돌아왔다. 퀸 경감은 필드의 서명과 프로그램에 있는 글자를 비교해보았다. 분명히 같은 사람의 필적이었다.

"분석실의 지미에게 조사하라고 해야겠군."

퀸 경감이 중얼거렸다.

"그러나 이건 조사해볼 필요도 없어. 필드의 것이 틀림없어…… 자넨 어떻게 생각하나, 토머스?"

벨리는 우물쭈물했다.

"다른 숫자는 무슨 뜻인지 짐작이 안 가지만, 이 '50,000'이라는 숫자는 돈을 의미하는 것 같은데요. 5만 달러 말입니다."

"은행 잔고를 계산한 게 틀림없어. 게다가 필드는 자기 이름을 바라보는 걸 좋아했나 보군, 안 그런가?"

퀸 경감이 다시 말하자 엘러리가 끼어들었다.

"그건 필드를 제대로 본 게 아니라고 생각해요. 사람들은 무엇을 기다리며 우두커니 앉아 있거나 연극이 시작되기 전 자기 자리에 앉아 있을 때, 보통 손에 잡히는 필기도구로 자기 이름의 이니셜을 쓰거나 그 이름을 갖고 낙서를 하죠. 그런 추측으로 미루어 볼 때 필드는 가장 손에 잡기 쉬운 프로그램에 낙서를 한 겁니다. 자기 이름을 쓰는 행동은 심리학적으로 가장 자연스러운 행동이죠. 그만큼 필드는 막이 오르기를 기다리는 시간이 꽤나 따분했던 모양이에요."

"그건 단순한 생각이야."

퀸 경감은 이마를 찌푸리며 낙서를 바라보았다.

"그럴지도 모르지요. 그렇다면 좀 더 중요한 문제를 말씀드릴게요. 그 '50,000'이라는 숫자를 아버지는 은행 잔고라고 예상하셨지만 저는 그렇게 생각하지 않아요. 은행 잔고라는 것이 그렇게 우수리 없이 딱 떨어지는 경우가 드물거든요."

엘러리가 말했다.

"네 말이 맞는지 한번 확인해보자꾸나."

퀸 경감이 수화기를 들며 말했다.

그는 경찰 교환대를 불러내 필드 사무실의 전화번호를 찾으라고 지시를 내렸다.

잠시 후, 퀸 경감은 오스카 르윈과 통화를 했다. 그리고 풀이 죽은 모습으로 엘러리를 쳐다보았다.

"네가 옳았다, 엘러리. 필드는 놀랄 만큼 적은 잔고를 가지고 있어. 6천 달러도 채 안 된다. 그런데 그가 1만 달러나 1만 5천 달러씩 자주 예금을 했다니 정말 놀랄 일이지. 르윈도 깜짝 놀란 모양이다. 내가 조사해보라고 하기 전까지는 르윈도 그 사실을 몰랐던 거야……. 필드는 주식이나 경마에 손을 대고 있었을 거야. 이것에 관해서라면 내기를 해도 좋다."

"별로 놀라운 소식은 아니군요. 그 말을 들으니 프로그램에 쓴 '50,000'이 무엇을 의미하는지 알 것 같아요. 그것은 돈을 나타내는 것 이외의 의미를 내포하고 있어요. 5만 달러가 관련된 거래를 나타내는 걸 거예요. 하룻밤의 벌이치고는 나쁘지 않은 셈이지요. 살아 있기만 했더라면……."

엘러리가 말했다.

"다른 두 숫자는 어떻게 생각하느냐, 엘러리?"

퀸 경감이 물었다.

"바로 그걸 생각하려던 참이에요. 이런 고액이 오가는 거래가 도대체 무엇인지 궁금하네요."

엘러리는 대답하고는 다시 자기 의자로 돌아가 앉았다. 그리고 멍하니 코안경을 닦았다.

"어떤 거래였는지는 모르겠지만……, 나쁜 일인 것만은 확실해."

퀸 경감은 다소 거드름을 피우며 말했다.

"나쁜 일이라뇨?"

엘러리가 정색을 하며 물었다.

"돈을 좋아하는 것은 모든 악의 근원이라는 말을 잘 생각해봐라."

퀸 경감은 싱글거리며 엘러리를 한 방 먹였다.

"근원일 뿐만 아니라 열매이기도 하죠."

엘러리는 여전히 딱딱한 목소리로 말했다.

"또 인용이냐?"

퀸 경감이 빈정거렸다.

"헨리 필딩의 말이에요."

엘러리가 웃으며 말했다.

11
이 장에서는 과거의 그림자가 드리워진다

전화벨이 울렸다.

"큐, 자넨가? 나 샘슨일세."

전화에서 지방 검사의 목소리가 들렸다.

"오, 헨리, 지금 어디 있나? 오늘 아침 컨디션은 어떤가?"

샘슨이 소리 죽여 웃으며 말했다.

"사무실이야. 상태는 별로 좋지 않아. 의사는 이런 식으로 나가다가는 죽을 거라고 야단인데, 사무실에서는 내가 출근하지 않으면 뉴욕 시가 제대로 돌아가지 않을 거라고 난리더군. 난 도대체 어느 장단에 춤을 춰야 하나, 큐?"

퀸 경감은 책상 너머에 앉은 엘러리에게 윙크를 했다. 샘슨에게서 전화가 올 줄 알았다는 표시였다.

"그래, 용건이 뭔가, 헨리?"

"지금 사무실로 신사 한 분이 찾아왔는데, 자네가 만나보면 도움이 될 것 같아서. 그가 자네를 만나고 싶어 해. 지금 자네가 뭘 하고 있는지는 모르겠네만, 만사 제쳐두고 이리 와야 할 것 같아. 그가 누군가 하면……."

샘슨의 목소리가 갑자기 작아졌다.

"내가 함부로 손댈 수 없는 작자야, 큐!"

퀸 경감은 이맛살을 찌푸렸다.

"자네 지금 아이브스 포프 씨를 말하는 건가? 그래, 그 사람 화가 잔뜩 나 있지? 어제 우리가 그자의 귀여운 딸을 신문했다고 말이야."

"그렇지 않아. 경우가 밝은 사람이야. 자네 한번 만나보지 않겠나?"

"기꺼이 만나야지. 괜찮다면 엘러리도 같이 갔으면 해. 우리는 늘 같이 다니는 게 습관이 되어서 말이야."

퀸 경감은 웃으며 말했다.

"물론이지."

샘슨은 흔쾌히 말했다.

"불쌍하게도 샘슨 검사가 골치 아픈 일로 고생하는 모양이구나."

퀸 경감은 수화기를 내려놓고 엘러리를 바라보며 장난스럽게 말했다.

"높은 양반 비위 맞추려는 걸 뭐라고 할 수는 없겠지. 몸은 아파서 죽을 지경인데, 웬 정치가는 와서 현관문 앞에서 크로이소스처럼 짖어대고 있으니⋯⋯. 자 가자, 엘러리. 그 이름도 유명한 프랭클린 아이브스 포프를 만나러 가자고."

엘러리는 어깨를 으쓱하며 한숨을 쉬었다.

"이런 식으로 자꾸 몰아치면 저도 병이 나고 말 거예요."

하지만 엘러리는 푸념과는 달리 자리에서 벌떡 일어나 모자를 쓰며 말했다.

"어디 그 유명한 사람을 만나러 가볼까?"

퀸 경감은 벨리 경사를 보고는 싱긋 웃어 보였다.

"잊기 전에 말해두겠는데, 토머스⋯⋯ 오늘 해야 할 일이 있어. 그렇게 잘나가던 필드의 법률 사무소에 왜 잔고가 6천 달러밖에 안 남았는지 조사하는 일 말이야. 월 가나 경마장에서 털렸을 거라고 짐작은 가지만 자네가 확인해줬으면 좋겠군. 수표책에서 지불이 취소된 수표를 찾아보면 알 수 있을 거야. 필드의 사무실에 가면 르윈이 도와줄 거라네. 그리고 정말 중요한 일이 있는데, 어제 하루 종일 필드가 어디를 싸돌아다녔는지 알아내는 일이야."

퀸 경감과 엘러리는 샘슨의 사무실로 갔다.

지방 검사 사무실은 매우 바쁜 곳이었다. 퀸과 엘러리는 그곳에서 형편없는 대접을 받아야 했다. 엘러리는 그런 처사에 흥분하며 화를 냈지만, 퀸 경감은 오히려 그런 엘러리의 모습을 보며 빙그레 웃고만 있었다. 퀸 경감은 이런 곳의 분위기를 익히 알고 있었기 때문에 으레 그러려니 하는 마음으로 편히 앉아 있었던 것이다. 이윽고 전갈을 받은 샘슨이 자기 방에서 급히 달려나오더니 그들을 무례하게 대한 사무관을 나무랐다.

퀸 경감은 샘슨의 방으로 들어가는 도중에 엘러리에게 말조심을 하라고 일러두었다.

"이런 차림으로 그 거물을 만나도 괜찮을까?"

퀸 경감이 샘슨에게 물었다.

샘슨이 문을 열고는 몸을 비켜주었다. 퀸 경감과 엘러리는 머리 뒤로 깍지를 낀 채 창밖 경치를 멍하니 바라보는 남자를 발견했다. 샘슨이 문을 닫자 그 남자는 상당히 민첩하게 몸을 돌렸다.

프랭클린 아이브스 포프는 경기가 좋았던 시절 엄청나게 부를 축적한 인물이었다. 그는 전설적인 거부 코넬리우스 밴더빌트처럼 많은 재산을 쌓았으며, 또 그처럼 뛰어난 머리로 월 가의 증권계를 휘어잡고 있었다. 그는 또렷한 잿빛 눈에 흰 머리 그리고 희끗희끗한 콧수염을 길렀다. 몸집이 아직도 탄탄하여 젊은이 못지않았으며, 거기서 풍기는 위엄은 상대를 제압하는 박력이 있었다. 프랭클린은 뿌옇게 먼지가 낀 창문으로 들어오는 빛을 후광으로 받고 서 있었는데, 그 모습이 상당히 인상적이었다. 퀸 경감과 엘러리는 그가 쓸데없이 비위를 맞출 필요가 없는 사람이라는 것을 한눈에 알아보았다.

샘슨이 사무실에 감도는 분위기에 압도되어 그들을 소개하지 못하고 머뭇거리고 있을 때, 재계의 거물이 상쾌한 목소리로 말을 걸어왔다.

"명수사관 퀸 경감님이시지요? 예전부터 꼭 만나 뵙고 싶었습니다."

그는 투박하게 생긴 커다란 손을 내밀었다. 퀸 경감은 예의를 갖추고는 그의 손을 잡았다.

"저도 그렇습니다, 아이브스 포프 씨. 언젠가 월 가에서 증권에 손을 댔다가 당신에게 홀랑 털린 적이 있었죠. 이쪽은 제 아들 엘러리입니다. 퀸 집안의 두뇌이자 자랑입니다."

퀸 경감은 가볍게 미소를 지었다.

"훌륭한 아버님을 모시고 있어 행복하겠군요."

아이브스 포프는 엘러리의 체격에 감탄한 듯 엘러리를 찬찬히 뜯어보았다. 그러고는 엘러리에게 악수를 청했다.

샘슨 지방 검사가 의자 세 개를 끌어 모으며 말을 꺼냈다.

"자……, 이제 시작하도록 하죠. 아이브스 포프 씨, 당신은 지금 제가 얼마나 조마조마한지 모를 겁니다. 퀸 경감은 자신의 일에는 아주 철저한 사람입니다. 당신이 아무리 거물이라 할지라도 조금이라도 혐의가 있다면, 경감은 포프 씨가 악수를 위해 내민 손에 태연하게 수갑을 채울 겁니다."

그 말에 재계의 거물은 유쾌한 듯 웃었다. 때문에 실내의 긴장이 다소 풀어졌다.

지방 검사는 바로 용건을 꺼냈다.

"큐, 아이브스 포프 씨는 딸의 일이 궁금해 나오신 거라네."

퀸 경감이 고개를 끄덕였다. 샘슨은 아이브스 포프를 바라보았다.

"이미 말했지만, 우리는 퀸 경감을 절대적으로 신뢰하고 있습니다. 지금까지 계속 말입니다. 이 사람은 그 누구의 간섭도 받지 않고 일을 합니다. 이 점을 미리 확인시켜 드리고 싶습니다."

"그건 정말이지 바람직한 일입니다, 샘슨 검사님. 저도 사업을 하면서 그런 생각을 늘 염두에 둡니다. 또한 제가 들은 바라면 경감님에 대한 검사님의 신뢰는 당연하다고 생각합니다."

아이브스 포프가 수긍했다.

퀸 경감이 말을 받았다.

"가끔씩…… 언짢은 일을 해야 할 때도 있지요. 솔직하게 말해 어제도 불쾌했던 일이 있었습니다. 아마 따님께서도 어제 저 때문에 기분이 상했을 겁니다."

아이브스 포프는 잠시 침묵을 지켰다. 잠시 후 그는 고개를 들고 퀸 경감을 똑바로 쳐다보았다.

"이보시오, 경감. 우리 두 사람은 이미 세상에 알려진 사람들이고, 또 자기 일에 대해서는 전문가들입니다. 우리는 살아오면서 각양각색의 사람들을 대했으며, 다른 사람들은 상상도 못 할 많은 문제들을 해결해왔습니다. 그렇기 때문에 통하는 사람끼리는 솔직한 대화를 나눌 수 있을 거라 생각합니다. 그래요……. 어젯밤 우리 프랜시스는 엄청나게 충격을 받은 것 같습니다. 언제나 몸이 아파 누워 있던 제 아내까지 놀라서

야단일 정도였으니까요. 엎친 데 덮친 격이라고나 할까요. 더욱이 그 애 오빠인 스탠포드가……, 그 녀석은 내 아들입니다만……. 아니 그것까지 구태여 말씀드릴 필요는 없겠군요. 하여간 프랜시스가 돌아와서 어젯밤에 있었던 얘기를 전부 했어요. 나는 누구보다 내 딸에 대해 잘 알고 있습니다. 경감님, 그 애는 필드와 아무런 관계가 없습니다. 내 전 재산을 모두 걸고 맹세할 수 있습니다."

"아이브스 포프 씨."

퀸 경감이 천천히 입을 열었다.

"나는 프랜시스 양에게 그런 식으로 말한 적이 없습니다. 수사를 하다 보면 별의별 일이 다 생기는 법입니다. 그리고 그러한 것을 저는 그 누구보다도 더 잘 알고 있습니다. 게다가 저는 아무리 하찮은 일이라도 그냥 넘기는 법이 없습니다. 프랜시스 양을 부른 이유는 핸드백을 확인하기 위해서였습니다. 그리고 그것이 확인된 뒤에는 그 핸드백이 어디서 발견되었는지 말해 주어야 했고요. 물론, 저는 거기에 대해 납득이 갈 만한 설명을 듣고 싶었습니다. 그런데 설명을 듣지 못했죠. 아이브스 포프 씨, 살해된 사람의 주머니에서 여자 핸드백이 발견되었을 경우, 그 출처를 밝히는 게 경찰의 임무 아니겠습니까? 이 점을 저는 분명히 말씀드리고 싶습니다. 그리고 이 문제에 대해서라면 당신을 설득한다거나 할 생각은 없습니다."

아이브스 포프는 가만히 의자 팔걸이를 두드리고 있었다.

"그건 잘 압니다, 경감님. 그것은 분명 당신의 임무니까요. 무엇이든 물고 늘어져 해답을 찾아내는 것 말입니다. 사실 나는 경감님이 온 힘을 기울여 이 사건을 하루라도 빨리 해결해주길 바라고 있습니다. 내가 보기에 딸아이도 피해자인 것 같습니다. 그 애를 변론하자는 게 아닙니다. 나는 당신을 신뢰합니다. 그리고 당신이 현명한 판단을 내릴 거라고 믿습니다."

아이브스 포프는 잠깐 말을 쉬었다가 미안한 듯 덧붙였다.

"경감님, 내일 아침 우리 집에 오셔서 딸아이를 만나주시겠습니까? 귀찮게 할 생각은 없지만……, 딸애가 이번 일로 꽤 병이 들어 아내가 집 밖으로 나가지 못하게 해서 말입니다. 그래 주시겠습니까?"

"그것 참 안된 일이군요. 알겠습니다. 그렇게 하죠. 이제 돌아가시죠."

퀸 경감이 조용히 말했다.

하지만 아이브스 포프는 대화를 끝내고 싶지 않은 모양이었다. 그는 답답한 듯 앉은 자세를 바꾸었다.

"나는 지금까지 정당하게 살아왔다고 생각합니다. 그래서인지 무슨 꿍꿍이속이 있어서 이러한 부탁을 드린다는 의심을 살까 봐 두렵습니다. 진 절대 그런 뜻으로 부탁을 드리는 게 아닙니다. 프랜시스가 충격에서 헤어나지 못했기 때문에 저도 아직 자초지종도 듣지 못했습니다. 집에 오시더라도 경감님께서 하고자 하는 일에는 아무 지장이 없을 겁니다."

아이브스 포프는 잠시 망설였다. 그리고 냉정을 되찾은 목소리로 말했다.

"그 자리에는 프랜시스의 약혼자도 나올 겁니다. 그 친구가 있으면 딸애 마음이 한결 가벼워질 테니까요."

하지만 그의 목소리에는 자신은 그렇게 생각하지 않는다는 어감이 짙게 깔려 있었다.

"10시 30분이면 어떻겠습니까?"

"좋습니다."

퀸 경감이 고개를 끄덕이며 대답했다.

"그건 그렇고, 그 자리에 어떤 사람들이 함께하는지 알고 싶습니다."

"그건 경감님이 원하는 대로 해드리겠습니다."

아이브스 포프가 담담하게 말을 이었다.

"하지만 아내가 같이 있겠다고 난리를 칠 겁니다. 그리고 스티븐 배리라는 딸애의 약혼자도 같이 있으려고 할 겁니다. 어쩌면 연극하는 프랜시스의 친구들이 올지도 모르고, 아들 스탠포드도 올지 모르겠군요. 하지만 그 녀석은 바쁜 몸이니까."

아이브스 포프는 약간 씁쓸한 어조로 말을 마무리 지었다.

그를 제외한 나머지 세 사람이 이야기가 끝났다는 눈치를 보이자 아이브스 포프는 한숨을 쉬고는 자리에서 일어났다. 퀸 경감과 엘러리 그리고 샘슨도 그를 따라 일어섰다.

"이젠 가야겠군요. 그 밖에 내가 해줄 일이……"

아이브스 포프가 말했다.

"됐습니다."

"그럼, 가보겠습니다."

아이브스 포프는 엘러리와 샘슨을 돌아보았다.

"샘슨 검사님도 시간이 나면 같이 와주셨으면 합니다. 그럴 수 있겠습니까?"

지방 검사가 고개를 끄덕였다. 그러자 아이브스 포프는 엘러리에게 시선을 돌렸다.

"당신도 와주시지요. 아버지와 같이 이번 사건을 맡은 것 같은데……, 같이 와준다면 좋겠소."

"알겠습니다."

엘러리가 차분하게 대답했다. 아이브스 포프는 사무실을 나갔다.

"어떻게 생각하나, 큐?"

샘슨이 회전의자에 앉아 가벼운 기분으로 물었다.

"재미있는 사람 같아. 그리고 정신이 똑바로 박힌 사람이고 말이야."

"참, 그리고 말이야, 큐. 그 사람 자네가 오기 전에 자네가 매스컴의 관심을 좀 막아줄 수 있을지 묻더군. 일종의 특별한 배려를 바라는 거지."

"내게 직접 말할 배짱은 없었군."

퀸 경감은 웃으면서 말했다.

"하지만 착한 사람이야. 좋아, 헨리. 될 수 있는 한 그렇게 하겠네. 그렇지만 프랜시스가 이 사건과 관련되어 있다면 나도 어쩔 수 없어. 신문이 가만있지 않을 테니까."

"알고 있네, 친구. 그건 자네 판단에 맡기겠어. 아, 목구멍이 칼칼해서 숙겠군!"

샘슨이 다소 신경질적으로 말하며 서랍에서 조그만 분무기를 꺼내 목구멍에 뿌렸다.

"얼마 전에 아이브스 포프가 화학 연구 재단 기금으로 10만 달러를 내놓지 않았나요?"

갑자기 엘러리가 샘슨을 바라보며 물었다.

"그랬던 것 같아. 그런데 그걸 왜 물어보는 건가?"

샘슨이 입가심을 하면서 말했다.

엘러리가 뭐라고 중얼거리며 대답을 했다. 하지만 그 소리는 분무기가 뿜어대는 소리에 가려 들리지 않았다. 퀸 경감은 잠시 생각에 잠긴 채 아들을 지그시 바라보다가 이윽고 고개를 휘휘 젓고는 시계를 꺼내 보았다.

"엘러리, 점심이나 먹으러 가자꾸나. 헨리, 어떤가? 같이 가지 않겠나?"

샘슨은 괴로움을 참으며 미소를 지었다.

"나는 일이 산더미처럼 쌓여 있어. 하지만 지방 검사도 먹어야 살지. 그래서 하는 말인데, 자네가 내 조건을 수락한다면 같이 가주겠네. 내가 점심을 사겠네. 자네에게 신세를 졌으니까 말이야."

퀸 경감은 샘슨의 제의를 흔쾌히 수락했다. 모두 외투를 입자 퀸 경감이 수화기를 들었다.

"모건 씨입니까……? 아, 안녕하십니까, 모건 씨. 오늘 오후에 잠깐 뵙고 싶은데 괜찮으시겠습니까? ……좋습니다. 2시 30분이면 됩니다. 그럼, 그때 뵙겠습니다."

퀸 경감은 전화기를 내려놓았다.

"예의 바르게 행동하는 사람은 항상 그 대접을 받는 법이다, 엘러리. 잘 기억해라."

2시 30분, 퀸 부자는 벤저민 모건의 법률 사무소로 들어갔다. 그곳은 필드의 화려한 방과는 전연 딴판이었다. 호화로운 가구가 놓여 있긴 했지만 훨씬 사업가답고 심플한 분위기였다. 그들이 모건 방에 들어서자 얼굴에 미소를 가득 담은 아가씨가 뒤에서 문을 닫았다.

모건은 얼마쯤 경계하는 태도로 엘러리와 퀸 경감을 맞았다. 그들이 자리에 앉자 모건은 그들 앞에 시가 상자를 내밀었다.

"고맙습니다만……, 저는 코담배를 피웁니다."

퀸 경감이 정중하게 말했다. 엘러리는 모건에게 인사를 하고 나서 담배에 불을 붙여 물었다. 모건도 시가에 불을 붙이며 물었다.

"어제 일 때문에 온 건가요?"

퀸 경감은 재채기를 하며 코담뱃갑을 집어넣은 다음 의자에 편안하게 등을 기댔다.

"모건 씨. 어제는 제게 바른 말을 해주시지 않았습니다."

퀸 경감이 침착하게 말했다.

모건의 얼굴이 붉게 달아올랐다.

"무슨 말인지?"

"선생은 어젯밤 이렇게 말씀하셨지요. 이 년 전, 필드와 동업하던 법률 사무소를 문 닫을 때 원만하게 일을 처리했다고 하셨죠?"

퀸 경감은 생각에 잠긴 듯한 얼굴로 말했다.

"그렇습니다. 그런데, 그게 어쨌다는 겁니까?"

모건이 대답했다.

"그럼, 웹스터 클럽에서 일어났던 필드와의 다툼은 뭡니까? 죽인다는 위협을 하면서 헤어진 것을 원만하게 손 끊었다고 보기는 어렵지 않은가요?"

모건은 몇 분 동안 아무 말 없이 앉아 있었다. 퀸 경감은 그런 그의 모습을 인내심 있게 지켜보았다. 엘러리는 한숨을 쉬었다. 이윽고 모건은 시선을 바로 하고 협조적인 목소리로 말했다.

"미안하게 됐습니다. 그걸 기억하지 못했군요. 그렇습니다. 그건 사실입니다. 나는 그날 필드의 제의에 따라 웹스터 클럽에서 점심을 먹었습니다. 보통은 그와의 그런 사교적 자리를 반기지 않는 편입니다. 하지만 그날은 그와 서로 관계를 끊는 문제로 만나는 것이었기 때문에 피할 수가 없었죠. 그렇지만 이야기 도중에 나는 도저히 참을 수가 없었습니다. 그래서 죽여버리겠다고 협박한 겁니다. 홧김에 한 말이었습니다. 그러고 나서 그 일은 며칠 못 가 까맣게 잊어버리고 말았습니다."

모건은 시선을 피하며 말했다.

퀸 경감이 천천히 고개를 끄덕였다.

"그렇겠지요. 흔히 있을 수 있는 일입니다. 하지만……."

모건은 퀸 경감이 무슨 말을 할지 감지하고는 견디기 힘든 듯 침으로 입술을 축였다.

"아무리 그럴 생각이 아니었다고 해도, 사업상 문제 때문에 죽인다고 협박할 사람은 거의 없을 겁니다. 자, 이제 모든 것을 다 털어놓으십시오. 감출 필요가 없습니다."

모건의 몸은 힘이 빠져 축 늘어졌다. 입술이 새파래졌고, 눈은 동정을 구하듯 퀸 부자를 번갈아 쳐다보았다. 하지만 퀸 부자의 눈길은 매서웠다. 마치 기니피그를 앞에 둔 해부학자들 같았다. 이윽고 엘러리가 냉담하게 말했다.

"모건 씨, 필드는 선생님의 어떤 약점을 쥐고 있었고, 그래서 관계를 끊는 마당에 그것을 이용할 좋은 기회라고 여긴 겁니다. 그래서 모건 씨는 분노하게 된 거고요."

"네, 맞습니다, 퀸 씨. 나는 불행한 인간이었죠. 그 더러운 필드……. 그놈을 죽인 자가 누구이든 간에……, 그 사람은 인류를 위해 큰 공헌을 한 겁니다. 필드는 악마 같은 놈입니다……. 양의 탈을 쓴 늑대라고요. 나는 지금 얼마나 기쁜지 모릅니다. 그래요, 정말 기쁘다고요……. 그놈이 죽은 게 말입니다."

"너무 흥분하지 마십시오, 모건 씨."

퀸 경감이 말을 끊었다.

"그자가 대단했다는 것은 충분히 짐작됩니다. 하지만 그런 말을 다른 사람들이 들으면 당신을 좋게 볼 수는 없을 겁니다. 그래서요?"

"일이 이렇게 되었지요."

모건은 책상에 놓여 있는 잉크 흡수지에 시선을 고정시킨 채 어눌하게 말을 이었다.

"정말 말하기 거북한 이야기입니다. 대학 시절에 나는 어떤 여자와 문제를 일으킨 일이 있습니다. 학교 식당에서 일하는 여자였지요. 몸이 좀 약해서 그렇지, 나쁜 여자는 아니었습니다. 그때 나는 철이 좀 없었나 봅니다. 그녀는 내 아이를 낳았어요……. 내 아이를 말입니다. 잘 아는 사실이겠지만, 나는 뼈대 있는 집 자손입니다. 모르셨더라도 조사해보면 다 나왔을 겁니다. 그런 만큼 집에서는 내게 큰 기대를 걸고 있었죠. 사회적으로 나를 크게 성공시키겠다고 말입니다. 쉽게 말해서 나는 그녀와 결혼하겠다고 아버지께 말씀드릴 수 없었다는 이야기입니다. 절대 그럴 수가 없었어요."

모건이 잠시 말을 멈추었다.

"이미 일어난 일을 어쩔 수는 없었습니다. 그게 문제의 요점이었지요. 하지만 나는 그녀를 변함없이 사랑했습니다. 물론 그녀도 자기의 앞날을 걱정했죠. 나는 풍족하게 받는 학비 중에서 일부를 떼어 그녀에게 주고 있었습니다. 맹세컨대 그 사실을 아는 사람은 아무도 없었어요. 미망인이 된 그녀의 어머니만 빼놓고는 말입니다. 그분은 훌륭한 분이셨습니다. 다시 한 번 강조하지만, 그 사실을 아는 사람은 아무도 없었어요. 그런데……."

주먹을 불끈 쥔 모건은 한숨을 내쉬었다.

"결국 나는 부모가 골라준 여자와 결혼했습니다."

모건이 회한의 한숨을 쉬는 동안 잠시 무거운 침묵이 감돌았다.

"정략결혼이었습니다. 그리고 그 이후로는 아무 일도 없었지요. 아내는 상류 가정 출신이었으며, 재력도 탄탄했습니다. 우리는 그런 대로 행복하게 살았습니다. 그러던 중에 필드를 만나게 되었어요. 나는 지금도 그 작자와 동업하기로 한 날을 저주합니다. 당시 나는 사업이 잘되지 않았습니다. 하지만 필드는 달랐습니다. 적극적이었고 머리가 좋은 젊은 변호사였으니까요."

퀸 경감이 코담배를 한 줌 집었다.

모건의 어조는 점점 딘조로워졌다.

"처음에는 순조로웠어요. 그러다가 어느 순간부터 그가 다른 사람들과 다르다는 걸 느끼기 시작했습니다. 이상한 손님들이, 당시 정말 이상한 손님들이 업무가 끝난 시간에 그의 방을 드나들었던 겁니다. 그들에게 물어보았지만 대답을 얻어낼 수 없었어요. 그런데 상황이 점점 이상하게 되어가더군요. 결국 나는 그와 일을 계속하다가는 내 명예에 치명적인 상처를 입게 될 거라는 결론을 내리게 되었습니다. 그래서 손을 끊자는 말을 꺼냈던 겁니다. 필드가 고집을 피우며 반대를 했지만, 내 고집도 만만치 않았어요. 그는 내 고집을 꺾지 못했습니다. 그래서 헤어지게 되었지요."

엘러리는 손가락으로 지팡이 손잡이를 무심히 두드렸다.

"그런 다음 웹스터 클럽에서 그 일이 일어난 겁니다. 필드는 마지막 몇 가지 문제를 정리하자며 식사를 같이 하자고 끈질기게 졸랐지요. 물론 그의 목적은 그게 아니었어요. 당신들은 그가 왜 그랬는지 짐작할 수 있을 겁니다. 그는 내가 한 여자와 사생아에게 돈을 보내고 있다는 사실을 안다고 태연하게 말하더군요. 물론 내가 그 사람들을 만나지 않은 지 몇 년이나 되었는데 말이죠……. 게다가 그것을 증명할 만한 내 편지 몇 장과 수표 지불 영수증도 가지고 있다고 했죠. 그것을 내 책상에서 훔쳐냈다는 겁니다. 그리고 파렴치하게 그것으로 내게 돈을 뜯어내겠다고 말하더군요."

"공갈 협박!"

엘러리가 소리쳤다. 엘러리의 눈은 모건의 말에 동조하는 빛이 역력했다.

"그래요, 다름 아닌 공갈 협박이었어요. 그놈은 그 일이 세상에 알려지면 내가 어떻게 될지 궁금하다고 하더군요. 정말 철두철미한 악당이었습니다. 나는 여태까지 쌓아올린 사회적 명성과 지위가 일시에 무너지는 듯한 충격을 받았습니다. 아내와 처가 식구들 그리고 내 가족들……, 그뿐만 아니라 정작 내 자신이 파멸하고 말 거란 생각이 들더군요. 게다가 내 고객들은 모두 다른 사무실로 갈 거고. 나는 덫에 걸리고 만 겁니다. 그것을 나도 알았고 그놈도 안 거죠."

"그래, 얼마나 요구하던가요?"

퀸 경감이 물었다.

"상당한 액수였어요. 2만 5천 달러였죠. 입을 다무는 대가로 말입니다. 그리고 그것으로 깨끗이 끝난다는 보장도 없었지요. 정말 빼도 박도 못할 상황이었어요. 게다가 이미 예전에 끝난 일도 아니었습니다. 나는 여자와 아이에게 계속 돈을 보내고 있었거든요. 지금도 보내고 있고, 앞으로도 보낼 생각입니다."

모건은 자기 손톱을 바라보다 쓸쓸하게 말을 이었다.

"결국, 나는 2만 5천 달러를 주었습니다. 앞으로 계속 요구할 것을 알면서도 말입니다. 돈을 준다고 과거가 사라지는 게 아니니까요. 하여간 나는 웹스터 클럽에서 자제력을 잃고 말았죠. 그 후 무슨 일이 일어났는지는 짐작할 수 있을 겁니다."

"협박은 그 뒤에도 끊이지 않았나요?"

퀸 경감이 물었다.

"그렇습니다. 이 년이나 계속⋯⋯. 정말 지독한 놈이었습니다. 그런데 지금도 알 수 없는 일이 있습니다. 법률 사무소를 운영하며 자기도 많은 돈을 벌고 있었으면서 그렇게 많은 돈이 필요했던 이유를 말입니다. 정말 적은 돈이 아니었습니다. 나는 그놈에게 1만 달러 이하로 돈을 줘본 적이 없으니까요."

퀸 경감과 엘러리는 서로 얼굴을 마주 보았다.

"이거 참 총체적인 난국이네요. 필드에 대해 캐면 캘수록 놈을 죽인 범인에게 수갑 채울 생각이 사라지는군요. 그건 그렇고 어젯밤에 당신이 한 말을 곰곰이 생각해보면, 필드와 이 년 동안 만나지 못했다는 말은 분명히 거짓입니다. 그러니까 마지막으로 그를 만난 것이 언제였는지 솔직히 말씀해주시기 바랍니다."

퀸 경감이 말했다. 모건은 잠시 동안 기억을 더듬었다.

"두 달쯤 전이었습니다."

퀸 경감은 자세를 고쳐 앉았다.

"그렇습니까? 어제 진작 말씀해주셨으면 좋았을 텐데⋯⋯. 잘 아시겠지만, 지금 말씀하신 것은 결코 밖으로 새어나가지 않을 테니 걱정하시지 않아도 좋습니다. 정말 아주 귀한 정보였습니다. 그리고⋯⋯ 안젤라 루소라는 여자를 아십니까?"

모건은 눈을 크게 떴다.

"그건 왜 묻는 거지요? 난 전혀 모릅니다. 그런 여자에 대해서는 들은 적도 없어요."

퀸 경감은 잠시 가만히 있었다.

"'목사 조니'라는 남자는요?"

"그 녀석은 내가 좀 알아요. 필드는 나와 동업하던 시절에 범죄자들을 데리고 있었던 것 같아요. 업무가 끝난 뒤 그놈 방에 들어가는 것을 가끔 보았으니까. 한번은 내가 누구냐고 묻자 필드가 웃으면서 '아, 내 친구 목사 조니입니다.'라고 말하더군요. 그 말로 미루어 봐도 그자의 정체를 어느 정도 알 수 있지 않겠습니까? 그 두 사람이 정확히 어떤 관계였는지는 모르지만."

"고맙습니다, 모건 씨. 자세히 이야기해주셔서 정말 고맙습니다. 마지막으로 한 가지 묻고 싶은 것이 있습니다. 찰스 마이클스라는 이름 들어본 적 있습니까?"

"네. 마이클스는 필드의 하인이었죠. 하지만 보디가드라 해도 틀리지 않습니다. 실제로는 부하였으니까요. 만약 그게 사실이 아니라면 제가 사람을 잘못 본 기겠죠. 그 녀석도 가끔 사무실에 나타나곤 했어요. 그 밖에 아는 것은 없습니다."

"물론 그도 모건 씨를 알고 있겠지요?"

"그럴지도 모르지요. 나에게 말을 건넨 적은 없습니다. 그렇지만 사무실에서 나를 본 적은 있을 겁니다."

모건이 확신 없이 대답했다.

"그렇습니까? 네, 이것으로 충분합니다."

퀸 경감은 말을 마치고 자리에서 벌떡 일어났다.

"정말 유익한 대화였습니다. 그리고……, 아니, 이젠 더 물을 게 없는 것 같군요……. 걱정하지 마십시오, 모건 씨, 다만 이곳을 떠나지는 말아주십시오……. 도움이 필요할 때가 있을지도 모르니까요. 잊지 마십시오."

"어떻게 잊을 수 있겠습니까."

모건이 확실하게 대답을 하고는 말을 이었다.

"그리고……, 아까 얘기 말인데……, 소문이 퍼지지는 않겠지요?"

"그거라면 염려하지 마십시오."

몇 분 뒤 퀸 경감과 엘러리는 거리로 나왔다.

"역시 공갈 협박이었군요, 아버지. 제게 어떤 생각이 떠올랐어요. 뭔지 아시겠어요?"

엘러리가 중얼거리듯 말했다.

"그래. 나도 두세 가지 생각이 떠올랐다."

퀸 경감은 싱글벙글 웃고 있었다. 두 사람은 마치 약속이라도 한 듯 입을 다문 채 경찰청 쪽으로 활기차게 걸어갔다.

12
이 장에서는 퀸 부자가 어느 명문가에 쳐들어간다

수요일 아침 주나는 조용히 생각에 잠겨 있는 퀸 경감과 쉴 새 없이 떠들어대는 엘러리에게 커피를 따라주고 있었다. 그때 전화벨이 울렸다. 엘러리와 퀸 경감은 먼저 전화를 받으려고 서로를 밀쳐댔다.

"이 녀석아, 도대체 왜 이러냐! 난 여태 전화를 기다리고 있었어. 지금 그 전화가 온 거라고."

퀸 경감이 아들에게 소리를 질렀다.

"아니죠, 아버지. 저 같은 책벌레에게도 전화기 온다고요. 저에게도 전화 받을 권리는 주셔야죠. 서점 주인이 팰코너의 책을 구했다는 전화 같다고요."

엘러리가 지지 않고 말했다.

"엘러리, 무슨 소리냐! 그런 억지소린 하지도 마라."

두 사람이 탁자를 가운데 두고 아이들처럼 옥신각신하는 사이, 주나가 대신 잽싸게 수화기를 집어들었다.

"아, 경감님이요? 잠깐만 기다리세요."

주나는 비쩍 마른 가슴에 수화기를 댄 채 미소를 띠며 말했다.

"경감님 전화네요."

풀이 죽은 엘러리는 자리에 앉아 의기양양하게 전화를 받아드는 아버지를 물끄러미 바라보았다.

"여보세요."

젊은이의 시원시원한 목소리가 수화기를 타고 들려왔다.

"필드 사무실에 나와 있는 스토츠입니다. 크로닌 씨를 바꿔 드리겠습니다."

퀸 경감은 무슨 낌새를 채고는 눈썹을 치켜세웠다. 엘러리는 긴장하면서 귀를 쫑긋 세웠다. 주나도 못생긴 얼굴에 호기심을 가득 담고는 뭔가에 집중해 있는 원숭이처럼 방 한구석에 가만히 서 있었다. 이럴 때 주나는 마치 유인원처럼 보였다. 그의 그런 모습은 퀸 부자를 언제나 유쾌하게 했다.

"팀 크로닌입니다, 경감님. 정말 오랜만입니다. 별일 없으시지요?"

날카로운 목소리가 수화기를 통해서 들려왔다.

"허리가 좀 아픈 것 빼고는 별일 없다네. 그런데 무슨 일인가? 뭐 새로운 소식이라도 있나?"

퀸 경감이 말했다.

"정말 알 수 없는 일입니다, 경감님. 아시겠지만 저는 몇 년 동안 필드의 뒤를 캐고 다녔습니다. 밤에 자면서 꿈에도 나올 정도였단 말입니다. 그 얘기는 이미 지방 검사님께서도 말씀하셨을 테니 또 할 필요는 없겠지요. 그러나 그렇게 많은 시간을 투자했는데도 저는 그놈을 법정으로 끌어낼 만한 증거를 하나도 잡지 못했습니다. 그가 진짜 악당인데도 말입니다, 경감님. 그건 제 명예를 걸고 장담할 수 있습니다. 그렇지만 필드가 죽어버렸으니 제 노력은 헛수고가 된 셈이지요. 저는 필드를 잘 압니다. 그렇기 때문에 그에 대한 어떤 기대도 하지 않았습니다. 하지만 언젠가는 그가 발을 헛디딜 때가 있을 거라고 생각했습니다. 그리고 그놈의 비밀 서류를 손에 넣게 되면 그때 잡아닐 수 있을 거라 생각했죠. 그런데 경감님, 이제는 모든 것이 물거품이 되고 말았습니다."

크로닌의 흥분한 목소리가 들려왔다. 퀸 경감의 얼굴에 순간 실망의 표정이 스쳐갔다. 엘러리도 그것을 알아차리고 한숨을 내쉬며 벌떡 일어나 초조하게 방 안을 서성거렸다.

"달리 도리가 없었나 보군, 팀. 너무 걱정할 것 없네. 다른 수가 나겠지."

퀸 경감은 그에게 부드럽게 대하려고 애를 쓰며 대답했다.

"경감님."

크로닌이 갑자기 말했다.

"아직 히든카드는 많이 있습니다. 사실 필드는 빈틈없는 바보였다고나 할까요. 제 생각인데, 감시의 눈을 교묘하게 피하면서 법을 어기는 천재란 바보가 아니고 뭐겠습니까? 그 외에는 달리 그를 표현할 방법이 없을 것 같습니다. 우린 아직 서류의 설반도 조사하지 못했습니다. 어쩌면 남은 서류 중에 쓸 만한 것이 있을지도 모릅니다. 범죄 비즈니스를 암시하는 내용들이 많으니까요. 다만 직접적인 증거가 없어서 탈이지요. 계속 조사해보면 뭔가 발견할 수도 있을 겁니다."

"알겠네, 팀. 계속 수고해주게."

퀸 경감이 중얼거리듯 말했다.

"그리고 결과가 나오는 대로 즉시 내게 알려주게. 아 참, 거기 르윈 있나?"

"사무장 말입니까?"

크로닌이 낮은 목소리로 말했다.

"이 근처에 있을 겁니다. 왜 그러시지요?"

"잘 감시하는 게 좋을 거야. 내가 보기에 그는 겉보기처럼 멍청한 자가 아냐. 서류들을 손대지 못하게 하게. 우리가 조사한 바에 의하면 필드와 한통속일 확률이 높아."

"알겠습니다, 경감님. 다시 전화 드리죠."

수화기를 통해 딸깍하고 전화 끊는 소리가 들려왔다.

10시 30분경, 퀸 경감과 엘러리는 리버사이드 드라이브에 있는 아이브스 포프 저택의 커다란 대문을 밀고 들어갔다. 집의 분위기가 품위 있는 옷차림을 요구하는 것 같아 엘러리는 순간적으로 당황했다. 돌로 만들어진 정문을 지나 안으로 안내되었을 때는 더욱더 어리둥절하지 않을 수 없었다.

아이브스 포프 일가의 비밀을 감추고 있는 이 집은 퀸 부자처럼 검소한 취향을 가진 사람들의 마음에 여러 가지 면에서 외경심을 불러일으키기에 충분했다. 사방으로 뻗어 있는 이 거대한 집은 낡은 석조 건물이었는데, 시내에서는 살짝 거리를 두고 물러나 드넓은 잔디밭 위에 지어져 있었다.

"돈을 많이 들였겠는걸."

퀸 경감은 건물을 둘러싸고 있는 잔디밭을 둘러보며 신음하듯 말했다.

그곳에는 정원, 정자, 산책길, 나무 그늘 휴식처 같은 것들이 펼쳐져 있었다. 바로 몇 미터 떨어진 높은 철책 너머로 소란스러운 시가지가 있는데도 마치 몇십 킬로미터나 멀리 떨어져 있는 듯한 착각이 들었다. 아이브스 포프 일가는 영국 식민지 시대부터 이미 엄청난 재력을 모아 어마어마한 저택을 지어 살아오고 있었던 것이다.

현관문이 열리며 등이 쭉 곧고 코가 천장을 뚫을 듯 뾰족한 남자가 나타났다. 그는 구레나룻을 길렀으며 제복을 입었다.

엘러리는 그 사나이를 신기한 듯 바라보며 실내로 들어섰다. 퀸 경감은 주머니를 더듬어 명함을 찾았다. 명함을 한 장 꺼내는데 꽤 오랜 시간이 걸렸다. 제복을 입은 사내는 미동도 없이 퀸 경감이 명함을 꺼낼 때까지 그 자리에 그대로 서 있었다. 퀸 경감은 얼굴을 붉히며 구겨진 명함을 간신히 찾아냈다. 그리고 명함을 쟁반에 올려놓은 채 어디론가 가는 집사를 물끄러미 지켜보았다.

조각이 화려하게 수놓아진 커다란 문에서 프랭클린 아이브스 포프의 얼굴이 나타나자 퀸 경감은 재빨리 자세를 가다듬었다. 엘러리는 그런 아버지의 모습을 보고 빙그레 웃었다.

아이브스 포프는 빠른 걸음으로 퀸 부자에게 다가왔다.

"어서 오십시오. 오래 기다리셨습니까?"

그가 부드럽게 인사했다.

퀸 경감은 더듬거리며 인사를 받았다. 세 사람은 고풍스러운 가구로 장식된 휘황찬란한 복도를 따라 걸어갔다.

아이브스 포프는 퀸 부자가 방으로 들어가도록 몸을 비켜주었다.

"마침 잘 오셨습니다. 여기 장소를 마련했습니다. 그리고 여기 이 사람들은 함께할 분들입니다. 아마 본 적이 있는 사람들일 겁니다."

퀸 경감과 엘러리는 그들을 죽 훑어보았다.

"네, 모두 알고 있습니다. 저 신사분만 빼놓고……. 아마 스탠포드 아이브스 포프 씨라고 생각되지만 말입니다."

퀸 경감이 말했다.

"엘러리는 아직 만나보지 못한 것 같으니 인사를 나눠야겠군요. 제임스 필 씨였지요? 그다음은 배리 씨……. 그리고 당연히 아이브스 포프 씨에게도······."

긴장된 분위기 속에서 소개가 이루어졌다.

"이봐, 큐! 이건 세상에 둘도 없이 좋은 기회야. 나는 여기에 온 사람들과는 거의 첫 만남일세."

샘슨 지방 검사가 다가와 낮게 속삭였다.

"저 필이라는 자는 여기서 무얼 하는 건가?"

퀸 경감도 역시 나지막한 목소리로 지방 검사에게 물었다. 그사이에 엘러리는 맞은편에 앉아 있는 세 젊은이에게 다가가 이야기를 시작했다. 아이브스 포프는 잠시 양해를 구하고 자리를 떴다.

"그는 스탠포드 아이브스 포프의 친구야. 그리고 지기 있는 배리와도 가까운 사이지. 자네들이 오기 전에 잡담을 나누다가 알았는데, 아이브스 포프 씨의 아들 스탠포드가 배리를 동생 프랜시스에게 소개했다네. 그것이 인연이 돼 그들이 약혼한 것 같더군."

지방 검사가 퀸 경감에게 설명했다.

"아이브스 포프와 그의 우아한 부인이 자녀들이 중산층 사람들과 어울리는 것을 어떻게 생각하는지 궁금하군."

퀸 경감은 젊은이들을 흥미롭게 바라보며 말했다.

"이제 곧 알게 되겠지. 잘 보게나. 아이브스 포프 부인은 저 배우들을 볼 때마다 미간을 몹시 찡그린다네. 무슨 볼셰비키 패거리들 같은 취급을 받고 있는 게 눈에 보이지."

샘슨은 빙긋 웃으며 대꾸했다.

퀸 경감은 뒷짐을 지고 신기한 듯 방 안을 둘러보았다. 서재인 듯한 방 안에는 온갖 진귀한 책들이 번쩍이는 유리 미닫이 안에 잘 정돈되어 있었다. 책상 하나가 방 한가운데를 차지하고 있었다. 백만장자의 서재치고는 여타 다른 것에 비해 화려하지 않았기 때문에 퀸 경감은 흡족한 기분으로 고개를 끄덕였다.
샘슨이 말을 계속했다.
"우연이지만……, 이브 엘리스도 와 있다네. 월요일 밤 로마 극장에서 아이브스 포프와 배리와 함께 있었다는 그 여자 말이야. 지금 프랜시스의 말 상대를 해주느라 2층에 있어. 부인은 그 여잘 그리 좋아하지 않는 눈치야. 하지만 둘 다 참 매력적인 아가씨들이지."
"아이브스 포프 가의 가족들과 그 배우들이 이 집에서 얼굴을 맞대고 지내면 참 재미있는 일이 벌어지겠군."
퀸 경감이 쓴웃음을 지으며 말했다.
젊은이 네 명이 퀸 경감과 샘슨 두 사람 곁으로 다가왔다. 스탠포드 아이브스 포프는 키가 훤칠한 젊은이로 최신 유행복을 말쑥하게 차려입었는데, 눈 밑이 깊숙이 패어 있었다. 퀸 경감은 그가 매우 따분해한다는 것을 느낄 수 있었다. 배우인 필과 배리도 멋진 옷차림을 하고 있었다.
스탠포드 아이브스 포프가 우울한 표정으로 입을 열었다.
"아드님 말에 의하면 매우 어려운 문제에 부딪치셨다는군요. 제 동생이 이 일에 말려든 것은 유감스러운 일입니다. 왜 동생의 핸드백이 그자의 주머니 속에 들어 있었을까요? 배리는 동생 때문에 벌써 나흘 동안이나 잠을 한숨도 못 잤습니다. 미칠 일이죠."
"이봐요, 젊은이. 여동생 핸드백이 왜 몬테 필드의 주머니에서 나왔는지 알고 있다면, 내가 여기에 올 이유가 없지 않겠소? 나는 그것을 알려고 온 것입니다. 이 사건의 흥미로운 점이니까요."

퀸 경감이 눈을 빛내며 말했다.

"그럼, 그 흥미를 마음껏 즐기시기 바랍니다, 경감님. 하지만 프랜시스가 이 사건에 관련돼 있다고 생각하시지는 않겠죠?"

퀸 경감은 미소를 지었다.

"나는 아직 어떤 생각도 하고 있지 않소. 아직 당신 여동생으로부터 아무런 말도 듣지 못했으니까."

퀸 경감은 기분이 상한 듯 약간 씁쓸한 표정으로 대꾸했다.

이때 스티븐 배리가 옆에서 끼어들었다. 그의 잘생긴 얼굴에는 피로가 역력했다.

"프랜시스가 해명할 겁니다, 경감님. 그것에 대해서는 염려하지 마십시오. 프랜시스기 말도 안 되는 의심을 받고 있다고 생각하면 정말이지 너무 화가 나 견딜 수가 없습니다. 너무 어이없는 일이지요."

"당신 기분은 잘 알겠소, 배리 씨. 그리고 어젯밤엔 미안했소. 내가 좀 지나쳤던 것 같으니까."

퀸 경감이 수긍하듯 말했다.

"저도 사과드려야 할 것 같습니다. 극장 지배인 사무실에서 마음에도 없는 말을 했으니까요. 그때는 너무 흥분했나 봅니다. 프랜시스…… 아니, 아이브스 포프 양이 기절했기 때문에……."

배리가 어색하게 미소를 지으며 부끄러운 듯 말끝을 흐렸다.

제임스 필은 덩치가 큰 사내로, 모닝코트를 입었고 혈색이 좋아 건강해 보였다. 그는 배리의 어깨에 손을 다정하게 얹으며 쾌활하게 말했다.

"경감님도 잘 알고 계실 거야. 스티븐, 너무 마음 쓰지 말게. 모든 일이 잘될 거야."

"여러분, 이 일은 일단 퀸 경감에게 맡기는 게 좋을 겁니다. 경감은 내가 아는 한 가장 선량하고 인정 많은 경찰입니다. 아이브스 포프 양이 경감에게 만족할 만한 대답만 해주면 됩니다. 그때 상황을 잘 설명하면 되는 거죠."

샘슨이 퀸 경감의 가슴을 두드리는 시늉을 하며 말했다.

그러자 엘러리가 진지하게 말을 꺼냈다.

"그것은 알 수 없는 일이지요. 아버지는 사람들을 깜짝 놀라게 하는 장기를 가지고 계시니까요. 아이브스 포프 양은……."

엘러리는 어깨를 으쓱하더니 미소를 짓고는 배리에게 허리를 굽히며 인사를 했다.

"배리 씨, 당신은 정말 운이 좋은 분입니다."

"어머니는 그렇게 생각하지 않을 겁니다."

스탠포드 아이브스 포프가 짜증스러운 듯 말했다.

"아, 저기 오시는군요."

사내들이 문 쪽을 돌아보았다. 굉장히 뚱뚱한 부인이 비틀거리며 오고 있었다. 가운을 입은 간호원이 한 손에 녹색 병을 들고, 다른 손으로는 부인을 부축하고 있었다. 그 뒤로 프랭클린 아이브스 포프가 힘찬 걸음걸이로 들어왔는데, 곁에는 검은 양복에 가방을 든 동안의 백발노인이 따랐다.

"여보, 캐서린. 당신에게 말했던 그분들이오. 리처드 퀸 경감과 아들 엘러리 퀸 씨지."

뚱뚱한 부인이 커다란 의자에 앉자, 아이브스 포프가 나지막하게 말했다.

근시안인 아이브스 포프 부인이 퀸 부자를 멍하니 쳐다보았다. 퀸 부자는 부인에게 인사를 했다.

"와주셔서 감사합니다."

그러더니 부인은 카랑카랑한 목소리로 외쳤다.

"간호사, 어디 있지? 간호사! 쓰러질 것 같아, 빨리!"

간호사가 녹색 병을 들고 곁으로 달려왔다. 부인은 눈을 감고 숨을 깊이 들이마시더니 안도의 한숨을 쉬었다. 프랭클린 아이브스 포프는 백발의 노인을 소개했다. 주치의인 빈센트 코니시 박사였다. 그는 재빨리 양해를 구하고는 집사를 따라 방에서 나갔다.

"코니시는 대단한 사람이야. 시내에서 가장 실력 있는 의사일 뿐만 아니라 진짜 학자이기도 하지."

샘슨이 퀸 경감에게 속삭였다.

퀸 경감은 눈썹을 치켜세우고는 아무 말도 하지 않았다.

"내가 의사를 좋아하지 않는 이유는 바로 어머니 때문이지요."

스탠포드가 낮은 목소리로 엘러리에게 말했다.

"오, 프랜시스!"

갑자기 아이브스 포프가 재빨리 앞으로 나섰고, 그 뒤를 이어 배리가 문 쪽으로 달려갔다. 아이브스 포프 부인이 차가운 시선으로 배리의 뒷모습을 흘겨보았다. 제임스 필은 괜한 헛기침을 하며 샘슨에게 귓속말을 건넸다.

얼굴이 핼쑥해진 프랜시스가 얇은 실내복 차림으로 이브 엘리스의 부축을 받으며 방으로 들어섰다. 퀸 경감이 그녀에게 더듬거리며 인사를 하자 그녀는 그 답례로 미소를 지어 보였는데 그 모습이 어딘지 모르게 어색했다. 필이 이브 엘리스를 소개하자, 프랜시스와 이브는 아이브스 포프 부인 곁에 앉았다. 노부인은 의자에 앉아 마치 겁먹은 새끼를 보호하는 암사자처럼 주위를 노려보았다. 곧 하인 두 명이 나타나 남자들의 의자를 준비했다. 아이브스 포프가 퀸 부자에게 커다란 책상 앞의 의자를 권했다. 퀸 경감은 의자에 앉았으나, 엘러리는 의자를 거절하고 책장에 몸을 기댄 채 사람들 옆에 서 있겠다고 했다.

대화가 멎자 퀸 경감은 기침을 한 번 하고는 프랜시스 쪽으로 고쳐 앉았다. 그녀는 흠칫 놀란 듯 속눈썹을 깜박거리며 퀸 경감을 바라보았다.

퀸 경감은 마치 딸을 대하는 듯한 친근한 목소리로 말했다.

"우선 프랜시스 양에게 월요일 밤의 일에 대해서 사과드리겠습니다. 아가씨는 분명 부당한 대우를 받았다고 느꼈겠지요. 아버지께서는 아가씨가 몬테 필드 살인 사건이 일어나던 날 밤의 일들을 자세하게 설명해줄 거라고 하더군요. 따라서 아가씨 문제는 오늘 나오는 얘기로 다시는 거론할 필요가 없을 겁니다. 월요일에 아가씨는 단지 내게 용의자에 지나지 않았기 때문에 늘 하던 대로 당신을 대했던 것입니다. 물론 지금은 이해합니다. 프랜시스 양처럼 저명한 가문과 사회적 위치를 가진 사람이 그런 끔찍한 상황에서 경찰에게서 무서운 신문을 받는다면 엄청난 충격을 받고 앓아눕는 것도 당연하겠지요."

프랜시스는 가냘픈 미소를 지었다.

"괜찮아요, 경감님. 바보스럽게 굴어서 죄송했어요. 하지만 이제는 무슨 질문이든 모두 대답해드릴 수 있습니다."

그녀는 낮지만 또렷한 목소리로 대답했다.

"잠깐만 기다려줘요."

퀸 경감은 상체를 일으키고는 침묵을 지키고 있는 사람들을 돌아보며 엄하게 말했다.

"여러분, 주의해야 할 점이 있습니다. 이렇게 모인 데는 이유가 있습니다. 즉, 프랜시스 양의 핸드백이 왜 죽은 사람 몸에서 나왔는가 하는 것과, 여기 이 아가씨가 그 이유를 설명하지 않았다는 것 때문입니다. 틀림없이 거기에는 어떤 연관이 있습니다. 우리는 그 문제에 대해 이야기를 할 겁니다. 하지만 여기서 어떤 이야기가 나오건 간에, 여기 계신 분들은 비밀을 지켜주시기 바랍니다. 샘슨 지방 검사도 알겠지만, 나는 이렇게 많은 사람들 앞에서 수사를 해본 적이 없습니다. 그러나 오늘 이렇게 예외적으로 여기에 온 이유는 여러분 모두가 불운하게도 범죄에 말려든 젊은 아가씨를 깊이 걱정하고 있다는 사실을 알기 때문입니다. 그러나 만약 오늘 얘기가 밖으로 새나간다면, 여러분은 제게 어떤 불이익을 당하더라도 감수해야 할 겁니다. 이것은 말 안 해도 여러분이 더 잘 아시리라 생각합니다."

"경감님. 말씀이 좀 지나치신 것 같습니다. 우리는 사건 내용을 잘 알고 있습니다. 따라서……."

젊은 스탠포드가 항의했다.

"아마 그렇겠죠. 그래서 여기에 함께 모이는 것을 허락한 겁니다."

퀸 경감이 쓴웃음을 지으며 말했다.

방 안에 잠시 동요가 일었다. 아이브스 포프 부인은 화가 나서 소리라도 지를 듯 입을 벌렸다. 하지만 남편의 날카로운 시선을 의식하고는 입을 다물고 말았다. 부인은 그 화풀이를 프랜시스 옆에 앉은 이브 엘리스를 노려보는 것으로 대신했다. 이브 엘리스는 얼굴을 붉혔다. 그 옆에는 간호사가 약병을 들고 먹이를 덮치려는 사냥개처럼 서 있었다.

퀸 경감이 부드럽게 말을 이었다.

"프랜시스 양. 일단 그간의 경과를 말하겠어요. 나는 몬테 필드의 시체를 조사하고 있었습니다. 그는 유명한 변호사인데 갑작스러운 죽음을 맞이하기 전까지 어떤 재미있는 연극을 보았던 것 같습니다. 나는 시체의 몸을 뒤지다가 여자 핸드백을 발견했습니다. 그 핸드백 안에 명함 몇 장과 사적인 서류들이 있었기 때문에 그것이 프랜시스 양 것이라는 걸 알게 되었습니다. 그래서 난 '여자가 관계되었군.' 하고 생각했습니다. 그건 당연한 일이지요. 그래서 우리 직원을 시켜 바로 아가씨를 데려오라 시켰습니다. 해명을 듣기 위해서였죠. 내가 프랜시스 양에게 핸드백을 보여주면서 이것이 어디서 발견되었는지 말하자 당신은 바로 정신을 잃더군요. 그때 나는 '이 아가씨가 뭔가를 알고 있구나.' 하고 느꼈습니다. 당연한 일이었습니다. 그럼 지금부터 아가씬 내게, 자신은 아무것도 모르며 기절한 것은 단지 그 사실에 대한 충격 때문이었다는 얘기를 납득할 수 있도록 말해주시기 바랍니다. 프랜시스 양, 여기서 나는 한 개인인 리처드 퀸의 입장에서 말하는 게 아니라 경감으로서 묻는다는 것을 염두에 두시기 바랍니다."

그들 사이에 잠시 무거운 침묵이 흘렀다.

"제 말이 경감님의 기대에 충족될지 모르겠군요."

프랜시스가 침묵을 깨고 부드러운 목소리로 말을 시작했다.

"제 말 가운데 어떤 것이 경감님께 도움이 될지 저는 분간할 수 없어요. 하지만 경감님은 제가 하찮게 생각하는 것을 중요하게 여기실지도 모르죠. 얘기를 정리하자면 대충 이래요. 저는 월요일에 로마 극장에 갔습니다. 사실은 좀 은밀한 이야기이긴 하지만, 저는 배리 씨와 약혼한 뒤부터……"

아이브스 포프 부인이 시큰둥한 표정을 지었다. 아이브스 포프는 딸의 검은 머리 너머로 시선을 고정한 채 서 있었다.

"저는 가끔 극장에 가서 연극이 끝날 때를 기다렸다가 약혼자를 만나곤 했어요. 그러면 배리 씨는 저를 집에 바래다주거나 아니면 근처에서 저녁을 함께 먹었지요. 보통 극장에서 만날 때는 미리 약속을 해요. 하지만 그렇지 않고 불쑥 찾아갈 때도 있었죠. 그날 밤은 그냥 불쑥 찾아간 거예요.

저는 1막이 끝나기 조금 전에 극장에 들어갔어요. 〈건플레이〉는 벌써 여러 번 봤으니까요. 저는 지정석에 앉았어요. 몇 주일 전에 배리 씨가 지배인 팬저 씨에게 말해 얻어준 자리였거든요. 안에 들어갔더니 바로 휴식 시간이 되더군요. 극장 안은 더웠어요. 공기도 탁했고요. 그래서 아래층 일반 휴게실 끄트머리에 있는 여자 화장실로 갔어요. 그리고 다시 위로 올라와 복도로 나왔지요. 거기서 많은 사람들이 맑은 공기를 쐬고 있더군요."

프랜시스가 말을 멈추었다. 엘러리는 책장에 기댄 채 사람들의 표정을 샅샅이 살피고 있었다. 아이브스 포프 부인은 심술궂은 표정으로 주위를 둘러보았고, 아이브스 포프는 아직도 프랜시스의 머리 너머에 시선을 두고 있었다. 스탠포드는 손톱을 물어뜯고 있었다. 필과 배리는 안타까운 표정으로 프랜시스를 쳐다보다가 경감이 어떤 반응을 보이는지 살피려는 듯 경감 쪽을 힐끗 쳐다보곤 했다. 이브 엘리스는 프랜시스의 손을 꼭 잡아주고 있었다.

퀸 경감은 헛기침을 했다.

"어느 복도였죠? 왼쪽인가요, 오른쪽인가요?"

"왼쪽이었어요, 경감님. '좌측 M8'이 제 자리라는 것을 알고 계시죠? 그렇기 때문에 왼쪽으로 나간 거예요."

프랜시스가 대답했다.

"맞습니다. 계속하시죠."

퀸 경감이 미소를 지으며 말했다.

프랜시스는 다소 긴장이 풀린 듯 차분하게 말을 이었다.

"저는 복도로 나가, 열려 있는 철문 뒤쪽 벽 옆에 서 있었어요. 사람이 아무도 없었죠. 비가 갠 후라 공기가 상쾌했어요. 거기에 그렇게 잠시 서 있는데, 누군가 제 곁으로 다가왔지요. 그리고 저와 부딪쳤어요. 저는 그저 발을 헛디뎠나 싶어 옆으로 비켜섰어요. 그런데 어떤 남자가……, 그래요, 남자였어요. 그가 다시 제게 왔어요. 저는 무서워 자리를 피하려고 했는데, 그 남자가 제 손을 잡고 끌어당기는 거예요. 그 남자와 저는 반쯤 닫힌 철문 뒤에 있었기 때문에 아마 아무도 그자가 제게 수작 부리는 걸 못 봤을 거예요."

"저런, 쯧쯧. 공공연한 장소에서 그런 짓을 하다니……."

경감이 동정이 담긴 목소리로 중얼거렸다.

"제게 키스를 하려고 했던 것 같아요. 그 남자가 허리를 굽히며 '안녕, 귀여운 아가씨.' 하고 작은 목소리로 말했고……. 무슨 일이 일어날지는 뻔했죠. 저는 뒤로 조금 물러나면서 가능한 한 냉정하게 '이거 놓으세요. 안 그러면 사람을 부를 거예요.' 하고 말했죠. 하지만 그 남자는 웃기만 하고 얼굴을 바싹 붙여왔어요. 숨을 쉴 때마다 위스키 냄새가 진동했어요. 저는 불쾌해 참을 수가 없었죠."

프랜시스가 말을 중단했다. 이브 엘리스는 그녀의 손을 가볍게 토닥거려주었다. 배리가 흥분한 얼굴로 뭐라 중얼거리며 자리에서 일어서자 필이 그를 끌어당겨 다시 앉혔다.

"프랜시스 양, 어이없는 질문일지 모르지만 말입니다. 냄새를 맡아보니 좋은 술이었소, 나쁜 술이었소?"

퀸 경감이 의자 등받이에 상체를 기대며 물었다.

모인 사람들 모두가 그 우스꽝스러운 질문에 소리 죽여 웃었다. 프랜시스도 기분이 좀 풀린 것 같았다.

"저런, 웃을 줄 알았습니다."

"글쎄요……, 무척 어려운 질문이네요. 저는 술에 대해 잘 모르거든요. 지금 생각해보니 고급술이었던 것 같아요. 하지만 냄새는 정말 고약했어요."

프랜시스가 끔찍한 듯 머리를 흔들었다.

"내가 그 자리에 있었다면 술 이름을 맞힐 수 있었을 텐데."

스탠포드 아이브스 포프가 중얼거렸다.

그의 아버지는 말을 하려고 입을 열었다가 다시 다물었다. 그리고 아들을 바라보며 고개를 저어 주의를 주었다.

"계속해봐요, 프랜시스 양."

퀸 경감이 말했다.

"저는 너무나 무서웠어요."

그녀는 공포가 되살아난 듯 입술을 떨며 말했다.

"그리고 불쾌감이 솟구쳤기 때문에 팔을 뿌리치고 극장 안으로 뛰어 들어갔어요. 정신을 차려보니 제 자리였죠. 그때 2막 시작을 알리는 벨이 시끄럽게 울렸어요. 어떻게 제 자리로 왔는지 모를 정도로 정신이 없었어요. 심장이 두근두근 뛰더군요. 저는 그때 스티븐, 그러니까 배리 씨에게는 이 말을 하지 말아야겠다고 생각했어요. 그 말을 들으면 배리 씨는 분명 그 남자를 찾아내 혼내줄 거라는 생각이 들었거든요. 배리 씨는 그런 걸 참지 못해요."

그녀는 약혼자를 바라보며 부드러운 미소를 지었다. 배리도 따라서 미소를 지어 보였다.

프랜시스가 다시 말을 이었다.

"경감님, 이게 전부예요. 그럼, 핸드백은 어떻게 된 건가 궁금하시겠죠. 하지만 저는 그건 정말 몰라요. 맹세해도 좋아요. 핸드백에 대해서는 아무 기억도 없어요."

"그것은 그럼 대체 어떻게 된 일일까요, 프랜시스 양?"

퀸 경감이 의자에서 몸을 일으키며 말했다.

"저는 지배인 사무실에서 핸드백을 제게 보여주실 때까지 핸드백을 잃어버렸다는 사실조차 몰랐어요. 화장실 갈 때는 분명 있었죠. 거기서 화장품을 꺼내 사용했으니까요. 하지만 그것을 화장실에 두고 왔는지, 아니면 다른 곳에서 잃어버렸는지는 지금까지도 모르겠어요."

"정말 어떻게 된 걸까요, 프랜시스 양?"

퀸 경감은 코담뱃갑을 꺼내다가 아이브스 포프 부인의 싸늘한 시선에 주눅이 들어, 나쁜 짓 하다 들킨 것처럼 재빨리 그것을 주머니에 집어넣었다.

"혹시 그 남자가 수작을 부렸을 때 떨어뜨린 건 아닙니까?"

프랜시스의 얼굴에 안도하는 표정이 나타났다. 그녀는 커다란 소리로 외쳤다.

"그래요, 경감님. 저도 어쩌면 그럴지도 모른다고 생각했어요. 하지만 구차한 변명처럼 생각되어서……, 그리고 정말이지 걱정이 되어서……, 뭐라 할까……. 잘못하면 누명을 쓰게 될까 봐 그 말은 꺼낼 수가 없었어요. 사실 아무런 기억도 나지 않거든요. 나중에 생각해보니 그 남자에게 손목을 잡혔을 때, 그때 떨어뜨리고 까맣게 잊어버린 게 아닌가 했어요."

퀸 경감이 조그맣게 웃었다.

"말이 되는 것 같긴 한데, 아니 오히려 가장 타당한 해답 같아요. 아마 그 남자는 떨어진 핸드백을 발견하고는 그걸 챙겼을 겁니다. 그걸 가지고 있으면 그걸 미끼로 아가씨를 다시 만날 수 있을 테니까. 아무래도 그 남자가 당신에게 단단히 반했던 모양이군요. 이제 완전히 알겠습니다."

퀸 경감은 어색하게 허리를 굽혀 인사했다. 프랜시스의 얼굴이 붉게 상기되었다. 하지만 완전히 기운을 되찾은 듯 환한 미소를 지어 보였다.

"하지만 프랜시스 양, 아직 질문이 남아 있습니다. 그것만 대답해주면 모든 게 끝나요. 그 사람의 인상을 내게 말해줄 수 있습니까?"

"물론이지요."

프랜시스가 즉시 대답했다.

"아주 험오스럽게 생겼어요. 경감님도 아실지 모르지만, 키는 저보다 컸고요. 한 173센티미터 정도로요. 그리고 좀 뚱뚱해 보였어요. 게다가 통통한 얼굴에 눈 밑이 창백할 정도로 쑥 들어갔고요. 그렇게 기분 나쁘게 생긴 사람은 처음 보았어요. 수염은 깨끗이 깎았더군요. 그리고 콧날이 오뚝했죠. 그 외에는 별 뚜렷한 특징이 없었어요."

퀸 경감은 쓴웃음을 지었다.

"필드 그 친구와 비슷하게 생긴 것 같군. 프랜시스 양, 신중하게 대답해줘요. 혹시 언젠가 그를 만난 적이 있는 것 같지 않나요?"

"그거라면 생각해볼 필요도 없어요. 그때 처음 본 얼굴이에요."

그녀는 즉시 대답했다.

잠시 실내에 침묵이 흘렀다. 그 침묵을 엘러리의 담담한 목소리가 깨뜨렸다. 그러자 모두 놀란 듯 엘러리를 쳐다보았다.

"이야기 도중에 방해해서 죄송합니다. 그 사람의 옷차림은 어땠습니까?"

엘러리가 정중하게 말했다.

프랜시스가 미소를 지으며 엘러리를 쳐다보았다. 엘러리도 부드러운 미소를 지어 보였다.

"글쎄요. 거기까지는 신경 쓰지 못했어요. 정장을 하고 있었는데, 셔츠 가슴 부분에 술 자국 같은 얼룩이 있었어요. 그리고 실크 모자를 쓰고 있었죠. 퍽 세련된 차림이었던 것 같아요. 셔츠에 있던 얼룩만 빼면요."

그녀는 반짝이는 이를 드러내 보이며 말했다. 엘러리는 고맙다는 인사를 하고 다시 책장에 몸을 기댔다. 퀸 경감은 아들을 흘끗 쳐다보고는 의자에서 몸을 일으켰다.

"그럼, 이만 끝내겠습니다. 더는 질문이 없습니다. 이제 완전히 끝났다고 생각하셔도 좋을 겁니다."

실내에는 기뻐하는 듯 작은 소란이 일었다. 안도의 한숨을 쉬는 프랜시스에게 모두가 다가갔고, 배리와 필, 이브 엘리스가 프랜시스를 호위하듯 데리고 방을 나갔다. 스탠포드는 우울한 미소를 지으며 어머니에게 살짝 구부린 팔을 정중하게 내밀었다.

"이제 한시름 놓으셨죠, 어머니. 쓰러지시기 전에 제 팔을 잡으세요."

아이브스 포프 부인은 마지못해 아들의 부축을 받으며 방을 나섰다. 아이브스 포프는 퀸 경감의 손을 힘 있게 잡았다.

"그럼, 제 딸의 문제는 다 끝난 겁니까?"

"그렇습니다, 아이브스 포프 씨. 도와주셔서 감사합니다. 그럼, 저희는 돌아가 보겠습니다. 일이 엄청나게 밀려 있거든요. 같이 가세, 헨리."

퀸 경감이 말했다.

오 분 뒤 퀸 경감와 엘러리 그리고 샘슨 지방 검사는 그날 아침 일을 의논하며 72번가 쪽을 향해 리버사이드 드라이브를 걸어가고 있었다.

"프랜시스 양에 대한 수사가 헛수고로 그쳐서 정말 다행이야. 그건 그렇고 그 아가씨 정말 용기가 가상한데!"

샘슨이 꿈꾸는 듯한 목소리로 말했다.

"괜찮은 아가씨더군."

퀸 경감이 말했다. 그리고 강물을 바라보며 걷고 있는 아들에게 물었다.

"엘러리, 너는 어떻게 생각하느냐?"

엘러리는 아버지의 말에 정신을 차리고 내답했다.

"네, 아주 예쁘더군요."

"이 녀석아. 아가씨 얘기가 아니라 오늘 아침 일에 대한 생각 말이다."

퀸 경감이 화난 목소리로 말했다.

"아, 그 말씀이었군요. 이솝 이야기를 인용해도 되겠습니까?"

엘러리는 멋쩍게 웃으며 말했다.

"좋을 대로 해라."

퀸 경감이 퉁명스럽게 대꾸했다.

"사자도 생쥐의 은혜를 입게 될지 모른다."

엘러리가 말했다.

13
리처드 퀸 VS 엘러리 퀸

저녁 6시 30분. 주나가 식탁을 다 치운 뒤 퀸 부자에게 커피를 내주고 있는데 벨이 울렸다. 주나는 넥타이를 고쳐 매고 옷매무새를 바로잡은 후 점잖게 걸어 현관으로 갔다. 퀸 경감과 엘러리는 그의 행동을 재미있다는 듯 바라보았다. 주나는 곧 은쟁반에 명함 두 개를 놓고 돌아왔다.

"주나가 또 거드름을 피우는구먼."

퀸 경감이 중얼거렸다. 그러고는 눈살을 찌푸리면서 명함을 집어들었다.

"프라우티 박사가 손님을 데리고 왔군. 빨리 모셔오너라, 요 장난꾸러기야."

주나는 다시 점잔을 빼며 현관으로 가서는 부검시관과 키가 크고 마른 사내를 데리고 돌아왔다. 그는 대머리에다가 턱수염을 기르고 있었다. 퀸 경감과 엘러리는 자리에서 일어섰다.

"박사, 자네를 기다리고 있던 참이었지."

퀸 경감은 미소를 가득 띤 얼굴로 프라우티와 악수를 나눴다.

"존스 교수님이시군요? 잘 오셨습니다."

퀸 경감이 반갑게 맞아주자 마른 남자도 퀸 경감에게 정중히 인사를 했다.

"여기는 내 아들 엘러리입니다. 내 파트너죠. 엘러리, 새디어스 교수님이시다."

퀸 경감은 엘러리를 소개했다.

"당신이 바로 엘러리 퀸이군요. 샘슨 지방 검사로부터 얘기 많이 들었습니다. 만나서 반갑습니다."

존스 교수는 커다란 손을 내밀며 쾌활하게 말했다.

"저도 뉴욕의 파라셀수스라는 그 유명한 독극물 학자이신 교수님을 꼭 만나 뵙고 싶었습니다. 교수님께서는 뉴욕에서 나오는 시체란 시체는 모두 만지니까요."

엘러리가 미소 지으며 짐짓 어깨를 으쓱했다. 그러고는 교수에게 의자를 권했고, 네 사람은 모두 자리에 앉았다.

"커피를 마시는 게 어떻겠습니까, 여러분?"

퀸 경감이 부엌 쪽에서 호기심에 찬 눈으로 내다보고 있던 주나를 불렀다.

"주나, 요 녀석아. 커피 넉 잔 부탁한다."

주나는 미소를 짓고는 부엌 안으로 사라졌다가, 마치 깜짝 상자에서 인형이 튀어나오듯 잠시 후 다시 부엌에서 나타났다. 그의 손에는 김이 모락모락 나는 커피 넉 잔이 들려 있었다.

프라우티는 악마 메피스토펠레스의 전형적인 이미지를 꼭 닮은 사내였다. 그는 주머니에서 독해 보이는 검은색 시가를 꺼내 험악한 얼굴로 피우기 시작했다.

프라우티는 시가의 연기를 내뿜으며 입을 열었다.

"여러분처럼 한가한 분들은 수다 떨면서 시간을 보내는 걸 좋아하시겠지만, 저는 하루 종일 비버처럼 어느 여자의 위장 속 내용물을 조사하느라 고생했거든요. 빨리 돌아가 쉬고 싶군요."

"그건 그렇고, 존스 교수님께 도움을 요청한 걸 보니 필드의 검시에 문제가 생긴 모양이네요. 자, 무슨 일인지 빨리 듣고 싶은데요, 아스클레피오스 씨."

엘러리가 재촉했다.

"알겠네. 그럼, 말하지."

프라우티는 우울한 표정으로 말했다.

"자네 말대로 문제가 생겼어. 시체의 내장 검사에 어느 정도 이력이 있는 편이지만, 필드처럼 내장이 엉망인 사람은 한 번도 보지 못했어. 이건 정말이야. 존스 교수님이 내 말에 보충 설명을 해주실 거야. 필드의 식도와 기관은 마치 배 속에서 용접용 버너로 지진 것처럼 뭉개져 있었어."

"왜 그랬을까요? 혹시 이염화수은 때문 아닌가요?"

엘러리가 화학에는 까막눈이라는 것을 드러내듯 느닷없이 아는 체를 했다.

"아니야."

프라우티가 신음하듯 말했다.

"내가 대충 설명하지. 나는 웬만한 독극물 실험은 모두 해보았다네. 하지만 이 사건에 사용된 독극물에는 석유 성분이 있다는 것만 검출해냈을 뿐 그 외에 알아낸 것은 하나도 없어. 두 손 두 발 다 들고 말았지. 검시관은 내가 연일 계속된 업무로 과로한 상태에서 실험을 했기 때문에 실수한 줄 알고 자신이 직접 실험을 한다고 나섰다네. 그는 화학 실험에 관한 한 베테랑이었지만 그도 결국 두 손 들고 말았지. 우리는 하는 수 없이 존스 교수님을 찾을 수밖에 없었어. 그 후의 얘기는 교수님에게 직접 듣지."

새디어스 존스 교수는 찌푸린 얼굴로 헛기침을 했다.

"드라마틱한 소개 고맙네, 프라우티."

그는 침착하면서도 활기찬 목소리로 말했다.

"그렇습니다, 경감님. 내게 그 시체가 떨어졌는데, 결론부터 말하자면 내가 십오 년간 맡아온 것들 가운데 가장 놀라운 발견이었습니다."

"오, 저런! 갑자기 필드를 죽인 범인이 존경스러워지는군요. 요즘에 일어나는 일들은 색다른 게 많지요. 뭘 발견하셨습니까, 교수님?"

퀸 경감은 코담배를 꺼내며 말했다.

"프라우티와 검시관이 실험을 잘 했더군요. 그 사람들은 언제나 일을 제대로 하지요."

존스 교수가 다리를 꼬며 말을 이었다.

"나는 우선 잘 알려지지 않은 그 독극물 분석을 시도했습니다. 왜 잘 알려지지 않았다는 말을 하느냐면, 범죄에 사용되는 독극물이라는 입장에서 드리는 말입니다. 나는 아주 철저하게 조사를 했습니다. 미스터리 소설에 자주 등장하는 '쿠라레'까지 말입니다. 그 독약은 남아메리카에서 나는 것으로, 미스터리 소설 다섯 편 중에 네 편 꼴로 그 쿠라레를 사용한 범죄 얘기가 나오죠. 하지만 그것도 아니었습니다."

엘러리가 의자 등받이에 몸을 기대며 웃었다.

"혹시 제 직업을 은근히 비꼬려고 그런 말씀을 하신 건가요, 존스 박사님? 미리 말씀드리겠는데 저는 한 번도 쿠라레 따위를 등장시킨 적이 없습니다."

독극물 학자는 뜻밖이라는 듯이 눈을 깜박거렸다.

"그럼, 당신도 미스터리 작가란 말씀이시군요."

존스 교수는 페이스트리를 먹으며 생각에 잠겨 있는 퀸 경감을 돌아보았다.

"정말 미안합니다. ……그건 그렇고, 대개는 희귀한 독극물

일수록 알아내는 데 별 어려움이 없습니다. 다시 말해 약물 사전에 오를 정도로 희귀한 독극물이라면요. 물론 알려지지 않은 것도 많습니다. 특히 동양에서 나온 거라면 말입니다. 결론부터 말하자면 나는 이 실험에서 기분 나쁜 결과를 얻었습니다. 그야말로 진퇴양난에 빠진 셈입니다."

존스 교수는 빙그레 미소를 지었다.

"정말 기분 좋은 결과가 아니었습니다. 분석한 독극물은 프라우티가 말한 것처럼 흔한 특성을 가지고 있었지만, 그 외의 것은 전혀 짐작이 가지 않았습니다. 나는 어제 오후 증류기와 실험관만 쳐다보면서 그 생각만 골똘히 했습니다. 그러다가 저녁 늦게 답을 발견했답니다."

엘러리와 퀸 경감이 귀를 기울이며 자리를 고쳐 앉았다. 프라우티는 의자에서 안도의 숨을 내쉬며 두 잔째 커피에 손을 내밀었다.

독극물 학자는 포갰던 다리를 풀고 좀 더 힘 있는 목소리로 말했다.

"그 독극물은 테트라에틸납이라는 물질이었습니다."

아마 과학자들이 존스 박사의 이 무거운 발표를 들었더라면 훨씬 깊은 감명을 받았을지도 모른다. 그러나 퀸 경감에게는 별 효과가 없었다. 엘러리로 말할 것 같으면 이렇게 중얼거렸을 뿐이었다.

"무슨 신화 속에 나오는 괴물 이름 같은데요."

존스 박사는 미소를 지으며 계속 설명해나갔다.

"별로 놀라시지 않는군요. 그럼, 테트라에틸납에 대해 말하겠습니다. 그것은 무색투명합니다. 겉보기에는 클로로포름과 비슷하죠. 이것이 첫 번째 특징입니다. 두 번째로 그것은 아주 희미하지만 에테르 같은 냄새가 납니다. 세 번째로 그것은 가공할 만한 효과가 있습니다. 여기서 이것이 살아 있는 동물에게 어떻게 작용하는지 가르쳐드리겠습니다."

듣는 사람들은 이제 완전히 존슨 교수에게 집중하고 있었다.

"나는 그것을 물에 희석하여 건강한 토끼의 귀 뒷부분 부드러운 곳에 발라보았습니다. 주사로 투여한 것도 아니고, 그냥 바르기만 했을 뿐이라는 점에 유의하시기 바랍니다. 그것이 혈관에 도달하려면 살갗을 통해 흡수되어야 합니다. 나는 한 시간가량 토끼를 지켜보았는데, 토끼가 여지없이 죽어버리더군요."

"그처럼 강력하다니 도저히 믿을 수가 없는데요, 교수님."

퀸 경감이 의심스러운 듯이 말했다.

"그럴 겁니다. 하지만 믿어야 합니다. 정말 놀라운 일이지요. 분명 건강한 피부에 살짝 발랐을 뿐인데……. 나도 깜짝 놀랐습니다. 만약 상처가 난 피부에 이것을 발랐다거나, 먹었다면 어떻게 되겠습니까? 상상해보십시오. 게다가 피해자는 그 독극물을 대량으로 삼켰습니다."

엘러리의 미간에 주름이 잡혔다. 무언가 골똘히 생각할 때마다 나타나는 그의 특징이었다. 그는 코안경을 벗어 닦기 시작했다.

존스 교수가 설명을 계속했다.

"그뿐이 아닙니다. 나는 뉴욕에서 몇십 년 동안 근무를 했습니다. 그리고 세계 곳곳에서 내 전공 학문이 얼마만큼 발전하고 있는지 늘 관심을 기울이고 있습니다. 하지만 테트라에틸납이 범죄에 사용된 것은 이번이 처음입니다."

퀸 경감이 놀라서 벌떡 일어났다.

"아주 중요한 이야기군요, 교수님. 정말입니까?"

"그렇습니다. 그래서 나도 무척 흥미를 갖게 되었지요."

"그럼, 그 독극물로 사람이 죽는 데에는 시간이 얼마나 걸릴까요?"

엘러리가 천천히 물었다. 그러자 존스 교수는 얼굴을 일그러뜨렸다.

"그 점에 대해서는 확실하게 대답할 수 없습니다. 이제까지 그것으로 사람이 죽었다는 보고가 없기 때문입니다. 하지만 대충 짐작할 수는 있습니다. 나는 피해자가 이것을 마신 뒤 글쎄, 기껏해야 십오 분이나 이십 분 정도 살았을 거라고 생각합니다."

한동안 실내에 침묵이 감돌았다. 퀸 경감이 침묵을 깨고 물었다.

"그 독극물은 독특한 것이니까 어디서 구할 수 있는지 쉽게 알 수 있겠군요. 교수님, 어디 가면 그것을 구할 수 있겠습니까? 범죄에 사용하기 위해 몰래 구하려면 어떻게 해야 하죠?"

독극물 학자의 얼굴에 씁쓸한 미소가 흘렀다.

"그것을 알아내는 일은 당신에게 맡기겠습니다, 경감님. 언제 어디서라도 구할 수 있으니까요. 테트라에틸납은 잘 알려져 있지는 않지만, 석유 제품에는 거의 다 포함돼 있습니다. 나는 그 물질을 많이 만들려면 어떻게 해야 하나 연구해봤습니다. 그랬더니 아주 평범하고 흔해 빠진 휘발유에서 쉽게 추출되더군요."

그가 진지한 목소리로 말했다.

퀸 부자는 침을 꿀꺽 삼켰다.

"휘발유라니! 이런 낭패가 있나. 그걸 어떻게 추적한단 말입니까?"

퀸 경감이 외쳤다.

"그것이 문제입니다. 나는 주유소에 가서 휘발유를 차에 가득 채우고 집으로 돌아와 연료 탱크에서 휘발유를 약간 떠냈습니다. 그런 다음 실험실로 가지고 가서 테트라에틸납을 아주 손쉽게, 정말 짧은 시간 내에 증류해냈으니까요."

"잘 이해가 되지 않는데요, 교수님. 그럼, 필드를 살해한 범인은 적어도 화학적 지식이나 실험 도구가 있는 사람이라는 얘기군요."

엘러리가 눈을 빛내며 끼어들었다.

"그렇게 단정할 수 없는 문제입니다. 집에 양조용 증류 장치를 가지고 있으면 누구나 흔적을 남기지 않고 그 독극물을 만들 수 있으니까요. 중요한 점은 휘발유에 포함된 모든 성분들 중에서 테트라에틸납의 끓는점이 가장 높다는 겁니다. 이야기는 간단합니다. 휘발유를 일정한 온도로 가열하면 다른 성분들은 증발하고 테트라에틸납만 남으니까요."

퀸 경감이 떨리는 손으로 코담배를 꺼냈다.

"범인이 존경스럽다는 말밖에는 할 말이 없군요. 범인이 그런 지식을 가졌다는 것은 독성학에 어느 정도 조예가 깊다는 것을 의미하는 거죠? 그 방면에 어느 정도 경력도 있고 말입니다."

"경감님, 당신은 이미 답이 나와 있는 질문을 하는군요."

존스 교수가 코웃음을 쳤다.

"무슨 뜻이지요?"

"내가 방금 어떻게 테트라에틸납을 만드는지 이야기하지 않았습니까? 독극물 학자로부터 그 독극물에 대한 설명만 듣는다면 누구나 쉽게 간단한 증류 장치로 그것을 만들 수 있습니다. 그 테트라에틸납에 대해서는 끓는점만 빼놓고는 그다지 지식이 필요치 않습니다. 당신도 한번 해보십시오. 내 생각엔 단지 독극물만 가지고 범인을 잡는 것은 불가능하다고 봅니다. 범인은 독극물 학자가 하는 얘기를 우연히 들었을지도 모르지 않습니까? 하다못해 의사들이 하는 이야기를 주워들었을 수도 있지요. 그렇지 않으면 범인이 화학자일 수도 있고 말입니다. 여러 가지 추측이 가능합니다."

"위스키에 섞어 마시게 하지 않았습니까?"

퀸 경감이 불쑥 물었다.

"그렇습니다. 의심할 여지가 없습니다. 위에 많은 양의 위스키가 남아 있었으니까요. 그것을 피해자에게 마시도록 하는 것은 간단했을 겁니다. 요즘 돌아다니는 위스키는 대개 에테르 냄새가 나니까요. 게다가 희생자가 좀 이상하다고 느꼈다고 해도 그때는 이미 마셔버린 뒤니까 아무 소용 없지요."

존스 교수가 다소 귀찮은 기색으로 말했다.

"맛이 이상하지 않았을까요?"

엘러리가 힘없이 물었다.

"글쎄요, 먹어보지 않아서 확실하게 말할 수가 없습니다, 엘러리 퀸 씨. 하지만 피해자가 그 맛을 알았을까요? '이럴 수가!' 하고 당황할 정도로 말입니다. 일단 마신 다음에는 그것을 알았건 몰랐건 그 문제는 중요하지 않습니다."

퀸 경감은 프라우티를 돌아보았다. 시가의 불은 이미 꺼져 있었다. 그는 앉은 채로 졸고 있었던 것이다.

"프라우티 박사!"

프라우티는 졸음이 가득한 눈을 떴다.

"내 슬리퍼가 어디로 갔지? 찾을 때마다 없단 말이야. 빌어먹을!"

긴장이 감돌던 실내에 갑자기 웃음이 가득 찼다. 웃음소리에 프라우티는 완전히 잠에서 깨 자신이 내뱉은 헛소리를 깨닫고는 함께 웃었다.

"돌아가서 잠이나 자야겠군요. 퀸 경감님, 궁금증을 좀 푸셨습니까?"

"자네에게도 물어볼 것이 있네."

퀸 경감은 입가에 웃음을 지우지 못한 채 말했다.

"위스키를 분석한 결과는 어땠나?"

그 말에 프라우티는 정신이 번쩍 들었다.

"그 위스키는 최고급품이었습니다. 저는 요 몇 년 동안 술을 감정해왔는데, 제가 본 것 중에서 최고더군요. 저는 처음에 필드의 입 냄새를 맡아보고 썩은 술을 마신 줄 알았는데, 생각해보니 독극물 때문에 그런 냄새가 났던 것 같습니다. 필드의 아파트에서 나온 스카치위스키와 호밀 위스키도 고급품입니다. 휴대용 술병에 들어 있던 것과 같은 종류인 것 같아요. 두 가지다 수입품 같더군요. 세계 대전이 끝난 뒤로 국내에서는 그런 고급술이 없으니까요. 전쟁 전부터 가지고 있었던 거라면 모를까. 그리고 진저에일에는 아무런 이상이 없었다는 걸 벨리 경사님께 전해드리지 않았던가요?"

퀸 경감이 고개를 끄덕였다.

"대충 이것으로 이야기는 마무리된 것 같군요. 아무래도 그 테트라에틸납 때문에 수사가 난항을 겪을 것 같습니다. 하지만 혹시라도 모르니까, 박사. 자네는 존스 교수님을 도와서 독약의 출처에 어떤 실마리가 있는지 좀 찾아봤으면 좋겠네. 두 사람이 이 문제에 관한 한 최고의 적임자니까 말이야. 어둠 속에서 칼을 휘두르는 것처럼 별 소득 없는 일일지도 모르지만 말이야."

"맞는 말씀입니다, 아버지. 소설가가 글을 제대로 쓰기 위해서는 마지막까지 물고 늘어져야 하는 것처럼 말이죠."

엘러리가 말했다.

"지금 팰코너 책을 사러 서점에 다녀와야겠습니다."

독극물 전문가 두 명이 돌아가자 엘러리가 활기차게 말했다. 그리고 자리에서 일어나 서둘러 코트를 찾기 시작했다.

퀸 경감이 소리쳐 아들을 붙잡아 앉혔다.

"이 녀석아! 그 낡아빠진 책에 발이 달린 것도 아니고, 어디로 도망가지는 않을 게다. 그러니까 여기 앉아서 이놈의 두통거리를 좀 해결해주었으면 좋겠구나."

엘러리는 한숨을 쉬며 가죽 쿠션에 몸을 묻었다.

"인간 심리의 약점 따위를 조사하는 건 아무 소용도 없고 시간 낭비라고 느꼈단 말이에요. 그런데 경애하는 아버지께서 제게 무거운 사고(思考)의 짐을 지우시는군요. 아아, 말씀하세요."

"네게 짐을 지우려는 생각은 없다. 그리고 그렇게 과장해서 말하지는 않았으면 좋겠구나. 네게 바라는 건, 온통 뒤죽박죽인 이번 사건을 함께 협력해서 풀자는 거다."

퀸 경감이 투덜거렸다.

"알고 있어요. 그럼, 어디서부터 풀어볼까요?"

"오늘은 내가 이야기할 테니 너는 잘 듣고, 몇 가지 메모나 좀 하려무나."

퀸 경감이 타이르듯 말했다.

"우선 필드부터 시작하자. 그 친구가 월요일 저녁 로마 극장에 간 것은 연극을 보기 위해서가 아니라 사업 때문이었다는 건 의심할 여지가 없는 것 같은데, 네 생각은 어떠냐?"

"저도 그렇게 생각해요. 벨리 경사님이 월요일 필드의 행적에 대해 뭔가 다른 보고를 하셨나요?"

"필드는 오전 9시 30분에 자기 사무실에 나왔다고 한다. 여느 때와 같은 출근 시간이었지. 정오까지 일했는데, 개인적인 손님은 없었단다. 12시에는 웹스터 클럽에서 혼자 점심을 먹었고, 1시 30분에 사무실로 돌아와 4시까지 계속 일을 했어. 그 후 집으로 곧장 돌아간 것 같다. 경비원과 엘리베이터 안내원도 그가 4시 30분에 아파트로 돌아왔다고 증언했지. 그 뒤 행적은 마이클스가 5시에 찾아와 6시에 돌아갔다는 것 말고는 벨리 경사도 알아내지 못했다는군. 필드는 우리가 발견했을 때 그 옷차림으로 7시 30분에 외출했다고 한다. 그날 필드가 만난 사람들 명단을 만들어 조사해보았지만 참고할 만한 사항은 없었어."

"예금 잔고가 의외로 적었던 이유는 무엇일까요?"

"예상했던 대로지. 주식에서 실패했어. 물론 한두 푼 잃은 게 아냐. 벨리가 조사한 바에 따르면 필드는 경마장 단골이기도 했고, 거기에서도 여지없이 커다란 돈을 잃었다고 한다. 돈에 관한 한 빈틈없었던 필드조차도 어쩔 수 없는 그런 대가들이 있었던 거지. 어쨌든 그것으로 개인 구좌에 잔고가 없었던 것은 설명된다. 게다가 우리가 발견한 프로그램에 쓰여 있던 '50,000'이라는 숫자도 설명이 된단다. 그것은 돈 액수임에 틀림없어. 또한 그 돈이 극장에서 만나기로 한 인물과 관계있다는 것도 확실하지. 그리고 필드는 살인범과 아주 친하게 지냈다고 생각해도 될 것 같아. 왜냐하면 그는 별 의심 없이 위스키를 받아서 마셨으니까. 필드와 살인자의 만남은 남의 눈을 피하려는 목적이 있었어. 그렇지 않고서야 극장에서 만날 이유가 없지 않겠니?"

"좋아요. 이제 제가 질문하겠습니다."

엘러리가 아버지의 말을 받아 말했다.

"왜 그런 은밀한 만남을 위해 극장을 택했느냐는 겁니다. 그런 목적이라면 오히려 공원이 더 적격이지 않을까요? 아니면 호텔 로비 같은 곳이라든가요. 어떻게 생각하세요, 아버지?"

퀸 경감은 부드럽게 대답했다.

"불행하게도 필드는 자신이 살해되리라는 것을 생각하지 못했을 거야. 기껏해야 그 사람을 만나 행동을 어떻게 해야 할까 생각하는 정도였을 거다. 어쩌면 필드 자신이 만날 장소로 극장을 택했는지도 모르지. 알리바이를 만들어놓으려고 말이야. 아직 우리는 그가 무엇을 노리고 있었는지 말할 단계가 못 된다. 호텔 로비를 택할 수도 있지 않았겠느냐고 물었지만, 그건 분명 남의 눈에 쉽게 띌 위험이 있어. 또 공원같이 호젓한 장소를 선택해 위험 부담을 안고 싶지도 않았을 거야. 그리고 뭔가 특별한 이유가 있어 상대방과 함께 있는 것을 남에게 보이고 싶지 않았던 것일지도 몰라. 기억하고 있겠지? 우리가 발견한 극장표 조각은 상대방이 필드와 함께 극장에 오지 않았다는 것을 말해주고 있다. 하지만 지금까지 얘기한 것은 단지 추측에 지나지 않아."

엘러리는 아무 말도 하지 않았지만 표정만은 진지했다. 그는 아버지 자신도 그 견해에 확신을 가지고 있지는 않을 거라고 생각했다. 퀸 경감처럼 생각이 깊은 사람치고는 퍽 이상한 일이었다.

퀸 경감은 개의치 않고 이야기를 계속했다.

"하지만 엘러리, 우리는 필드의 거래 상대가 살인범이 아닐지도 모른다는 가능성을 염두에 두지 않으면 안 된다. 물론 하나의 가능성으로서 말이야. 그렇게 보기에는 이 범죄가 너무 교묘하단 말이지. 만일 거래 상대가 범인이 아니라면, 우리는 필드의 죽음과 직접적인 관계를 가진 어떤 두 사람을 월요일 저녁 로마 극장 관객 가운데에서 찾아야 해."

"모건은 어떤가요?"

엘러리가 지루한 듯 물었다. 그 말에 경감은 어깨를 으쓱해 보였다.

"모건도 관계가 있을지 모르지. 그러나 관계가 있다면 어제 우리와 얘기를 나눌 때 왜 그 말을 하지 않았을까? 다른 이야기는 모두 털어놓았으면서 말이다. 하긴, 희생자에게서 공갈 협박을 받고 있었다는 사실과 그날 밤 극장에 함께 있었다는 사실을 함께 이야기하기에는 너무 위험하다고 생각했을지도 모르겠다. 충분한 정황 증거가 될 테니까."

"이렇게 생각하면 어떨까요, 아버지. 우리는 한 남자가 죽은 것을 발견했는데, 그자는 돈을 암시하는 '50,000'이라는 숫자를 프로그램에 적어놓았습니다. 그리고 샘슨과 크로닌의 말을 빌리면 피해자는 악독한 범죄자라는 것이 드러났죠. 게다가 모건의 증언으로 그가 공갈 협박을 한 사실도 드러났고요. 따라서 저는 월요일 밤에 필드가 아직 밝혀지지 않은 어떤 인물을 협박해 5만 달러를 뜯어내거나 또는 뜯어낼 생각으로 로마 극장에 가지 않았나 생각합니다. 여기까지의 제 생각에 동의하세요?"

"계속해봐라."

퀸 경감은 자기의 의견을 보류하며 엘러리를 재촉했다.

"좋아요. 그날 저녁 협박당한 사람과 범인이 같은 인물이라면 동기를 찾을 필요도 없어요. 동기는 뻔하니까요. 협박자를 죽여 골칫거리를 없애는 거지요. 그러나 범인과 협박을 당한 사람이 같은 인물이 아니라면 우리는 범행 동기를 찾기 위해 노력해야 할 겁니다. 하지만 그럴 필요는 없을 것 같네요. 범인과 협박당한 자는 서로 동일 인물이라고 생각되기 때문이죠. 어떻게 생각하세요?"

"네 생각과 거의 같다, 엘러리. 나는 다만 그 밖에 다른 가능성이 있을 수도 있다는 점을 지적했을 뿐이야. 우선 필드에게 협박당한 피해자와 살인범이 같은 인물이라는 추정 아래 이야기를 진행하도록 하자. 그럼, 이번에는 없어진 극장표 문제를 밝혀야겠는데……."

"없어진 표 말이지요? 그 문제에 대해 어떻게 생각하시는지 듣고 싶었어요."

엘러리가 중얼거렸다.

"아비 좀 놀리지 마라, 요 못된 녀석아."

퀸 경감이 화를 내며 말했다.

"내 생각은 이렇다. 문제가 되는 자리는 모두 여덟 개야. 그 가운데 한 자리에는 필드가 앉아 있었는데, 그 극장표 조각은 시체에서 발견되었지. 범인이 앉아 있던 바로 그 자리 입장권은 플린트가 발견했다. 따라서 결국 여섯 개 자리가 문젠데, 그 표는 모두 팔렸다는 것이 매표구 직원의 증언으로 밝혀졌지. 하지만 그 표는 극장 어디에서도 발견되지 않았어. 찢어진 조각조차 말이다. 그 여섯 장의 표가 월요일 밤 극장 안에 있다가 누군가에 의해 극장 밖으로 나갔을 가능성은 아주 적다고 생각한다. 그처럼 작은 종잇조각까지 찾아낼 만큼 그날의 몸수색이 철저한 것이 아니었다고 해도 말이다. 가장 타당한 설명은 필드나 범인 가운데 한 사람이 표 여덟 장을 한꺼번에 사서 거래를 흥정하는 동안 남에게 방해받지 않으려고 두 장만 쓰고 여섯 자리는 비워두었다는 것이다. 이런 경우 가장 좋은 방법은 표를 사자마자 찢어 없애는 거겠지. 그것은 누가 먼저 만날 것을 요구했는가에 따라 다르겠지만, 결국 필드나 범인 중 하나가 그랬을 거야. 그러므로 이 여섯 장의 표에 대해서는 잊어버리는 수밖에 없어. 그것은 이미 우리 손에서 멀어졌을 테니까.

그리고 우리는 필드와 범인이 각기 따로 극장에 들어갔다고 봐야 할 거야. 그것은 두 장의 표 조각을 앞뒤로 맞춰본 결과 찢은 자리가 일치하지 않은 사실로 미뤄 틀림없어. 두 사람이 함께 들어갈 경우 보통 표를 겹쳐서 동시에 찢으니까 말이다. 하지만 그들이 함께 들어가면서도 서로 모르는 사람처럼 표를 하나씩 내밀었을 수도 있지. 그런데 매지 오코넬은 1막이 공연되는 동안 LL30번 좌석에는 아무도 앉아 있지 않았다고 증언했고, 오렌지에이드 파는 소년 제스 린치도 2막이 오르고 나서 10분 뒤까지도 LL30번 좌석에 아무도 없었다고 말했지. 이것은 범인이 아직 극장에 들어와 있지 않았거나, 또는 미리 들어와 있었지만 다른 좌석표를 이용해 객석 다른 자리에 앉아 있었다는 뜻이 아니겠니?"

엘러리는 고개를 가로저었다.

"네가 무슨 생각을 하고 있는지 다 알고 있다, 엘러리. 난 다만 논리적으로 생각하고 있을 뿐이다. 범인은 십중팔구 제시간에 극장에 들어오지 않았을 거라는 것도 말해두마. 아마 2막이 시작되고 십 분쯤 지난 후에 들어갔을 거야."

퀸 경감은 퉁명스럽게 말했다.

"저도 그 증거를 내놓을 수 있어요."

엘러리가 귀찮은 듯 말했다.

퀸 경감은 코담배를 한 줌 꺼냈다.

"그건 나도 알아. 프로그램의 그 수수께끼 같은 숫자 말이지? 뭐라고 쓰여 있었더라?

930

815

50,000

'50,000'이 무엇을 나타내는지는 이미 알고 있다. 다른 두 숫자는 돈의 액수가 아니라 시간을 표시한 게 틀림없어.

먼저 '815'를 생각해보자. 연극은 8시 25분에 시작되었다. 그렇다면 필드는 8시 15분쯤에 왔다고 생각해도 괜찮을 거야. 좀 더 일찍 와 있었다면 그때 시계를 보았겠지. 필드는 약속한 사람이 좀 늦자 심심풀이로 프로그램 위에 아무 생각 없이 이런 낙서를 했다고 볼 수 있어. 그건 자연스러운 일이야. 먼저 '50,000'이라고 쓴다. 이것은 뜯어내려는 돈에 대해 생각하고 있었다는 증거지. 그리고 '815'는 필드가 그 일을 생각하고 있었던 시각이 되는 셈이야. 마지막으로 '930'은 협박 대상자와 만나기로 한 시간일 거야. 필드가 이런 낙서를 한 것은 극히 자연스러운 일이다. 심심할 때 낙서하는 버릇이 있는 사람이라면 누구나 그렇게 했을 거야. 그 덕분에 우리는 두 가지 사실을 알게 되었지. 첫째는 범인과 만나기로 약속한 시간, 즉 9시 30분이지. 둘째는 실제 살인이 행해진 시각에 대한 우리의 추측이 뒷받침되었다는 점이야. 제스 린치는 9시 25분에 필드가 살아 있었고, 또 혼자였다는 걸 보았지. 필드가 남긴 낙서로 판단하

건대 9시 30분에는 범인이 오기로 되어 있었어. 범인은 약속한 대로 도착했을 거야. 존스 교수는 그 독극물이 필드를 죽게 하는 데 십오 분 내지 이십 분이 걸렸을 거라 했지. 푸색이 9시 55분에 필드를 발견했으니 독극물은 아마 9시 35분쯤 사용되었다고 봐도 될 거야. 테트라에틸납은 이십 분 안에 효과를 나타낸다고 볼 때 9시 55분이라는 시각은 거의 정확한 시간이지. 물론 그 전에 범인은 현장에서 떠나버렸겠지. 여기서 기억해야 할 것은, 범인은 푸색이 갑자기 자리를 뜨리라 예측하지 못했을 거라는 점이다. 범인은 필드의 시체가 10시 5분 막간 휴식 시간까지 발견되지 않으리라 계산했겠지. 그러면 필드가 한 마디 말도 남기지 못하고 숨을 거둘 수 있는 충분한 시간이 되는 셈이야. 하지만 범인의 예상보다 훨씬 일찍 필드가 발견되었어. 그렇지만 필드에게서는 아무런 사실도 알아내지 못했지. 만약 푸색이 오 분만 일찍 자리에서 일어났어도 달아난 범인은 벌써 검거돼 지금쯤 쇠창살 안에 들어가 있을 텐데."

"브라보! 완벽합니다, 아버지. 정말 존경스러워요."

엘러리는 부드러운 미소를 지으며 나지막하게 말했다.

"그 정도는 기본이지. 그럼, 여기서 월요일 밤 팬저의 사무실에서 알아낸 것을 다시 생각해보자. 범인은 9시 30분부터 9시 55분 사이에 범행 현장에서 어디론가 사라졌지만, 우리가 관객들을 돌려보낼 때까지 내내 극장 안에 있었을 거다. 네가 경비원과 오코넬에게 들은 이야기, 문지기의 증언, 제스 린치가 복도에 있었던 사실, 안내원의 말 등을 종합해볼 때…… 범인이 극장 안에 있었던 것은 기정사실이야. 그렇기 때문에 지금 우리가 꼼짝달싹 못하는 상태에 처한 거야. 지금 우리가 할 수 있는 일이라고는 수사 과정 중 떠오른 사람들 가운데 몇 명을 다시 훑어보는 정도겠지."

퀸 경감은 힘에 부치는 듯 한숨을 크게 내쉬었다.

"먼저 매지 오코넬은 2막이 진행되는 동안 왼쪽 통로를 따라 출입한 사람이 하나도 없다고 말했다. 하지만 과연 그 진술은 사실일까? 게다가 9시 30분부터 시체가 발견되기 십 분 내지 십오 분 전까지도 LL30번 자리에 앉아 있는 인물을 보지 못했다고 증언했다. 하지만 이것도 진실인지 아닌지가 문제야."

"그건 이치에 맞지 않는 설명 같은데요, 아버지. 만일 그 아가씨가 거짓말을 했다고 생각한다면 우리는 중대한 정보를 놓치는 셈이니까요. 오코넬이 거짓말을 하려고 했다면 그때 범인의 인상착의며 신분, 심지어는 이름까지도 줄줄이 읊었겠지요. 그처럼 그 여자가 신경질적으로 이상한 태도를 보인 이유는 극장 안에 쫙 깔려 있던 경찰들이 목사 조니를 잡아넣으려 한다고 생각했기 때문이라고 설명할 수 있지 않을까요?"

엘리리가 진지히게 말했다.

"일리 있는 말이다."

퀸 경감이 신음하듯 말했다.

"그럼, 목사 조니는 어떠냐? 이번 사건과 어떤 관계가 있을까? 아니면 전혀 관련이 없는 걸까? 모건도 말했지만, 카차넬리가 필드와 밀접한 관계를 맺고 있었다는 걸 잊어서는 안 돼. 필드는 그의 변호사였어. 크로닌이 냄새를 맡은, 어떤 지저분한 일을 하는 도중에 필드가 목사 조니를 매수해 무엇인가 사주했는지도 몰라. 만약 목사가 극장에 있었던 게 우연이 아니라면 필드와의 관계 때문일까, 아니면 매지 오코넬과의 관계 때문일까? 오코넬도 목사 조니도, 오코넬이 무료입장권을 줬다고 말하고 있지만……."

퀸 경감은 콧수염을 만지작거리며 덧붙였다.

"나는 목사 조니를 한번 다그쳐볼까 한다. 워낙 낯가죽이 두꺼운 녀석이라 웬만해서는 꿈쩍도 하지 않을 거야. 그리고 그 콧대 높은 오코넬도 함께 다그쳐야지. 그 아가씨에게 겁을 줘 실토를 받아낸다고 해도 밑질 일은 하나도 없으니까."

퀸 경감은 코담배를 한 줌 집어들었다. 엘러리는 씁쓸한 미소를 지었다. 퀸 경감은 재채기를 하고는 말을 계속했다.

"그다음에는 벤저민 모건이야. 아주 그럴듯한 이유를 붙여 초대권을 보내준 그 익명의 편지는 진짜일지도 모른다. 그리고 안젤라 루소는 뭐라고 했지? ……아, 정말이지 여자들이란. 도저히 남자의 논리로는 이해할 수가 없단 말이야. 그래, 필드의 아파트로 9시 30분에 왔다고 했는데 그녀의 알리바이가 완전하다고 볼 수 있을까? 물론 아파트 수위는 그 이야기를 뒷받침해주었지만 수위를 주무르는 건 아주 간단한 일이지. ……그 여잔 필드의 불법적인 일에 대해 자세히 알고 있는지도 몰라. 필드는 10시에 돌아온다고 말했다지만 거짓말이 아닐까? 생각해보렴. 우리는 필드가 극장에서 9시 30분쯤에 누군가와 만날 약속을 했다는 것을 알고 있다. 그럼 필드는 약속대로 10시에 아파트로 돌아갈 생각이었을까? 물론 택시를 탄다면 십오 분, 아무리 붐비더라도 이십 분이면 돌아갈 수 있겠지. 그렇게 따지면 흥정할 수 있는 시간은 십 분밖에 없었다는 얘기가 돼. 물론 불가능한 일은 아니야. 만약 지하철을 탄다면 그렇게 짧은 시간에는 돌아가지 못할 거야. 그녀는 그날 밤 한 번도 극장에 얼굴을 내밀지 않았다는 사실을 잊어서는 안 된다."

"아버지의 양손은 이브의 아름다운 꽃으로 가득 차 있네요. 그러니 꼼짝할 수 없는 셈이죠. 그 여자가 뭔가 숨기고 있다는 사실은 불 보듯 뻔해요. 그 뻔뻔스러운 태도에서 느낀 점 없으세요? 그건 단순한 허세가 아닙니다. 뭔가를 알고 있어요. 아버지, 나는 그녀를 눈여겨볼 생각이에요. 본색이 곧 드러날 거라고요."

"그 여잔 해그스트롬이 맡아서 할 거야."

퀸 경감이 느긋하게 말했다.

"그럼, 마이클스는 어떨까? 그에게는 월요일 저녁의 뚜렷한 알리바이가 없어. 하지만 그건 중요한 게 아냐. 그는 극장에 없었으니까. 하지만 뭔가 의심스러운 데가 있어. 화요일 아침 일찍 필드의 아파트로 온 것은 뭔가를 찾아내려는 게 아니었을까? 그곳은 우리가 이미 철저하게 조사했었지. 조사할 때 뭔가 빠뜨린 게 있었을까? 수표 이야기를 꺼내고 필드가 살해된 사실을 몰랐다고 말한 건 거짓말이 분명한데 말이야. 그리고 이런 점도 고려하지 않으면 안 돼. 필드의 아파트로 가는 게 위험하다는 것을 그도 알고 있었을 기야. 신문에 나왔을 정도면 이미 경찰이 지키고 있다는 것쯤은 누구나 짐작할 수 있었을 테니 말이야. 그렇다면 모험을 했다는 얘긴데, 왜 그랬을까? 모르겠니?"

"그자의 전과 사실과 어떤 관계가 있을지도 모르겠는데요. 그 이야기를 꺼내자 굉장히 놀랐잖아요."

엘러리가 싱긋 웃었다.

"그럴지도 모르지."

퀸 경감이 대꾸했다.

"그건 그렇고, 벨리가 마이클스의 엘마이라 교도소 복역에 대해 보고를 해왔다. 그 보고에 따르면, 마이클스는 미궁에 빠진 어떤 사건 때문에 비교적 가벼운 형벌을 받았다고 하더구

나. 원래 마이클스는 위조지폐범으로 검거되었거든. 혐의가 꽤 짙었지만 필드가 교묘히 변호를 해서 형을 감해주었다고 해. 시시한 절도죄인가 뭔가 하는 것으로 말이다. 그래서 위조지폐 건은 흐지부지되었어. 따라서 마이클스에게서도 냄새가 나. 좀 조사해볼 필요가 있어."

"그자에 대해서라면 저도 할 말이 있어요. 하지만 잠시 덮어두기로 하죠."

엘러리가 신중하게 말했다.

퀸 경감은 귀담아듣고 있는 것 같지 않았다. 그는 벽난로의 타오르는 불길을 바라보고 있었다.

"또 르윈이라는 인물이 있지. 르윈 같은 사내가 필드와 불법 사업을 한 적이 없다는 말은 믿을 수가 없어. 뭔가 숨기고 있는 게 틀림없다. 그렇다면 그자는 신의 가호를 바랄 수밖에. 이제 크로닌이 그를 가혹하게 추궁할 테니까."

엘러리는 한숨을 쉬었다.

"저는 크로닌이 마음에 들어요, 아버지. 어떻게 한 가지 일에 그토록 집념을 보일 수 있는지 모르겠어요. ……아버지도 그런 경험이 있으신가요? 그리고 저는 모건이 안젤라 루소를 아는 게 아닌가 의심이 들어요. 두 사람 다 서로 모르는 사람이라고 잡아떼고 있지만요. 만약 그들이 아는 사이라면 일이 무척 재미있게 돌아갈 거예요. 그렇죠, 아버지?"

"엘러리, 괜히 사서 고생할 필요는 없다. 그렇게 생각하지 않더라도 골치 아픈 일이 쌓이고 쌓였잖니?"

퀸 경감이 못마땅하다는 투로 말했다. 실내에 침묵이 흘렀다. 퀸 경감은 벽난로의 타오르는 불길을 물끄러미 바라보며 다리를 쭉 뻗었다. 엘러리는 촉촉한 페이스트리 조각을 맛있게 먹었다. 주나는 눈빛을 반짝이면서 거실 구석에 웅크리고 앉아 부자의 대화를 듣고 있었다.

갑자기 퀸 경감의 눈이 엘러리와 마주쳤다. 두 사람의 머릿속에 동시에 어떤 생각이 떠오른 것이다.

"모자……. 언제나 모자로 되돌아가는군."

퀸 경감이 중얼거렸다.

엘러리의 눈길에 당혹스러운 빛이 돌았다.

"그리로 돌아가는 건 나쁜 게 아니에요. 모자, 모자, 모자. 어디다 끼워 맞추면 될 텐데. 모자에 대해 우리가 얼마나 알고 있는 걸까요?"

퀸 경감은 자세를 고쳐 앉았다. 그리고 다리를 포개 코담배 한 줌을 꺼내고는 이야기를 계속했다.

"그래, 그 지긋지긋한 실크 모자도 내버려둘 수는 없는 일이지. 우리는 지금까지 그 모자에 대해 얼마나 알고 있는 걸까? 첫째, 모자는 극장 밖으로 나가지 않았어. 이상한 일 아니냐? 그토록 샅샅이 훑었는데도 흔적을 발견할 수 없다니……. 도저히 있을 수 없는 일이야. 관객들이 모두 돌아간 뒤 조사한 귀중품 보관소에도 없었다고. 청소할 때도 하다못해 찢어진 모자 조각이나 태워버린 흔적조차 발견할 수 없었지. 완벽하게 자취를 감춰버려 단서가 될 만한 게 하나도 없어. 엘러리, 그렇다면 여기서 우리가 내릴 수 있는 유일한 결론은 모자가 있는 장소를 못 찾았다는 게 돼. 그곳이 어디든 모자는 아직도 거기 있을 거야. 만약을 위해 극장을 폐쇄시켜 놓았으니까 아침에 다시 가서 찾아봐야겠다. 사건 실마리가 잡히기 전까지는 밤잠도 설칠 것 같구나."

엘러리는 아무 말도 하지 않다가 이윽고 나지막이 말했다.

"저는 아버지 말씀이 불만스러워요. 모자, 모자……, 어딘가 잘못된 부분이 분명 있다고요!"

엘러리는 다시 잠시 동안 입을 다물었다.

"그래요, 모자는 이번 수사의 핵심이에요. 그것 말고는 해결할 방법이 없어요. 필드의 모자에 얽힌 수수께끼가 풀리면 범인을 잡을 수 있는 셈이죠. 저는 모자의 행방에 대해 만족스러운 대답이 나올 때 비로소 수사가 궤도에 오를 거라고 생각합니다."

퀸 경감은 힘차게 고개를 끄덕였다.

"어제 아침부터 틈만 나면 모자에 대해 생각하는데, 어딘가 모르게 잘못되었다는 생각이 드는구나. 벌써 수요일 밤이야. 그런데 실마리 하나 잡히지 않고 있다. 할 만한 것은 다 해봤지만 헛수고였다고."

퀸 경감은 벽난로 불길을 응시했다.

"하나에서 열까지 손도 못 댈 만큼 뒤엉켜 있어. 단서가 될 만한 것들을 가지고 이리 맞추고 저리 맞춰보았지만 도무지 맞아 떨어지지 않는단 말이다. 아무래도 모자 없이는 안 될 것 같다. 말할 필요도 없이 이번 사건의 핵심은 모자야."

전화벨이 울렸다. 퀸 경감이 얼른 수화기를 들었다. 퀸 경감은 침착하게 말하는 남자 목소리에 열심히 귀 기울이다가 가끔씩 자신의 의견을 전했다. 잠시 후 퀸 경감은 통화를 마치고 수화기를 내려놓았다.

"이 오밤중에 전화를 걸어 떠드는 사람이 대체 누구예요? 혹시 여길 자기 신상 문제를 해결해주는 상담소로 착각한 거 아니에요?"

엘러리가 싱긋 웃으며 물었다.

"에드먼드 크루야. 너도 알지? 어제 아침, 로마 극장을 조사해달라고 부탁한 건축가란다. 오늘까지 꼬박 이틀이나 걸렸다더군. 극장 안에 모자를 숨길 만한 비밀 장소는 하나도 없다고 하는구나. 최고의 건축 전문가인 에디 크루가 그렇다면 그런 거야."

그러더니 퀸 경감은 벌떡 일어나서 구석에 웅크리고 앉아 있는 주나에게 일렀다.

"주나, 잠자리를 준비해주려무나."

주나는 조용히 미소를 짓더니 방에서 나갔다. 퀸 경감은 재빨리 아들을 돌아보았다. 엘러리는 이미 코트를 벗고 넥타이를 풀고 있었다.

"내일 맨 먼저 할 일은 극장으로 가서 다시 수사를 하는 거다. 엘러리, 잘 알겠지만 나는 빈둥거리는 것은 딱 질색이다. 그래서 하는 말인데 정신 바짝 차려라."

퀸 경감이 단호하게 말했다.

엘러리는 건장한 팔로 아버지의 어깨를 다정하게 감쌌다.

"그만 주무시지요, 경감님."

엘러리가 웃으며 말했다.

3부

훌륭한 탐정은 타고나는 것이지 훈련을 통해 만들어지는 것이 아니다. 다른 천재들과 마찬가지로, 탐정은 잘 훈련된 경찰 중에서 나오는 게 아니라 일반 사람들 속에서 나타난다. 내가 아는 탐정 가운데 가장 뛰어난 인물은, 자기가 사는 곳에서 단 한 발자국도 밖으로 나간 적이 없었던 못생긴 주술사였다. 그는 냉철한 논리를 바탕으로 비상한 관찰력과 인간 심리에 관한 지식 그리고 예리한 통찰력을 적재적소에 활용할 줄 알았다. 이것은 진정으로 위대한 탐정만이 가질 수 있는 천부적인 재능이다.

—《탐정 입문》, 제임스 레딕스 2세

14
이 장에서는 모자를 찾아 헤맨다

9월 27일 목요일, 로마 극장에서 살인 사건이 일어난 지 사흘째 되는 날 아침이었다. 퀸 경감과 엘러리는 일찍부터 일어나 준비를 했다. 두 사람은 주나가 심술 난 표정을 짓고 있는 것도 아랑곳하지 않고 대충 차려진 아침 식사를 먹었다. 주나는 말 그대로 침대에서 끌려 내려와, 퀸 일가의 집사임을 드러내는 단정한 복장을 갖춰 입고 음식을 준비해야 했다.

시원찮은 팬케이크를 먹는 중에도 퀸 경감은 루이스 팬저에게 전화를 걸라고 주나에게 지시했다.

몇 분 뒤, 퀸 경감은 팬저와 통화를 할 수 있었다.

"안녕하십니까, 팬저 씨. 일찍부터 잠을 깨워 미안합니다. 중요한 일이 있어서 이렇게 전화를 했습니다."

팬저는 잠이 덜 깬 목소리로 괜찮다고 띄엄띄엄 말했다.

"지금 곧 극장에 나가 문을 좀 열어주세요. 오랫동안 문을 닫게 하지는 않겠다고 말했지요. 어쩌면 이번 사건으로 선전이 되어 짭짤한 수입을 얻을 수 있을지도 모릅니다. 확실한 날짜는 알 수 없지만 너무 걱정하지 마십시오. 누가 압니까. 오늘 밤에라도 당장 공연을 할 수 있을지. 어때요, 지금 문을 열어주는 것이……"

퀸 경감이 말했다.

기뻐서 들뜬 팬저의 목소리가 전화선을 타고 들려왔다.

"이거 정말 기쁜 소식이군요. 지금 당장 문을 열라는 말이지요? 삼십 분 안에 나가겠습니다. 아직 옷도 못 입어서요."

"고맙소. 아시겠지만 아무도 들어가게 해서는 안 됩니다. 우리가 갈 때까지 문을 열지 말아주세요. 그리고 아무에게도 말해선 안 된다는 걸 명심하고요. 나머지는 극장에서 만나 얘기하기로 합시다……. 그리고 잠깐만……."

퀸 경감은 수화기를 가슴으로 막은 채, 몸짓으로 열심히 신호를 보내는 엘러리를 의아한 눈길로 바라보았다. 엘러리는 입술 모양으로 사람 이름을 발음했다. 퀸 경감은 알아들었다는 신호를 하고 나서 다시 전화에 대고 말했다.

"그리고 당신이 당장 해줘야 할 일이 있어요, 팬저 씨. 필립스 부인이라고 하는 중년 부인과 연락이 닿겠죠? 빠를수록 좋습니다. 그 부인도 극장으로 나와달라고 하십시오."

"알겠습니다, 경감님. 연락이 될지 안 될지 잘 모르지만, 아무튼 해보겠습니다."

"자, 이제 됐다."

퀸 경감은 만족스러운 표정으로 수화기를 내려놓더니 주머니에서 코담뱃갑을 더듬어 찾았다.

"아하하! 이 사악한 담배를 위해 훌륭히 싸운 월터 롤리 경*월터 롤리(Walter Raleigh). 16~17세기 영국의 귀족이자 모험가이며 시인. 엘리자베스 1세 앞에서 파이프를 피울 정도로 애연가였다. -옮긴이*과 용감한 선구자들에게 축복이 있으리라!"

퀸 경감은 유쾌하게 코를 킁킁거리며 냄새를 맡았다.

"엘러리, 1분만 기다려려무나. 1분만 있다 가자."

퀸 경감은 다시 수화기를 들고 형사과를 불렀다. 그리고 기운차게 몇 가지 지시를 내린 다음 엘러리에게 코트를 입도록 재촉했다. 주나는 시무룩한 표정으로 두 사람이 밖으로 나가는 것을 지켜보았다. 주나는 퀸 부자가 뉴욕의 뒷골목으로 뛰쳐나갈 때마다 자신도 함께 따라가게 해달라고 부탁했었다. 그러나 퀸 경감은 예민한 사춘기 소년인 주나가 나쁜 영향을 받을까 봐 허락하지 않았다. 하지만 마치 석기 시대 원시인들이 자신의 부적을 맹신하듯 퀸 경감을 숭배하는 주나는, 그 불행을 받아들이고 언젠가는 밝은 미래가 올 것이라고 믿었다.

제법 쌀쌀하고 습한 날씨였다. 엘러리와 퀸 경감은 외투 깃을 세우고 브로드웨이의 지하철역 쪽으로 걸어갔다. 두 사람 모두 여느 때와는 달리 말이 없었다. 하지만 부자의 닮은 듯 하면서도 다른 두 얼굴에는 무언가 잔뜩 기대하는 표정이 역력했다. 왠지 엄청난 것을 발견하게 될 것 같은, 다이내믹한 하루가 될 것 같은 예감이었다.

브로드웨이 거리는 쌀쌀한 아침 날씨 탓인지 사람들이 별로 없었다. 그들은 47번가를 지나 로마 극장 쪽으로 걸어갔다. 잠긴 휴게실 유리문 앞에서 볼품없는 외투를 입은 한 사내가 어슬렁거리고 있었다. 또 한 사내는 거리 쪽에 나 있는 철책에 한가로이 기대서 있었다. 극장 정문 앞에서 플린트와 얘기를 나누는 땅딸막한 루이스 팬저의 모습이 보였다. 팬저는 완전히 흥분한 상태였다.

"그럼, 이제 공연을 할 수 있는 겁니까? 정말 너무 반가운 소립니다."

팬저는 기뻐했다.

"반드시 그런 것만은 아닙니다, 팬저 씨."

퀸 경감이 미소를 지었다.

"열쇠는 가져왔나요? 잘 있었나, 플린트? 월요일 밤부터 수고하는군. 좀 쉬기는 했나?"

팬저는 묵직한 열쇠 꾸러미를 꺼내 휴게실 중앙문의 자물쇠를 열었다. 네 남자가 줄지어 안으로 들어갔다. 까무잡잡한 피부의 지배인은 곧 안쪽 문 자물쇠도 열었다. 어두운 객석이 그들 앞에 나타났다.

엘러리는 몸서리를 쳤다.

"메트로폴리탄 오페라하우스와 디도의 무덤을 빼놓고는 지금까지 내가 들어와 본 극장 가운데 가장 음산한 곳이군. 죽은 사람에게 걸맞은 무덤이야……."

아들처럼 문학적이지 못한 퀸 경감은 그 말에 뭐라 투덜거리며 아들을 어두운 객석으로 밀어 넣었다.

"어서 들어가거라. 네 말에 모두 겁먹겠다."

앞장선 팬저가 서둘러 전등 스위치를 넣었다. 순간 커다란 아크등과 샹들리에 불빛으로 극장 안의 모습이 드러났다. 엘러리의 기괴한 비유가 불러일으켰던 음산한 분위기도 사라졌다. 줄지어 늘어선 좌석에는 더러운 방수포가 덮여 있었고, 통로의 카펫 위에는 벌써 먼지가 뽀얗게 쌓여 그 위로 음산한 그림자가 줄무늬를 드리우고 있었다. 텅 빈 무대의 닳아빠진 하얀 벽은 붉은 벨벳 위의 얼룩처럼 보기 흉했다.

"팬저 씨, 미안하게 됐습니다만 조사를 위해서는 방수포를 벗겨야겠군요. 우리는 객석을 조사해볼 생각입니다."

퀸 경감이 관람석을 둘러보고는 팬저에게 유감스럽다는 듯이 말했다.

"플린트, 바깥에 있는 두 친구를 불러오게. 시민들에게서 세금을 받아먹고 있으니 열심히 일해야지."

플린트는 급히 나가 바깥을 감시하고 있던 두 형사를 데리고 돌아왔다. 퀸 경감의 지시로 방수포를 입힌 좌석 덮개 시트가 한쪽으로 젖혀지자 쿠션이 달린 의자들이 나타났다. 엘러리는 왼쪽 통로 쪽에 서서 주머니에서 작은 수첩을 꺼냈다. 수첩에는 월요일 밤 극장에서 써넣은 메모와 대충 그려놓은 약도가 있었다. 엘러리는 아랫입술을 깨물며 그것을 살피다가 가끔 시선을 들어 극장 구조를 살펴보았다.

퀸 경감은 팬저가 초조하게 서성거리는 곳으로 다가갔다.

"팬저 씨, 지금부터 두 시간쯤 이곳 작업이 아주 바빠질 것 같습니다. 그런데 인원을 좀 더 데려온다는 것을 깜박했지 뭡니까. 그래서 말인데, 당신이 조금 도움을 준다면 좋겠습니다."

"좋습니다, 경감님. 도움 되는 일이라면 기꺼이 하겠습니다."

키가 작달막한 지배인이 대답했다.

퀸 경감은 기침을 한 번 하더니 변명하듯 설명했다.

"심부름꾼으로 여기는 것은 아니니까 너무 불쾌하게 생각하지 마십시오. 저기 있는 친구들은 수사에 베테랑들이라 이곳에서 뺄 수 없는 처지인데, 지금 이 사건을 다른 각도에서 조사하고 있는 검찰 쪽 사람에게서 어떤 서류를 받아오지 않으면 안 될 상황이거든요. 그래서 하는 부탁인데, 당신이 검찰 직원 크로니 씨를 만나 내 메모를 전해주고, 그쪽에서 건네주는 꾸러미를 받아왔으면 좋겠습니다. 정말 미안한 부탁입니다."

퀸 경감은 이 부분에서 목소리를 낮추었다.

"아무나 보낼 수 없는 일입니다. 일이 이렇게 되어서 몸 둘 바를 모르겠습니다. 정말 사정이 이렇게 되어서······."

팬저는 퀸 경감이 무슨 말을 하는지 금세 알아차리고는 미소를 지었다.

"더 말씀하시지 않아도 알겠습니다, 경감님. 무슨 일이든 맡겨주십시오. 메모가 필요하시다면 사무실에 종이가 있으니까 그걸 쓰십시오."

두 사람은 팬저의 사무실로 들어갔다가 오 분 뒤 다시 관람석에 나타났다. 팬저는 밀봉된 편지를 들고 급히 나갔다. 퀸 경감은 지배인이 떠나는 것을 보고는 한숨을 내쉬며 엘러리를 돌아보았다. 엘러리는 필드가 피살된 좌석 팔걸이에 멍하니 앉아 연필로 그린 도면을 뚫어지게 보고 있었다.

퀸 경감이 아들에게 두세 마디 속삭이니 엘러리가 미소를 지으며 아버지의 등을 토닥였다.

"그럼, 이제 일을 시작할까, 엘러리? 아 참, 지배인에 필립스 부인과 연락이 되었는지 물어보는 것을 깜박 잊었군. 아마 연락이 되었겠지. 그렇지 않다면 무슨 말이든 했을 테니까. 그런데 대체 그 여잔 어디 있지?"

퀸 경감은 다른 두 형사를 도와 방수포를 걷어내던 플린트를 손짓으로 불렀다.

"플린트, 요즘 유행하는 허리 굽히기 체조를 한번 해줘야겠네. 발코니로 올라가 해보게나."

"뭘 찾으시는 겁니까, 경감님? 오늘은 뭔가 찾아야 하지 않겠습니까?"

어깨가 떡 벌어진 플린트가 싱글거리며 말했다.

"모자를 찾는 거야. 멋쟁이들이 쓰는 고급 실크 모자 말이야. 하지만 다른 것을 찾게 되더라도 목청껏 소리 질러 보고하게."

플린트는 발코니를 향해 널찍한 대리석 층계를 뛰어 올라갔다. 그 뒷모습을 지켜보며 퀸 경감이 머리를 내저었다.

"저 친구, 실망하게 되겠지."

그러고는 엘러리를 향해 말했다.

"하지만 그곳에 아무것도 없다는 사실을 확인해두지 않으면 안 돼. 월요일 밤 발코니로 통하는 층계를 지키고 서 있던 안내인 밀러의 이야기가 사실이었다는 것을 말이야. 자 이리 와라, 이 게으름뱅이야!"

엘러리는 못 이기는 척하며 외투를 벗고, 메모하던 것을 주머니에 넣었다. 퀸 경감도 코트를 벗어 던지고 아들을 이끌고 통로로 내려갔다. 두 사람은 나란히 관람석 맨 앞쪽의 악단석에서부터 조사를 시작했다. 거기서는 아무것도 발견할 수 없었다. 다시 관람석으로 나와 엘러리는 왼쪽을, 퀸 경감은 오른쪽을 차근차근 뒤져나갔다. 좌석을 들어 올려보기도 하고 기다란 바늘로 장밋빛 쿠션을 찔러보기도 했다. 무릎을 꿇고 앉아 손전등으로 카펫을 구석구석 비춰보기도 했다.

방수포를 완전히 걷어낸 두 형사도 퀸 경감의 지시를 받아 서쪽을 조사하기 시작했다. 엘러리는 민첩하고 능률적으로 일했으나, 퀸 경감은 그보다 동작이 조금 느렸다. 그런 식으로 한 줄을 다 조사하면 중간 지점에서 서로 얼굴이 마주쳤다. 그러면 서로 의미 있는 시선을 주고받으며 머리를 크게 가로젓고는 다시 다음 줄을 조사해나갔다.

팬저가 떠나고 이십 분쯤 지났을 무렵, 조사에 열중해 있던 퀸 경감과 엘러리는 갑자기 울리는 전화벨 소리에 깜짝 놀랐다. 그 소리는 조용한 정적을 가르며 혼비백산할 만큼 날카롭게 울려 퍼졌다. 두 사람은 멈칫하며 서로를 쳐다보았다. 이윽고 퀸 경감이 크게 웃음을 터뜨리며 통로를 지나 팬저의 사무실 쪽으로 무거운 걸음을 옮겼다.

잠시 뒤 퀸 경감이 빙그레 웃으며 되돌아왔다.

"팬저인데, 필드의 사무실에 갔더니 문이 잠겨 있다더구나. 그럴 수밖에……. 아직 9시 15분이니까. 하지만 크로닌이 올 때까지 기다리라고 일러두었다. 뭐, 그리 오래 걸리지는 않을 거야."

엘러리도 빙긋 웃었다. 두 사람은 다시 일을 시작했다.

십오 분쯤 지나 두 사람이 일을 거의 마칠 즈음, 중앙 출입구가 열리고 검은 옷차림의 키 작은 중년 부인이 들어왔다. 그녀는 아크등 불빛이 눈이 부신지 계속 눈을 깜박거렸다. 퀸 경감은 재빨리 그녀 앞으로 다가가 상냥하게 말을 건넸다.

"필립스 부인이시지요? 이렇게 일찍 나와주셔서 정말 고맙습니다. 여기 내 아들 엘러리는 이미 알고 계시리라 믿습니다만……."

엘러리는 평소 좀처럼 보이지 않는 상냥한 미소를 지으며 인사를 했다. 필립스 부인은 우아한 자태를 갖춘 전형적인 중년 부인이었다. 자애로운 어머니를 연상시키는 그녀의 모습에 퀸 경감은 잠시 마음을 빼앗겼다. 그는 평소 중년 부인 앞에서는 마음이 여려지는 약점이 있었다.

"네, 물론 알고 있어요. 월요일 밤에는 이 늙은이에게 아주 친절하게 대해주셨지요. 오래 기다리시게 하지나 않았는지 모르겠군요."

그녀가 손을 내밀며 말했다.

그러고는 퀸 경감 쪽을 돌아보며 상냥하게 말을 이었다.

"팬저 씨가 오늘 아침에 사람을 보내 연락을 주셨어요. 전 전화가 없거든요. 무대에 있을 때는 늘 집을 비우기 때문에……. 하지만 될 수 있는 한 서둘러서 왔답니다."

퀸 경감은 그 소리를 듣고 과장되게 활짝 웃어 보였다.

Part Three

"아닙니다. 이 정도면 무척 빨리 오신 겁니다, 필립스 부인."

"아버지, 말이 청산유수십니다."

엘러리가 웃음 띤 얼굴로 말했다.

"객석의 나머지 일을 아버지에게 맡겨도 괜찮겠죠? 저는 필립스 부인과 잠깐 이야기할 것이 있거든요. 그럴 만한 체력은 되시겠죠, 아버지?"

"체력이 되느냐고?"

퀸 경감은 콧방귀를 뀌었다.

"그깟 일로 내가 지칠 것 같으냐? 필립스 부인, 엘러리에게 협조 좀 해주시면 고맙겠습니다."

은발의 필립스 부인이 미소를 지었다. 엘러리는 부인의 팔을 잡고 무대 쪽으로 걸어갔다. 퀸 경감은 두 사람의 뒷모습을 부러운 듯 한동안 바라보다가 어깨를 으쓱하고는 다시 하던 일을 계속했다. 잠시 뒤 허리를 펴고 보니 엘러리와 필립스 부인이 무대 위에 앉아 마치 배우가 무대 연습이라도 하듯 열심히 이야기를 나누고 있었다. 퀸 경감은 천천히 좌석 사이를 누비며 열심히 자기 일에 몰두했다. 그러나 아무런 수확도 없이 마지막 두세 줄에까지 이르렀다. 그는 실망한 듯 고개를 설레설레 내저었다. 그가 다시 고개를 들고 바라보니 무대 위는 텅 비어 있었고, 엘러리와 부인의 모습은 보이지 않았다.

퀸 경감은 마침내 '좌측 LL32'번 좌석까지 왔다. 몬테 필드가 죽은 자리였다. 그는 쿠션을 샅샅이 조사했지만 눈가에는 체념의 빛이 역력했다. 그는 혼잣말을 중얼거리며 천천히 관람석 뒤쪽으로 나온 다음 팬저의 사무실로 들어갔다. 이삼 분 뒤 다시 그곳을 나와 홍보 담당자 해리 닐슨의 사무실인 칸막이 방으로 들어갔다. 그리고 그 방에서 한참 동안 머물다가 매표구로 갔다. 거기서 일을 마치자, 그는 문을 닫고 객석 아래층에 있는 일반 휴게실로 통하는 관람석 오른편 층계를 천천히 내려갔다. 거기서 오랫동안 벽이나 움푹 들어간 곳, 또는 쓰레기통 같은 것들을 빈틈없이 조사했다. 쓰레기통들은 속까지 모두 뒤졌다. 그러고는 분수 바로 밑에 놓인 커다란 수반을 의심 어린 눈길로 바라보았다. 하지만 거기에도 별다른 것을 발견하지 못하자 천천히 걸음을 옮겼다.

퀸 경감은 한숨을 깊이 내쉬며 '숙녀용'이라는 금박 글자가 쓰인 문을 밀고 안으로 들어갔다. 그곳을 나온 후에는 '신사용'이라고 표시된 문을 밀어 젖히며 안으로 들어갔다.

아래층의 정밀 수사가 끝나자 퀸 경감은 다시 층계를 터벅터벅 올라왔다. 지배인인 팬저가 흥분된 얼굴에 자랑스러운 미소를 띠고 객석 쪽에 서 있었다. 작달막한 지배인은 갈색 종이에 싸인 작은 꾸러미를 안고 있었다.

"크로닌 씨를 만났군요, 팬저 씨!"

퀸 경감이 빠른 걸음으로 다가가며 말했다.

"정말 수고 많으셨습니다. 뭐라고 고맙다고 말을 해야 할지……. 이게 그 꾸러민가요?"

"그렇습니다. 크로닌 씨는 아주 친절한 분이더군요. 경감님께 전화하고 난 후 그리 오래 기다리지도 않았습니다. 크로닌 씨는 스토츠와 르윈이라는 사람과 함께 오셨더군요. 저를 십 분도 채 기다리게 하지 않았습니다. 그 꾸러미가 도움이 된다면 좋겠습니다만……."

지배인은 미소를 지으며 보고를 계속했다.

"저도 수사에 도움을 주었다는 기쁨을 맛보고 싶군요, 퀸 경감님."

Part Three

"도움이 되었으면 좋겠다고요? 얼마나 중요한 것인지 상상도 못 할 겁니다. 다음에 자세히 말씀드리지요. 그럼 잠시 실례하겠습니다, 팬저 씨."

지배인의 손에서 꾸러미를 받아들며 경감이 말했다.

팬저는 좀 실망스럽다는 표정으로 고개를 끄덕였다. 퀸 경감은 빙그레 웃으며 어두컴컴한 구석으로 내려갔다. 팬저는 어깨를 움츠리며 사무실로 모습을 감췄다.

팬저가 모자와 코트를 사무실에 두고 다시 나왔을 때 퀸 경감은 꾸러미를 주머니에 집어넣고 있었다.

"바라시던 것을 손에 넣으셨습니까?"

팬저가 물었다.

"아, 물론이죠. 자, 엘러리는 아직 안 보이는 것 같으니 돌아올 때까지 당신 사무실에서 잠깐 기다리기로 할까요?"

퀸 경감은 손을 비비며 말했다.

두 사람은 팬지의 방으로 들어가 자리에 앉았다. 지배인은 기다란 터키산 담배를 꺼냈고 퀸 경감은 코담배에 손을 댔다.

"주제넘은 질문인지 모르겠습니다만 수사는 어떻게 돌아가고 있습니까, 경감님?"

팬저는 짧고 굵은 다리를 포개며 담배 연기를 내뿜었다. 퀸 경감은 풀 죽은 얼굴로 고개를 저었다.

"난항을 겪고 있습니다. 이런 식으로 하다가는 아무런 단서도 잡지 못할까 봐 두렵습니다. 그리 감출 일도 아니지만, 우리가 찾고 있는 어떤 물건이 손에 들어오지 않는 이상 수사는 실패로 끝날지도 모르거든요. 정말 상당히 애먹고 있어요. 이렇게 골치 아픈 사건은 처음입니다."

퀸 경감은 미간을 찌푸리며 코담뱃갑을 닫았다.

"안됐습니다, 경감님."

팬저는 진심으로 안됐다는 듯 혀를 찼다.

"저는 단지……, 이런 걸 물어서 어떨지 모르겠는데……. 지금, 경감님이 찾고 계시는 물건이 무엇입니까? 괜찮으시다면 알려주실 수 없을까요?"

퀸 경감의 표정이 밝아졌다.

"알아서 나쁠 건 없겠죠. 오늘 아침 큰 신세를 지기도 했고. 아니, 내 정신 좀 보게. 지금까지 그걸 생각하지 못했다니……. 나도 이젠 늙었나 보군요."

팬저는 호기심에 찬 표정으로 퀸 경감 앞으로 몸을 내밀었다.

"언제부터 이 로마 극장에서 일했습니까, 팬저 씨?"

지배인이 눈초리를 치켜세웠다.

"이 극장이 생겼을 때부텁니다. 그 전에는 43번가에 있는 오래된 일렉트라 극장에서 지배인으로 일했습니다. 거기도 소유주가 고든 데이비스였죠."

퀸 경감은 뭔가 생각에 잠긴 모습이었다.

"그렇다면 당신은 이 극장에 대해 하나에서 열까지 모두 알고 있겠군요. 이 건물을 설계한 건축가만큼 건물 구조에도 밝겠지요?"

"그렇다고 할 수 있습니다. 웬만큼은 알고 있습니다."

팬저는 몸을 뒤로 젖히며 답했다.

"그거 잘됐군요. 그렇다면 당신이 만일 이 건물 어딘가에, 아무리 샅샅이 뒤져도 결코 발견되지 않을 자리에, 예를 들면 실크 모자 같은 것을 감추려고 한다면 어떻게 하겠습니까? 어디에 숨기겠느냐 이 말입니다."

팬저는 생각에 잠긴 듯이 담배를 바라보며 얼굴을 찡그렸다.

"참 묘한 질문이군요, 경감님. 무척 대답하기 어려운데요. 저는 이 극장 구조를 잘 알고 있습니다. 건축이 시작되기 전에 설계자와 서로 상담했으니까요. 그렇기 때문에 분명히 말씀드릴 수 있습니다만, 설계도에 그런 중세풍의 장치, 예를 들어 감춰진 통로라든가 비밀스러운 방 같은 것은 전혀 없습니다. 실크 모자같이 비교적 작은 물건이라면 감출 만한 자리는 많지만, 철저히 뒤져서 발견되지 않을 장소는 한 군데도 없습니다."

"그렇군요. 잘 알았습니다. 그럼, 그것도 헛일이었군요. 당신도 알다시피 우리는 이 건물 안을 구석구석 조사했어요. 하지만 아무것도 발견하지 못했거든요."

퀸 경감이 실망한 듯 말했다.

문이 열리고 엘러리가 묘한 미소를 띠며 들어섰다. 퀸 경감은 호기심 어린 눈으로 그를 흘끗 바라보았고, 팬저는 그들을 위해 자리를 피하려는 듯 머뭇머뭇 일어섰다. 그 순간 퀸 부자 사이에 의미 있는 시신이 오갔다.

"괜찮아요, 팬저 씨. 그냥 있어도 됩니다. 당신에게는 아무것도 숨길 게 없으니까."

퀸 경감이 분명한 태도로 명령하듯 말했다.

팬저는 다시 자리에 앉았다.

"어떻습니까, 아버지. 팬저 씨에게 오늘 밤부터는 극장 문을 다시 열어도 좋다는 말씀을 하셔도 되지 않겠어요? 오늘 밤부터 다시 공연해도 된다고 허락하기로 했잖아요?"

엘러리는 책상에 걸터앉아 코안경을 만지작거리며 말했다.

"아 참, 깜박 잊고 있었구나."

퀸 경감은 그런 말을 한 적이 없었지만 시치미를 떼며 말했다.

"팬저 씨, 극장의 폐쇄 명령을 취소하겠습니다. 여기서는 더 나올 게 없으니까요. 더는 우리가 영업을 방해할 이유가 없겠죠. 오늘 밤부터 공연을 해도 좋습니다. 사실 우리도 연극이 시작되길 간절하게 바라고 있습니다. 그렇지, 엘러리?"

"간절하게 바란다고요? 그 정도 표현으로는 부족한데요. 제발 공연을 해달라고 부탁해야 옳을 겁니다, 아버지."

엘러리가 담뱃불을 붙이며 말했다.

"네 말이 맞다. 제발 공연을 해주셨으면 좋겠습니다, 팬저 씨."

퀸 경감이 엄숙하게 말했다.

지배인은 얼굴에 환한 미소를 감추지 못한 채 의자에서 벌떡 일어나 소리쳤다.

"정말 고맙습니다. 곧 데이비스 씨에게 전화해 이 기쁜 소식을 알리겠습니다. 물론……."

지배인은 고개를 숙였다.

"갑자기 문을 열게 되었으니 오늘 밤 손님은 그리 기대할 수 없겠지만요. 어차피 그 사실을 알릴 시간도 없으니까요."

"그 점은 염려할 것 없습니다, 팬저 씨. 우리 쪽에서 폐쇄시킨 것이니까 오늘 밤에는 우리가 그 보상을 하겠습니다. 신문사에 전화해서 그 사실을 알려드리지요. 아마 뜻밖의 큰 선전이 될 겁니다. 광고료도 들지 않으면서 말입니다. 호기심 때문에 초만원이 될지도 모르죠."

"이렇게 친절을 베풀어주시다니……. 제가 더 도울 일이 있으면 말씀해주십시오."

팬저는 손을 비비며 말했다.

"한 가지 잊은 게 있습니다, 아버지."

엘러리가 끼어들었다. 그러고는 가무잡잡하고 키가 작달막한 지배인을 돌아보았다.

"팬저 씨, 오늘 밤 좌측 LL32번과 LL30번 좌석표를 팔지 말아주었으면 합니다. 아버지와 제가 오늘 연극을 보고 싶어서 그렇습니다. 실은 아직 못 보았거든요. 물론 우리 신분은 절대 비밀로 해두십시오. 사람들의 관심을 끄는 건 딱 질색이니까요. 극장 측에도 비밀로 해주십시오."

"알겠습니다. 그렇게 하고말고요. 매표 담당자에게 일러서 입장권을 남겨두겠습니다."

팬저가 상냥하게 대답하고는 재차 확인을 했다.

"경감님, 틀림없이 신문사에 전화해주실 거죠?"

"물론입니다."

퀸 경감은 수화기를 들어 시내 몇몇 신문사 편집국장을 불러내 능숙한 말솜씨로 목적을 달성했다. 그 일이 끝나자 팬저는 두 사람에게 고맙다는 인사를 하고 여기저기 전화를 걸었다.

퀸 부자가 객석으로 돌아가자 플린트와 좌석 수사를 맡았던 두 형사가 그들을 기나리고 있었다.

퀸 경감이 그들에게 지시를 내렸다.

"자네들은 극장 주변의 경계를 맡아주게. 특히 오후에는 정신 바짝 차리도록 해……. 뭐 찾아낸 건 없나?"

"차라리 카나시*브루클린의 한 구역 —옮긴이*에 가서 조개를 잡는 게 낫겠습니다. 저는 월요일 밤에도 같은 지시를 받았습니다. 만약 오늘 뭔가 발견했다면 그때 일을 소홀히 했다는 것이 되겠죠. 위층의 좌석들을 이 잡듯이 뒤졌습니다만 아무것도 없더군요. 저는 그냥 밖에 나가서 순찰이나 돌고 싶습니다."

플린트가 찡그린 얼굴로 투덜거렸다.

퀸 경감이 덩치 큰 형사의 어깨를 두드렸다.

"도대체 왜 그러나? 어린아이처럼 굴면 못써, 플린트. 자네 기분은 이해하네. 그래 자네들은 뭘 좀 알아냈나?"

퀸 경감이 다른 두 형사를 향해 물었다. 두 사람은 찌푸린 표정으로 고개를 가로저었다.

얼마 후, 퀸과 엘러리는 택시를 잡아타고 경찰청으로 가면서 긴장을 풀었다. 퀸 경감은 자동차 승객석과 운전석 사이의 칸막이 유리를 조심스럽게 닫았다. 엘러리는 골똘히 생각에 잠긴 채 담배를 피우고 있었다.

"엘러리, 팬저의 사무실에서 왜 그런 장난을 쳤는지 이제 이 늙은 아비도 알아들을 수 있게 설명해다오."

퀸 경감이 아들을 바라보며 물었다. 엘러리는 대답하기 전에 차창 밖을 내다보았다.

"말씀드리죠. 아버지는 오늘 아무것도 찾아내지 못했어요. 다른 사람들도 마찬가지였죠. 그리고 저 역시 실패했습니다. 그렇다면 다음과 같은 점을 미리 머리에 넣고 일에 착수해야 할 겁니다. 즉 몬테 필드가 월요일 밤 〈건플레이〉가 공연되기 전에 쓰고 있었고, 2막이 시작되었을 때 무릎에 올려놓고 있었던 것이 분명히 목격되었으며, 범행 후 범인이 가져갔다고 추정되는 모자는 지금 로마 극장에 없다는 결론 말입니다. 따라서……"

퀸 경감은 미간을 찌푸리며 아들을 지켜보았다.

"따라서 십중팔구 필드의 실크 모자는 이미 존재하지 않습니다. 저는 이 말에 제 팰코너 초판본을 걸겠습니다. 아버지는 코담뱃갑을 거세요. 그 모자는 지금쯤 재로 바뀌어 시청 쓰레기 처리장에 있을 겁니다. 이것이 첫 번째 문제죠."

"그래서?"

퀸 경감이 명령하듯 다음 말을 재촉했다.

"두 번째 문제는 유치할 만큼 단순한 겁니다. 그럼에도 우리는 갈피를 못 잡고 있어요. 필드의 모자가 월요일 밤 이래로 로마 극장에 없었다고 하면, 당연히 그날 밤 언젠가 극장에서 반출된 것이 틀림없다는 거죠."

엘러리는 이야기를 중단하고 뭔가 생각에 잠긴 모습으로 차창 밖을 바라보았다. 42번가와 브로드웨이의 교차로에서 순경이 교통정리를 하고 있었다.

엘러리는 계속 말을 이었다.

"그런데 사흘 동안이나 우리를 지치도록 뛰어다니게 한 것, 즉 우리가 찾고 있는 모자는 과연 로마 극장을 빠져나갔을까요? 이 점은 이미 결론이 나와 있어요. 변증법적으로 말해 모자는 빠져나갔습니다. 살인이 일어난 날 밤 로마 극장에서 빠져나간 거죠. 그렇다면 우리는 더욱 중대한 문제에 부딪치게 되는 셈이에요. 언제 어떻게 빠져나갔느냐 하는 문제 말이죠."

엘러리는 담배를 한 모금 빨더니 빨간 담뱃불을 바라보았.

"우리는 그날 밤 모자를 두 개 가지고 있거나, 또는 모자 없이 극장을 나간 사람이 하나도 없다는 것을 알고 있어요. 극장에서 나간 사람 가운데 흐트러진 옷차림을 한 사람은 하나도 없었고요. 다시 말해 정장한 남자면서 중절모를 썼던 사람이 없었던 것처럼, 실크 모자에 평상복을 입은 사람도 없었단 겁니다. 아시겠지만, 그런 점에서 의문스러운 사람이 없었다는 것을 인정하지 않을 수 없죠. 그렇게 해서 우리는 어쩔 수 없이 세 번째 결론에 이르게 됩니다. 다시 말해 필드의 모자는 아주 자연스럽게 극장에서 빠져나갔다는 거죠. 즉, 누군가 정장을 잘 차려입은 남자가 자기 머리에 그것을 쓰고 나갔다는 겁니다."

날카로운 관심을 가지고 이야기를 듣던 퀸 경감은 잠시 엘러리가 말한 것을 골똘히 생각했다. 그리고 진지한 목소리로 말했다.

"뭔가 실마리가 풀릴 것 같기도 하구나, 엘러리. 누군가가 몬테 필드의 모자를 쓰고 극장을 빠져나갔단 말이지? 그것은 상당히 앞선 생각이다. 그러나 한 가지, 다음 질문에 대답해보렴. 그럼 그놈이 자기 모자는 과연 어떻게 했을까 하는 문제다. 모자를 두 개 가지고 나간 사람이 아무도 없었거든."

그러자 엘러리가 미소 지었다.

"이제 수수께끼의 핵심에 접근하셨군요. 하지만 그것은 잠시 뒤로 미루겠습니다. 아직 여러 가지 생각해봐야 할 점이 많으니까요. 예를 들면 몬테 필드의 모자를 쓰고 나간 사나이가 진짜 범인인지, 공범자인지 말이에요."

"무슨 생각을 하는지 알겠다. 계속해봐."

퀸 경감이 중얼거리듯 말했다.

"만약 그 사내가 범인이었다면 범인이 남자라는 것이 증명되는 것이고, 그날 밤 정장을 입고 있었다는 사실도 명백해집니다. 이 정도를 알아냈다고 해서 수사에 크게 도움이 되지는 않을 거예요. 정장 차림의 사내가 그날 수십 명이나 왔으니까요. 그리고 실크 모자를 쓰고 나간 사나이가 단순 공범자였다면, 범인이 다음 경우 가운데 한 가지에 속한다고 볼 수 있어요. 즉, 평상복을 입은 남자나 여자 말입니다. 그런 사람들은 실크 모자를 쓸 수 없기 때문이죠."

퀸 경감은 가죽 쿠션에 몸을 깊숙이 묻으면서 소리 내어 웃었다.

"엘러리, 너는 억지 추리를 늘어놓고 있구나. 나는 지금 너에게 무척 감탄하고 있단다. 왜냐고? 네가 이처럼 신이 나 우쭐

대는 것이 재미있어서 말이다. 하지만 이야기는 아까부터 조금도 진전되지 않고 있어. 내가 물은 것은 네가 팬저의 사무실에서 왜 연극을 꾸몄느냐는 것이다."

엘러리가 몸을 앞으로 숙이자 퀸 경감도 목소리를 낮췄다. 두 사람은 택시가 경찰청 앞에 멈출 때까지 소곤소곤 이야기를 계속했다.

퀸 경감은 엘러리와 함께 어두컴컴한 복도를 성큼성큼 걸어 조그만 사무실에 들어섰다. 그러자마자 벨리 경사가 그 앞을 가로막고 큰 소리로 말했다.

"실종되신 줄 알았습니다, 경감님. 조금 전에 스토츠라는 애송이가 우거지상을 지으면서 왔다 갔습니다. 크로닌은 필드 사무실에서 머리카락을 쥐어뜯고 있다더군요. 범죄 사실을 뒷받침할 만한 단서를 서류 속에서 찾을 수 없었답니다."

퀸 경감이 부드러운 말투로 그를 달랬다.

"내버려두세, 내버려둬. 토머스. 나는 죽은 놈 따위를 감방에 집어넣는 그런 시시한 문제에는 참견하고 싶지 않아. 엘러리와 나는……."

그때 전화벨이 울렸다. 퀸 경감이 얼른 탁자의 수화기를 집어들었다. 전화 목소리를 듣는 동안, 그의 얼굴에는 긴장이 풀어지고 다시 주름이 잡혔다. 엘러리는 주의를 집중해 아버지를 지켜보았다.

전화기에서 다급한 사나이의 목소리가 들려왔다.

"경감님! 해그스트롬입니다. 지금 몹시 급한 상황이라 긴 말씀은 드릴 수 없습니다. 오늘 아침 내내 안젤라 루소를 미행하느라 혼났습니다. ……그렇지만 미행을 참 잘 했다는 생각이 듭니다……. 삼십 분쯤 전에 그 여잔 저를 따돌렸다고 생각한 모양인지 택시를 타고 번화가로 달렸습니다……. 그런데 말입니다, 경감님. 지금부터 꼭 삼 분 전에 그녀가 벤저민 모건의 사무실로 들어가는 것을 보았습니다."

"지켜 섰다가 나오거든 바로 붙잡아."

퀸 경감이 소리쳤다.

그는 수화기를 거칠게 내려놓더니 천천히 엘러리와 벨리 경사를 돌아보며 해그스트롬의 보고를 들려주었다. 엘러리가 깜짝 놀라 얼굴을 찌푸리는 모습은 정말로 볼만했다. 벨리는 신이 나는 것 같았다. 그러나 퀸 경감의 목소리는 경련하듯 떨렸다. 그는 실망한 표정으로 회전의자에 주저앉았다.

"그런 줄은 몰랐군……."

퀸 경감이 신음하듯 중얼거렸다.

Part Three

15
이 장에서는 고발이 이루어진다

해그스트룀 형사는 냉담한 남자였다. 그는 인내를 미덕으로 여기고 극기를 우상으로 삼으며 노르웨이 산골에서 살아가던 조상의 피를 물려받았다. 그럼에도 불구하고 매던 빌딩 20층의 번쩍번쩍 빛나는 대리석 벽에 기대어 서 있을 때 그의 심장은 예전보다 아주 약간 빠르게 고동쳤다. 그에게서 9미터쯤 떨어진 곳의 청동과 유리로 된 문에는 다음과 같은 이름표가 붙어 있었다.

벤저민 모건
변호사

그는 초조하게 발을 이리저리 바꾸어 디디며, 씹는담배를 연신 질겅질겅 씹어댔다. 솔직히 말해 해그스트룀 형사는 경찰 내에서도 다채로운 경험을 쌓아온 인물이었지만, 여자 어깨에 손을 얹고 체포해본 적은 한 번도 없었다. 그렇기 때문에 그는 퀸 경감의 명령을 받고는 긴장했다. 게다가 체포하려는 여자가 거칠다는 것을 알았기 때문에 더욱 주저할 수밖에 없었.
그의 염려는 곧 현실로 나타났다. 복도에서 이십 분가량 기다리자 문이 열리면서 안젤라 루소가 나타났다. 혹시 다른 데로 빠져나가지 않았는지 해그스트롬이 한창 걱정하고 있을 때였다. 그녀는 최신 유행의 트위드 앙상블 차림에 짙은 화장을 했는데, 숙녀답지 못한 태도가 이미 몸에 밴 탓인지 멋진 옷차림이 그녀와는 어울리지 않았다. 그녀는 핸드백을 흔들며 엘리베이터 쪽으로 재빨리 걸어갔다. 해그스트롬은 손목시계를 흘끗 보았다. 11시 50분이었다. 조금만 있으면 점심시간일 테고, 그렇다면 건물 안 사무실에서 사람들이 떼 지어 나올 것이다. 될 수 있으면 아무도 없는 복도에서 조용히 체포하고 싶었다.

해그스트롬은 허리를 쭉 펴고 오렌지색과 파란색이 섞인 넥타이를 고쳐 맨 다음, 제법 침착한 태도로 다가오는 여자를 향해 걸어갔다. 그 여자는 형사의 모습을 보자 주춤거렸다. 해그스트롬은 그녀에게 다가섰다. 그러나 안젤라 루소는 침착한 태도를 보이며 고개를 뻣뻣이 쳐들고 다가왔다.

해그스트롬은 커다랗고 붉은 손으로 그녀의 팔을 움켜잡았다.

"무슨 일인지 알고 있겠지? 함께 가줘야겠소. 소란 피우면 수갑을 채우겠어."

그가 날카로운 목소리로 말했다.

루소는 형사의 손을 뿌리쳤다.

"어머, 정말 무례하군요. 나를 어떻게 하려는 거죠?"

해그스트롬이 눈을 크게 떴다.

"발뺌하려 하지 마시오! 순순히 따라오는 게 좋을 거요!"

그의 손가락이 엘리베이터의 내려가는 버튼을 거칠게 눌렀다.

"날 체포하려는 건가요? 하지만 체포 영장이 필요할 텐데요."

루소는 형사를 요염한 눈으로 바라보며 간지럽게 말했다.

"말이 많군. 체포하는 게 아니라 경찰청에 가서 퀸 경감님과 몇 마디만 나누면 되는 거요. 얌전히 따라오시오. 그렇지 않으면 경찰차를 불러 강제 연행할 테니."

형사가 고함쳤다.

불이 켜지고 엘리베이터가 멈췄다. 엘리베이터 승무원이 낭랑한 목소리로 "내려갑니다." 하고 말했다. 안젤라 루소는 머뭇거리며 승무원과 해그스트롬을 곁눈질하더니 결국 엘리베이터 안으로 발을 들여놓았다. 형사의 손이 그녀의 팔꿈치를 꽉 움켜쥐고 있었다. 두 사람은 호기심에 찬 몇 사람들의 시선을 받으며 묵묵히 아래로 내려갔다.

해그스트롬은 영 꺼림칙했지만 어쨌거나 마음을 단단히 먹었다. 옆에서 얌전히 따라 걷고 있는 안젤라 루소의 가슴속에서 폭풍우가 몰아치고 있다는 사실은 대략 눈치챌 수 있었다. 그들이 나란히 경찰청으로 향하는 택시를 잡고 좌석에 앉을 때까지 해그스트롬은 꽉 쥔 루소의 팔을 놓지 않았다. 루소는 붉은 입술로 굳은 미소를 지었으나, 짙은 화장 아래로는 얼굴이 창백하게 실려 있었다. 그녀는 갑자기 해그스트롬 쪽으로 몸을 돌리고는 형사의 탄탄한 몸에 자신의 몸을 바짝 밀착시켰다.

"저, 형사 아저씨."

그녀가 달콤하게 속삭였다.

"100달러 드릴게요."

그녀는 손으로 핸드백을 더듬으며 말했다. 해그스트롬은 화가 났다.

"이봐요 아가씨, 지금 나한테 뇌물 주려는 거요? 이것도 보고해야겠는걸!"

그가 코웃음 치며 말했다.

그녀의 얼굴에서 미소가 사라졌다. 이윽고 차에 탄 그녀는 목적지에 닿을 때까지 아무 말 없이 운전수의 뒤통수만 바라보며 앉아 있었다. 그리고 경찰청 건물의 어두침침한 복도를 행군하는 병사처럼 걸어갈 때에 비로소 본성을 되찾았다. 해그스트롬이 퀸 경감의 사무실 문을 열자 그녀는 고개를 살짝 기울이고는 경찰 여죄수 감독관까지도 속아 넘어갈 만큼 쾌활한 미소를 지으며 안으로 들어갔다.

퀸 경감의 사무실은 햇빛이 잘 드는 기분 좋은 방이었다. 지금은 마치 신사 전용 사교 클럽의 회원용 방 같은 분위기마저 돌고 있었다. 엘러리는 긴 다리를 카펫에 편안하게 뻗고 앉아 《필적 감정법 완벽 가이드》라는 싸구려 책을 읽고 있었다. 담배 연기가 손가락 사이에서 조용히 피어올랐다. 벨리 경사는 아까부터 벽 쪽 의자에 우두커니 앉아 퀸 경감의 코담뱃갑을 넋 나간 듯 바라보고 있었다. 코담뱃갑은 퀸 경감의 엄지와 검지 사이에 살짝 쥐어져 있었다. 퀸 경감은 자신의 안락한 팔걸이의자에 앉아 꿈속 같은 은밀한 생각에 잠겨 빙긋이 웃고 있었다.

"어서 오십시오, 루소 씨."

퀸 경감이 자리에서 급히 일어나며 큰 소리로 외쳤다.

"토머스, 루소 씨에게 의자를 갖다드리게."

벨리는 묵묵히 퀸 경감의 책상 곁에 나무의자를 하나 갖다놓고 말없이 구석 자리로 물러갔다. 엘러리는 여자에게 눈길조차 보내지 않고 여전히 입술에 심오한 미소를 머금은 채 골똘히 책을 보고 있었다. 퀸 경감은 상냥한 태도로 루소를 향해 허리를 굽혔다.

루소는 이 평화로운 광경을 어이없다는 듯 둘러보았다. 위압적이고 엄격하며 거칠 것으로 짐작했던 사무실 분위기가 뜻밖에도 부드러워 당혹스러워하는 것 같았다. 그러나 일단 자리에 앉자 그녀는 다시 능숙한 태도로 숙녀다운 몸가짐에 쾌활한 미소를 머금었다.

해그스트롬은 문 안쪽에 서서 의자에 앉은 그녀의 옆얼굴을 못마땅한 듯 노려보았다.

"이 여자가 저를 100달러짜리 지폐로 매수하려 했습니다, 경감님."

순간 퀸 경감의 눈썹이 치켜 올라갔다.

"오, 이런. 루소 씨. 설마 이 모범적인 공무원에게 자기 의무를 잊어버리게 하는 그런 짓을 하지는 않았겠죠? 물론 그럴 리 없다고 생각합니다만……. 내가 그런 어리석은 생각을 하다니……. 해그스트롬, 자네가 아마 착각한 모양일세. 100달러 지폐라니……."

퀸 경감은 그녀가 딱하다는 듯이 말했다. 그러더니 회전의자에 몸을 깊숙이 묻으며 안됐다는 얼굴로 머리를 내저었다. 루소도 덩달아 미소를 지었다.

"경찰들은 왜 그런 착각을 하는지 모르겠군요. 참 이상해요, 경감님. 분명히 말씀드리지만 저는 이분에게 좀 장난을 쳤을 뿐이에요."

그녀는 애교 있는 목소리로 말했다.

"그렇군요."

퀸 경감은 그녀를 믿는다는 표정을 지어 보였다.

"해그스트롬, 그 얘기는 이것으로 끝내자고."

형사는 멍청히 입을 벌린 채 눈을 돌려 미소 짓는 여자를 바라보았다. 그래도 그녀의 머리 너머로 벨리 경사가 퀸 경감에게 윙크를 보내는 것을 알아차릴 만한 여유는 있었다. 그는 혼잣말을 중얼거리며 재빨리 밖으로 나갔다.

"그런데 루소 씨, 오늘은 무슨 용건이신지요?"

퀸 경감이 사무적인 말투로 물었다. 그러자 그녀는 어처구니 없다는 표정으로 퀸 경감을 바라보았다.

"어머, 저는 경감님이 절 만나고 싶어 하시는 줄 알았는데요."

그녀의 입술이 곧 다물어졌다. 그러곤 다시 새침하게 말했다.

"연극은 그만두세요, 퀸 경감님! 저는 자진해서 이런 곳에 오지는 않아요. 그 정도는 알고 계실 텐데요? 왜 저를 잡아들 인 거죠?"

그때 퀸 경감이 상대방의 말을 가로막았다.

"당신이 여기 온 데는 까닭이 있습니다. 자유의사로 온 게 아니라는 점은 인정합니다. 여기로 연행되어 온 것은 나에게 해 주어야 할 말이 있기 때문이지요. 알겠습니까?"

루소는 퀸 경감을 쏘아보았다.

"대체 어쩌려는 거죠? 제가 뭘 숨기고 있다는 건가요? 화요일 아침에 모두 말했을 텐데요."

퀸 경감은 인상을 찌푸렸다.

"그래요. 하지만 당신은 화요일 아침에 모든 걸 말하지는 않 았습니다. 당신은 벤저민 모건 씨를 알고 있죠?"

그녀는 꿈쩍도 하지 않았다.

"알겠어요. 그 점에 대해서는 시인하겠어요. 아까 그 형사가 모건의 사무실에서 나오는 저를 붙잡았으니까요. 하지만 그게 어쨌다는 거죠?"

그녀는 일부러 핸드백에서 분첩을 꺼내 콧등을 토닥거리기 시작했다. 그러면서 곁눈질로 엘러리를 살폈다. 엘러리는 아직 도 책에 빠져 있는 듯 그녀의 존재 따위는 안중에도 없는 것 같 았다. 그녀는 고개를 한 번 뒤로 젖히고는 퀸 경감 쪽으로 고쳐 앉았다.

퀸 경감은 그런 그녀를 한심한 눈길로 바라보았다.

"이봐요, 루소 씨. 내가 지적하려는 것은 지난번 내가 했던 질문에 당신이 거짓말을 했다는 거요. 경찰에게 거짓말을 하다니, 그건 너무나 위험한 발상이에요. 정말 위험한……."

"이것 보세요!"

그녀가 불쑥 말했다.

"아무리 그렇게 겁주는 말을 해도 소용없어요. 네, 그날 그 화요일 아침에 전 거짓말을 했어요. 그건 경찰이 이렇게 오래 내 뒤를 밟을 거라고는 생각하지 못했기 때문이죠. 그래서 도박을 해본 거예요. 그리고 전 그 도박에서 졌어요. 그래서 당신은 도대체 어찌 된 일인지 알고 싶다는 말씀이죠? 그 점은 말씀드릴 수 있어요. 어쩌면 또 거짓말을 할지도 모르겠지만……."

"그래요? 제멋대로 지껄여도 괜찮을 거라 생각하는 모양인데……. 루소 씨, 내 말을 새겨듣는 게 좋을 거요. 왜냐하면 잘못했다가는 당신의 아름다운 목에 둥근 밧줄이 걸릴지도 모르니까."

퀸 경감은 코웃음 치며 말했다.

"뭐라고요?"

그녀의 허세는 어디론가 사라지고 없었다. 하지만 그녀의 얼굴에는 교활한 표정이 흘렀다.

"경감님이 트집 잡을 일은 하나도 없을 거예요. 그건 잘 알고 계시겠죠? 그래요, 전 거짓말을 했어요. 하지만 그것으로 어쩌겠다는 거죠? 일이 이렇게 되었으니 거짓말한 사실은 인정해야겠죠. 모건의 사무실에서 무엇을 했는지도 얘기할 수 있어요. 그것이 당신에게 도움이 된다면 말이죠. 이래 봬도 저는 정직하다고요."

"그래요? 우린 당신이 오늘 아침에 모건 씨의 사무실에서 무슨 일을 했는지 이미 알고 있습니다. 따라서 그 점에 대해 말한다 해도 그리 대단한 일은 아닐 거요……. 나는 당신이 이렇게 자신을 파멸로 이끄는 것을 보고 뜻밖이라 생각했소. 루소 씨, 협박이란 아주 무거운 죄요."

퀸 경감은 그녀를 바라보며 씁쓸하게 말했다.

그녀의 얼굴이 파랗게 질렸다. 그녀는 엉덩이를 반쯤 들고 의자 팔걸이를 움켜잡았다.

"그 사람이 밀고했군요. 지사한 자식, 조금은 똑똑할 줄 알았는데……. 이제 더 많은 밀고거리를 안겨줄 테니 잘 새겨듣는 게 좋을 거예요."

그녀는 내뱉듯 말했다.

"이제 좀 얘기가 통하는군."

퀸 경감이 중얼거리며 다가앉았다.

"당신은 모건에 대해 어떤 것을 알고 있습니까?"

"그 남자에 대해서는 많은 것을 알고 있어요. 경감님, 저는 좋은 정보를 제공할 수 있어요. 그러면 연약한 여자에게 협박죄 같은 건 뒤집어씌우지 않겠죠?"

퀸 경감은 깜짝 놀란 표정을 지었다.

"무슨 그런 심한 말씀을. 하지만 나는 아무 약속도 할 수 없습니다. 그렇지만……."

퀸 경감은 몸을 일으켰다. 그러자 그녀는 뒤로 움찔하며 물러났다.

"우선 당신이 알고 있는 것을 말씀해주실까요?"

퀸 경감이 침착하게 말했다.

"일단 들어보고 나면 내가 어떻게 해야 할지 생각이 날 겁니다. 어떻게 도움을 줘야 할지를 말입니다. 자, 말해보십시오. 거짓말을 하지 말고 말입니다."

"난 당신이 고지식한 사람이라는 걸 잘 알아요, 경감님! 하지만 동시에 공평한 분이라고 믿고 있어요. 무엇을 알고 싶으시죠?"

그녀는 중얼거리듯 말했다.

"전부 다 알고 싶소."

"하지만 하나에서 열까지 모두 알지는 못해요."

그녀는 조금 침착성을 되찾은 목소리로 말했다.

잠깐의 침묵이 흐르는 동안 퀸 경감은 그녀를 찬찬히 살펴보았다. 루소가 모건을 협박했다는 말은 어둠 속에서 칼을 휘두르듯 별 의미 없이 한 행동이었지만, 그 칼은 성공적으로 목표를 찔렀던 것이다. 그러니 퀸 경감은 문득 의문에 휩싸였다. 퀸 경감이 처음에 생각했던 대로 안젤라 루소가 가진 패가 오로지 모건의 과거만이라고 생각하기엔 그녀의 태도가 지나치게 자신만만했다. 퀸 경감은 엘러리를 흘긋 쳐다보고는 아들의 눈이 책이 아닌 루소의 얼굴에 가 있는 것을 알아차리고 만족스러움을 느꼈다.

"경감님. 저는 누가 몬테 필드를 죽였는지 알고 있어요."

루소는 의기양양하게 말했다.

"뭐라고요?"

퀸 경감은 흥분해서 벌떡 일어났고, 엘러리는 의자에서 몸을 굽히며 날카롭게 그녀를 쏘아보았다. 그가 읽고 있던 책이 손에서 미끄러져 쿵 소리를 내며 바닥으로 떨어졌다.

"누가 몬테 필드를 죽였는지 알고 있단 말이에요."

루소는 자신의 말이 사람들에게 준 충격을 즐기며 되풀이해 말했다.

"벤저민 모건이에요. 저는 몬테가 피살되기 전날 밤 모건이 그를 협박하는 소리를 들었어요."

"오……."

퀸 경감은 신음을 내더니 다시 자리에 주저앉았다. 엘러리도 책을 주위들고 중단했던 《필적 감정법 완벽 가이드》를 다시 읽기 시작했다. 방 안에 또다시 정적이 감돌았다. 깜짝 놀란 퀸 부자를 지켜보던 벨리는 그들의 태도가 일시에 원래대로 되돌아오자 고개를 갸웃거렸다.

"제가 거짓말을 한다고 생각하는 모양이군요. 하지만 이건 거짓말이 아니에요. 그럼요. 저는 벤저민 모건이 일요일 밤에 몬테 필드를 죽여버리겠다고 말하는 것을 들었어요."

루소는 매우 신경질적으로 말했다.

퀸 경감은 침울한 표정을 지었다.

"당신 말을 의심하진 않습니다. 일요일 밤이 틀림없나요?"

"틀림없느냐고요? 틀림없는 사실이에요."

그녀의 목소리가 한층 높아졌다.

"장소는 어디였소?"

"필드의 아파트에서였어요. 저는 일요일 밤에 몬테와 함께 있었어요. 그때 몬테는 손님이 오리라는 것을 상상도 못했던 것 같아요. 왜냐고요? 우리가 함께 밤을 보낼 때는 손님을 부르지 않거든요……. 11시쯤 벨이 울리자 몬테는 깜짝 놀라면서 '빌어먹을! 누가 왔지?' 하고 말했어요. 그때 우린 거실에 있었죠. 몬테가 문으로 가니까 밖에서 남자 목소리가 들려왔어요. 저는 몬테가 다른 사람에게 나를 보이고 싶어 하지 않으리라 생각하고 얼른 침실로 들어가 문을 약간 닫았어요. 몬테가 그 남자를 돌려보내려고 애쓰는 것이 들리더군요. 그렇지만 손님은 거실로 들어오고 말았어요. 문틈으로 보니 모건이라는 남자였어요. 사실 그때는 누군지 몰랐지만 나중에 그들이 나누는 대화를 듣고 알 수 있었죠. 나중에 몬테도 모건이었다고 말했고요."

그녀는 말을 중단했다. 퀸 경감은 태연히 앉아 있었고 엘러리는 그녀의 말을 제대로 듣지 않는 것처럼 행동했다. 그녀는 될 대로 되라는 듯 다시 입을 열었다.

"그들은 삼십 분 정도 얘기를 했어요. 저는 지루해서 비명을 지를 뻔했죠. 모건은 끝까지 냉정을 잃지 않았어요. 제 짐작이지만 몬테는 어떤 중요한 서류를 모건에게 주는 조건으로 큰돈을 요구했던 모양이에요. 모건은 그런 큰돈을 가지고 있지도 않으며, 마련할 방법도 없다고 말하더군요. 그러자 몬테는 잔뜩 빈정거리면서 모건을 비열하게 대했어요. 몬테는 필요에 따라 엄청나게 비열해질 수 있는 사람이에요. 모건은 점점 흥분을 참지 못하더군요. 저는 그 사람이 화를 꾹 참고 있다는 것을 알 수 있었어요……."

"필드 씨가 왜 돈을 요구했죠?"

퀸 경감이 한마디 끼어들었다.

"저도 그 점이 궁금했어요. 두 사람 다 그 이유를 입에 올리는 것을 은근히 피하고 있었거든요……. 아무튼 몬테가 모건에게 팔려고 했던 것은 그 서류와 관계있는 어떤 것이었어요. 몬테가 모건의 어떤 약점을 잡고서 돈을 뜯으려 한다는 것은 바보가 아닌 이상 모를 리 없었을 거예요."

그녀는 퉁명스럽게 대답했다.

'서류'라는 말이 튀어나오자 엘러리의 관심이 되살아났다. 엘러리는 책을 내려놓고 귀를 기울이기 시작했다. 퀸 경감은 아들을 슬쩍 바라보고는 그녀에게 물었다.

"필드 씨는 돈을 얼마나 요구했죠, 루소 씨?"

"말해도 믿지 않을 거예요."

그녀는 거만하게 말했다.

"몬테는 조무래기가 아녜요. 그가 요구한 액수는 5만 달러였다고요."

퀸 경감은 동요하는 눈치를 조금도 보이지 않았다.

"그래서요?"

"그래서 그들은 그 문제로 다투었어요. 몬테는 점점 냉정해졌고, 모건은 점점 흥분했죠. 그러다 모건은 모자를 집어들더니 고함을 질렀어요. '이런 식으로 나간다면 난 끝장이야, 이 악당아! 마음대로 하라고. 더는 안 돼, 알겠어? 이젠 나도 끝이란 말이야!' 하고 말이죠. 그렇게 말하는 모건의 얼굴은 파랗게 질렸더군요. 그러나 몬테는 꿈쩍도 하지 않았어요. 다만 '마음대로 해보시오, 벤저민 씨. 돈을 마련하는 데 사흘을 주겠소. 한 푼도 깎을 수 없으니 그렇게 아시오. 5만 달러. 만약 말을 듣지 않으면 어떤 결과가 나오는지 새삼 설명할 필요는 없겠죠?'라고 말했을 뿐이죠. 몬테는 말솜씨가 정말 보통이 아니더군요. 정말 노련하더라고요."

그녀는 감탄한 표정을 지어 보였다.

"모건은 모자만 만지작거렸어요. 마치 자기 손을 어떻게 처리해야 좋을지 모르는 것처럼 말이에요. 그러다가 갑자기 소리를 질렀어요. '더는 곤란하다고 자네에게 분명히 말했어, 필드.

그건 거짓말이 아니야. 터뜨리려면 맘대로 해봐. 그렇게 되면 난 파멸할지도 몰라. 하지만 자네도 앞으로 누군가를 협박하는 건 마지막이 될 거야!' 그리고 몬테의 코앞에서 주먹을 휘둘러 보였는데 금방이라도 그를 때려눕힐 기세였어요. 그러다가 갑자기 잠잠해졌고, 잠시 후 몬테은 아무 말 없이 나가버렸어요."

"그게 전부입니까, 루소 씨?"

"그만하면 충분하지 않은가요? 이제 경감님은 어떻게 할 거죠? 살인자를 보호할 생각인가요……? 그뿐만이 아니었어요. 모건이 돌아간 다음 몬테는 내게 '그 친구가 무슨 말을 했는지 들었지?' 하고 물었어요. 나는 아무 얘기도 듣지 못한 것처럼 시치미를 뗐지요. 그러나 몬테는 영리했어요. 날 무릎 위에 앉혀놓고는 '그 사람은 곧 후회할 거야, 나의 천사!'라고 말하더군요. 몬테는 나를 언제나 천사라고 불렀답니다."

그녀는 갑자기 수줍은 표정을 지었다.

"그랬소?"

퀸 경감이 골똘히 생각에 잠긴 표정으로 대꾸했다.

"모건 씨가 정확하게 뭐라고 말했소? 당신이 필드의 생명이 위험하다고 느낀 부분 말이오."

그녀는 어처구니없다는 듯 퀸 경감을 바라보았다.

"영감님, 귀 먹었어요? 그놈은 '하지만 자네도 앞으로 누군가를 협박하는 건 마지막이 될 거야!'라고 말했어요. 그리고 바로 그다음 날 사랑하는 몬테가 죽어버렸고요……."

"자연스러운 결론이군요. 그럼, 당신이 벤저민 모건 씨에게 살인죄를 덮어씌우려 한다고 생각해도 될까요?"

퀸 경감은 미소를 지었다.

"전 가만히 내버려둬 달라는 것밖에는 바라는 게 없어요, 경감님."

그녀가 반박했다.

"할 얘긴 이제 다 했어요. 다음은 경감님 마음대로 하세요."

그녀는 어깨를 움츠리며 일어서려고 했다.

그러자 퀸 경감이 손을 내저으며 말했다.

"잠깐만, 루소 씨. 당신은 어떤 서류에 대해서 말했죠? 필드가 모건 씨를 협박할 때 쓴 서류 말이오. 필드가 그 서류를 꺼내온 적이 있었나요?"

루소가 그를 냉정하게 쳐다보았다.

"아니요, 그런 일은 없었어요. 사실 그런 일은 있어봤자 아니겠어요?"

"협조 고맙습니다, 루소 씨. 조만간 또 뵙게 될 겁니다. 아시겠지만, 당신이 이 사건에 전혀 혐의가 없다는 것은 말이 안 됩니다. 그러니까 다음 질문에 신중하게 대답하시기 바랍니다. 몬테 필드는 사적인 서류들을 어디에 보관해두었죠?"

루소는 냉정하게 퀸 경감의 얼굴을 쳐다보았다.

"생각할 필요도 없어요, 경감님. 전 어디에 두는지 모르니까요. 알면서도 모르는 척하는 건 아니니까, 그 점은 걱정하지 마세요."

"필드가 아파트를 비운 사이 안을 뒤져보진 않았나요?"

퀸 경감은 미소 지으며 물었다.

"물론 그랬죠. 하지만 못 찾았어요. 그 방에 있는 건 틀림없는데 말이죠. 또 다른 질문은 없어요?"

그녀는 볼에 보조개를 지으며 말했다.

"루소 씨, 필드는 실크 모자를 몇 개나 가지고 있죠? 당신은 그 잘생긴 레안드로스와 오랫동안 지냈으니까 잘 알겠죠?"

엘러리가 차갑게 물었다. 루소는 엘러리의 맑은 목소리에 깜짝 놀란 것 같았다. 하지만 그녀는 태연하게 머리를 매만지며 엘러리를 돌아보았다.

"무슨 십자말풀이 퍼즐이라도 하나요? 내가 알고 있는 한 하나밖에 없어요. 남자들한테 모자가 뭐 그리 많이 필요하겠어요?"

그녀가 퉁명스럽게 말했다.

"틀림없죠?"

엘러리가 단단히 확인하려는 듯 물었다.

"두말하면 잔소리죠, 엘러리 씨."

그녀는 애교 어린 목소리로 말했다. 엘러리는 신기한 동물이라도 보듯 그녀를 바라보았다. 루소는 얼굴을 약간 찡그리고는 경쾌하게 고개를 돌렸다.

"경감님, 설마 저를 지저분한 감옥에 집어넣진 않으시겠죠? 서 이세 가도 되나요?"

퀸 경감은 그녀에게 가볍게 인사를 했다.

"물론 가도 좋습니다, 루소 씨. 그리고 미리 양해를 구해두는데, 당분간 감시가 따를 겁니다. 당신이 다시 필요하게 될지도 모르는 일이니까요. 다른 곳으로 뜨지 않고 이곳에 계속 계실 거죠?"

"그럴 거예요. 감시가 따른다니……, 정말 즐거운 일이군요."

그녀는 비아냥거리는 웃음소리를 내며 방에서 나갔다.

그때 벨리가 군인처럼 벌떡 일어나며 물었다.

"경감님, 이것으로 사건이 끝난 겁니까?"

퀸 경감은 실망한 얼굴로 의자에 몸을 묻었다.

"자네는 늘 성급해서 탈이야, 토머스. 마치 엘러리의 멍청한 소설에 나오는 바보 형사처럼……. 자네는 소설 속의 그 형사가 아니라고. 설마 모건을 몬테 필드 살해범으로 체포하려는 건 아니겠지?"

"하지만……, 그럼 어떡합니까?"

벨리는 당황해서 말을 더듬었다.

"좀 더 기다려보는 거야, 토머스."

퀸 경감은 무겁게 대답했다.

16
이 장에서는 퀸 부자가 연극을 관람하러 간다

엘러리와 퀸 경감은 작은 사무실 양 끝에서 얼굴을 마주 보았다. 벨리는 영문을 모르겠다는 듯 얼굴을 찌푸리며 제자리로 돌아갔다. 그러고는 잠시 동안 침묵을 지킨 뒤 갑자기 결심했다는 듯 허락을 구하고는 밖으로 나가버렸다.

퀸 경감이 코담뱃갑을 더듬으며 싱긋 웃었다.

"너도 소름이 끼치더냐, 엘러리?"

하지만 엘러리의 표정은 심각했다.

"우드하우스 풍의 호러를 지향하는 여자로군요. 보통내기가 아닌데요."

"나도 깜짝 놀랐다. 우리가 헤매던 문제를 그녀가 알고 있다고 하니까 말이야. 그 이야기를 듣는 순간 나는 다른 생각은 할 수 없었다."

"그래도 조금 전의 신문은 성공적이었어요, 아버지."

엘러리가 평가를 내렸다.

"저는 《필적 감정법 완벽 가이드》라는 책에서 몇 가지 흥미로운 사실을 배웠어요. 그건 그렇고, 안젤라 루소는 제가 생각했던 완벽한 여성상과는 전혀 다르더군요."

퀸 경감이 껄껄 웃었다.

"그 여자는 너에게 완전히 반한 모양이더구나. 잘 해보렴, 아들아."

엘러리는 말도 안 된다는 듯 얼굴을 찡그렸다.

경감이 탁자에 있는 전화기로 손을 뻗었다.

"벤저민 모건에게 다시 한 번 기회를 줘야겠지?"

"그 여자 말이 사실이라면 교수형을 내려도 될 겁니다. 하지만 일단 원칙대로 하는 게 좋을 것 같아요."

엘러리가 심드렁하게 말했다.

"너는 그 서류에 대해 잊은 거니?"

퀸 경감은 눈을 반짝이며 아들의 비꼬는 말에 곧바로 응수했다. 그리고 전화 교환원에게 쾌활한 목소리로 뭔가를 말했다. 잠시 후 벨이 울렸다.

"안녕하십니까, 모건 씨? 오늘은 기분이 좀 어떻습니까?"

퀸 경감이 활기차게 말했다.

"퀸 경감님인가요?"

모건은 잠시 머뭇거리다가 대답했다.

"안녕하셨습니까, 경감님. 수사는 어떻게 되어갑니까?"

"좋은 질문입니다, 모건 씨. 하지만 그 질문에는 대답해드릴 수 없습니다. 직무 태만으로 문책당할 염려가 있으니까요……. 그런데 모건 씨, 오늘 밤 시간 좀 내주실 수 있겠습니까?"

모건은 잠시 동안 말이 없었다.

"음, 글쎄……."

모건은 가까스로 들릴 정도로 작은 목소리로 말했다.

"오늘은 집에 일찍 가야 합니다. 아내가 자그마한 파티를 준비해서……. 하지만 무슨 용건이라도 있나요, 경감님?"

"오늘 밤 우리 부자와 함께 저녁이나 함께 드실 수 없을까 해서 전화드렸는데……. 파티에 빠지기는 어렵겠죠?"

퀸 경감은 유감스럽다는 듯 말했다.

긴 침묵이 흘렀다.

"경감님, 그게 정말로 중요하고 필요한 일이라면……."

"물론 강요하는 것은 아닙니다, 모건 씨. 그러나 초대를 받아주신다면 고맙겠습니다."

"알았습니다. 경감님 말에 따르겠습니다. 어디서 만나는 게 좋을까요?"

모건은 결심한 듯 말했다.

"정말 다행입니다. '칼로스'에서 6시에 만나면 어떨까요?"

"알겠습니다, 경감님."

변호사는 조용히 대답한 뒤 수화기를 놓았다.

"모건 씨가 불쌍해지는군."

퀸 경감이 중얼거렸다. 엘러리는 헛기침을 했다. 안젤라 루소에 대한 좋지 않은 인상이 아직도 남아 있던 탓인지 남을 동정할 만한 마음의 여유를 되찾지 못했던 것이다.

6시에 퀸 부자는 칼로스 레스토랑의 어수선한 분위기 속에서 벤저민 모건과 만났다. 변호사는 빨간 가죽 시트 의자에 앉아 의기소침한 얼굴로 자신의 손등을 맥없이 내려다보고 있었다. 입술은 시무룩하게 축 처져 있었고, 두 무릎은 마치 본능적으로 절망을 표현하려는 듯 넓게 벌린 채였다.

퀸 부자가 다가가자 모건은 미소를 지어 보이려고 애썼다. 그는 얼른 일어났지만, 퀸 부자에게는 의식적인 행동으로 보였다. 퀸 경감은 더할 나위 없이 기분이 좋아 보였다. 그것은 이 뚱뚱한 변호사가 진심으로 마음에 들었기 때문이기도 했고, 또 이 만남이 업무의 연장선상에서 볼 때 매우 중요한 일이기도 했기 때문이다. 엘러리는 여느 때처럼 태연했다.

세 사람은 오랜 친구처럼 악수를 했다.

"시간에 맞춰 와주셔서 고맙습니다, 모건 씨."

웨이터가 허리를 꼿꼿이 세우고 그들을 구석 탁자로 안내할 때 퀸 경감이 말했다.

"파티를 방해해 정말 죄송합니다. 이해해주시기 바랍니다."

퀸 경감이 양해를 구하는 가운데 모두 자리에 앉았다.

"사과할 것까지는 없습니다."

모건은 힘없는 미소를 지으며 말했다.

"경감님도 잘 아시겠지만 결혼한 남자에게는 이따금씩 남자들끼리만 식사하는 것도 즐거운 법이죠. 그건 그렇고 경감님, 날 만나자고 한 이유는 뭔가요?"

퀸 경감이 손을 내저었다.

"일 이야기는 일단 접어두죠, 모건 씨. 루이스가 만든 요리를 먹고 난 후에 해도 늦지 않으니까요. 그렇지, 루이스?"

음식은 매우 맛이 좋았다. 퀸 경감은 요리의 종류나 요리법에 대해서는 문외한이었기 때문에 메뉴의 선택을 엘러리에게 맡겼다. 엘러리는 그런 분야에 많은 흥미를 가지고 있었고 비교적 잘 아는 편이었다. 그들은 매우 만족스럽게 식사를 했다. 처음에 모건은 음식 맛 따위에 관심을 가질 여유가 없었으나, 차례로 나오는 훌륭한 요리에 매료돼 나중에는 마음속 걱정을 모두 잊은 채 퀸 부자와 즐거운 대화를 나누며 식사했다.

카페오레와 시가가 나오자 엘러리는 조심스럽게, 퀸 경감은 가볍게, 그리고 모건은 무척 맛있게 시가를 피웠다. 마침내 퀸 경감이 용건을 꺼냈다.

"모건 씨, 단도직입적으로 이야기하겠습니다. 오늘 밤 선생님을 왜 이곳에 오시게 했는지 이미 알고 계시리라 믿습니다. 저는 어디까지나 솔직하게 말씀드릴 생각입니다. 저는 나흘 전인 9월 23일 일요일 밤에 있었던 일에 대해 왜 이야기를 안 해주시는지 그 이유를 듣고 싶습니다."

퀸 경감이 본론으로 접어들자 모건은 진지해졌다. 그는 시가를 재떨이 위에 놓고 우울한 표정으로 퀸 경감을 바라보았다.

"그걸 물으실 줄 알았습니다. 어차피 이렇게 되리라는 것을 생각했어야 했어요. 루소가 경감님께 모두 털어놓았겠죠?"

"그렇습니다."

퀸 경감이 솔직하게 대답했다.

"신사로서 그런 고자질에 귀 기울이는 것이 바람직하지 않다는 것은 잘 알지만, 경찰의 입장에서는 빈말이라도 일단 들어두어야 하거든요. 그건 그렇고, 왜 그 사실을 숨기셨죠?"

모건은 식탁보 위에다 숟가락으로 아무렇게나 그림을 그리고 있었다.

"누구나 자신의 어리석음을 알 때까지는 바보스러운 행동을 하기 마련입니다."

그는 눈길을 들고 조용히 말을 이었다.

"나는 그 얘기를 아는 사람이 필드와 나, 이렇게 단둘이기를 바랐습니다. 그런데 그 창녀 같은 여자가 침실에서 그것을 엿들었다는 사실을 알곤 온몸에 기운이 쑥 빠지는 기분이었죠."

모건은 물을 한 모금 마시고는 이야기를 계속했다.

"하늘에 맹세코 진실만을 말하겠습니다, 경감님. 나는 말을 잘못했다가는 살인자로 몰릴지도 모른다는 생각을 했습니다. 내가 아주 싫어하는 사람이 극장에서, 그것도 내 자리에서 멀리 떨어지지 않은 곳에서 죽었기 때문이죠. 그리고 내가 극장에 간 이유도 뭔가 석연치 않은 구석이 있단 말입니다. 이런 상태에서 내가 전날 밤에 필드와 싸웠다는 얘기를 해봐요. 난 꼼짝 못할 누명을 쓰게 되는 거라고요, 경감님. 그 점 이해해주길 바랍니다."

퀸 경감은 잠자코 있었다. 엘러리는 의자 등받이에 몸을 기댄 채 우울한 눈빛으로 모건을 지그시 쳐다보았다.

모건은 화를 참으며 말을 이었다.

"그래서 아무 말도 하지 않았던 겁니다. 내 오랜 법률적 경험에 비추어볼 때 그런 말은 정황 증거가 되어 자신을 더 옭아매는 결과만 가져올 뿐이거든요. 안 그런가요?"

"그 얘기는 잠시 접어두기로 하죠, 모건 씨. 왜 일요일 밤에 필드를 만나러 갔습니까?"

한동안 침묵을 지키던 퀸 경감이 입을 열었다.

"분명한 이유가 있습니다."

변호사가 씁쓰레하게 대답했다.

"지난 주 수요일에 필드가 내 사무실로 찾아와 '마지막 모험을 해야 해. 따라서 5만 달러가 지금 당장 필요하지.'라고 말했기 때문이죠. 5만 달러라뇨!"

모건이 차갑게 웃었다.

"그는 내 재정을 바닥내고도 양에 차지 않았던 겁니다. 그 모험이라는 게 뭔지 아십니까? 만일 경감님이 나만큼 필드를 안다면, 그 해답은 경마장 아니면 증권 시장이라는 걸 금방 알아차렸을 거예요. 어쩌면 내 추측이 빗나갔을지도 모르지요. 아니면 빚이 너무 많아 그걸 청산하려고 그랬는지도 모르고⋯⋯. 어쨌든 그는 아주 새로운 제안을 하며 5만 달러를 요구했습니다. 돈을 주면 서류를 돌려준다는 조건을 내건 거죠.

그런 제안을 내놓은 건 그때가 처음이었어요. 그 전에는 으레 입 다물고 있을 테니 돈을 내놓으라고 뻔뻔스럽게 협박했으니까요. 그런데 이번에는 주고받자는 제안이었습니다."

"그것 참 흥미롭군요, 모건 씨. 그의 말대로, 그가 어떤 서류를 내놓고 이제까지의 관계를 완전히 청산할 거라고 믿으셨던가요?"

엘러리가 눈을 반짝이며 입을 열었다.

"그렇습니다. 그래서 그런 말을 한 겁니다. 내가 보기에 그는 궁지에 몰려 있었기 때문에 당분간 이곳을 뜰 작정인 것 같았습니다. 삼 년쯤 유럽에 가 있으려 한다는 계획이었죠. 그 때문에 필드는 나 말고도 꽤 여러 사람들을 협박해 거액의 돈을 뜯어내고 있었습니다. 그런데 그가……."

엘러리와 퀸 경감은 서로 시선을 교환했다. 모건은 천천히 이야기를 계속했다.

"나는 그에게 사실대로 말했습니다. 돈이 없다는 걸 말이죠. 여태까지 바로 네가 돈을 갈취했기 때문에 없는 거라고 말했죠. 게다가 그만한 돈을 어디서 구할 수도 없다고 확실하게 말했습니다. 그런데 그놈은 코웃음을 치며 무슨 수를 써서라도 돈을 만들어내라고 하더군요. 서류를 돌려받고 싶었지만 어쩔 수 없었습니다."

"그 서류를 보자고 했습니까?"

퀸 경감이 물었다.

"그럴 필요도 없었습니다. 이 년 전 웹스터 클럽에서 말다툼을 할 때, 필드가 참고하라면서 수표와 편지를 직접 보여주었거든요. 그러니 의심할 여지가 없었죠. 필드는 철두철미한 놈이니까요."

모건이 내뱉듯 대답했다.

"그래서요?"

"목요일에 다시 협박 전화를 걸어오더군요. 그래서 난 그놈이 내가 어떻게든 돈을 마련해서 줄 거라고 믿도록 애를 썼습니다. 그렇지 않으면 그놈은 그 서류를 만천하에 공개할 테니까요. 그놈은 그러고도 남을 놈이었습니다."

"서류를 먼저 달라고 요구해본 적은 있었습니까?"

엘러리가 물었다.

"물론입니다. 하지만 그놈은 돈을 봐야 수표와 편지를 내놓겠다고 말했죠. 정말 빈틈없는 놈이었습니다. 나쁜 자식! 자칫 잘못했다기는 내가 무슨 짓을 할지 모른다고 생각해서인지 섣부른 짓은 하지 않았던 겁니다……. 내가 지금 모든 걸 사실대로 말한다는 것을 인정하겠지요? 어떤 때는 폭력에 호소해볼까 하는 생각도 했습니다. 정말입니다. 그런 상황에 처하면 누구나 그 비슷한 생각을 하기 마련이니까요. 그러나 정말로 사람을 죽인다는 생각 따위는 해본 적이 없어요. 거기에는 아주 분명한 이유가 있습니다."

모건은 잠시 말을 중단했다.

"그런 짓을 해봐야 아무런 이익이 없을 테니까요."

"그러니까 선생님은 서류가 어디에 있는지 몰랐다는 말씀이군요?"

엘러리가 조용히 물었다.

모건은 쓸쓸하게 미소를 지어 보이며 대꾸했다.

"그렇죠. 그 서류가 언제 공개될지, 누구의 손에 넘어갈지 모르니까요. 그러니 필드가 죽어봤자 소용이 없죠. 어떤 놈이 나를 더 괴롭힐지 알 수 없는 일 아닙니까? 나는 그 돈을 만들기 위해 사방팔방으로 사흘이나 돌아다녔지만 헛일이었습니다. 그래서 일요일 밤, 나는 마지막으로 담판을 지으려고 마음먹었죠. 그래서 아파트로 찾아갔는데 잠옷 바람으로 나온 필드는 내 방문이 너무 뜻밖이었던지 말을 잘 하지 않으려고 하더군요. 나는 그때 루소가 옆방에 있었다는 사실을 몰랐습니다."

모건은 떨리는 손으로 다시 시가에 불을 붙였다.

"우리는 말싸움을 했습니다. 정확히 말하면 내가 싸우고 그는 비웃었다고 하는 편이 더 정확하지만요. 그놈은 내 주장이나 사정은 도무지 들은 척도 하지 않았죠. '5만 달러를 내놔라. 그렇지 않으면 서류를 공개하겠다.' 이것뿐이었죠. 그렇게 옥신각신하다가 나는 화가 치밀 대로 치밀어 올랐습니다⋯⋯. 하지만 자제력을 완전히 잃기 전에 그곳을 나와버렸죠. 이게 전부입니다, 경감님. 내 명예를 걸고 맹세합니다."

모건은 고개를 돌렸다. 퀸 경감은 기침을 하고는 시가를 재떨이에 버렸다. 그리고 주머니에서 코담뱃갑을 더듬어서는 깊숙이 그 냄새를 들이마시고 의자에 등을 기댔다. 엘러리가 모건의 컵에 물을 따라주자 그는 단숨에 들이마셨다.

퀸 경감이 입을 열었다.

"고맙습니다, 모건 씨. 지금까지 아주 솔직하게 말씀해주셨으니 다음 질문에도 정직하게 대답해주시기 바랍니다. 일요일 밤 모건 씨가 말다툼할 때 필드를 죽이겠다고 협박한 적이 있습니까? 저도 솔직하게 밝히는데, 루소 씨는 선생님이 흥분한 나머지 필드를 죽이겠다고 했답니다. 그래서 필드 살해범이 모건 씨라고 말하더군요."

모건은 파랗게 질렸다. 미간에 경련이 일며 눈이 커다랗게 떠졌다. 그는 겁에 질린 표정으로 퀸 경감을 바라보았다.

"그 여자 말은 거짓입니다."

그가 쉰 목소리로 외쳤다. 주변에 있던 손님들이 무슨 일인가 하고 그들을 쳐다보았다. 퀸 경감은 변호사의 팔을 가볍게 두드렸다. 모건은 입술을 깨물고 목소리를 낮췄다.

"나는 그런 짓을 하지 않았습니다, 경감님. 아까도 솔직히 말했지 않았습니까. 물론 화가 치밀 때면 가끔 필드를 죽여버릴까 생각한 적도 있었죠. 하지만 그건 바보짓일 뿐입니다. 나, 나한테는 사람을 죽일 용기도 없습니다. 웹스터 클럽에서 흥분해 그런 소릴 했을 때조차 속마음은 그렇지 않았다고요. 경감님, 돈만 아는 그런 뻔뻔한 여자 말은 믿지 마십시오. 날 믿으라고요."

"저는 선생님이 그때 했다는 그 말에 대해 단지 설명을 듣고 싶을 뿐입니다. 이상하게 생각할지 모르지만, 전 그 여자가 털어놓은 말을 선생님이 정말 했으리라고 믿기 때문입니다."

퀸 경감이 부드럽게 말했다.

"어떤 말 말입니까?"

모건은 식은땀을 흘렸고 눈은 앞으로 툭 튀어나왔다.

"'터뜨리려면 맘대로 해봐. 그렇게 되면 난 파멸할지도 몰라. 하지만 자네도 앞으로 누군가를 협박하는 건 마지막이 될 거야!' 그렇게 말씀하셨죠, 모건 씨?"

퀸 경감은 그 대목을 그대로 되풀이하며 물었다.

변호사는 못 믿겠다는 듯 퀸 부자를 바라보다가 이윽고 폭소를 터뜨렸다.

"정말 기가 막히는군요! 그게 내가 했다는 위협인가요, 경감님? 내 말은, 요구를 들어주지 않아 그가 서류를 공개한다면 정정당당하게 경찰에 고발해 그놈도 파멸시키겠다는 뜻이었습니다. 그 여자는 내 말을 필드를 죽이겠다고 위협한 걸로 해석한 모양이군요."

모건은 신경질적으로 눈을 마구 비벼댔다.

엘러리는 미소를 지으며 손가락으로 웨이터를 불렀다. 그는 계산을 마치고 담배에 불을 붙였다. 그리고 허탈감과 연민이 뒤섞인 표정으로 모건을 바라보는 아버지를 곁눈질했다. 퀸 경감이 일어나면서 의자를 뒤로 밀쳐냈다.

"그랬군요, 모건 씨. 알고 싶었던 점은 그것뿐입니다."

퀸 경감은 한쪽으로 비켜서서 변호사에게 길을 내주었다. 그리고 멍한 얼굴로 아직도 떨고 있는 변호사를 앞서게 한 다음 그 뒤를 따라 외투 보관소를 향해 걸어나갔다.

퀸 부자는 브로드웨이에서 47번가로 접어들자마자 로마 극장 앞길이 사람들로 북적거리는 것을 볼 수 있었다. 사람들이 너무 많아 경찰이 출동해 정리를 할 정도였다. 좁은 길은 물론이고 한 블록 전체가 사람들로 완전히 막혀 있었다. 극장 광고판의 네온사인은 휘황찬란한 빛줄기를 만들며 〈건플레이〉라는 제목을 뚜렷이 보여주었다. 그리고 조금 작은 네온사인에는 '제임스 필 & 이브 엘리스 주연, 기타 초호화 캐스팅'이라는 설명이 붙어 있었다. 관객들은 남녀 가리지 않고 서로 어깨를 밀치며 앞서려고 했다. 경찰은 경계선을 통과시키기 전에 쉰 목소리로 한 명씩 입장권을 확인했다.

퀸 경감은 배지를 내보이고는 엘러리와 함께 사람들 틈에 섞여 극장 복도에 있는 작은 휴게실로 들어섰다. 지배인 팬저는 희색이 만면하여 매표구 옆에 서서, 입장권을 사는 관객들을 정중한 태도로 정리하며 그들을 매표구에서 출입구로 안내했다. 거드름을 피우던 문지기도 땀을 뻘뻘 흘리며 입구 한쪽에 서 있었다. 매표구의 매표원들도 일손이 바빴다. 해리 닐슨은 복도 휴게실 구석에서 신문기자임에 틀림없는 젊은 남자 세 명에게 둘러싸여 뭔가 열심히 이야기하고 있었다.

팬저는 퀸 부자를 발견하자 알은체하며 그들에게 다가오려고 했다. 퀸 경감이 근엄하게 오지 말라고 손짓하자 잠시 어리둥절해하다가 고개를 끄덕이고는 다시 매표구로 돌아갔다. 엘러리는 매표구에 줄을 서서 예약한 극장표를 받았다. 그러고는 인파에 휩쓸려 객석으로 들어갔다.

매지 오코넬은 엘러리가 '좌측 LL32'와 '좌측 LL30'이라고 표시된 표 두 장을 내밀사 삼짝 놀라며 뒤로 물러섰다. 퀸 경감이 미소를 짓자 그녀는 떨리는 손으로 좌석표를 받으며 반쯤 굳은 얼굴로 마주 웃어 보였다. 두툼한 카펫을 가로질러 왼쪽 맨 끝 통로로 안내한 매지 오코넬은 그들에게 말없이 마지막 줄 끝의 두 좌석을 가리키더니 금세 사라져버렸다. 두 사람은 자리에 앉아 모자를 좌석 아래에 있는 철사 모자걸이에 건 다음, 활극을 즐기러 온 평범한 관객처럼 느긋한 자세로 좌석에 편안히 등을 기댔다.

객석은 만원이었다. 안내를 받아 줄줄이 통로를 내려오는 사람들로 빈자리는 순식간에 메워졌다. 퀸 부자는 남들 눈에 띄는 것을 원치 않았지만 관객들은 그들에게 기대감에 찬 시선을 힐끔힐끔 던졌다.

"이런! 막이 오른 다음에 들어올걸 그랬구나."

퀸 경감이 혀를 찼다.

"너무 신경 쓰시는군요, 아버지. 남들이 쳐다봐도 저는 아무렇지 않은데요."

엘러리가 웃었다.

엘러리는 손목시계를 보았다. 두 사람은 의미 있는 시선을 주고받았다. 정각 8시 25분이었다. 두 사람은 좌석에서 몸을 꼼지락거리다가 자세를 고쳐 편안히 앉았다.

조명이 차츰 어두워졌다. 거기에 호응하듯 관객들의 목소리도 낮아졌다. 실내가 완전히 어두워지자 막이 오르고 어둠침침한 무대가 드러났다.

갑작스러운 총소리가 정적을 깨뜨렸다. 그 뒤를 이어 한 남자의 소름 끼치는 비명이 들려왔다. 드디어 〈건플레이〉의 막이 오른 것이다. 아주 다이내믹한 방법으로, 극적인 효과를 충분히 살리면서 관객들을 사로잡았다.

퀸 경감은 건성으로 연극을 보았으나, 몬테 필드가 앉았던 의자에 편안히 앉은 엘러리는 이 달콤한 통속극에 흥미롭게 몰입했다. 상황이 클라이맥스를 향해 나아감에 따라 열연하는 제임스 필의 우렁찬 목소리가 극장 안을 울리기 시작했다. 그의 연기는 엘러리의 가슴을 뛰게 했다. 이브 엘리스가 자신의 역할에 완전히 몰입한 모습도 멋졌다. 특히 스티븐 배리와 대화하는 장면에서 목소리를 낮게 깔며 떠는 부분이 압권이었다. 퀸 경감의 오른쪽에 앉아 있던 젊은 아가씨는 배리의 잘생긴 얼굴과 훌륭한 목소리에 반하여 탄성을 질러댔다. 힐다 오렌지는 배역에 걸맞게 요란한 분장을 하고 한쪽에서 실랑이를 벌였고, 나이 든 캐릭터 담당자는 무대 주위를 정처 없이 왔다 갔다 했다. 엘러리는 아버지 쪽으로 몸을 숙이며 속삭였다.

"캐스팅이 잘된 연극이군요. 저 오렌지라는 배우 좀 보세요."

무대는 갑자기 쥐 죽은 듯 정적에 싸였다가 다시 요란한 소동을 벌이며 계속 이어졌다. 대사와 소란스러운 소리가 한데 어울려 귀가 먹먹한 가운데 1막이 끝났다. 퀸 경감은 환히 밝혀진 조명 아래에서 시계를 꺼내 보았다. 9시 5분이었다.

퀸 경감이 일어나자 엘러리도 마지못해 그 뒤를 따랐다. 매지 오코넬이 두 사람을 못 본 체하며 통로 끝 무거운 쇠문을 밀어 열었다. 관객은 불빛이 어슴푸레한 복도로 줄지어 나가기 시작했다. 퀸 부자도 그들 사이에 섞여서 어슬렁거렸다.

유니폼을 입은 소년이 종이컵을 스탠드에 늘어놓고는 구성진 목소리로 장사를 하고 있었다. 몬테 필드의 부탁으로 진저에일을 사왔다고 증언한 제스 린치였다.

엘러리는 슬쩍 철문 뒤로 들어갔다. 철문과 벽돌 벽 사이에 좁은 틈새가 있었다. 복도를 나누고 있는 그 벽은 족히 6층 높이는 되어 보였으며 전혀 손상되지도 않았다. 퀸 경감은 제스 린치에게서 오렌지에이드를 한 잔 샀다. 소년은 퀸 경감을 보자 깜짝 놀랐다. 경감은 소년에게 미소를 보내며 알은체를 했다.

사람들이 여기저기서 모여 서서 몬테 필드 사건에 대해 말하고 있었다. 퀸 경감은 한 아름다운 부인이 겁먹은 목소리로 옆 사람에게 말하는 것을 들었다.

"그 남자가 월요일 밤, 바로 저기서 오렌지에이드를 사 마셨다더군요."

막이 오르는 것을 알리는 벨소리가 울려 퍼지자 밖에 나와 쉬고 있던 관객들이 안으로 들어갔다. 퀸 경감은 자리에 앉기 전에 객석 맨 뒤에서부터 발코니석으로 향하는 계단까지 재빨리 훑어보았다. 제복을 입은 키 큰 젊은이가 층계 첫 칸에서 경계의 눈길을 보내며 서 있었다.

2막이 시작되었다. 요란한 총소리에 관객들은 신이 나서 떠들어댔다. 퀸 부자도 무대에서 펼쳐지는 연극에 빨려든 듯했다. 하지만 그들은 그 와중에도 몸을 앞으로 기울이고 긴장한 표정으로 시선을 집중하면서 관찰을 게을리하지 않았다. 엘러리는 9시 30분에 시계를 보았다. 퀸 부자는 다시 긴장을 풀었고 무대에서는 연극이 계속되었다.

9시 50분 정각에 퀸 부자는 자리에서 일어났다. 그들은 모자와 외투를 들고 LL열에서 빠져나와 객석 뒤쪽 빈자리로 갔다. 몇 사람이 거기에 서 있었다. 퀸 경감은 그들에게 미소를 지어 보이며 목소리를 낮추어 신문의 위력에 경탄한다는 말을 했다. 매지 오코넬은 종잇장처럼 얼굴이 하얘져서는 경직된 자세로 건물 기둥에 기대어 앞을 바라보았다. 하지만 그녀 눈에는 아무것도 보이지 않는 것 같았다.

퀸 부자는 지배인 팬저가 사무실 앞에서 흡족한 얼굴로 만원인 객석을 바라보는 것을 발견하고 그리로 걸어갔다. 퀸 경감이 지배인에게 안으로 들어가자는 눈짓을 했다. 그들이 사무실 안으로 들어서자 엘러리가 뒤에서 문을 닫았다. 팬저의 얼굴에서 미소가 사라졌다.

"오늘 밤 공연이 마음에 드셨는지 모르겠군요."

지배인이 긴장해서 물었다.

"마음에 들었느냐고요? 그것은 당신의 질문이 어떤 의도인가에 달려 있지요."

퀸 경감은 어깨를 으쓱하면서 두 번째 문을 지나 팬저의 방으로 들어갔다.

"팬저 씨. 이 극장 객석의 각 좌석 번호와 출입구 등이 모두 적혀 있는 자세한 도면은 없소?"

경감은 조금 흥분한 모습으로 방 안을 서성거리며 물었다.

팬저는 눈이 휘둥그레졌다.

"있을 겁니다. 잠깐만 기다려주십시오."

지배인은 서류 캐비닛을 열고 두세 가지 서류철을 뒤적이더니 두 부분으로 나뉜 커다란 극장 도면을 꺼냈다. 한 부분은 일반 객석, 다른 부분은 발코니석을 그린 것이었다.

퀸 경감은 재빨리 두 번째 부분을 펼쳐 엘러리와 함께 객석 도면책 앞에 실려 있는 엘러리 퀸이 그린 도면은 지배인 팬저가 제공한 도면을 보고 그린 것이다. -J. J. 맥 위로 허리를 굽히며 한참을 살펴보았다. 지배인은 무슨 말이 나올지 잔뜩 긴장하며 몸을 기우뚱거렸다.

"이 도면을 빌려줄 수 있겠소, 팬저 씨? 빠른 시일 내에 원래대로 돌려드리겠습니다."

퀸 경감이 지배인을 올려다보며 짤막하게 물었다.

"좋습니다. 더 시키실 일은 없습니까, 경감님? ……기막힌 선전을 해주셔서 뭐라 감사의 말씀을 드려야 할지 모르겠습니다. 고든 데이비스도 오늘 밤의 성황에 무척 기뻐하고 있습니다. 정중하게 감사의 말씀을 드려달라는 부탁을 받았지요."

"별말씀을 다 하시는군요. 어차피 연극은 흥행하게 돼 있었어요. 원래대로 된 것뿐입니다. ……그럼 엘러리, 우리는 가자. 팬저 씨, 지금 일은 비밀로 해두세요. 꼭 잊지 말고……"

퀸 경감이 도면을 접어서 안주머니에 집어넣으며 말했다.

퀸 부자는 비밀을 지키겠다고 다짐하는 팬저를 뒤로 하고 사무실을 나왔다. 두 사람은 다시 객석 뒤를 가로질러 왼쪽 맨 끝 통로 쪽으로 갔다. 퀸 경감은 매지 오코넬을 손짓으로 불렀다.

"네?"

그녀의 얼굴이 분필처럼 하얘졌다.

"우리가 나갈 수 있게 문을 하나 열어주겠소, 오코넬 양? 그리고 이 일은 없었던 걸로 해두어야 합니다, 알겠소?"

오코넬은 조그마한 소리로 뭐라 중얼거리더니 LL열 쪽으로 난 문 하나를 밀었다. 퀸 경감은 고갯짓으로 거듭 다짐을 준 다음 문을 열고 나왔고 엘러리가 그 뒤를 따랐다. 문은 천천히 본래대로 닫혔다.

 11시, 대단원의 막이 내리고 넓은 출입구로 관객들이 몰려나오기 시작했다. 하지만 리처드 퀸 경감과 엘러리 퀸은 중앙 출입구를 통해 다시 로마 극장으로 들어가고 있었다.

17
이 장에서는 모자들이 더욱 많이 등장한다

"우선 자리에 앉지, 팀. 커피라도 한잔하는 게 어떤가?"

티모시 크로닌은 덥수룩한 붉은 머리카락에 눈이 날카로운 중키의 사나이였다. 그는 퀸 경감의 말대로 자리에 앉으며 다소 곤혹스러운 얼굴로 커피를 들었다.

금요일 아침, 그날따라 평상복을 화려하게 차려입은 퀸 부자는 기분이 아주 좋아 보였다. 전날 밤 평소와는 달리 일찍부터 잠자리에 들었기 때문이다. 주나가 직접 블렌딩한 특별한 커피를 커피포트에 담아와 식탁에 내려놓았다. 세상 일이 모두 잘 되어가는 것 같았다.

그러나 이 터무니없는 이른 시각에, 크로닌이 흐트러진 옷차림으로 들이닥쳐서는 우울한 얼굴로 불평을 늘어놓았다. 퀸 경감은 그를 점잖게 타일렀지만, 입에서 마구 쏟아져 나오는 말들을 막을 수는 없었다. 엘러리는 아마추어가 프로의 말에 귀 기울이듯, 그의 말을 성실한 태도로 재미있게 들었다.

그러다 크로닌은 필요 이상으로 흥분하는 자신의 모습을 발견하고는 무안해져서 얼굴을 붉혔다. 그러고는 얌전히 앉아 주나의 꼿꼿한 등을 바라보았다. 부지런한 주나는 자잘한 주방 도구들을 사용해서 분주하게 아침 식사를 준비하고 있었다.

"팀, 이 친구야. 지금 자네의 그 태도를 굳이 사과하라고는 하지 않겠네만, 도대체 무엇 때문에 그렇게 기분이 나쁜가? 내 쪽에서 묻지 않으면 말하지 않겠지?"

퀸 경감이 부처처럼 깍지 낀 손을 배 위에 올려놓고는 나무랐다.

"뭐 물으실 것까지도 없습니다. 경감님도 짐작하시겠지만, 필드의 서류 문제로 완전히 벽에 부딪쳤습니다. 그놈의 시커먼 영혼 따윈 지옥으로 꺼져버리라지!"

크로닌이 볼멘 목소리로 말했다.

"꺼져버렸네, 팀. 꺼져버렸으니 이젠 걱정할 것 없어."

퀸 경감이 슬픈 목소리로 말을 이었다.

"딱한 필드는 지금쯤 지옥의 작은 석탄불 위에서 발끝이 지글지글 익어가고 있겠지. 그리고 자네에게 욕을 퍼부으며 낄낄 비웃고 있을 걸세. 그래, 정확히 말해 상태가 어떤가? 대체 어떻게 되어가나?"

크로닌은 수나가 사서다준 찻잔을 집어들고 입천장이 델 정도로 뜨거운 커피를 단숨에 마셔버렸다.

크로닌은 찻잔을 거칠게 내려놓으며 소리쳤다.

"어떻게 되어가느냐고요? 전혀요! 아무것도 없습니다. 흔적조차 없다고요. 제로! 0! 제기랄, 빨리 뭔가 중요한 단서를 찾지 못하면 미쳐버릴지도 모릅니다, 경감님. 저는 스토츠와 함께 쥐구멍 하나 놓치지 않고 샅샅이 뒤졌습니다. 그런데 아무것도 없었습니다. 아무것도 말입니다. 도무지 상상할 수가 없습니다. 제 명예를 걸고 말하지만, 분명히 어딘가에 필드의 서류가 감춰져 있어서 제발 자기를 밖으로 데려가 달라고 애걸하고 있을 겁니다."

"'숨겨진 서류 공포증'이라도 겪고 있는 것 같군요, 크로닌 씨. 말해두겠는데 우리가 무슨 찰스 1세 시대를 살고 있는 것도 아니고, 숨겨진 서류 같은 건 이 세상에 존재하지 않습니다. 당신은 다만 어디를 찾아야 할지를 모를 뿐이죠."

엘러리가 점잖게 주의를 주었다. 크로닌은 교만한 미소를 지었다.

"고마운 말이군, 퀸 군. 그렇다면 몬테 필드가 서류를 숨겨둔 곳을 가르쳐주었으면 좋겠는데."

엘러리는 담배에 불을 붙였다.

"좋습니다. 그 요청을 받아들이죠. 당신의 말을 의심하는 것은 아닙니다만, 제 질문에 좀 대답해주십시오. 당신은 분명 필드가 갱 조직과의 관계를 증명하는 서류를 어딘가에 숨겨두었다고 했습니다……. 그러나 당신이 존재한다고 생각하는 그 서류들을 필드의 사무실에서는 찾을 수 없다고 했습니다. 그렇다면 그 서류에 대한 당신의 확신은 어디서 나온 겁니까?"

"우스꽝스러운 논리지만 조리는 있군……. 그는 분명히 그 서류를 갖고 있었을 거야. 우리는 지난 몇 년 동안 그를 잡으려고 애써왔지. 갱 조직의 보스들과 주고받은 문서나 서류들을 필드가 가지고 있다는 것은 내가 입수한 정보에 의하면 틀림없는 사실이야. 하지만 그것을 여기서 설명한다는 것은 시간 낭비일 뿐이지. 퀸 군, 필드는 분명 파기해버릴 수 없는 그런 서류를 가지고 있었네. 그래서 나는 그 서류를 찾는 것이고……."

"그럼 좋습니다. 나는 다만 그 사실을 확인하고 싶었을 뿐입니다. 되풀이해 말하는 것 같지만 당신은 그 사무실에 없다고 했습니다. 그렇다면 우리는 범위를 더욱 넓혀서 찾지 않으면 안 되겠지요. 예를 들면 어떤 안전 금고에 숨겨져 있을지도 모르니까요……."

엘러리의 말투는 거만했다.

그때까지 크로닌과 엘러리의 이야기를 흥미롭게 듣고 있던 퀸 경감이 이의를 제기했다.

"하지만 엘. 아침에 너에게 말했잖니. 그 문제는 토머스가 철저하게 훑어보았다고 말이다. 그런 것은 필드에겐 없어. 의심할 필요도 없다. 뿐만 아니라 그는 우체국에 일반 배달용이든 개인용이든 사서함도 가지고 있지 않았다. 본명으로든 가명으로든 말이다.

토머스는 그 밖에도 필드의 사교 클럽 가입 기록을 뒤져서 필드가 75번가의 집 말고는 정기적으로나 임시적으로나 머무는 다른 곳이 없다는 사실도 알아냈다. 그리고 필드가 무언가를 숨겨둔 장소가 있었다는 흔적도 전혀 발견하지 못했어. 하다못해 토머스는 필드가 서류를 봉투나 가방에 넣어 상점의 물품보관소 같은 곳에 보관해두지 않았을까 하는 생각까지 한 모양이다. 그런데 흔적도 없었다지 뭐냐……. 벨리 경사는 그 방면에는 일가견이 있지, 엘러리. 네가 그 가설에 전 재산을 걸었다면 너는 빈털터리가 되었을 게다."

"전 크로닌 씨를 위해 일단 요점을 짚고 넘어가려는 겁니다."

엘러리가 반박했다. 그러고는 천천히 식탁 위에서 손가락을 펴며 한쪽 눈을 찡긋했다.

"결정적으로 말해서, 우리는 이곳 아니면 안 된다는 지점까지 수사 방향을 축소시키지 않으면 안 됩니다. 크로닌 씨. 사무실, 안전 금고, 우체국의 사서함은 이미 제외되었지요. 저도 그 서류가 있다고 믿습니다. 하지만 필드는 그것들을 접근하기 어려운 곳에 보관할 수는 없다고 생각했을 겁니다. 당신이 찾고 있는 서류는 보증할 수 없지만, 적어도 우리가 찾는 서류라면 이야기가 다르지요. 그래요, 필드는 비밀 서류들을 모두 자기 가까운 곳에 두었을 겁니다. ……그리고 한 발 더 나아가 생각해보면 중요한 비밀문서는 모두 똑같은 비밀 장소에 숨겨두었을 거라고 생각하는 게 타당하겠지요. 그렇다면 그 지극히 단순한 교훈을 적용해보는 게 좋을 겁니다."

크로닌은 머리를 긁적이며 고개를 끄덕였다.

엘러리는 다음에 할 말을 강조하려는 듯 잠시 입을 다물었다.

"우리는 수사 범위를 축소해놓았습니다. 한 군데만 빼고는 나머지 가능한 온갖 은닉 장소를 배제해놓았죠. 서류들은 그 마지막 은닉 장소에 있을 겁니다. ……거기밖에 있을 곳이 없으니까요."

그때 퀸 경감이 끼어들었다.

"지금 와서 생각해보니 우리가 그 장소를 찾을 때 신중하지 못했던 것 같다."

퀸 경감의 얼굴에서 미소가 사라지더니 우울한 표정이 떠올랐다.

"우리는 지금 본래의 줄거리를 제대로 쫓고 있다고 확신합니다, 아버지. 그건 오늘이 금요일이고 오늘 저녁 3천만 가정에서 생선 요리가 나온다는 것과 마찬가지로 확실한 거죠."

엘러리가 단호하게 말했다.

크로닌은 납득이 안 가는 눈치였다.

"나는 잘 모르겠는데, 퀸 군. 그 마지막 은닉 장소가 있다는 말은 무슨 뜻인가?"

"필드의 아파트죠. 서류는 틀림없이 그곳에 있을 겁니다. 하지만 그 문제는, 바로 어제도 검사님과 이야기했었는데……."

태연하게 말하는 엘러리에게 크로닌은 곧 이의를 제기했다.

Part Three

"검사님은 자네들이 이미 필드의 아파트를 샅샅이 뒤졌지만 아무것도 나오지 않았다고 말했는걸."

"그건 사실입니다. 필드의 아파트를 수색했지만 아무것도 찾지 못했어요. 그건 우리가 제대로 찾지 않았기 때문이지요."

"그럼 됐네. 다시 그 장소에 가서 찾아보자고."

크로닌은 의자에서 벌떡 일어났다.

퀸 경감은 그 빨강 머리 사나이의 무릎을 살짝 두드려 자리에 앉게 했다.

"우선 앉게, 팀. 엘러리는 다만 자신이 좋아하는 추리 유희에 빠져 있을 뿐이야. 엘러리도 자네처럼 서류가 어디 있는지 모른다네. 그냥 제멋대로 짐작해 말한 것뿐이야. 미스터리 소설에서는 그것을 '추론의 예술'이라고 말하지."

퀸 경감이 우울한 미소를 지어 보이며 말했다.

엘러리가 담배 연기를 한 움큼 뿜어내면서 낮게 말했다.

"기회가 한 번 더 주어진 셈이지요. 나는 그때 이후로는 필드의 아파트에 가보지는 않았어요. 퀸 경감님께서 허락만 해주신다면 그곳에 다시 가서 비밀리에 감추어져 있는 서류를 찾아내고 싶습니다."

"서류 문제는……."

그때 현관 벨이 울려 퀸 경감의 말이 중단됐다. 주나가 벨리 경사와 함께 들어왔다. 벨리는 수상해 보이는 인상의 키가 작고 젊은 남자를 데리고 들어왔다. 그 남자는 겁에 질려 떨고 있는 것 같았다. 퀸 경감은 벌떡 일어나 두 사람이 거실로 들어서기도 전에 앞을 막아섰다. 크로닌은 그들을 보며 눈을 휘둥그레 떴다.

"이 사람인가, 토머스?"

퀸 경감이 물었다.

"그렇습니다, 경감님!"

덩치 큰 형사가 사뭇 화가 난 목소리로 대꾸했다.

"자네는 다른 사람 아파트에 몰래 숨어들어 도둑질할 수 있다면서? 우린 자네 같은 사람이 필요하네."

퀸 경감은 새로 온 손님의 팔을 붙잡고는 정답게 말했다.

수상한 사나이는 몹시 당황해 어쩔 줄 몰랐다.

"정말요, 경감님? 설마 저를 골탕 먹이시려는 건 아니겠죠?"

퀸 경감은 상대를 안심시키려는 듯 미소를 지으며 사내를 대기실로 데려갔다. 말하는 쪽은 주로 퀸 경감이었고, 젊은이는 고개를 끄덕이며 코 먹은 소리로 대납만 했다. 거실에 있는 크로닌과 엘러리는 어떤 작은 쪽지가 퀸 경감의 손에서 젊은 남자의 손으로 비밀리에 전해지는 것을 보았다.

퀸 경감이 활발한 걸음으로 거실로 돌아오더니 말했다.

"이제 됐네, 토머스. 다음 수배는 자네가 해주게. 그리고 저 친구에겐 간섭하지 말게나."

벨리는 짧게 인사를 마치자마자 겁먹은 남자를 데리고 방을 나갔다.

"필드의 아파트로 가기 전에 자네들에게 두세 가지 밝혀두고 싶은 일이 있어."

퀸 경감이 자리에 앉아 생각에 잠긴 듯 말했다.

"첫째, 벤저민 모건의 말에 따르면 필드의 사업은 법률 사무였으나 주된 수입원은 협박이었다네. 자네 알고 있었나, 팀? 몬테 필드는 몇십 명의 저명인사들을 무일푼이 되도록 우려먹고 있었지. 몇십만 달러라는 큰돈을 말일세, 팀. 우리는 이번 살인 사건의 동기가 그 은밀한 사업과 관련이 있다고 확신하네. 몬테 필드는 막대한 돈을 요구당해 궁지에 몰린 누군가의 손에 살해되었을지도 모르지.

협박으로 돈을 뜯어내는 일에는 대개 협박자가 상대를 꼼짝 못하게 만들 수 있는 어떤 문서가 있는 법이야. 이건 자네도 나만큼이나 잘 알고 있겠지, 팀. 우리가 어딘가에 서류가 있으리라고 확신하는 것은 그 때문일세. 그리고 엘러리는 그것이 필드의 아파트 어딘가에 있다고 주장하지. 그것은 곧 밝혀질 걸세. 어떻게든 그 서류가 발견된다면, 엘러리가 아까 지적한 것처럼 자네가 오랫동안 찾던 서류도 아마 함께 나오겠지."

퀸 경감은 잠시 생각에 잠기느라 말을 중단했다.

"나도 어떻게 하든 그놈의 문서를 손에 넣고 싶어. 그 때문에 내가 얼마나 애태우고 있는지 말로 다 할 수 없을 정도일세, 팀. 내게 그 문서는 굉장히 큰 뜻을 가지고 있어. 그것만 손에 들어온다면 여태까지 풀지 못했던 수많은 문제들이 일시에 풀릴 텐데……."

"그렇다면 한번 나가보죠! 제가 이 한 가지 목적 때문에 얼마나 오랜 세월 필드의 꼬리를 잡으려고 집착했는지 알고 계시겠죠, 경감님? 그것만 찾을 수 있다면 저로서는 더 바랄 것이 없습니다. 자 경감님, 나가시죠!"

크로닌이 의자에서 벌떡 일어나며 소리쳤다.

그러나 엘러리와 퀸 경감은 서두르지 않았다. 두 사람이 침실로 들어가 옷을 갈아입는 동안 크로닌은 거실에서 애를 태우며 기다렸다. 크로닌은 자신의 생각에만 사로잡혀 있는 바람에 퀸 경감의 표정이 처음과는 달리 매우 어두워져 있다는 사실을 미처 깨닫지 못했다. 퀸 경감은 몹시 언짢은 기분이었다. 서류 수색 작업이 이 사건의 해결에 결정적이라는 사실이 너무 늦게 돌출되었다는 생각 때문이었다.

이윽고 퀸 부자가 옷을 갈아입고 거실로 나오자 크로닌이 두 사람을 끌고 큰길로 나갔다. 택시에 몸을 실었을 때 엘러리가 한숨을 쉬었다.

"네가 한 말에 책임지지 못할까 봐 걱정하는 거냐?"

퀸 경감이 외투 깃으로 콧등을 가리며 속삭였다.

"그런 것에는 신경 쓰지 않아요, 아버지. 다른 일을 생각하고 있었죠. 서류는 찾을 겁니다. 걱정 없어요."

"자네 말대로 되게 해달라고 크리스마스 때 빌겠네."

크로닌은 뜨거운 입김을 내뿜으며 빈정거렸다. 그것이 세 사람의 입에서 나온 마지막 말이었다. 택시가 75번가의 큼직한 아파트 앞에 닿을 때까지 아무도 입을 열지 않았다.

세 사람은 엘리베이터를 타고 4층으로 올라가 조용히 복도로 나왔다. 퀸 경감은 재빨리 주위를 살펴보고 벨을 눌렀다. 문 저쪽에서 누군가 움직이는 기척이 희미하게 들렸으나 아무런 응답이 없었다. 갑자기 문이 열리더니 불그레한 얼굴의 경찰이 바지 뒷주머니 쪽에 있는 권총에 한 손을 댄 채 나타났다.

"놀라지 않아도 돼. 잡아먹지 않을 테니까!"

퀸 경감은 난데없이 화를 내며 호통을 쳤다. 신경이 날카로울 대로 날카로워져 있는 크로닌조차 깜짝 놀랄 정도였다.

제복 입은 사나이가 경례를 했다.

"알아보지 못해서 죄송합니다. 함부로 문을 열어주어서는 안 된다고 생각해서……."

그가 풀 죽은 목소리로 말했다.

세 사람은 현관으로 들어갔다. 퀸 경감이 하얗고 마른 손으로 거칠게 문을 닫았다.

"별일 없었나?"

퀸 경감이 거실 안을 들여다보며 물었다.

"아무 일도 없었습니다."

경찰이 대답했다.

"저는 캐시디와 네 시간씩 교대로 근무하고 있습니다. 그리고 이따금씩 리터 형사가 경과를 보러 옵니다."

"리터가 온다고? 누군가 이곳에 들어가려던 사람은 없었나?"

퀸 경감이 뒤돌아보며 물었다.

"제가 있는 동안 아무도 없었습니다, 경감님. 캐시디가 있을 때도 마찬가지였습니다. 화요일 아침부터 교대로 계속 여기에 있었는데, 리터 형사 말고는 아무도 이 근처로 온 사람이 없었습니다."

경찰은 신경질적으로 대답했다.

"앞으로 두세 시간 정도 여기에 서 있게. 피곤하면 의자를 가져와서 잠깐 눈을 붙여도 좋아. 하지만 누구든 문을 건드리는 사람이 있거든 재빨리 알려줘야 하네."

그러자 경찰은 거실에서 의자를 하나 가져와서는 팔짱을 끼고 앉아 스스럼없이 눈을 감았다.

세 사람은 우울한 눈으로 주위를 조용히 둘러보았다. 그들이 서 있는 응접실은 작았으나 가구나 장식품들로 가득 차 있었다. 책장에는 언뜻 보기에도 손 하나 대지 않은 듯한 책들이 가득 꽂혀 있었고, 작은 탁자 위에는 현대적인 스탠드와 조각이 된 상아 재떨이가 몇 개 놓여 있었다. 그 외에 나폴레옹 시대풍의 의자 두 개, 찬장과 책상을 겸해 쓸 수 있는 묘한 가구 하나 그리고 쿠션과 깔개 등이 있었다. 퀸 경감은 인상을 찌푸린 채 이 잡동사니들을 둘러보았다.

"엘러리, 수색하는 데 가장 좋은 방법은 우리 셋이서 물건을 하나씩 차례차례 살펴나가는 거라고 생각한다. 그 방법에 그다지 기대는 걸지 않지만 말이다."

"통곡의 벽 앞에 선 남자들 같네요. 슬픔이 얼굴에 그럴듯하게 드러나 있어요. 아버지나 크로닌 씨, 저 모두요. 하지만 우리 모두 그렇게 비관론자는 아니잖아요?"

엘러리가 끙 소리를 내며 말했다.

그러자 크로닌이 입을 열었다.

"나라면 '말은 보다 적게, 행동은 보다 많이'라고 하겠네. 물론 세상 모든 가족들의 사소한 말다툼에는 경의를 보내지만."

엘러리는 크로닌을 존경스러운 듯 쳐다보았다.

"마치 식충 식물처럼 단단히 각오한 모양이군요. 인간보다는 병정개미에 가까워 보이네요. 가엾게도 필드는 시체실에 누워 있지만……. 자, 이제 시작합니다."

세 사람은 경찰이 잠을 자고 있는 가운데 일을 시작했다. 그들은 거의 말을 하지 않았다. 엘러리의 얼굴에는 차분한 기대의 빛이 어른거렸고, 퀸 경감은 초조함을 감추지 못했으며 크로닌은 굳센 불굴의 의지를 보였다. 그는 책들을 한 권씩 책장에서 꺼내 면밀히 조사했다. 그리고 책마다 흔들어보거나 표지를 살피고, 또 잡아당겨 보기도 하고 바늘로 찔러보기도 했다. 책이 200권이 넘어 조사하는 데 오랜 시간이 걸렸다. 엘러리도 얼마 동안 열심히 움직였으나, 곧 이 귀찮은 수색을 차츰 아버지와 크로닌에게 맡기고 책 제목에 주의를 기울이는 듯했다. 그러다가 탄성을 지르며 얇고 값싼 장정의 책 한 권을 들어올렸다. 크로닌이 눈을 빛내며 불쑥 앞으로 뛰어나왔다. 퀸 경감도 무슨 일인가 싶어 아들을 올려다보았다. 그러나 엘러리가 찾아낸 것은 단순한 책들 가운데 하나인 필적 분석에 대한 책이었다.

퀸 경감은 호기심에 찬 눈을 들어 아들을 바라보았다. 크로닌은 화가 났는지 신음을 내며 다시 책장 쪽으로 돌아갔다. 그러나 잠시 후 엘러리가 책장을 넘기다가 다시 소리를 질렀다. 두 사람은 엘러리의 어깨 너머로 책을 들여다보았다. 두세 페이지의 여백에 연필로 쓴 글씨가 몇 줄 적혀 있었다. '헨리 존스', '존 스미스', '조지 브라운'이라는 사람 이름이었다. 어찌된 일인지 여백에 똑같은 이름이 몇 번이나 쓰여 있었는데, 마치 여러 가지 글씨체를 연습한 것 같은 필적이었다.

"필드는 아이들처럼 낙서하는 취미가 있었나 보군요."

엘러리가 연필로 쓴 이름을 신기한 듯 바라보며 말했다.

"뭔가 꿍꿍이속이 있는 것 같구나, 엘러리. 네가 무슨 말을 하려는지 알겠다. 하지만 그다지 쓸모 있어 보이지는 않아. 다만……, 그래, 그건 중요한 것일 수도 있겠구나."

퀸 경감이 힘없이 말하고는 몸을 앞으로 숙이고 다시 수색을 계속했다. 엘러리도 미소를 지으며 다른 책들을 뒤졌다. 크로닌은 납득이 안 간다는 듯 두 사람을 바라보았다.

"무슨 얘긴지 내게 알려주지 않을 겁니까, 경감님?"

크로닌이 멋쩍은 목소리로 물었다. 퀸 경감은 몸을 똑바로 세웠다.

"엘러리는 지금 초점을 잡았네. 만일 그것이 맞는다면 그나마 행운이라 할 수 있을 거야. 필드의 성격을 부분적으로나마 알 수 있을 테니까. 그놈은 정말 뱃속이 검은 악질이야. 여보게, 팀. 만일 어떤 사람이 상습적인 협박을 위해 필적 연구서를 보며 늘 연습했다는 증거가 계속 드러날 경우, 자네는 거기서 어떤 결론을 이끌어낼 수 있겠나?"

크로닌은 눈살을 찌푸렸다.

"그놈이 필적 위조자라는 말씀이십니까? 오랫동안 그 녀석을 쫓아다녔지만, 그런 기미는 알아차리지 못했는데요."

그러자 엘러리가 웃었다.

"단순한 필적 위조자가 아닙니다, 크로닌 씨. 몬테 필드가 수표나 어떤 것에 다른 사람의 이름을 썼다는 증거는 좀처럼 발견되지 않을 겁니다. 그런 중대한 실수를 저지르기에는 너무나 교활한 인간이었죠. 그놈은 아마 어떤 사람을 협박할 만한 문서를 손에 넣으면, 그 복사본을 만들어 그것을 그 당사자가 갖게 하고 진짜는 앞으로 또 써먹기 위해 자기가 보관했을 겁니다."

"그러나 만일 그 원본 서류가 있는 금광이 어딘가에서 발견된다면 우린 몬테 필드의 살해 원인이 된 진짜 서류도 함께 찾을 수 있을 걸세, 팀."

퀸 경감이 얼굴을 찌푸리며 덧붙였다. 붉은 머리의 법률가는 원망스러운 표정으로 퀸 부자를 바라보았다.

"만일이라는 말이 너무 자주 나오는 것 같은데요."

그가 머리를 크게 내저으며 말했다.

세 사람은 깊은 침묵 속에서 다시 수색을 해나갔다. 응접실에는 아무것도 숨겨져 있지 않았다. 한 시간 정도의 힘겨운 작업 끝에 내린 결론이었다. 스탠드와 책장 안, 미끈한 판자로 만들어진 얇은 탁자, 글 쓰는 책상의 안과 밖, 쿠션, 벽까지도 퀸 경감은 세심하게 조사했다. 퀸 경감은 이제 화가 머리끝까지 나 있었다. 억지로 참고는 있었지만 꾹 다문 입술과 불그레한 볼이 그것을 여실히 나타내주었다.

그들은 다음으로 거실에 달려들었다. 맨 처음 손댄 것은 거실 안쪽에 있는 커다란 옷장이었다. 퀸 경감과 엘러리는 옷걸이에 걸려 있는 가벼운 외투와 재킷 그리고 망토 등을 샅샅이 조사했다. 아무것도 없었다. 위쪽 장에는 화요일 아침에 한번 조사한 바 있는 모자 네 개가 있었다. 낡은 파나마모자 하나와 중산모자 그리고 중절모 두 개였다. 역시 아무것도 없었다. 크로닌은 바닥에 무릎을 꿇고는 서랍의 오목한 곳을 앞뒤 가릴 것 없이 훑어보았다. 벽을 두들겨보기도 하고 목조 부분 어딘가에 손댄 흔적이 없는지 찾아보기도 했다. 그러나 거기에도 역시 아무것도 없었다. 퀸 경감은 의자를 밟고 옷장 위로 올라가 구석구석 샅샅이 살폈으나 곧 고개를 저으며 아래로 내려서야 했다.

"이 옷장은 잊어야겠군."

퀸 경감이 투덜거렸다. 모두 거실 안쪽으로 들어섰다.

그리고 그들은 사흘 전에 해그스트롬과 피고트가 휘저어놓은, 조각이 새겨신 커다란 책상으로 시선을 옮겼다. 안에는 서류라든가 지불이 끝난 계산서, 편지 등이 가득 차 있었다. 퀸 경감은 그것들을 모두 집요하게 검사했다. 심지어는 비밀 잉크로 쓴 메시지라도 숨어 있나 해서 찢어진 조각이며 구겨진 쪽지들을 일일이 불빛에 비춰보기도 했다.

"화가 치미는군. 이 나이에 이런 짓을 해야 한다니……. 이게 다 소설 쓰는 게으름뱅이 아들 때문이지."

퀸 경감이 신음을 냈다.

퀸 경감은 화요일에 옷장 서랍에 있는 외투 주머니에서 찾아낸 자질구레한 물건들을 다시 꺼내 살펴보았다. 엘러리의 인상이 점점 찌푸려졌고, 크로닌의 얼굴은 점점 씁쓸하고 해탈한 표정으로 변해갔다. 퀸 경감은 묵묵히 열쇠와 낡은 편지, 지폐

등을 휘저었으나 잠시 뒤에는 그것도 집어치우고 얼굴을 돌려 버렸다.

"서랍 속에는 아무것도 없구나. 그 악마처럼 머리 좋은 놈이 누구의 눈에나 잘 띄는 책상 같은 곳을 은닉 장소로 택했을 리가 없지."

퀸 경감이 맥이 풀린 목소리로 말했다.

"에드거 앨런 포의 소설을 읽었다면 그랬을지도 모르죠."

엘러리가 중얼거렸다.

"자, 일을 계속하죠. 그런데 여기에 비밀 서랍 같은 건 없는 게 확실합니까, 크로닌 씨?"

붉은 머리의 법률가는 안타깝지만 자신 있다는 표정으로 고개를 끄덕였다. 세 사람은 가구 속, 카펫과 스탠드 아래, 책꽂이, 커튼에 댄 나무 등을 남김없이 조사해 나갔다. 실패가 확실해짐에 따라 그들의 얼굴에는 절망감이 명백하게 드러났다. 수색이 끝나자 거실은 마치 태풍이 휩쓸고 지나간 것 같았지만, 헛되고 보람 없는 작업이었다는 사실은 분명했다.

"이제 침실과 부엌, 화장실밖에 안 남았군."

퀸 경감이 크로닌에게 말했다. 세 사람은 월요일 밤 안젤라 루소가 차지하고 있었던 방으로 들어갔다.

필드의 침실 분위기는 두드러지게 여성적이었다. 엘러리는 이것이 저 아름다운 그리니치빌리지의 주민, 안젤라 루소의 영향이라고 생각했다. 여기서도 세 사람은 경계의 눈과 탐색의 손으로 1인치의 틈도 남기지 않고 구석구석을 샅샅이 뒤졌다. 그리고는 결국, 또 한 번의 실패를 받아들이는 수밖에 없었다. 침대 시트를 완전히 벗겨 스프링 속까지 조사하고 난 다음에는 장롱을 뒤졌다. 그들은 목욕 가운에서부터 평상복, 구두, 넥타이까지 옷을 한 벌 한 벌 꺼내 끈질기게 손가락으로 점검해갔다. 크로닌은 심드렁한 표정으로 벽과 벽 귀퉁이에 이르기까지 검사를 되풀이했다. 그는 깔개를 들춰보고, 의자를 들어보고, 침대 옆 전화대에 놓인 전화번호부 페이지를 흔들어보았다. 퀸 경감은 바닥의 스팀관 둘레에 끼어 있는 금속제 원반을 들어 올려 보기도 했다. 그것이 느슨해져 있어 혹시나 했던 것이다.

이윽고 그들은 침실에서 좁은 부엌으로 들어갔다. 그곳에는 살림이 가득 차 있어서 겨우 몸을 움직일 수 있을 정도의 공간밖에 없었다. 우선 그들은 커다란 찬장을 휘저어보았다. 크로닌의 조급한 손가락이 밀가루와 설탕 통까지 난폭하게 쑤셔댔다. 난로, 찬장, 대리석으로 된 개수대에까지 조직적인 수색이 이뤄졌다. 부엌 한쪽에 반쯤 빈 술병이 놓여 있었다. 크로닌은 군침이 도는 듯 이따금 곁눈으로 그쪽을 보다가 퀸 경감이 쏘아보자 겸연쩍은 듯 눈길을 돌렸다.

"그럼, 다음은 욕실이군."

엘러리가 중얼거렸다. 우울한 침묵 속에 세 사람은 한 덩어리가 되어 타일이 깔린 화장실로 들어갔다. 삼 분 뒤 그들은 계속 침묵을 지키며 거실로 나와 각각 의자에 앉았다. 퀸 경감은 코담뱃갑을 꺼내 몸에 밴 습관대로 한 줌 꺼내 맡았다. 크로닌과 엘러리는 담배에 불을 붙였다.

경찰의 코 고는 소리만이 들리는 가운데 무거운 침묵이 흘렀다. 어느 정도 후에 퀸 경감이 음울한 목소리로 입을 열었다.

"엘러리, 셜록 홈스와 그 추종자들에게 명성과 재산을 가져다준 연역 추리 방법으로도 이번 경우만큼은 짐작할 수 없겠지. 물론 잔소리를 하려는 건 아니다만."

퀸 경감은 의자 등받이에 머리를 기댔다. 엘러리는 손끝으로 신경질적으로 턱을 문질렀다.

"어쩌면 저는 바보짓을 연출하고 있는 건지도 모르죠. 그러나 서류는 이곳 어디엔가 있어요. 제가 어리석다고 생각하시겠지요? 하지만 논리가 저를 지지하고 있습니다. 10에서 2와 3과 4를 차례로 빼나가면 1이 남지요. ……고생한 것에 대해서는 너그럽게 용서해주세요. 하지만 전 그 서류가 반드시 여기에 있다고 생각해요."

크로닌은 콧소리를 내며 입속 가득히 연기를 뿜어냈다.

"방금 당신이 제기한 이의는 인정하겠습니다. 한 번 더 현장을 뒤져보죠."

엘러리는 뒤로 몸을 젖히며 중얼거렸다.

그러고는 자신의 말을 듣고 어이없어하는 크로닌의 얼굴을 보자 얼른 설명을 덧붙였다.

"아니, 직접 행동으로 하자는 게 아니라 말로만 해보자는 거예요. 필드의 아파트는 지금 경찰이 자고 있는 응접실, 거실, 작은 부엌, 침실 그리고 화장실로 되어 있습니다. 우리는 응접실, 거실, 작은 부엌, 화장실을 조사해보았지만 얻은 것이 없었죠."

엘러리는 과학자처럼 생각에 잠겨 있다가 갑자기 되물었다.

"그런데 우리는 이 방들을 어떤 방법으로 수색했습니까? 우리는 분명히 눈에 띄는 것만 하나하나 살펴보았어요. 가구, 스탠드, 카펫……, 다 아시겠지만 다시 한 번 반복하겠습니다. 그리고 방수 처리된 마룻바닥과 벽, 벽 모서리까지 다 찾아보았지요. 수색의 눈길을 빠져나간 것은 하나도 없으리라 생각합니다."

엘러리는 눈을 빛내며 말을 끊었다. 퀸 경감의 얼굴에서 피로한 빛이 순식간에 사라져버렸다. 지금까지의 경험으로 미뤄보아, 엘러리가 시큰둥한 일에는 결코 흥미를 가진 적이 없다는 것을 잘 알고 있었기 때문이다.

　엘러리는 아버지의 얼굴을 삼킬 듯 쏘아보며 천천히 다시 말했다.

　"그러나 세네카의 황금 지붕에 걸고 말하지만……, 우리는 뭔가 빠뜨리고 있어요. 실제로 무언가 빠뜨린 겁니다."

　"무슨 말이야? 자네 지금 농담하나?"

　크로닌이 소리쳤다.

　엘러리는 싱긋 웃으며 다리를 편안하게 했다.

　"아뇨, 난 농담 같은 건 하지 않습니다. 우린 바닥을 조사했어요. 벽도 조사했지요. 하지만 천장은 조사해봤습니까?"

　엘러리가 그 말을 연극 대사처럼 내뱉었기 때문에 다른 두 사람은 놀라며 그를 뚫어지게 바라보았다.

　"잠깐, 엘러리. 무슨 생각을 하는 거냐?"

　퀸 경감이 눈살을 찌푸리며 물었다. 엘러리는 담배를 재떨이에 대고 비벼 껐다.

　"이야기를 차근차근 해나가자면 이렇습니다, 아버지. 주어진 방정식 안에서 하나를 빼고 온갖 가능성을 남김없이 다 조사했다면 남은 하나의 가정이야말로 올바른 해답이라는 거죠. 그것의 가능성이 아무리 희박해 보일지라도 말입니다. 저는 이 유일한 가정이 정답이라고 결론을 내리겠습니다."

　"하지만 퀸 군, 하필이면 천장이라니!"

　크로닌이 말했다. 퀸 경감은 원망스러운 듯이 거실 천장을 올려다보고 있었다. 엘러리는 그 표정을 보고는 머리를 내저으며 웃었다.

　"일부러 솜씨 좋은 미장이를 데려와 이 멋진 주택의 천장을 뜯어내자고 말하는 건 아니에요, 아버지. 저는 이미 어떻게 대답해야 할지 준비해놓았습니다. 자, 이런 방의 천장에는 무엇이 있을까요?"

"샹들리에가 있지."

크로닌이 머리 위에 육중하게 드리워진 청동제 장식을 쳐다보며 중얼거렸다.

"그렇다. 침대 위의 캐노피!"

퀸 경감이 소리를 지르며 벌떡 일어나 침실로 뛰어갔고, 크로닌도 요란하게 발소리를 내며 그 뒤를 따랐다. 엘러리도 재미있다는 듯이 그들을 천천히 따라갔다.

세 사람은 침대 다리 옆에 서서 캐노피를 올려다보았다. 그 화려한 장식품은 미국에서 흔히 보는 것과는 달리 네 개의 기둥에 커다란 사각 포장이 쳐져 있을 뿐만 아니라 침대 전체를 완전히 감싸고 있었다. 네 개의 기둥은 바닥에서부터 꼭대기까지 닿도록 만들어져 있었다. 묵직한 갈색 비단 천 역시 바닥에서 천장까지 닿았고, 꼭대기의 동그란 나무 고리에는 비단 주름 커튼이 달려 우아하게 바닥까지 드리워져 있었다.

"그래, 그것이 어딘가에 있다면……, 틀림없이 저 위에 있을 거야. 자, 모두 거들어주게."

퀸 경감은 비단 천을 씌운 침실용 의자 한 개를 침대 옆으로 끌어오며 신음하듯 말했다.

퀸 경감은 의자가 더러워지는 것도 아랑곳하지 않고 흙발로 비단 천을 밟아 의자 위로 올라섰다. 그리고 머리 위로 두 팔을 뻗쳐보았지만 천장에 손이 닿지 않았다. 그는 다시 아래로 내려왔다.

"아마 너도 손이 닿지 않을 거다. 엘러리. 필드도 너보다 크지는 않았으니, 어디 가까운 곳에 필드가 사용한 사다리가 있을 것 같은데……."

퀸 경감이 중얼거렸다.

엘리리가 머리를 갸우뚱하며 부엌 쪽을 가리키자 크로닌이 쏜살같이 달려갔다. 그리고 곧 여섯 단이나 되는 사다리를 들고 돌아왔다. 퀸 경감이 가장 높은 단까지 올라섰으나 캐노피 꼭대기의 가로대에는 손끝이 닿지 않았다. 그러자 엘러리가 아버지를 내려오게 한 뒤 사다리 꼭대기로 올라갔다. 문제는 간단하게 해결되었다. 사다리 꼭대기에 선 엘러리는 캐노피 지붕을 충분히 더듬을 수 있었던 것이다.

엘러리는 커튼을 거머쥐고 힘껏 잡아당겼다. 그러자 비단 커튼이 벗겨져 한쪽으로 몰렸다. 그리고 길이가 30센티미터쯤 되는 나무판자가 나타났다. 지금까지는 커튼에 가려져 보이지 않던 판자였다. 엘러리는 재빨리 손가락으로 조각이 새겨진 판자 위를 만져보았다. 크로닌과 퀸 경감은 호기심에 가득 찬 표정으로 엘러리를 지켜보았다. 문 같은 것이 보이지 않았으므로 엘러리는 몸을 앞으로 숙이고 판자 가장자리 바로 밑의 커튼을 조사했다.

"뜯어버려, 엘러리!"

퀸 경감이 외쳤다.

엘러리가 커튼을 힘껏 잡아당겼다. 비단 커튼이 스르르 침대 위로 떨어지면서 판자가 드러났다.

"안이 비어 있는데요."

엘러리가 손가락으로 판자 밑부분을 톡톡 튀기며 말했다.

"비어 있다면 그리 큰 도움은 안 되겠군. 하지만 원래부터 단단한 판자 한 장으로 되어 있진 않았겠지. 침대 저쪽을 조사해 보는 게 어떻겠나, 퀸 군?"

A 천장
B 거실로 통하는 문
C 거울
D 화장대

E 침대를 둘러싼 비단 커튼. 천장에서 바닥까지 닿는 길이이며, 모자가 숨겨져 있던 나무판자를 감추고 있다.

크로닌이 말했다. 그러나 엘러리는 뒤로 물러서서 다시 판자 옆쪽을 살펴보다가 갑자기 승리에 찬 목소리로 고함을 질렀다. 여태껏 엘러리가 찾던 것은 복잡하고 감쪽같이 숨겨진 '비밀 문'이었지만 드러난 것은 단순한 판자 한 장에 불과했다. 그것은 이음매가 여닫이로 된 판자였는데, 한 줄로 늘어선 목제 장미꽃 무늬와 심심한 장식에 가려져 교묘하게 숨겨져 있었다. 하지만 미스터리에 정통한 사람이 소리 높여 감탄할 만큼 정교하게 숨겨져 있지는 않았다.

"마치 제가 옳았다는 걸 증명해주려는 것 같군요."

엘러리는 자기가 찾아낸 어둡고 오목한 구멍을 들여다보며 씩 웃었다. 퀸 경감과 크로닌은 숨을 죽이고 엘러리가 긴 팔을 구멍에 집어넣는 모습을 지켜보았다.

갑자기 엘러리가 마른 몸을 흥분에 떨며 고함을 질렀다.

"모든 이교도 신들에게 걸고 제가 했던 말 기억하세요, 아버지? 분명 서류들은 전부 이 안에 있을 거예요. 모자 안에 말이에요!"

잠시 후 소매 끝이 먼지투성이가 된 채 엘러리는 판자 속에서 팔을 빼냈다. 아래에 있는 두 사람은 엘러리의 손에 들려 있는 곰팡내 나는 실크 모자를 바라보았다.

크로닌이 이루 말할 수 없는 흥분에 떨고 있는 동안 엘러리는 모자를 침대 위에 던지고는 그 구멍에 다시 팔을 집어넣었다. 그리고 또 다른 모자를 꺼냈다. 그리고 또 하나, 다시 또 하나……. 이렇게 모자들은 모두 침대 위에 가지런히 놓였다. 실크 모자 두 개에 중산모 두 개였다.

"회중전등을 켜봐라, 엘러리. 그 밖에 다른 것이 있는지 잘 살펴보아라!"

퀸 경감이 명령했다.

엘러리는 올려주는 회중전등을 받아 판자 속을 비춰보았다. 그러나 얼마 뒤 고개를 내저으며 내려왔다.

"그게 전부예요. 하지만 이것으로 충분하다고 봅니다."

그는 소매에 묻은 먼지를 털며 말했다.

퀸 경감은 모자 네 개를 집어들고 거실로 가서 소파에 올려놓았다. 세 사람은 긴장된 표정으로 자리에 앉아 서로 얼굴을 마주 보았다.

"그게 뭔지 보고 싶어서 좀이 쑤시는데요."

크로닌이 쉰 목소리로 말했다.

"난 어쩐지 보기가 두렵다."

퀸 경감이 대꾸했다. 엘러리가 웃으면서 말했다.

"메네 메네 테켈 우파르신. *Mene mene tekel upharsin, 본래 의미는 '벽에 쓰인 글씨*

라는 뜻. 성경의 다니엘서 5장 25절에 나오는 대사 —옮긴이 이 경우에는 '널빤지에 쓰인 글씨'라고 해석할 수 있겠군요. '조사해봐라, 맥더프!'*셰익스피어의 희곡 〈맥베스〉에 나오는 대사 —옮긴이*"

퀸 경감이 실크 모자 하나를 집어들었다. 매끄러운 모자 안감에 '브라운 형제 상회'의 간소한 상표가 뚜렷하게 붙어 있었다. 그는 모자 안쪽의 단을 뒤집어보았으나 아무것도 없었다. 그래서 가죽띠를 뜯어내려고 했으나 쉽사리 떨어지지 않았다. 퀸 경감은 어쩔 수 없이 크로닌에게 주머니칼을 받아서는 그것을 간신히 뜯어냈다. 그러고는 고개를 들고 쾌활하게 말했다.

"로마인이여, 동포들이여! 이것 좀 보게나. 이 모자는 털어봐야 비듬밖에 없군. 조사해보셨나, 팀?"

크로닌은 분통이 터지는 듯 뭐라 소리를 지르며 모자를 빼앗았다. 그러고는 화풀이로 모자를 갈기갈기 찢어버렸다.

"이런 빌어먹을! 제 덜 떨어진 머리로는 대체 어찌 된 일인지 전혀 모르겠습니다, 경감님. 어떻게 된 일인지 설명해주십시오."

그는 찢어진 조각들을 바닥에 내동댕이치며 소리쳤다.

퀸 경감은 미소 지으며 두 번째 실크 모자를 집어들고 신기한 듯 바라보았다.

"자네는 사정을 잘 모르는 모양이군, 팀. 우리는 모자들 가운데 하나가 왜 비어 있는지 알고 있다네, 그렇지, 엘러리?"

"마이클스!"

엘러리가 중얼거렸다.

"그래, 맞아. 마이클스야."

퀸 경감이 맞장구쳤다.

"찰스 마이클스라고요? 그 친구는 필드의 오른팔 아닙니까?

이번 사건과 무슨 관계죠?"

크로닌이 다시 소리 질렀다.

"그건 아직 모른다네. 자네는 마이클스에 대해 알고 있나?"

"필드 밑에서 일했다는 사실 빼고는 아무것도 모릅니다. 그자는 전과자인데 알고 계셨습니까?"

퀸 경감은 무언가 깊이 생각하는 것 같았다.

"물론 알고 있었지. 마이클스 전과 기록에 관한 것은 다음에 다시 얘기하세……. 그건 그렇고 모자에 대해 설명하겠네. 마이클스는 살인이 일어난 날 밤 필드의 야회복을 준비했다고 진술했네. 물론 실크 모자도 함께였지. 마이클스는 자기가 아는 한 필드는 실크 모자를 하나밖에 안 가지고 있다고 말했네. 그러므로 필드가 서류를 숨기는 데 모자를 사용했고, 그날 밤 로마 극장에 탄환을 장전한 총을 숨긴 모자를 쓰고 갔다고 가정한다면, 필드는 마이클스가 준비해준 텅 빈 모자를 총이 든 모자와 바꿔 썼다는 말이 되지. 필드는 옷장에는 실크 모자를 하나밖에 넣어두지 않았네. 뒤바뀐 모자를 벽장에 넣어두었다가 마이클스에게 발견되면 곤란해질 테니까 말이네. 그래서 모자를 바꿔치기할 때 텅 빈 모자는 숨기지 않으면 안 되었던 걸세. 총을 숨긴 모자가 있었던 장소, 즉 판자 뒤에 숨기는 것만큼 편리하면서 확실한 방법이 어디 있겠나?"

"이거 한 방 먹었군요."

크로닌이 소리쳤다. 퀸 경감은 설명을 계속했다.

"필드는 신중했기 때문에 로마 극장에서 돌아온 뒤 쓰고 갔던 모자를 원래 숨겨둔 장소에 도로 놓아둘 생각이었을 거야. 그리고 지금 자네가 찢어버린 그 모자를 꺼내 옷장에 걸어두려고 했겠지. 자, 그 설명은 이만하기로 하고 다음 모자를 조사해보세."

퀸 경감은 두 번째 실크 모자의 안쪽 가죽 밴드를 벗겨냈다. 거기에도 브라운 형제 상회의 상표가 붙어 있었다.

"이것 봐!"

퀸 경감이 갑자기 외쳤다. 두 남자가 들여다보니 밴드 안쪽 표면에 보랏빛을 띤 잉크로 겨우 알아볼 수 있도록 '벤저민 모건'이라고 쓰여 있었다.

"자네에게 비밀을 지키겠다는 약속을 받지 않으면 안 되겠네, 팀. 어떤 경우라도 벤저민 모건을 이 사건에 말려들게 한 이 서류를 발견했을 때 같이 있었다고 말해서는 안 되네."

"제가 누군지 아시잖습니까, 경감님. 저는 조개처럼 입이 무겁습니다. 그 점은 믿으셔도 좋습니다."

크로닌이 불만스럽게 말했다.

"그럼, 좋네."

퀸 경감은 모자 안을 만져보았다. 분명히 버석거리는 소리가 났다.

"자, 이젠 범인이 왜 필드의 모자를 가지고 달아났는지 알게 되었군요. 아마 범인 이름도 이것처럼 쓰여 있었을 겁니다. 지울 수 없는 잉크로 말이에요. 그래서 범인은 범죄 현장에 자기 이름이 쓰여 있는 모자를 남겨두고 싶지 않았던 거죠."

엘러리가 침착하게 말했다.

"젠장! 그 모자만 손에 넣는다면 범인이 누군지 알 수 있을 텐데……."

크로닌이 외쳤다.

"하지만, 팀. 그 모자는 영원히 사라졌을 거야."

퀸 경감이 무뚝뚝하게 말했다.

퀸 경감은 모자에 꿰매져 있는 밴드 안쪽을 주의 깊게 살펴보았다. 그리고 꿰맨 실을 뜯어내고는 손가락을 그 안에 넣어 샅샅이 훑었다. 이윽고 퀸 경감은 가느다란 밴드에 감긴 종이를 말없이 꺼냈다.

"사람들이 생각하는 것처럼 제가 별난 놈이라면 '그것 봐, 내 말대로지!' 하고 말했을 겁니다. 하지만 설사 그렇게 말한들 이의는 없겠죠?"

몸을 뒤로 젖히며 엘러리가 말했다.

"우리가 잘못 생각했기 때문에 변명의 여지는 없구나. 하지만 이쯤 해두지 않겠니, 아들아?"

퀸 경감은 싱긋 웃었다. 그는 고무 밴드를 벗기고는 재빨리 서류를 한 번 훑어보았다. 그런 다음 만족스러운 미소를 지으며 안주머니에 도로 집어넣었다.

"모건이 말한 대로군."

퀸 경감은 중산모 하나를 집어들었다. 밴드 안쪽에 수수께끼처럼 ×표가 그려져 있었다. 퀸 경감은 거기서 실크 모자에 있었던 것과 똑같은 꿰맨 자국을 발견했다. 꺼낸 서류는 모건의 것보다 두꺼웠다. 퀸 경감은 호기심 어린 눈으로 그것을 조사해보았다. 그리고 서류를 크로닌에게 건네주었다. 서류를 받아든 크로닌의 손끝이 떨렸다.

"운이 좋았구먼, 팀. 자네가 뒤쫓던 사나이는 죽었지만, 거기에는 꽤 많은 사람들 이름이 적혀 있어. 자네도 머지않아 영웅이 되겠는걸!"

퀸 경감이 느린 목소리로 말했.

크로닌은 신들린 사람처럼 서류를 하나하나 펴나갔다.

"이 녀석이 맞아. 이 녀석이야!"

그는 서류 다발을 주머니에 넣고 자리에서 벌떡 일어나 급하게 말했다.

"이 녀석을 처리해야겠습니다. 경감님. 드디어 할 일이 생겼습니다. 그 네 번째 모자에서 어떤 것이 발견되든 그건 내 알 바 아니에요. 경감님과 퀸 군에게 어떻게 인사해야 할지 모르겠군요. 그럼 이만 실례하겠습니다."

크로닌은 방에서 달려나갔다. 그 뒤 응접실에 있던 경찰의 코 고는 소리가 그치더니 바깥문이 꽝 하고 닫히는 소리가 들려왔다. 엘러리와 퀸 경감은 얼굴을 마주 보았다.

퀸 경감은 마지막으로 중산모의 안쪽 밴드를 만지작거리며 중얼거렸다.

"이런 잡동사니가 지금부터 어떤 도움이 될지 나로서는 아직 모르겠는걸. 우린 여러 가지 단서들을 찾아냈어. 이제 남은 것은 멋대로 상상하는 일뿐이야. 그런데……."

퀸 경감은 한숨을 쉬며 밴드를 불빛 쪽으로 비춰보았다.

거기에는 '기타'라는 표시가 있었다.

18
막다른 골목

금요일 정오, 퀸 부자와 티모시 크로닌이 몬테 필드의 아파트 수색에 열중하고 있을 때, 벨리 경사는 언제나처럼 무뚝뚝하고 무표정한 얼굴로 브로드웨이에서 87번가로 천천히 걸어왔다. 그러고는 퀸 부자의 집 갈색 돌층계를 올라가 벨을 눌렀다. 점잔을 빼며 올라오는 벨리 경사를 주나가 쾌활하게 맞이했다.

"경감님은 지금 안 계신데요."

주나가 건방지게 말했다. 주나는 가냘픈 몸에 터무니없이 큰 주부용 앞치마를 두르고 있었다. 집 안에서는 양파를 다져 넣은 스테이크 냄새가 은은하게 풍겨왔다.

"까불지 마라, 요 꼬마 녀석."

벨리는 위협하듯 으르렁거리고는 안주머니에서 두툼한 봉함 봉투를 꺼내 주나에게 건넸다.

"경감님이 돌아오시거든 이것을 전해드려. 잊어버리면 이스트 강에 집어넣을 줄 알아."

"경사님 말고는 아무도 안 그럴걸요."

주나는 입술을 삐죽 내밀며 불평했다. 그러나 곧 예의를 갖추고 이렇게 덧붙였다.

"네, 알겠습니다."

"그래, 좋았어."

벨리는 거드름을 피우며 건물을 빠져나갔다. 4층 창가에서 싱글싱글 웃으며 내려다보는 주나의 눈에는 벨리의 넓은 등이 유난히 더 커 보였다.

6시 조금 못 되어 퀸 부자는 무거운 다리를 이끌고 집으로 돌아왔다. 방에 들어왔을 때, 경감의 민첩한 눈은 쟁반 위에 놓인 관공서용 봉투로 쏠렸다.

그는 봉투 귀퉁이를 찢고, 형사과의 비품인 타자 용지 여러 장을 꺼냈다.

"이거 원……. 어디서 초대장이라도 온 것 같군요."

엘러리는 귀찮은 듯 코트를 벗어 던지며 중얼거렸다.

퀸 경감은 팔걸이의자에 몸을 파묻고는 모자와 외투를 벗는 것도 잊은 채 소리 높이 보고서를 읽어나갔다.

첫 장에는 다음과 같이 적혀 있었다.

〈석방 보고〉

192X년 9월 28일

존 카차넬리, 일명 목사 조니, 일명 이탈리아 인 존, 일명 피터 도미니크는 오늘 보석으로 구치소에서 석방되었음.

192X년 6월 2일에 있었던 보노모 실크 공장 도난 사건에 J. C.가 관련되었는지에 대해 극비로 조사했으나 성공하지 못했음. 경찰 정보 제공자인 '피라미' 모어하우스를 찾고 있으나 모어하우스는 늘 드나드는 장소에 나타나지 않고 있으며 현재 모습을 감춘 상태임.

J. C.의 석방은 샘슨 지방 검사의 권고에 의해 행해졌음. J. C.에게는 감시인이 딸려 있으므로 언제라도 연락이 가능함.

형사 제4호

T. V. 인증

퀸 경감은 눈살을 찌푸리며 목사 조니에 대한 보고를 옆으로 밀어두었다. 두 번째로 집어든 보고서는 이런 내용이었다.

〈윌리엄 푸색에 대한 보고〉

192×년 9월 28일

윌리엄 푸색의 신변 조사 결과 다음과 같은 사실이 밝혀졌음.

나이 32살. 뉴욕 주 브루클린 출생. 부모는 귀화인. 미혼. 품행 정상. 매우 사교적임. 일주일에 세 번 내지 네 번 정도 밤에 여자와 데이트를 함. 매우 종교적임. 브로드웨이 1076번지 의류 가게인 슈타인 앤드 라우치 상점의 장부 담당 직원. 도박이나 음주 습관 없음. 불량 친구 없음. 오직 한 가지 나쁜 성향은 여자를 좋아하는 것이라고 생각됨.

월요일 밤 이후의 행동은 정상. 편지 보낸 곳 없음. 은행 예금 인출 없음. 시간 약속은 철저한 편임. 의심받을 행동 없음.

여자 친구 에스더 재블로는 푸색과 가장 가까운 사이로 보임. 월요일 이래 그는 에스더와 두 번 만났음. 화요일 점심때와 수요일 밤. 수요일 밤에는 영화관과 중국 요리점에 갔음.

형사 제4호

T. V. 인증

퀸 경감은 우울한 얼굴로 그것도 옆으로 내던졌다. 세 번째의 보고 표제는 다음과 같았다.

〈매지 오코넬에 대한 보고〉

192×년 9월 28일 금요일까지

오코넬은 10번가 1436번지 4층에 세 들어 살고 있음. 아버지 없음. 로마 극장이 폐쇄되어 월요일 밤부터 집에서 쉼. 화요일 밤에는 일반 관객들이 극장 밖으로 나갈 수 있도록 조치한 다음 집으로 돌아갔음. 도중에 8번가와 48번가 모퉁이 약국에 들러 전화를 걸었음. 상대방은 확인하지 못했음. 통화 중 목사 조니에 대해 언급하는 것을 들었음. 흥분한 것처럼 생각되었음.

화요일에는 1시까지 외출하지 않았음. 뉴욕 시 교도소에 수감 중인 목사 조니와 아무런 연락 시도 없었음. 로마 극장이 무기한으로 폐쇄된다는 것을 확인하자 안내원 일자리를 찾기 위해 극장 관계 소개업자를 찾아다녔음.

수요일과 목요일에는 아무 일 없었음. 지배인의 호출을 받고 목요일 밤 로마 극장에서 일하기 위해 출근. 목사 조니와 면회 또는 연락 시도 없었음. 전화 호출, 방문객, 내신 없었음. 수상한 점이 있음. 미행을 눈치챈 듯함.

형사 제11호

T. V. 인증

퀸 경감은 신음을 내며 다음 보고서를 집어들었다.
"여기에는 또 무엇이 쓰여 있을까?"

〈프랜시스 아이브스 포프에 대한 보고〉

192×년 9월 28일

프랜시스 아이브스 포프는 월요일 밤, 퀸 경감에 의하여 지배인 사무실에서 풀려난 후 곧 로마 극장을 나왔음. 중앙 출입구로 나가는 다른 관객들과 함께 몸수색을 받았음. 배우 이브 엘리스, 스티븐 배리, 힐다 오렌지와 함께 나갔음. 택시를 타고 리버사이드 드라이브의 아이브스 포프 저택으로 돌아갔음. 반쯤 혼수상태로 갔음. 세 배우는 그 뒤 곧 저택에서 나옴.

화요일에는 외출하지 않았음. 정원사로부터 그녀는 하루 종일 침대에 누워 있었다는 것을 알았음. 하루 종일 그녀에게 여러 통의 전화가 걸려 왔다고 함.

수요일 아침 이 집에서 있었던 퀸 경감과의 회견 때까지 모습을 보이지 않았음. 회견이 끝나자 스티븐 배리, 이브 엘리스, 제임스 필 그리고 그녀의 오빠인 스탠포드 아이브스 포프와 함께 드라이브를 즐기기 위해 리무진을 타고 웨스트체스터로 향했음. 외출로 그녀는 원기를 회복. 밤에는 스티븐 배리도 함께 집에 있었음. 브리지 파티를 열었음.

목요일. 5번가에서 쇼핑. 점심을 들기 위해 스티븐 배리와 만났음. 배리는 그녀를 센트럴 파크로 데려감. 오후 내내 밖에서 지냈음. 5시쯤 스티븐 배리가 그녀를 저택으로 데려다줌. 그는 저녁 식사를 하기 위해 집에 남았음. 저녁 식사가 끝난 뒤 극장 지배인의 호출을 받고 출연 문제로 로마 극장에 갔음. 프랜시스 아이브스 포프는 밤에 가족과 함께 지냈음.

금요일 아침. 이상 없음. 한 주일 내내 의심할 만한 행동 없음. 어떤 경우에도 모르는 인물과 접촉한 적 없음. 벤저민 모건과의 통신 연락은 물론 만난 적도 없음.

형사 제39호
T. V. 인증

"그럴 줄 알았지."

퀸 경감은 중얼거렸다.

다음에 집어든 보고서는 아주 짤막했다.

〈오스카 르윈에 대한 보고〉

192×년 9월 28일

르윈은 화요일과 수요일 내내 그리고 금요일 아침에 몬테 필드의 사

무실에서 지냈음. 스토츠와 크로닌과 함께 일했음. 세 사람은 날마다 점심을 함께했음.

르윈은 결혼해서 브롱크스 이스트 156번가 211번지에 살고 있음. 밤에는 늘 집에서 지냄. 수상한 편지나 방문자 없음. 못된 습관 없음. 성실하고 검소한 생활. 사회적인 평판 좋음.

형사 제16호

덧붙임: 오스카 르윈의 경력과 성격 등에 대해서 자세한 것이 필요하다면 티모시 크로닌 부검사를 통해 입수하기 바람.

T. V. 인증

퀸 경감은 한숨을 내쉬고 다섯 장의 서류를 쟁반 위에 놓았다. 그러고는 자리에서 일어나 기다리고 서 있는 주나의 팔에 모자와 외투를 던져준 다음 다시 자리에 앉았다. 퀸 경감은 봉투 속에서 마지막 보고서를 꺼냈다. 지금까지 읽은 보고서보다 조금 큰 종이에 'R. Q.에게 드리는 메모'라고 쓰인 조그만 쪽지가 핀으로 꽂혀 있었다.

그 쪽지에는 이렇게 쓰여 있었다.

프라우티 박사가 오늘 아침 경감님께 전해달라며 여기에 첨부한 보고서를 놓고 갔습니다. 직접 만나 뵙고 보고드리지 못함을 유감스럽게 생각합니다. 지금 버브리지 독살 사건으로 시간이 없기 때문입니다.

그리고 눈에 익은 벨리의 휘갈겨 쓴 이니셜 T. V.가 보였다. 첨부된 보고서는 주검시관 사무실의 마크가 붙은 전용 종이에 급히 타자로 친 것이었다.

퀸 경감님. 테트라에틸납에 대한 정보를 전달합니다. 존스 박사와 저의 감독 아래 가능성 있는 출처를 모두 철저히 조사해보았습니다. 그러나 성과가 없었습니다. 그 점에 대해서는 경감님도 어쩔 수 없으리라 생각됩니다. 몬테 필드를 살해한 독약의 출처를 캐내기는 불가능합니다. 이것은 경감님의 겸손한 부하인 제 견해일 뿐만 아니라 주검시관 및 존스 박사의 견해이기도 합니다. 우리 세 사람은 그 독극물이 가솔린에서 추출한 것이라는 것밖에는 확실하게 말할 수 없습니다. 힘내십시오, 셜록!

프라우티 박사의 필적으로 다음과 같은 내용이 덧붙여져 있었다.

물론 이상한 점이 발견되면 곧 알리겠습니다.
조심하도록 부탁드리며…….

"퍽이나 이상한 점이 생기겠구먼."
퀸 경감은 신음하듯 말했다. 엘러리는 한마디도 하지 않고 주나가 준비한 맛있어 보이는 음식을 먹기 시작했다. 퀸 경감은 화가 나는 듯 과일 샐러드 속에 스푼을 찔러넣었다. 행복과는 아주 거리가 먼 표정이었다. 그는 입속으로 무언가 중얼거리며 쟁반 위에 놓인 보고서를 쳐다보고는, 엘러리의 피곤한 얼굴과 힘차게 우물우물 움직이는 턱을 흘끗 보다가 곧 스푼을 내던져버렸다.
"이것도 저것도 모두 쓸모가 없다니, 화가 나는군. 별 볼일 없는 보고들뿐이야."
퀸 경감은 울화가 치미는 듯 소리쳤다.
엘러리는 싱긋 웃었다.

"아버지, 페리안드로스를 기억하시겠죠? ……네? 에이, 아시면서 그러시네. 코린트의 페리안드로스는 정신이 멀쩡할 때는 이렇게 말했습니다. '불가능한 것은 아무것도 없다.'라고요."

활활 타고 있는 난롯불 앞에서 주나는 언제나처럼 한구석에 웅크리고 앉아 있었다. 엘러리는 담배를 피우며 느긋하게 불꽃을 들여다보았지만 늙은 퀸 경감은 불쾌한 듯 코에 코담배를 대고 있었다. 두 사람의 퀸은 편안히 앉아 진지하게 의논을 하려고 했다. 아니, 정확히 말하면 퀸 경감은 차분히 앉아 진지하게 말하고 있었으나, 엘러리는 완전히 꿈꾸는 듯한 얼굴로 범죄와 형벌 등의 세속적인 문제에는 전혀 관심이 없다는 듯 멍하니 앉아 있었다.

퀸 경감이 탁 소리가 나도록 의자 팔걸이에 한 팔을 내려놓았다.

"엘러리, 이처럼 피곤한 사건에 부딪친 적 있었니?"

"아버지, 저는 그 반대로 생각하고 있어요. 아버지는 지금 신경이 너무 날카로워지셨어요. 살인범을 체포한다는 사소한 일에 과도하게 흥분하신 거죠. 쾌락주의자의 철학을 들이밀어서 죄송하지만……, 제가 쓴 《검은 유리창 사건》이라는 소설을 기억하세요? 그 소설에 나오는 민완 탐정들은 범인을 잡는 데 아무 고생도 하지 않지요. 그 이유는 '늘 머리를 맑게 가졌기' 때문이에요. 저는 지금 내일 일을 생각하고 있어요. 멋진 휴가 말이에요."

엘러리는 눈을 반쯤 감고 담뱃불을 바라보며 대답했다.

퀸 경감은 화를 냈다.

"이 녀석아. 배웠다는 놈이 왜 그렇게 언행에 일관성이 없느냐. 입을 열었다 싶으면 말하는 내용에 별 뜻이 없고, 무슨 의미 있는 행동을 할 때는 아무 말도 없고. 허허, 이것 참! 내 머릿속이 완전히 뒤죽박죽이로구먼……."

엘러리는 웃음을 터뜨렸다.

"메인 주의 숲, 황갈색 낙엽들, 선량한 쇼뱅의 호숫가 오두막, 지팡이 하나, 맑은 공기……. 오 주여, 내일이 과연 오겠나이까?"

퀸 경감은 우울한 얼굴로 아들을 물끄러미 바라보았다.

"내가 바라는 것은……, 아니 됐다. 신경 쓰지 않아도 돼. 내가 말하고 싶은 것은 이 조그만 살인 사건이 해결되지 않으면 책임은 모조리 우리가 져야 한다는 거다, 엘."

퀸 경감은 한숨을 내쉬었다.

"악당들로 가득한 축복받은 게헤나*'지옥'의 그리스어 –옮긴이*여! 판(Pan)은 도대체 인간의 시름을 알기나 하려는지. 아버지, 다음에 낼 책은 이미 다 쓴 거나 마찬가지로군요."

"또 실제 사건에서 줄거리를 빌어다 쓸 테냐, 괘씸한 녀석! 만일 네가 필드 사건에서 줄거리를 따온다면 마지막 두세 장만은 꼭 읽어보고 싶다. 범인이 나올 테니까."

퀸 경감에 말에 엘러리는 빙그레 웃었다.

"아버지, 인생엔 항상 성공만 있는 게 아닙니다. 실패도 있는 거죠. 특히 몬테 필드는 정말 가치 없는 인간이었잖아요?"

"문제는 거기에 있는 게 아니야. 나는 지는 게 싫거든……. 이 사건은 동기며 계획이 엉켜 있는 특이한 사건이야. 이처럼 어려운 사건은 내 오랜 형사 생활에서 생전 처음이다. 원 세상에, 뇌졸중이 오게 생겼구나. 누가 죽었는지도 알고 왜 죽었는지도 알고 있다. 어떻게 살인이 행해졌는지도 알고 있고. 그런데 나는 지금 어디에 있느냐 말이다."

퀸 경감은 말을 멈추고 거칠게 코담배를 한 줌 쥐었다.

"정답에서 몇백만 킬로미터나 떨어진 곳에 있어. 그곳이 지금 내가 있는 장소란 말이다."

퀸 경감은 하도 소리를 질러 맥이 빠졌다.

"확실히 아주 이상한 상황이에요."

엘러리가 중얼거리며 말을 받았다.

"하지만 우리는 더 어려운 사건을 곧잘 해결해왔잖아요. 아, 휴가가 기다려지는구나. 자연으로 돌아가 아르카디아의 시원한 바다 물결에 몸을 맡기고……."

"그런 다음에는 폐렴에 걸리겠지. 지금부터 약속을 받아둬야겠다, 엘러리. 괜히 위험한 곳에 뛰어들어 '자연으로 돌아가라.' 하는 식의 모험은 하지 마라. 내 손으로 장례식을 치르고 싶진 않으니까. 나는……."

엘러리는 갑자기 입을 다물고 아버지를 찬찬히 바라보았다. 춤추는 불꽃에 윤곽이 드러난 퀸 경감은 한층 더 늙어 보였다. 얼굴에는 고통이 역력했고 주름이 깊게 져 있었다. 늘어진 희끗희끗한 머리카락을 쓸어올리는 손도 끔찍스러울 만큼 가냘파 보였다.

엘러리는 자리에서 일어나, 얼굴을 붉히며 허리를 굽히고는 아버지의 어깨를 가볍게 두드렸다.

"힘내세요, 아버지."

그는 나지막하게 소곤거리며 말을 이었다.

"쇼뱅과 약속을 하지 말걸 그랬네요……. 하지만 모든 일이 잘 해결될 겁니다. 제 말을 믿어주세요. 제가 남아 있어서 조금이라도 도움이 된다면 좋겠지만 그렇지 않을 거예요. 나머지는

Part Three

아버지가 하실 일이죠. 아버지처럼 멋지게 그 일을 해치울 사람은 아무도 없을 겁니다."

퀸 경감은 애정이 가득한 눈으로 아들을 바라보았다. 엘러리는 갑자기 몸을 돌리며 가볍게 말했다.

"그럼, 이제 짐을 챙겨야겠군요. 내일 아침에 그랜드 센트럴 역을 출발하는 7시 45분발 열차를 타야 하니까요."

엘러리는 침실로 들어갔다. 그러자 터키의 현자처럼 구석에 앉아 있던 주나가 조용히 일어나 퀸 경감이 앉아 있는 의자 옆으로 다가왔다. 그리고는 바닥에 웅크려 앉아 퀸 경감의 무릎에 머리를 묻었다. 고요한 정적 속에서 이따금 난로의 장작이 튀는 소리와 옆방에서 엘러리의 움직이는 소리가 들려왔다.

퀸 경감은 몹시 지쳐 있었다. 핏기가 없는 여위고 주름진 얼굴이 불빛으로 인해 붉게 빛났다. 그는 주나의 고수머리를 쓰다듬었다.

"주나. 니는 이디 음에 커서 경찰 같은 건 되지 마라."

퀸 경감이 중얼거리듯 말했다.

주나는 목을 젖히고 심각한 얼굴로 퀸 경감을 쳐다보았다.

"저는 경감님처럼 되겠다고 마음먹었는데요."

이때 전화벨이 울려 퀸 경감은 벌떡 일어났다. 창백한 얼굴로 탁자 위의 수화기를 집어든 경감은 목멘 소리로 말했다.

"여보세요, 퀸입니다!"

그는 한참 뒤에 수화기를 내려놓고는 무거운 걸음으로 침실로 들어갔다. 그리고 침실 문 앞 기둥에 무너지듯 기댔다. 여행가방 위로 몸을 기울이고 있던 엘러리가 벌떡 몸을 일으키며 달려나왔다.

"아버지! 어떻게 된 거예요?"

퀸 경감은 힘없는 표정으로 애써 미소 지었다.

"아무것도 아니다. 좀 지쳤던 모양이야. 방금, 이 사건 해결을 위해 보낸 '좀도둑'에게서 보고가 왔다."

"그래서요?"

"아무것도 찾지 못했단다."

엘러리는 아버지의 팔을 부축해 침대 옆 의자로 데려갔다. 그는 의자에 쓰러지듯 앉았다. 퀸 경감의 눈은 피로해 보였다.

"엘러리, 이제 마지막 증거를 기대하던 희망도 사라졌다. 정말 억울한 일이지. 법정에서 범인을 유죄로 만들 물적 증거가 하나도 없는 거야. 우리가 가지고 있는 게 뭐냐? 논리적인 추리, 그것뿐이야. 실력 있는 변호사가 맡는다면 우리는 지고 말거야. 하지만 좋아. 아직 포기하기는 이르니까."

퀸 경감은 갑자기 밝은 얼굴로 의자에서 일어났다. 그는 기운을 차리고 엘러리의 등을 가볍게 두드렸다.

"그만 자라, 엘러리. 너는 내일 아침 일찍 일어나야 하니까. 나는 잠깐 앉아서 생각을 좀 해야겠다."

막간
독자의 주의를 환기시키며

요즘 미스터리 소설은 독자가 탐정이 되어 범인을 추리해보도록 하고 있다. 나는 엘러리 퀸을 설득해 이 《로마 모자 미스터리》에서 독자에의 도전을 삽입해도 좋다는 허락을 받았다. '몬테 필드를 죽인 것은 누구인가?', '살인은 어떻게 행해졌는가?' 이제 필요한 사실을 모두 손에 넣었으므로 눈치 빠른 독자는 이쯤 되면 어떤 결론에 도달했으리라 생각한다. 엘러리 퀸도 이런 생각에 동의하는 바이다. 논리적인 추리와 심리적인 관찰이 수반되었다면, 이제 충분히 범인을 집어낼 수 있을 것이다. 이 이야기 안에서 내가 등장하는 부분은 이것이 마지막이므로, 나는 여기서 독자 여러분에게 '물건을 살 때는 주의해서 사라!'라는 말을 바꾸어 '독자들이여 주의하라!'라는 말을 바친다.

J. J. 맥

4부

완전 범죄자는 초인이다. 완전 범죄를 하려면 외로운 늑대처럼 신중하게, 아무에게도 발견되지 않도록 해야 한다. 친구도 의존할 사람도 있어서는 안 된다. 실수를 필히 주의해야 하며, 두뇌와 손발이 재빨라야 한다. (……) 그러나 그것만으로는 안 된다. 그런 사람은 수없이 많다. 또 다른 한 가지, 운명의 총아가 되어야 한다. 자력으로 극복할 수 없는 상황이 닥쳐도 결코 실패해서는 안 된다. 이것은 아주 어려운 일이다. 그러나 모든 조건 가운데 다음의 것이 가장 어렵다. 즉 '자기 자신의 범죄', '자기 자신의 무기', '자기 자신의 동기'를 결코 두 번 다시 되풀이해서는 안 된다는 것이다. 나는 미국 경찰로 사십 년 동안 일했지만, 완전 범죄는 한 번도 보지 못했다.

―〈미국의 범죄와 수사법〉, 리처드 퀸

19
이 장에서는 퀸 경감이 다시 한 번 신문한다

토요일 저녁, 샘슨 지방 검사는 리처드 퀸 경감이 평소 때와는 다르다고 느꼈다. 퀸 경감은 초조해했고 성급했으며 더없이 무뚝뚝했다. 그는 루이스 팬저의 사무실을 바쁘게 서성거렸고 입술을 깨물며 무언가 혼잣말처럼 중얼거렸다. 로마 극장 사무실에 샘슨과 팬저 외에 지금까지 한 번도 본 적이 없는 제3의 인물이 있다는 사실도 잊어버린 듯했다. 제3의 인물은 눈을 둥그렇게 뜨고 팬저의 커다란 의자에 생쥐처럼 앉아 있었다. 그는 주나였다. 퀸 경감은 로마 극장에 오면서 주나를 특별히 데리고 온 것이다. 그래서인지 주나는 눈을 반짝이며 주변을 주의 깊게 살피고 있었.

퀸 경감은 이상할 정도로 의기소침해 있었다. 퀸 경감은 그의 생에 가운데 몇 번인가 해결이 불가능한 것처럼 보이는 사건과 맞닥뜨렸던 적이 있었으나 그때마다 번번이 자신의 승리로 끝났다. 그래서 지금 같은 퀸 경감의 맥 빠진 모습은 오랫동안 함께 일을 한 샘슨 검사로서도 납득이 가지 않았다.

퀸 경감의 기분이 언짢은 것은 샘슨이 걱정하는 것처럼 필드 사건의 수사가 진척되지 않기 때문만은 아니었다. 그가 이처럼 언짢은 기분으로 방 안을 왔다 갔다 하는 이유를 아는 사람은 실내에 단 한 사람밖에 없었다. 구석에서 입을 벌리고 앉아 있는 꼬챙이처럼 여윈 주나였다. 장난꾸러기 특유의 총명함과 타고난 관찰력을 가진 주나는 퀸의 이런 태도가 단지 사랑하는 아들이 자리에 없기 때문이라는 것을 쉽게 알 수 있었다. 엘러리는 우울해하는 아버지의 전송을 받으며 아침 7시 45분발 급행열차로 뉴욕을 떠났다. 마지막 순간 아들은 마음을 바꿔, 메인 주로 가는 여행을 취소하고 사건을 마무리 지을 때까지 아버지 옆에 있겠다고 말했다. 그러나 퀸 경감은 그 말을 들어주지 않았다. 엘러리의 성격을 잘 아는 그로서는 아들이 1년 만에 떠나는 이번 여행을 얼마나 기다려왔는지 잘 알았기 때문이다. 퀸 경감은 아들이 곁에 있어주기를 바랐지만, 한편으로는 기대했던 여행을 물거품으로 만들어서도 안 된다고 생각했다.

그래서 퀸 경감은 안 가겠다는 아들의 등을 떠밀어, 작별 인사로 어깨를 두드리며 힘없는 미소로 아들을 보냈다. 열차가 플랫폼에서 미끄러져 나갈 때 엘러리는 승강구에서 마지막으로 이렇게 소리쳤다.

"아버지, 이번 일은 잊지 않겠습니다! 되도록 빨리 소식 전할게요……."

퀸 경감은 지금 로마 극장 지배인 사무실의 카펫을 구겨대면서 아들과 헤어진 서글픔을 뼈저리게 느끼고 있었다. 머릿속은 흐릿했고, 몸에서부터 힘이 빠져나가 눈까지 흐리멍덩했다. 그는 세상과 완전히 격리된 게 아닌가 하는 생각까지 들었다. 더욱이 퀸 경감은 자신의 초조함을 숨기려 하지도 않았다.

"벌써 시간이 된 것 같은데, 팬저 씨. 대체 그 쓸모없는 관객들이 모두 바깥으로 나가는 데 몇 시간이나 걸리오?"

퀸 경감은 작달막하고 뚱뚱한 지배인에게 나무라듯 말했다.

"곧 끝납니다, 경감님. 네, 곧 끝나고말고요."

Part Four

지방 검사는 감기에 잔뜩 걸려 연신 콧물을 닦아내고 있었다. 주나는 자신이 신처럼 숭배하는 퀸 경감을 멍하니 바라보고 있었다.

노크 소리가 나자 모두 고개를 돌렸다. 금발의 홍보 담당자 해리 닐슨이 굳은 얼굴로 들어왔다.

"이 조그만 모임에 한몫 끼어도 괜찮겠습니까, 경감님? 저도 사건이 일어났을 때 현장에 있었거든요. 그래서 경감님의 허락을 받아 한번 입회하고 싶습니다."

그가 쾌활하게 물었다.

퀸 경감은 짙은 눈썹의 매서운 눈으로 상대를 지그시 쏘아보았다. 해리 닐슨은 머리카락이 한 올 한 올 곤두서고 근육이 꿈틀거리는 느낌이 들었다. 샘슨은 놀라 퀸 경감을 바라보았다. 퀸 경감이 생각지도 못했던 일면을 드러냈기 때문이었다.

"한 사람 더 있어봐야 소용없어. 여기에 있는 사람만으로도 충분하니까."

그는 버럭 소리를 질렀다.

닐슨은 얼굴을 붉히며 몸을 돌려 나가려 했다. 그러자 퀸 경감은 너무 지나쳤다는 생각이 들었는지 마음을 바꿔먹고는 그리 무뚝뚝하지 않은 목소리로 말했다.

"좋소, 거기 앉으시오. 닐슨 씨, 나 같은 늙은이의 망령에 신경 쓸 필요 없소. 조금 지쳐서 그러는 것뿐이니까. 그리고 오늘밤엔 당신이 필요해질지도 모르겠소."

닐슨은 얼굴에 미소를 지었다.

"도움이 될 수 있다면 기쁘겠습니다. 그런데 대체 어떻게 된 겁니까? 스페인의 종교 재판 같은 겁니까?"

퀸 경감은 눈썹을 찌푸렸.

"그런 것과 비슷하다오. 곧 알게 되겠지."

그때 문이 열리며 벨리 경사가 빠른 걸음으로 들어왔다. 그는 손에 들고 있던 쪽지 한 장을 경감에게 건넸다.

"모두 기다리고 있습니다."

"다른 사람들은 모두 나갔나?"

퀸 경감이 딱딱하게 물었다.

"네, 경감님. 청소부들에게는 아래 휴게실에 가서 이쪽 일이 끝날 때까지 기다리라고 했습니다. 입장권 판매원들은 집으로 돌려보냈습니다. 안내원들도 모두 돌려보냈고요. 그리고 배우들은 무대 뒷방에서 옷을 갈아입고 있습니다."

"그럼, 모두 가봅시다."

퀸 경감이 성큼성큼 방에서 나가자 주나가 그 뒤를 바짝 따라붙었다. 지방 검사는 그날 밤 내내 한 번도 입을 열지 않고 앉아 있었다. 무슨 까닭인지는 모르지만 이따금 감탄한 듯 갑자기 숨을 크게 들이마실 뿐이었다. 팬저와 지방 검사 그리고 닐슨이 그 뒤를 따랐고 벨리가 맨 나중으로 방을 나왔다.

객석에는 사람의 그림자라곤 하나도 없었다. 극장 안의 조명등이 모두 켜져 있어 좌석 구석구석을 비추었다.

다섯 사람과 주나가 왼쪽 끝 통로를 향해 걸어가자 좌석 왼쪽에 있던 사람들의 머리가 일제히 그리로 쏠렸다. 퀸 경감이 오기를 기다리고 있던 것이 틀림없었다. 퀸 경감은 통로를 내려가 자리에 앉아 있는 사람들과 마주 볼 수 있도록 왼쪽 좌석에 자리를 잡았다. 팬저와 닐슨과 샘슨, 이렇게 세 사람은 통로 맨 끝 한쪽에 서 있었고, 그 옆에는 주나가 섰다. 주나는 얌전한 구경꾼처럼 서 있었지만 뭔가 잔뜩 기대하는 표정이었다.

사람들은 객석의 중간쯤에 서 있는 퀸 경감의 뒤쪽, 그것도 왼쪽 통로에 잇닿은 좌석에만 몰려 있었다. 다시 말해 통로 쪽에 인접한 끝의 두 자리만 차지하고 남녀노소가 뒤섞여 죽 앉아 있었던 것이다. 그들은 운명의 사건이 일어난 날 밤 바로 그 자리에 앉아 있었던 사람들로, 시체가 발견된 뒤 퀸 경감이 직접 조사한 사람들이었다. 몬테 필드의 자리와 그 둘레의 빈자리였던 여덟 개의 좌석에는 윌리엄 푸색, 에스더 재블로, 매지 오코넬, 제스 린치, 목사 조니가 앉아 있었다. 목사 조니는 침착하지 못한 눈으로, 니코틴에 물든 손가락으로 매지 오코넬의 어깨를 만지며 그녀와 무어라 소곤대고 있었다.

퀸 경감의 갑작스러운 몸짓으로 실내는 묘지처럼 조용해졌다. 샘슨 지방 검사는 휘황찬란한 샹들리에와 조명, 텅 빈 객석, 내려진 막을 바라보며 지금부터 무언가 극적인 사건이 일어나리라는 기대를 가졌다. 그래서 그는 흥미를 가지고 몸을 앞으로 내밀었다. 팬저와 닐슨은 긴장해 꼼짝도 하지 않았다. 수나는 노인에게 눈을 고정하고 있었다.

퀸 경감이 모여 있는 사람들을 내려다보며 거리낌 없이 입을 열었다.

"신사 숙녀 여러분! 오늘 밤 여러분을 모이게 한 것은 분명한 이유가 있기 때문입니다. 필요 이상으로 오래 붙잡아두지는 않겠습니다. 그러나 무엇이 필요하고 무엇이 불필요한가를 결정하는 것은 모두 나에게 맡겨주십시오. 질문에 진실한 답을 얻지 못한다면, 내 판단에 따라 누구든 만족스러운 답을 얻을 때까지 여기에 잡아두겠습니다. 일을 시작하기 전에 우선 이 말을 잘 이해해주시기 바랍니다."

퀸 경감은 말을 중단하고 모여 있는 사람들을 한번 둘러보았다. 잠시 소곤거림이 잔물결처럼 퍼졌으나 이내 사라지고 말았다.

퀸 경감은 다시 서릿발처럼 매섭게 말을 이었다.

"월요일 밤, 여러분은 이곳에서 연극을 관람했습니다. 그리고 지금 뒤쪽 좌석에 앉아 있는 극장 직원 몇몇을 빼면, 그때 여러분은 지금 앉아 있는 바로 그 좌석 그대로 앉아 있는 겁니다."

퀸 경감의 말이 떨어지기가 무섭게 마치 좌석이 갑자기 뜨끈하고 불편해지기라도 한 양 사람들의 등이 굳어졌다. 샘슨은 그 모습을 보고 빙긋 웃었다.

"지금이 월요일 밤이라고 상상해주십시오. 그날 밤을 떠올리고, 그날 밤 있었던 모든 것을 기억해내도록 애써주시기 바랍니다. '모든 것'이란, 하찮은 것이라도 여러분의 기억에 남아 있는 것이라면 모조리 말해달라는 뜻입니다."

퀸 경감이 자신의 말에 취해 있을 때, 사람들 한 무리가 객석 뒤쪽으로 슬금슬금 들어왔다. 샘슨이 낮은 목소리로 그들에게 인사했다. 이브 엘리스, 힐다 오렌지, 스티븐 배리, 제임스 필, 그 밖에 〈건플레이〉에 출연하는 배우들 서너 명이었다. 필은 방금 분장실에서 나오다가 객석에서 사람들의 목소리가 들려 들러보았노라고 말했다.

"퀸 경감이 잠시 집회를 열고 있는 중이오."

샘슨이 대답했다.

"잠깐 여기 있어도 경감님께서 별 말씀 없으실까요?"

스티븐 배리가 퀸 경감 쪽을 곁눈질하며 목소리를 낮추어 물었다.

"별 말은 없을 것……."

지방 검사가 난처한 듯이 대답하려는데, 이브 엘리스가 "쉿!" 하고 주의를 주어 모두 침묵했다.

퀸 경감은 소음이 가라앉자 불쾌한 듯 다시 말을 시작했다.

"자, 상황은 다음과 같습니다. 잊지 마시기 바랍니다. 여러분은 지금 월요일 밤으로 돌아가 있는 것입니다. 2막이 올라 객석은 아주 컴컴했습니다. 무대는 굉장히 소란스러웠고, 여러분은 모두 손에 땀을 쥐고 열심히 무대를 지켜보았습니다. ……그때 여러분 가운데 누가, 특히 이 통로 옆 좌석에 앉아 있던 분들 중, 예사롭지 않은 일이나 마음에 걸리는 일이 일어났다고 느꼈던 사람은 없습니까?"

퀸 경감은 말을 중단한 채 대답을 기다렸다. 사람들은 의아한 얼굴로 고개를 저었다. 아무도 입을 열지 않았다.

"잘 생각해보십시오. 여러분은 월요일 밤 내가 이 통로로 내려와 여러분 한 사람 한 사람에게 같은 질문을 했던 일을 기억할 것입니다. 물론 나는 거짓말을 듣고 싶진 않습니다. 또 월요일 밤 아무것도 깨닫지 못했던 여러분이 지금 와서 뭔가 뜻밖의 사실을 내게 말해주리라 기대하는 것도 무리라는 것을 잘 압니다.

그러나 상황은 절망적입니다. 한 사나이가 여기서 살해됐습니다. 우리는 정면으로 이 사건을 파고들었습니다. 이것은 우리가 지금까지 손 댄 여러 가지 사건 가운데서도 가장 어려운 것입니다. 이런 상황으로 보아 우리는 완전히 벽에 부딪쳐 어디서부터 구원의 손길을 기다려야 할지 짐작도 못 하고 있습니다. 나는 여러분이 내 편을 들어주길 기대하며 솔직하게 말씀드리겠습니다. 뭔가 중대한 일이 일어났다면 나로서는 그 일을 볼 수 있는 자리에 있었던 사람들, 즉 여러분께 도움을 구하지 않을 수 없습니다. 내 경험에 따르면 남자든 여자든 신경이 곤두서고 흥분되어 있을 때는 사소한 일이 잊히지만, 정상 상태로 돌아와 오랜 시간이 지난 뒤에는 기억이 되살아날 때가 자주 있습니다. 나는 그런 일이 여러분께 일어나기를 바랍니다."

퀸 경감의 말이 사람들의 마음을 다소 정화시켰는지 그들은 어느새 흥미진진한 태도로 바뀌어 있었다. 퀸 경감이 잠깐 말을 쉬는 동안 그들은 이마를 맞대고 속삭이기도 하고, 때때로 머리를 내젓는다든가 기세 좋게 상대와 토론을 벌이기도 했다. 퀸 경감은 끈기 있게 기다렸다.

"뭔가 할 말이 있는 분은 손을 들어주십시오."

한 부인이 조심스럽게 하얀 손을 들고 흔들었다.

"네, 부인. 무언가 심상치 않은 일이 일어났던 게 생각났습니까?"

퀸 경감은 손가락으로 그녀를 가리키며 물었다.

주름살투성이인 노부인은 겁에 질린 얼굴로 겸연쩍은 듯 일어나 더듬거리며 말하기 시작했다.

"이것이 중요한 일인지 아닌지는 잘 모르겠지만, 2막이 공연되는 도중 한 여자가 통로를 내려갔다가 잠시 뒤에 다시 올라오는 것을 보았어요."

"그랬습니까? 들어볼 만한 이야기군요, 부인. 그것이 몇 시쯤이었는지 기억하십니까?"

퀸 경감이 부드럽게 말했다.

"잘은 모르겠어요. 하지만 막이 올라가고 10분쯤 지났을 때였어요."

노부인이 날카롭게 말했다.

"그래요······. 그 여자의 모습에서 뭔가 느낀 점이 없었습니까? 젊었다거나 나이 들었다거나 또는 어떤 치장을 하고 있었다거나······."

노부인은 당혹스러운 표정을 지었다.

"확실한 것은 기억나지 않아요. 다만 어딘지……."
그녀는 떨리는 목소리로 말했다.
갑자기 높고 또렷한 목소리가 뒤쪽에서 들려와 노부인의 말을 가로막았다. 모두 머리를 뒤로 돌렸다.
"그 얘기는 더 파고들 필요가 없다고 봐요, 경감님."
매지 오코넬이 자리에서 벌떡 일어나 거리낌 없이 말했다.
"부인께서는 내가 통로를 걸어 내려갔다가 다시 돌아온 것을 봤던 거예요. 그것은 바로 그 전의 일이었죠. 알고 계시겠죠?"
그녀는 퀸 경감을 향해 염치도 없이 한쪽 눈을 찡긋해 보였다. 사람들은 숨을 삼켰다. 노부인은 기가 막힌다는 듯 그녀를 바라보다가 고개를 돌려 퀸 경감을 보며 다시 자리에 앉았다.
"그리 뜻밖의 일은 아니군요."
퀸 경감이 조용하게 말했다.
"다른 분은 없습니까?"
아무도 없었다. 경감은 모두 여러 사람 앞이라 말하기가 거북한 모양이라고 생각했는지, 통로로 올라가 일일이 좌석을 돌며 낮은 목소리로 질문을 해나갔다. 질문이 끝나자 그는 천천히 원래의 자리로 돌아왔다.
"자, 됐습니다. 이젠 돌아가셔도 좋습니다. 협조해주셔서 고맙습니다."
퀸 경감이 말했다. 사람들은 넋 나간 얼굴로 퀸 경감을 바라보다가 곧 떼 지어 일어나 코트와 모자를 집어들었다. 그러고는 벨리가 엄격한 얼굴로 지켜보는 가운데 밖으로 줄지어 나갔다. 배우들 틈에 끼여 있던 힐다 오렌지가 한숨을 내쉬며 동료들에게 속삭였다.
"노인의 낙담한 얼굴을 보노라니 정말이지 가슴이 아프군요.

자, 우리도 그만 가요!"

배우들도 돌아가는 사람들 뒤를 따라 극장을 나갔다.

퀸 경감은 통로까지 따라 나와 그들의 뒷모습을 끝까지 우울하게 지켜보았다. 모두 퀸 경감의 몸속에서 불이 타오르고 있음을 알아차리고 두려워했다. 그러나 퀸 경감은 자신의 특기를 발휘하며 번개처럼 태도를 바꾸었다.

퀸 경감은 좌석에 앉아 팔을 뒤로 돌려 뒷짐을 지고서 매지 오코넬과 목사 조니 그리고 그 밖의 사람들을 둘러보았다.

"어떤가, 목사. 자넨 이제 자유의 몸일세. 보노모 사건은 이제 걱정할 것 없어. 자네도 이제 떳떳한 시민으로 행세해도 좋아. 이번 사건에서 우릴 도와줄 수 있겠나?"

그가 다정한 목소리로 말했다.

"알고 있는 것은 이미 모두 말씀드렸습니다. 이제 말할 건 아무것도 없어요."

건달이 투덜투덜 불평했다.

"그래? 우린 자네와 필드 사이의 거래에 대해 언젠가는 꼭 얘기를 들으려 하는데……. 그것을 기억해두는 게 좋을 거야, 목사."

그러고 나서 퀸 경감은 날카롭게 다그쳤다.

"누가 몬테 필드를 죽였지? 누가 그 짓을 했는지 알고 있으면 털어놓지!"

"그건 또 무슨 말이죠, 경감님?"

목사가 가냘픈 목소리로 되물었다.

"설마 이번 사건을 내게 덮어씌우려는 건 아니겠죠? 그걸 도대체 내가 어떻게 안단 말입니까? 필드는 교활한 놈이었죠. 꼬리 잡히는 일은 하지 않았으니까요. 저는 잘 모릅니다, 경감님.

아무것도 모른다고요. 단지 그 사람은 내게 조금 친절했을 뿐입니다. 두 번이나 나를 무죄로 빼내주었거든요. 하지만 그가 월요일 밤에 여기 있는 줄은 정말 몰랐습니다."

목사 조니는 뻔뻔스럽게 말했다.

퀸 경감은 매지 오코넬에게로 칼끝을 돌렸다.

"오코넬 양, 당신은 어떻습니까? 내 아들 얘기를 들으니 아가씨는 월요일 밤에 출입구를 닫아놓았다고 말했다는데, 왜 내게는 그런 말을 하지 않았지요? 아가씨는 뭘 알고 있소?"

그는 부드럽게 물었다.

오코넬은 퀸 경감을 차갑게 바라보았다.

"저번에도 말씀드렸잖아요, 경감님. 나는 할 말이 없어요."

"그럼, 푸색 씨……. 지금 새롭게 생각나는 것 없소?"

퀸 경감은 키가 작고 여윈 회계 직원을 돌아보았다.

푸색은 침착하지 못한 태도로 우물쭈물했다.

"말씀드리려고 했습니다, 경감님."

그는 더듬더듬 말을 이었다.

"그 사건에 대한 신문기사를 읽고 있을 때 생각난 것인데……, 월요일 밤 그때 필드 씨 위로 몸을 구부렸을 때 위스키 냄새가 많이 났습니다. 전에 말씀드렸는지 어떤지 잘 모르겠습니다만……."

"고맙소."

퀸 경감은 아무렇지도 않게 말하고는 일어섰다.

"수사에 크게 참고가 되었소. 이제 모두 돌아가도 좋습니다, 여러분."

오렌지에이드를 파는 소년 제스 린치는 실망한 것 같았다.

"제게는 아무것도 묻지 않았잖아요, 경감님?"

소년은 불만스러운 목소리로 말했다.

퀸 경감은 애써 미소를 지어 보였다.

"그렇군. 큰 도움을 주었던 오렌지에이드 파는 소년이지. 그래, 너도 뭔가 말할 게 있니, 제스?"

"저, 경감님. 필드 씨가 진저에일이 있느냐고 물으며 제 탁자로 다가왔을 때 저는 우연히 그가 길바닥에서 뭔가 줍는 것을 보았어요."

제스 린치는 진지한 표정으로 대답했다.

"번쩍번쩍 빛나는 것이었는데, 무엇인지는 모르겠어요. 그것을 곧 바지 뒷주머니에 집어넣더라고요."

제스 린치는 자랑스럽게 말을 마치고는 주위를 둘러보았다. 퀸 경감은 크게 흥미가 끌리는 것 같았다.

"그 물건의 모양이 어땠니. 제스? 권총 아니었니?"

"권총이라고요? 아닌 것 같던데……, 그렇게 보이지는 않던데요."

소년은 대답을 하고는 확신이 없는 듯 덧붙였다.

"네모난 것이, 마치……."

퀸 경감이 말을 가로챘다.

"여자 핸드백 같지 않았니?"

소년의 얼굴이 환해졌다.

"네, 그래요. 마치 보석처럼 전체가 반짝반짝 빛나는 것이었거든요!"

퀸 경감은 신음을 냈다.

"좋아, 제스. 착한 아이로구나. 자, 이제 집으로 돌아가렴."

그러자 입을 다물고 있던 목사 조니, 매지 오코넬, 푸색과 그의 여자 친구 그리고 제스가 일어나서 나갔다. 벨리는 바깥문까지 그들을 따라갔다.

샘슨은 모두 나가기를 기다렸다가 퀸 경감을 한쪽으로 데려갔다.

"어떤가, 큐? 일이 순조롭게 되어가나?"

그가 물었다.

퀸 경감은 미소 지었다.

"헨리, 우리가 쓸 수 있는 머리는 다 썼어. 이제 조금만 참으면 되네. 내가 바라는 것은……."

그러나 퀸 경감은 무엇을 바라는지 말하지 않았다. 그는 주나의 팔을 잡고 천천히 팬저, 닐슨, 벨리 경사, 샘슨 지방 검사에게 작별 인사를 하고는 극장을 나왔다.

아파트로 돌아와 퀸 경감이 문을 열자, 주나가 바닥에 떨어져 있는 노란 봉투를 얼른 집어들었다. 문 밑으로 넣어진 것 같았다. 주나는 퀸 경감의 코앞에서 그것을 흔들어대며 소리쳤다.

"아드님이 보낸 거에요. 틀림없어요! 전 그럴 줄 알았어요."

싱글거리며 전보를 흔드는 모습이 꼭 원숭이 같았다.

퀸 경감은 주나의 손에서 봉투를 낚아채고는 모자와 외투를 벗지도 않고 거실의 전등 스위치를 켰다. 그리고 서둘러 노란 봉투에서 쪽지를 꺼냈다. 주나의 말이 맞았다.

무사히 도착했음. 쇼뱅은 올해에 고기가 많이 잡힐 거라며 크게 기뻐하고 있음. 아버지의 그 조그마한 문제를 풀 수 있을 것 같음. 우리의 친구 라블레, 초서, 셰익스피어, 드라이든은 '필요보다 더한 미덕은 없다.'라고 했음. 직접 협박을 해보심이 어떤지. 그리고 신경질이 나신다고 주나를 너무 구박하지 마시기를.

사랑을 담아, 엘러리.

퀸 경감은 별 특별한 메시지가 담겨 있지 않은 그 노란 쪽지를 잠자코 내려다보다가 갑자기 무언가 깨달은 듯 엄숙한 표정을 지었다. 그러고는 주나에게 몸을 돌려 머리에 모자를 씌워주더니 어린 신사의 팔을 경쾌하게 잡아끌었다.

그는 들뜬 기분으로 입을 열었다.

"주나. 자, 밖으로 나가 축하하는 뜻으로 아이스크림소다라도 한 잔씩 마시자꾸나!"

20
이 장에서는 마이클스가 편지를 한 통 쓴다

퀸 경감은 지난 일주일 이래 처음으로 기분 좋은 얼굴로 경찰청에 있는 자신의 방으로 힘차게 걸어가 외투를 의자 위에 내던졌다.

월요일 아침이었다. 그는 〈뉴욕의 거리〉라는 노래를 흥얼거리며 책상에 앉아 산더미처럼 쌓인 보고서를 열심히 훑어보았다. 그리고 부하 형사들에게 직접 또는 전화로 지시를 내리는 데 반 시간을 소비했다. 그 후 퀸 경감은 비서가 책상에 놓고 간 많은 보고서들을 재빨리 검토하고 나서 그 일이 끝나자 마지막으로 책상 위에 있는 버튼 중 하나를 눌렀다.

벨리가 곧 모습을 나타냈다.

"좋은 아침일세, 토머스. 이 상쾌하고 기분 좋은 가을 아침을 어떻게 생각하나?"

퀸 경감이 다정하게 말했다.

벨리는 저도 모르게 미소 지었다.

"그렇군요. 경감님은 어떻습니까? 토요일 밤에는 좀 기분이 언짢아 보이셨는데요."

퀸 경감이 빙긋 웃었다.

"그건 다 지난 일일세, 토머스. 어제는 주나와 함께 브롱크스의 동물원에 놀러가 네 시간쯤 재미있게 지냈네."

"주나는 아마 고향에 간 것 같은 기분이었을 겁니다. 특히 원숭이 우리 앞에서는 말입니다."

벨리가 말했다.

"쯧쯧, 그런 말 하지 말게, 토머스. 주나를 그런 식으로 말하면 안 되네. 그 애는 아주 머리가 좋아. 지금은 어리지만 앞으로는 훌륭한 재목이 될 걸세. 내가 보증하지."

퀸 경감이 나무랐다.

"주나가 말입니까?"

벨리는 잠시 뒤 고개를 끄덕였다.

"말씀대로 될지도 모르지요, 경감님. 제법 쓸 만한 아이니까요. 그런데 오늘 예정은 어떻습니까?"

"오늘은 무척 바쁠 거야, 토머스. 어제 아침 자네에게 전화했었네. 자네 마이클스를 구속했나?"

퀸 경감이 말했다.

"물론입니다. 벌써 한 시간이나 저쪽에서 기다리고 있습니다. 피고트가 데려왔습니다. 피고트가 계속 미행하고 있었으니까요. 몹시 지겨웠던 모양입니다."

"그랬군. 늘 하는 말이지만 경찰이 된다는 것은 어리석은 짓이야."

퀸 경감은 빙긋 웃었다.

"그를 데리고 들어오게, 토머스."

벨리는 밖으로 나가서 키가 크고 뚱뚱한 마이클스를 데리고 돌아왔다. 단정한 옷차림을 한 필드의 시종은 침착성을 잃고 있었다.

퀸 경감은 마이클스에게 책상 옆 의자에 앉도록 눈짓을 하고는 벨리에게 말했다.

Part Four

"토머스, 자네는 나가서 문을 잠그고 방해하는 사람이 없도록 아무도 들여보내지 말게. 장관이 아니라 장관 할아버지가 오더라도 말이야. 알겠나?"

벨리는 호기심을 참으며 머뭇머뭇 사무실을 나갔다. 조금 뒤 우윳빛 유리창에 커다랗고 검은 그림자가 희미하게 비쳤다.

삼십 분쯤 지난 뒤 벨리는 전화로 퀸 경감의 호출을 받았다. 벨리가 퀸 경감의 방문 앞에 서자 문의 잠금 장치가 풀렸다. 퀸 경감의 책상 위에는 봉하지 않은 싸구려 사각 봉투가 놓여 있었고, 그 속에서 메모지 끝이 비죽이 나와 있었다. 마이클스는 포동포동한 두 손으로 모자를 움켜쥔 채 핼쑥한 얼굴로 떨며 서 있었다. 벨리의 날카로운 눈이 마이클스의 왼쪽 손가락에 잉크 얼룩이 묻어 있는 것을 발견했다.

"지금부터 자네는 될 수 있는 한 마이클스를 잘 보살펴주기 바라네, 토머스 경사. 말하자면 오늘은 환대해주게나. 틀림없이 뭔가 좋은 생각이 떠오를 거야. 영화를 보러 가는 것도 좋겠지. 어쨌든 내게서 명령이 떨어질 때까지 이 친구에게 잘해주기 바라네."

퀸 경감은 무척 기분이 좋은 듯 말했다. 그러고는 갑자기 마이클스를 바라보며 덧붙였다.

"마이클스, 누구와도 연락을 취해선 안 돼. 알고 있겠지? 벨리 경사 옆에 얌전히 붙어 다니도록."

"하지만 경감님, 전 괜찮습니다. 굳이 이렇게까지 하시지 않아도……"

마이클스는 언짢은 듯 더듬거렸다.

"조심하기 위해서야, 마이클스. 겉으로만이라도 말이야. 좋은 시간 보내게나!"

퀸 경감은 미소를 지으며 상대방의 말을 가로막았다.

두 사람은 방을 나갔다. 퀸 경감은 회전의자를 뒤로 젖힌 채 생각에 잠긴 얼굴로 앞에 놓인 봉투를 집어들었다. 그리고 싸구려 흰 종이를 꺼내 희미한 미소를 머금은 채 읽어 내려갔다.

그 문장에는 날짜도, 편지에 으레 따르기 마련인 인사말도 없었다. 곧바로 본문부터 시작되었다.

나는 찰스 마이클스입니다. 아마 알고 있으리라 생각합니다만, 나는 이 년 동안 몬테 필드의 오른팔로 일해왔습니다.

단도직입적으로 말하겠습니다. 지난 월요일 밤 당신은 로마 극장에서 몬테 필드를 살해했습니다. 몬테 필드는 일요일에 당신과 극장에서 만나기로 약속했다고 내게 말했습니다. 그것을 알고 있는 것은 나 혼자뿐입니다.

그리고 나는 당신이 왜 그 사람을 살해했는지도 알고 있습니다. 당신은 몬테 필드의 모자 속에 있던 서류를 손에 넣기 위해 그를 없애버린 겁니다. 그러나 당신은 빼앗은 서류가 진짜가 아니라는 것을 모르고 있습니다. 그 증거로 필드가 가지고 있던 넬리 존슨의 증언서 가운데 한 장을 보내드립니다. 당신이 필드의 모자에서 꺼낸 서류를 아직 가지고 있다면 이것과 비교해보십시오. 내가 가진 것이 진짜임을 쉽사리 알게 될 것입니다. 나는 절대로 당신 손이 닿지 않는 곳에 나머지 서류를 안전하게 보관하고 있습니다. 그리고 경찰이 그 서류를 찾는 데 혈안이 되어 있다는 사실도 덧붙여 말씀드립니다. 내가 그 서류와 함께 작은 이야기 하나를 퀸 경감의 사무실로 가져간다면 참 재미있는 일이 벌어지지 않겠습니까?

나는 당신에게 그 서류를 다시 사들일 기회를 드리겠습니다. 지정한 장소로 2만 5천 달러를 현금으로 가져오면 서류를 건네드리겠습니다. 나는 돈이 필요하고 당신은 서류와 내 침묵이 필요할 테지요.

내일 화요일 밤 12시, 59번가와 5번가 북서쪽 모퉁이에서 시작되는

Part Four

센트럴 파크 포장도로 오른쪽 일곱 번째 벤치에서 만났으면 합니다. 나는 회색 외투에 챙이 늘어진 회색 중절모를 쓰고 있겠습니다. '서류'라고 한마디만 말을 건네주십시오.

이것이 당신이 서류를 손에 넣을 수 있는 유일한 방법입니다. 약속 시간 전에는 나를 찾지 마십시오. 당신이 지정된 장소로 오지 않을 경우 내가 어떻게 나올지 잘 아시리라 생각합니다.

휘갈긴 글씨가 빼곡히 들어차 있는 이 편지의 끝에는 '찰스 마이클스'라고 서명이 되어 있었다.

퀸 경감은 탄식하며 봉투 끝에 침을 발라 봉했다. 그리고 봉투 위에 똑같은 필적으로 쓰인 이름과 주소를 지그시 바라보았다. 그는 천천히 한 귀퉁이에 우표를 붙였다.

다른 버튼을 누르자 문이 열리고 리터 형사가 들어왔다.

"부르셨습니까?"

"음, 리터. 자네, 지금 뭐 하고 있나?"

퀸 경감은 생각에 잠긴 채 한 손으로 봉투의 무게를 재보고 있었다.

형사는 발을 움직였다.

"특별한 일은 없습니다, 경감님. 토요일까지 벨리 경사님을 거들었습니다만, 오늘 아침에는 필드 사건에 대해 아무런 지시도 없었습니다."

"좋아, 그럼 내가 자네에게 조그만 일거리를 주지."

퀸 경감은 빙긋이 웃으며 봉투를 불쑥 건네주었다. 리터는 얼떨결에 그것을 받았다.

"자네 지금 149번가와 3번가 교차점 모퉁이까지 가서 이 편지를 가까운 우체통에 던져넣고 오게."

리터는 눈을 크게 뜨고는 머리를 긁적이며 퀸 경감을 바라보다가 곧 편지를 주머니에 집어넣고 방을 나갔다. 퀸 경감은 만족스러운 듯 의자를 젖히고는 코담배를 한 줌 집어들었다.

21
이 장에서는 퀸 경감이 범인을 체포한다

10월 2일 화요일 밤 11시 30분 무렵, 검은색 모자를 쓰고 싸늘한 밤공기를 피하기 위해 검은 외투 깃을 높이 세운 키 큰 사나이가, 53번가와 7번가 근처에 있는 작은 호텔 휴게실에서 천천히 나와 빠른 걸음으로 센트럴 파크 쪽을 향해 7번가를 쭉 걸어갔다.

59번가에 가까이 오자 그는 동쪽으로 방향을 틀어 사람의 그림자조차 찾을 수 없는 한적한 큰길로 접어들었다. 플라자 광장 끝 센트럴 파크의 5번가 입구까지 이르자, 그는 커다란 콘크리트 기둥들 중 하나 밑에 멈춰 서서 몸을 젖히고는 멍청히 하늘을 쳐다보았다. 잔주름이 많은 중년 남자의 얼굴이었다. 희끗희끗한 콧수염이 윗입술 아래로 늘어져 있었고, 모자 밑으로 희끗희끗한 머리카락이 삐져나와 있었다. 성냥 불빛이 잠깐 너울거리다가 슬그머니 사라졌다.

남자는 콘크리트 기둥에 조용히 기대서서 손을 외투 주머니에 찌른 채 담배를 피웠다. 누군가 날카로운 눈을 가진 사람이 그를 관찰했다면, 그의 손이 희미하게 떨리고 발은 실바닥을 톡톡 두들기고 있음을 알아차렸을 것이다.

담배가 다 타자 남자는 그것을 내던져버리고는 흘끗 손목시계를 보았다. 바늘이 11시 50분을 가리키고 있었다. 그는 지겨운 듯 혀를 차더니 공원 문을 지나 안으로 들어섰다.

플라자 광장 둘레에 늘어선 아크등 불빛이 사나이가 돌바닥 길을 걸어감에 따라 점점 어두워졌다. 그는 어떻게 할까 결정하지 못한 듯 주위를 둘러보며 잠시 망설이다가, 이윽고 길을 가로질러 첫 번째 벤치에 털썩 앉았다. 마치 하루 일과에 지쳐 공원의 고요한 어둠 속에서 잠시나마 피로를 풀어보려는 사람처럼 보였다.

남자는 천천히 고개를 숙였다. 그 모습이 점점 느슨해졌다. 졸린 것 같았다.

일 분이 지났다. 벤치에 앉아 있는 검은색 옷차림의 사내 앞을 지나가는 사람은 아무도 없었다. 자동차가 요란한 소리를 내며 5번가를 지나갔다. 플라자 광장 교통순경의 날카로운 호루라기 소리가 일정한 간격을 두고 살을 에는 공기를 갈랐다. 차가운 바람이 사납게 불며 나무들 사이를 빠져나갔다. 지옥같이 컴컴한 공원 어둠 속에서 어디선가 여자의 간드러진 웃음소리가 들려왔다. 멀리서 들려오는 아득한 소리였지만 놀라울 정도로 또렷했다. 사나이는 계속 꾸벅꾸벅 졸다가 마침내 깊은 잠에 빠져들었다.

그러나 근처 교회의 종이 12시를 알리기 시작하자 그는 갑자기 자세를 바로 했다. 그리고 잠시 뒤 마음을 정한 듯 일어섰다.

사내는 입구로 나가지 않고 반대 방향으로 더 깊숙이 포장길을 따라 걸어갔다. 모자챙과 외투 깃 사이로 드러난 어두운 얼굴에서, 뭔가를 찾고 있는 듯 날카로운 눈빛이 쏟아져 나왔다. 그는 느릿느릿하게 걸어가면서 벤치의 수를 헤아리는 것 같았다. 둘, 셋, 넷, 다섯……. 갑자기 사나이가 우뚝 섰다. 앞쪽 어둠 속에 회색 옷을 입고 앉아 있는 남자의 모습이 눈에 들어왔기 때문이었다.

　사나이는 그쪽으로 천천히 걸어갔다. 여섯, 일곱……. 사나이는 멈추지 않고 앞으로 계속 나아갔다. 여덟, 아홉, 열……. 거기서 그는 다시 몸을 돌려 되돌아 걸었다. 이번에는 걸음걸이가 한층 더 활발하고 힘차 보였다. 그는 일곱 번째 벤치에 가까이 가자 우뚝 멈춰 섰다. 그리고 결심한 듯, 벤치에 가만히 앉아 쉬고 있는 어둠 속의 남자에게 다가갔다. 그 어둠 속의 남자는 무언가 중얼거리며 다가온 남자에게 자리를 내주었.

　두 사나이는 아무 말 없이 앉아 있었다. 잠시 뒤 검은 옷차림의 사내가 외투 주머니를 뒤져 담뱃갑을 꺼냈다. 그러고는 그 한 개비에 불을 붙였다. 담배 끝에 불이 붙었는데도 그는 잠시 성냥불을 그대로 들고 있었다. 성냥 불빛으로 옆에 앉아 있는 사내를 살짝 살펴보는 것 같았다. 그러나 시간이 너무 짧아 아무것도 볼 수 없었다. 벤치에 먼저 와 있던 사람도 그와 마찬가지로 얼굴을 잘 감싸 숨기고 있었던 것이다. 이윽고 성냥불이 꺼지고 두 사람은 다시 어둠 속에 가만히 앉아 있게 되었다.

　검은 옷차림의 사내가 마음을 정한 듯했다. 그는 앞으로 몸을 조금 구부린 채 상대방의 무릎을 가볍게 두들기며 낮고 거친 목소리로 한마디 했다.

　"서류!"

　옆에 앉은 사나이는 정신을 바짝 차리고 몸을 반쯤 돌려 옆자리의 사나이를 쏘아보더니 곧 만족한 듯한 신음을 냈다. 그러고는 조심스럽게 상대방에게서 약간 떨어져 앉아 장갑 낀 왼손을 외투 주머니에 넣었다. 검은 옷의 사내는 자기 몸을 보호하고자 본능적으로 몸을 약간 웅크렸다. 상대방의 장갑 낀 손이 무엇인가를 꽉 움켜쥐고 주머니에서 나왔다.

그리고 그 손의 주인은 뜻밖의 행동을 했다. 갑자기 근육을 긴장시키며 한 발로 벤치에서 펄쩍 튕겨 일어나 뒤로 물러섰던 것이다. 그는 재빨리 왼손을 뻗쳐 웅크리고 있는 사내에게 들이댔다. 멀리 떨어진 아크등의 희미한 불빛 속에서도, 무엇이 그 손에 쥐어져 있는지 보였다. 권총이었다.

검은 옷의 사내도 큰 소리로 뭐라 외치며 고양이처럼 민첩하게 벤치에서 뛰어올랐다. 이어 한 손을 번개처럼 외투 주머니에 넣었다. 그러고는 자기 심장을 겨누고 있는 무기는 쳐다보지도 않은 채 우뚝 버티고 서 있는 남자에게 돌진했다.

사태는 급변했다. 조금 전까지만 해도 평화로웠던 공원의 한가한 정경이 갑자기 긴박한 활극으로 뒤바뀌었다. 일순 굉장한 소동이 일어난 것이다. 벤치 뒤쪽 몇 미터 떨어진 관목 숲 속에서 사람들 한 무리가 권총을 들고 달려왔다. 동시에 반대편에서도 똑같은 사람들이 두 사나이가 있는 쪽으로 달려왔다. 그리고 약 3미터쯤 떨어진 공원 입구에서도, 그 반대 방향인 공원의 어둠 속에서도 정복경찰들 몇 명이 권총을 들고 달려왔다. 그 네 군데에서 달려온 사람들이 하나로 합쳐졌다.

권총을 꺼내며 벤치에서 일어난 남자는 지원군이 도착하기를 기다리지 않았다. 상대방이 외투 주머니에 손을 집어넣자마자 그 권총의 주인은 재빨리 방아쇠를 당겼다. 총소리가 공원에 메아리쳤다. 오렌지색 불꽃이 검은 옷차림의 남자를 향해 날아갔다. 남자는 앞으로 비틀거리며 발작적으로 자기 어깨를 움켜잡았다. 그리고 무릎을 꺾으며 돌바닥에 쓰러졌다. 쓰러진 사내는 그런 상황에서도 외투 주머니를 뒤적였다.

그러나 곧 사람의 무리에 깔려 자신이 뜻한 대로 움직일 수 없게 되었다. 사람들의 손이 그를 꼼짝달싹 못하게 짓눌러 주머니에서 아무것도 꺼낼 수 없었다. 그 상태로 모두 아무 말도 없었다. 그때 뒤에서 활기찬 목소리가 들려왔다.

"조심해. 그 남자의 손을 주의하라고!"

리처드 퀸 경감은 거칠게 숨을 몰아쉬는 경찰들을 천천히 헤치고 들어가 길 위에서 꿈틀거리는 남자를 지그시 내려다보았다.

"이자의 손을 빼게, 벨리. 부드럽게 해야 해. 꽉 잡고 말이야. 꽉 잡아. 어이, 꽉 붙들어야 해. 갑자기 칼이라도 빼들고 덤벼들지도 모르니까."

사나이의 팔을 힘껏 누르고 있던 토머스 벨리 경사는 있는 힘을 다해 버둥거리는 상대의 주머니에서 팔을 빼냈다. 남자는 아무것도 쥐고 있지 않았다. 그는 힘이 빠져 축 늘어졌다. 두 경찰이 재빨리 손을 비틀어 묶었다.

벨리가 주머니를 뒤지려고 몸을 웅크리자 퀸 경감이 날카로운 소리로 그를 저지했다. 그리고 길 위에서 몸부림치는 사나이 위로 직접 몸을 굽혔다.

퀸 경감은 세심하게 주의를 기울이며 천천히 그 남자 주머니에 손을 넣었다. 이윽고 무언가가 잡혔는지 아주 조심스럽게 그것을 꺼냈다.

피하 주사기였다. 아크등 불빛을 받아 무색투명한 내부가 반짝반짝 빛났다.

퀸 경감은 빙그레 웃으며 붙잡힌 사나이 옆에 무릎을 꿇었다. 그리고 검은 펠트 모자를 재빨리 벗겼다.

"변장이 완벽하군!"

퀸 경감이 중얼거렸다.

그는 사나이의 희끗희끗한 수염을 뜯어내고, 재빨리 손으로 주름진 얼굴을 문질러댔다. 곧 피부에 더러운 반점이 나타났다.

"오, 이런!"

퀸 경감은 충혈된 눈으로 노려보는 상대방을 내려다보며 부드럽게 말했다.

"또 만나게 되어 반갑소, 스티븐 배리 씨. 그리고 당신의 친구인 테트라에틸납 씨도 말이야!"

Part Four

22
그리고 설명하다

퀸 경감은 거실 책상에 앉아, 윗부분에 '퀸'이라는 글자가 인쇄되어 있는 기다란 용지 위에 뭔가를 열심히 쓰고 있었다.

수요일 아침이었다. 창문으로 햇살이 강물처럼 쏟아져 들어오고, 87번가의 활기찬 소음이 아래쪽 큰길에서 아득하게 들려왔다. 퀸 경감은 평상복에 슬리퍼 차림이었다. 주나는 아침 설거지를 하느라 바빴다.

퀸 경감이 쓴 편지의 내용은 다음과 같았다.

사랑하는 아들에게

어제 저녁에 친 전보에도 썼듯이 사건은 끝이 났다. 마이클스의 이름과 필적을 미끼로 스티븐 배리를 멋지게 체포했지. 그 계획이 심리적인 면에서 적절했다는 것을 인정하지 않을 수 없단다. 배리는 궁지에 몰려 있으면서도 자신이 절대로 잡히지 않을 거라 생각했던 모양이야.

이런 말이 어떨지 모르지만, 나는 이따금씩 범인을 체포하는 일에 환멸을 느낄 때가 있다. 그 가엾고 귀여운 프랜시스가 살인범의 애인으로 세상에 얼굴을 내밀고 살기가 힘겨울 거라는 생각을 하면……. 엘, 정말이지 이 세상에 정의는 드물고 자비심은 아예 없는 것 같다는 생각이 든다. 물론 그 아가씨의 오욕에 대해서는 내게도 얼마쯤 책임이 있다. 아이브스 포프 씨는 정말 좋은 사람인 것 같구나. 그는 뉴스를 듣고 조금 전

에 내게 전화를 했단다. 어떤 의미에서는 내가 아이브스 포프 씨와 그 딸에게 도움을 주었다고 생각한다. 우리는······.

그때 현관 벨이 울렸다. 주나가 행주로 손을 닦으며 급히 현관으로 달려갔다. 샘슨 지방 검사와 티모시 크로닌이 들어왔다. 두 사람은 모두 흥분해 동시에 말을 쏟아냈다. 퀸 경감은 편지지를 잉크 흡인지로 덮고 일어났다.

"어이, 큐! 축하하네. 오늘 아침 신문을 보았나?"

샘슨이 두 손을 내밀며 소리쳤다.

"콜럼버스를 칭송하라!"

크로닌은 스티븐 배리의 체포를 칭찬하는 기사가 커다란 활자로 실린 신문을 높이 쳐들며 싱글벙글 웃었다. 거기에는 퀸 경감의 사진이 크게 실렸으며, '퀸 경감, 새로운 월계관을 쓰다'라는 제목이 붙은 기사가 2단으로 지면을 메우고 있었다.

그러나 퀸 경감은 무감동한 표정이었다. 그는 손님에게 의자를 권하고 커피를 가져오도록 이른 뒤, 필드 사건에 대해서는 이제 아무런 흥미가 없는 것처럼 시의 부서에서 계획 중인 인사이동에 대해 이야기했다.

"대체 자네 어떻게 된 건가? 가슴을 펴게, 큐. 성공은커녕 실패한 사람 같은 표정을 짓고 있군."

샘슨이 불만스러운 표정으로 말했다.

퀸 경감은 한숨을 쉬었다.

"그런 게 아니라네, 헨리. 엘러리가 옆에 없으면 도무지 아무 일도 하고 싶지 않아. 그 애가 메인 주의 숲 속에 있지 않고 이곳에 있다면 얼마나 좋겠나?"

두 사람은 크게 소리 내어 웃었다. 주나가 커피를 따랐고 퀸

Part Four

경감은 얼마 동안 페이스트리를 입에 넣기에 바빴다. 크로닌이 담배 연기를 동그랗게 내뿜으며 입을 열었다.

"저는 잠시 경감님께 경의를 표하려고 들렀습니다. 이번 사건은 두세 가지 점에서 꽤 흥미로웠습니다. 이리 오면서 검사님께서 말씀해주신 것 말고는 이번 사건에 대해 그리 아는 게 없지만요."

"나도 아는 바가 전혀 없다고 하는 편이 옳을 걸세, 큐. 우리에게 말해줄 게 있을 것 같은데……."

지방 검사가 끼어들었다.

퀸 경감은 멋쩍게 미소를 지어 보였다.

"내 체면을 살리려면 이 사건을 혼자 해결했다고 말해야겠지. 그러나 솔직히 말하면 이번 사건은 엘러리의 재치로 해결한 거나 다름없어. 참 뛰어난 녀석이야."

샘슨과 크로닌이 허리를 폈다. 퀸 경감은 코담배를 쥐고 팔걸이의자에 등을 기대며 편안하게 있었다. 주나는 귀를 세우고 구석에 조용히 웅크리고 있었다.

퀸 경감이 입을 열었다.

"필드 사건을 이야기하려면 벤저민 모건의 이름을 들먹이지 않을 수 없지. 그는 피해자 가운데 가장 결백한 인물일세. *퀸 경감의 이 말은 전체적인 면에서 생각해볼 때 그렇게 올바른 것만은 아니다. 사실 벤저민 모건은 도덕적으로 결코 결백하다고만은 볼 수 없다. 그렇기 때문에 경감은 오히려 침묵을 지켜달라는 말을 자주 하는 것인지도 모른다. —E. Q.* 그래서 말인데, 헨리. 내가 모건에 대해서 하는 얘기들은 직업적이건 사회적이건 간에 지금 여기에서 끝내는 걸로 생각하게. 팀은 이미 침묵을 지키겠다고 약속했지."

두 사람은 말없이 고개를 끄덕였다.

퀸 경감이 말을 계속했다.

"범죄 수사는 대부분 동기를 살피는 일부터 시작된다는 것은 말할 필요도 없겠지. 많은 경우 용의자들을 차례차례 살피면서 하나하나 지워나가 결국 범죄 배후에 숨은 이유를 밝혀낸다네. 이번 사건에서는 오랫동안 동기를 몰랐었지. 예를 들어 벤저민 모건의 이야기 같은 그런 두세 가지 암시는 있었지만, 결정적인 것은 아니었네. 모건은 몇 년 동안 필드에게 돈을 뜯겨왔다네. 협박은 필드의 사업 일부인 셈인데, 자네들은 필드가 여러 방면에서 사회 활동을 펼쳐온 것은 알고 있었지만 협박 사업 부분에는 전혀 깜깜했지. 그래서 살인 동기는 어쩌면 협박, 아니 그보다는 협박의 뿌리를 뽑는 데 있다고 해석했네. 그러나 그때는 그 밖에 더 많은 동기를 생각해볼 수도 있었지. 예를 들면 필드 덕분에 교도소 밥을 먹은 범죄자가 복수한 거라고 생각할 수도 있었거든. 아니면 그의 범죄 조직 패거리 가운데 한 사람이 저지른 짓이 아닐까 생각하기도 했다네. 필드에게는 적이 많았으니까. 물론 친구도 많이 있었겠지만 말이야. 그들은 필드에게 아픈 곳을 잡혀 있는 처지였겠지. 이런 몇십 명의 사람들 가운데, 남자든 여자든 상관없이 누군가가 필드를 살해할 동기를 가지고 있었을지도 모른다는 거지. 그날 로마 극장은 너무 절박한 상황이었어. 곧바로 처리해야 할 문제들 때문에 이런 것을 생각할 겨를이 없었지. 당시 그것은 그리 중요한 문제도 아니었으니까 말이야.

그러나 이 점은 기억해두기 바라네. 엘러리와 내가 생각했던 대로 살인 동기가 협박이라고 한다면, 필드는 어떤 것이든 간에 서류를 감춰두었을지도 모르지 않겠나? 그 서류를 볼 수만 있다면 적어도 사건 해결에 서광이 비칠 거라 짐작했지. 모건에게 그런 서류가 있었다는 것은 알고 있었어. 크로닌도 자기가 찾고 있는 서류가 어딘가에 있을 거라고 주장했고. 그래서 우리는 시종일관 서류 찾기에 불을 밝혔다네. 범죄 배후에 깔린 근본적인 상황을 명백히 밝혀줄지도 모르고 또 그렇지 않을지도 모르지만, 어쨌든 서류가 발견되면 실제적인 증거가 될 테니까 말이야.

그런데 엘러리는 필드의 소유품에서 필적 분석에 관한 책을 발견하고는 관심을 쏟았지. 우리가 알고 있는 한 필드는 협박을 최소한 한 번 이상 했네. 게다가 필적 연구에 흥미를 가지고 있었다면 서류 위조쯤은 누워서 떡 먹기였으리라 생각했다네. 만일 이것이 맞는다면 필드는 아마 상습적으로 협박에 사용하는 진짜 서류 말고, 또 다른 가짜를 만들었을 거라는 결론이 나오지. 그 이유는 가짜는 팔아먹고 진짜는 나중에 다시 협박 미끼로 쓰기 위해서였을 걸세. 말할 필요도 없이 그 방법은 암흑가에서 배운 것일 테지. 훗날 우리는 이 가정이 맞았다는 것을 알았지. 그때 처음으로 협박이 범죄 동기였다는 것이 결정적으로 밝혀졌어. 그러나 여기서 말해두겠는데, 그것을 알았다 해도 우리로서는 도무지 손쓸 수가 없었단 말이야. 우리가 지목한 용의자들은 누구나 협박의 피해자였기 때문에 과연 누구 짓인지 밝혀낼 재간이 전혀 없었다는 말일세."

퀸 경감은 눈살을 찌푸리고는 좌석에 몸을 더 깊이 파묻어 편안히 앉았다.

"나는 엉뚱한 방향에서 해답을 얻으려고 매달렸다네. 습관적으로 말이야. 나는 언제나 동기에서부터 시작하는 습관이 있거든. 그건 그렇고, 이번 수사에서 특별히 눈에 띄는 중요한 상황이 한 가지 있었네. 즉 실마리가 완전히 뒤엉켜 있었다는 점일세. 그보다 실마리가 없었다고 하는 편이 옳을지도 모르겠군.

나는 지금 모자 이야기를 하는 거라네…….

 분실된 모자에 대해 안타까웠던 일은, 월요일 밤 로마 극장에서 눈앞의 조사에만 급급한 나머지 그 모자가 왜 없어졌는지 그 의미를 제대로 파악하지 못한 것이었네. 처음부터 그 일을 마음에 두지 않은 건 아니지만 말이야. 시체를 조사할 때 내가 맨 먼저 알아차린 일 가운데 하나는 모자가 없어졌다는 거였지. 엘러리도 극장에 들어와서 죽은 사나이 위로 몸을 굽혀보더니 곧 그 사실을 알아차렸네. 그러나 우리가 어떻게 할 수 있었겠나? 정신을 차리지 않으면 안 될 번거로운 일들이 산더미처럼 쌓여 있었는데……. 신문해야 하고, 명령을 내리고, 엇갈린 견해를 바로잡고, 의심스러운 점을 하나하나 밝히지 않으면 안 되었네. 그 때문에 우리는 중요한 기회를 놓치고 말았던 거야. 그때 모자가 왜 분실되었는지 철저하게 캐들었더라면 그날 밤 안으로 사건의 진상이 밝혀졌을지도 모르지."

 "그때도 그리 긴 시간이 걸린 건 아니잖은가. 자네야 본디 까다로운 사람이니까. 오늘은 수요일이야. 살인은 일주일 전 월요일에 일어났지. 겨우 구 일밖에 지나지 않았는데 그렇게까지 말할 건 또 뭐 있나?"

 샘슨 지방 검사가 웃으면서 말했다. 퀸 경감은 어깨를 으쓱했다.

 "그래도 상당한 기간이야. 그때 그런 생각을 했더라면……. 뭐 아무래도 좋아. 하여튼 우리가 모자 문제에 신경을 돌렸을 때 가장 처음 생각했던 것은 왜 모자가 사라졌는가 하는 점이었네. 거기에는 두 가지 이유가 있다고 생각했지. 모자로 인해 범인의 정체를 알 수 있다거나, 범인이 탐내는 것이 모자 안에 들어 있기 때문에 그 범행이 이루어졌다거나 둘 중 하나라고 말이야. 나중에 알았지만 이 두 가지 해답은 모두 맞았네. 모자 안쪽의 가죽 밴드 밑에 배리의 이름이 지워지지 않는 잉크로 쓰여 있었거든. 그러니까 모자 자체가 범인을 지목하고 있는 셈이었지. 모자 안에는 범인이 탐내는 서류가 숨겨져 있었어. 필드의 협박 자료인 비밀 서류 말일세. 그때는 범인도 물론 그 서류가 진짜라고 생각했겠지.

모자를 가져간 이유가 밝혀졌을 때는 아직 수사가 그리 진척되었을 때는 아니었어. 하지만 출발점은 잡힌 상태였다네. 월요일 밤 극장을 폐쇄하도록 명령하고 철저하게 수사해보았지만 분실된 모자는 발견되지 않았네. 모자는 어떤 알 수 없는 방법으로 극장에서 감쪽같이 사라진 것일까, 아니면 아직 수사의 그물에 걸리지 않고 그냥 극장 안에 있는 것일까? 우리는 알 도리가 없었지. 목요일 아침에 다시 극장에 나가보고 우리는 몬테 필드의 그 성가시기 이를 데 없는 실크 모자의 존재에 대해 나름대로 결론을 내렸네. 말하자면 모자는 극장 안에 없다는 거지. 그것은 거의 확실했네. 극장은 월요일 밤부터 폐쇄되어 있었으니 모자는 바로 그날 밤에 극장에서 빠져나간 게 틀림없다는 말이 되지.

그러나 월요일 밤 극장에서 나간 사람들은 모두 모자를 하나씩밖에 가지고 있지 않았네. 두 번째 수사에서 몬테 필드의 모자를 발견하지 못한 까닭은 누군가가 그것을 손에 들거나 머리에 쓰고 갔거나, 아니면 자기 모자를 극장 안에 버리고 나간 것이라고 결론 내릴 수밖에 없었지.

그 인물은 모자를 극장 밖으로 가지고 나가기가 퍽 힘들었을걸세. 기회는 다른 관객들이 밖으로 나갈 때뿐이었을 테니까. 그때까지는 모든 출입구를 감시하고 있어서 문은 잠긴 상태였지. 왼쪽 복도에는 처음엔 제스 린치와 엘리너가 있었고, 그 후에는 안내원 조니 체이스가 감시했네. 그 뒤에는 부하 직원이 혼자 감시했지. 오른쪽 복도는 객석 출입구밖에 없었는데, 거기에도 밤새 감시가 붙어 있었으니 이용할 수 없었을 거야.

필드의 모자는 실크 모자였네. 관객들 중에 정장을 입지 않은 채 실크 모자만 쓰고 극장을 나간 사람은 아무도 없었지. 우리는 그 점을 아주 주의 깊게 생각했다네. 따라서 분실된 모자를 가져간 인물은 정장 차림이 틀림없다는 결론에 이르렀네. 하지만 미리 그런 범죄를 꾸밀 정도의 사람이라면 모자를 쓰지 않고 극장에 왔을지도 모르지 않느냐고 반문할 수도 있지……. 그러나 잘 생각해보면 그런 일이 생길 수 없다는 것을 알 거야. 누군가가 정장을 한 채 실크 모자를 쓰지 않고 왔다면 금방 눈에 띄었을 테니까. 이것도 하나의 가능성이기 때문에 우리는 그 점도 고려했다네. 하지만 정말 뛰어난 범죄자라면 정체가 드러날지도 모를 불필요한 위험을 감수할 필요는 없었을 거야. 그리고 엘러리는 범인이 필드의 실크 모자의 중요성을 미리 알지 못했으리라고 확신했지. 그렇기 때문에 범인이 모자를 가져오지 않았을 확률은 더욱 희박해지는 거야. 만일 범인이 모자를 가져왔다면, 살인이 있기 전인 첫 번째 휴식 시간에 처리했을 거라고 우리는 생각했네. 하지만 그것도 엘러리의 생각에 의하면 불가능했어. 사전 지식이 없던 범인은 그 모자를 처리해야 한다는 생각을 미처 하지 못했을 테니까 말이야. 아무튼 범인은 자기 모자를 극장에 남겨둘 수밖에 없었던 거야. 그리고 그 모자도 실크 모자여야 한다고 생각했지. 그건 정말 타당한 생각이었어. 어떤가, 여기까지는 알아듣겠나?"

"아주 논리적이군. 좀 복잡하기는 하지만 말이야."

샘슨이 고개를 끄덕이며 말했다.
"이 사건이 얼마나 복잡했는지 상상도 못 할 걸세."
퀸 경감은 짜증스러운 듯 말했다.
"아무튼 우리는 다른 가능성도 생각하지 않으면 안 되었지. 예를 들면 필드의 모자를 쓰고 나간 인물은 범인이 아니라 공범이었을지도 모른다는 것 말이야. 그럼, 이야기를 계속하겠네.
우리가 그다음에 내린 결론은 이러했네. 즉 살인자가 극장에 남겨두고 간 자기 실크 모자는 어떻게 되었을까? 범인은 그것을 어떻게 했을까? 어디에 두었을까? 솔직히 말하자면 그건 정말 어려운 문제였어. 우리는 극장을 구석구석 다 뒤졌네. 무대 뒤에서 실크 모자 몇 개를 발견했지만, 그것들은 의상 담당인 필립스 부인이 모두 배우들 것이라고 확인해주었지. 그 모자들은 모두 개인 소유가 아니었어. 그렇다면 범인이 극장에 두고 간 실크 모자는 어디에 있을까? 엘러리는 늘 하던 대로 날카롭게 핵심을 찔렀지. 그 녀석은 이렇게 생각했네. '범인의 실크 모자는 반드시 극장 안에 있지 않으면 안 된다. 그러나 눈에 띄는 이상한 실크 모자는 하나도 없다. 그렇다면 우리가 찾고 있는 실크 모자는 눈앞에 있어도 결코 이상하게 보이지 않아야 한다.'라고 말이지. 정말 맞는 얘기 아닌가? 터무니없는 말이기도 하고 말이야. 나는 거기까지는 생각하지 못했었네.
극장에 있어도 이상하게 보이지 않는 실크 모자, 지극히 자연스러워 보이는 실크 모자라면 어떤 것일까? 로마 극장에서는 모든 의상을 '르 브랭'에서 빌려오기 때문에 그 해답은 아주 간단하게 나왔네. 연극에 쓰려고 빌려온 실크 모자는 어디에 있는가? 분장실, 아니면 무대 위 의상실에 있겠지. 엘러리는 여기까지 추리하고 나서 필립스 부인을 데리고 무대 뒤로 갔다네. 그러고는 분장실과 의상실에 있는 실크 모자를 하나하나 점검했지. 거기에 있는 실크 모자는 어느 것 하나 없어진 게 없었어. 그리고 모두 '르 브랭'이라는 상표가 안감에 붙어 있었지. 그런데 필드의 실크 모자는 '브라운 형제 상회' 것이지 않은가? 결국, 필드의 실크 모자는 빌려온 모자들 사이에서도 발견되지 않은 거야.

월요일 밤에 자기 것 이외의 실크 모자를 가지고 극장을 나간 사람은 없었고, 몬테 필드의 모자는 그날 밤 극장 밖으로 분명히 빠져나갔어. 그렇게 때문에 우리는 범인의 실크 모자는 로마 극장 안에 있을 거라 생각했지. 수사를 하면서도 모자는 틀림없이 극장 안에 있을 거라고 확신했네. 그런데도 로마 극장에 있는 실크 모자는 연극 소품밖에 없었던 거야.

그렇다면 범인의 실크 모자는 연극 소품 중에 있다는 결론이 나오네. 그 모자 주인이 필드의 실크 모자를 쓰고 극장을 나간 거지.

이렇게 해서 우리의 수사 범위가 상당히 좁혀졌네. 외출복 차림으로 극장을 나간 남자 배우, 또는 극장과 밀접한 관계가 있으며 정장 차림을 한 어떤 사람, 이 두 가지 말고는 있을 수 없는 셈이었어. 후자의 경우는 우선 연극 소품인 실크 모자를 손에 넣을 수 있어야 하고, 다음으로 의상실과 분장실을 마음대로 드나들 수 있어야 하며, 마지막으로 실크 모자를 의상실이나 분장실에 놓아둘 기회가 있어야 했네. 그럼, 이 후자의 가능성을 검토해보세. 범인이 배우는 아니면서 극장과 밀접한 관계를 가지고 있는 사람일 경우 말이지."

퀸 경감은 잠시 말을 중단하고 쌈지에서 코담배를 한 줌 집어내서는 깊이 들이마셨다.

"무대 위의 스태프들은 제외해도 좋아. 아무도 필드의 실크 모자에 어울리는 복장이 아니었으니까. 매표원, 안내원, 문지기 등 말단 직원들도 마찬가지네. 홍보 담당자인 닐슨도 평상복 차림이었네. 지배인 팬저는 정장 차림이었으나 머리 치수를 재어보니 16.6센티미터였어. 유난히 머리가 작은 그가 18센티미터나 되는 필드의 모자를 쓴다는 것은 말도 안 되지. 우리는 극장을 나오면서 토머스 벨리 경사에게 팬저의 몸수색도 확실히 하라고 했어. 그날 밤 나는 팬저의 사무실에서 그자의 모자를 보았는데, 중산모였네. 나중에 토머스가 말하길 팬저는 그 중산모를 쓰고 나갔다고 하더군. 팬저가 만약 범인이었다면, 위험을 무릅쓰고 필드의 모자를 손에 들고서라도 가지고 나갔을 거야. 그런데 그는 중산모를 쓰고 나갔기 때문에 범인이 아니라는 것이 밝혀졌지. 아무튼 극장은 그 지배인이 나가자 곧 폐쇄되었어. 그리고 목요일 아침까지 아무도 그 안엔 들어간 사람이 없었지. 따라서 이론적으로 범인은 필드의 실크 모자를 극장 안에 숨길 수 있는 사람, 즉 로마 극장에 관계하는 이라면 그 누구라도 범인이 될 수 있었어. 꼭 지배인이 아니라도 말이야. 그러나 이 가정은 건축 전문가 에드먼드 크루의 보고로 무너졌네. 그가 로마 극장에는 은닉 장소가 한 군데도 없다고 했으니까 말이지.

팬저와 닐슨 그리고 종업원들을 제외하면 남는 것은 배우들밖에 없었네. 마지막으로 배리가 지목될 때까지 어떻게 범위를 좁혀갔는지는 잠깐 덮어두기로 하세. 이번 사건에서 흥미로운 점은 복잡하기 짝이 없는 추리가 차근차근 진행된 데 있었지. 그 결과 우리는 논리적인 어떤 결론에 도달할 수 있었다네. 우리라고 말했지만, 실은 엘러리라고 말해야 옳을 것 같군."

"경감님은 정말 겸손하시군요. 이것은 미스터리 소설보다 더 재미있는 것 같습니다. 우리 상관께서도 그렇게 생각하실 겁니다. 어서 계속해주세요, 경감님."

크로닌이 미소 지으며 말했다.

퀸 경감도 미소를 지으며 이야기를 계속했다.

"범인이 배우 중에 있다는 사실에서 자네들도 한 가지 수수께끼를 풀었겠지. 그것은 처음부터 우리를 괴롭혀온 문제였다네. 즉 그 협박의 뒷거래 장소로 왜 하필 극장을 택했는가 하는 문제 말이네. 우리도 처음에는 도무지 이해를 할 수 없었지. 자네들도 생각해보면 알겠지만 극장은 다른 곳보다 그런 일을 하기에 별로 좋지 않다네. 예를 들면 옆자리를 비워두기 위해 여분의 입장권을 사야 했던 점 따위지. 다른 더 좋은 곳이 많은데 하필이면 왜 극장을 택했을까? 연극 도중 극장 안은 깜깜하고 무섭도록 조용해. 조금이라도 거슬리는 소음이 나거나 대화가 들리면 사람들이 다 쳐다보지 않겠나. 관객들이야말로 끊임없는 위험 요소인 거지. 그러나 이런 문제는 출연 배우가 범인이라면 저절로 설명이 돼. 배우 입장에서 본다면 극장은 일을 꾸미기엔 더없이 알맞은 곳이지. 객석에서 시체가 발견된다 한들 누가 배우를 의심하겠는가 말이야. 필드는 배리가 무슨 생각을 하는지 의심하지도 않고 극장에서 만나기로 한 걸세. 조금 이상하게 생각했다 해도 필드는 그런 거래에서는 베테랑이었기 때문에 스스로를 과신했을 거야. 물론 그의 마음속까지 우리가 알 수 있는 문제는 아니지만 말이지. 여기서 이야기를 다시 엘러리에게로 돌려보자고. 엘러리는 정말이지 내 자랑거리야."

퀸 경감이 특유의 건조한 미소를 지었다.

"모자에 대한 추리 말고도 엘러리는 아이브스 포프의 저택에

갔을 때부터 이상한 낌새를 챘다네. 필드가 여자를 희롱하려고 휴식 시간에 복도에서 프랜시스 아이브스 포프에게 접근한 게 아니라는 것이 분명해진 거지. 엘러리는 겉으로 보기엔 가까운 사이도 아니고 아무 인연도 없어 보이는 이 두 사람 사이에 무언가 있다고 생각했지. 그렇다고 해서 그녀가 그것을 알아차렸다는 뜻은 아니야. 그녀는 필드에 대해 전혀 모른다고 말했었지. 그 말을 의심할 이유는 없어. 오히려 믿을 만한 이유가 많이 있다네. 관계가 있다면 그것은 스티븐 배리를 통해서일 거라 생각했지. 그러니까 프랜시스가 모르는 곳에서 배리와 필드는 서로 아는 사이일지도 모른다고 생각한 거야. 그렇다면 필드는 배리를 만나러 왔다가 우연히 프랜시스를 발견하고 술기운으로 짐짓 그녀에게 접근할 기분이 났다고 생각할 수 있어. 더욱이 필드와 배리가 함께 관심을 가지고 있는 문제가, 배리와 프랜시스와의 관계에 관한 거라면 더할 나위도 없지. 그럼, 필드가 어떻게 해서 프랜시스를 알아보았느냐고? 신문을 본 사람이면 그녀를 모를 리 없네. 그녀의 얼굴은 구석구석 너무 많이 알려졌어. 늘 신문에 사진이 실리는 사교계의 젊은 아가씨니까. 필드는 이미 그녀의 얼굴을 알고 있었던 거야. 지저분한 사업과는 아무런 관계도 없는 그 아가씨의 모습을……. 그럼, 이야기를 삼각관계로 돌리기로 하세. 필드, 프랜시스 그리고 배리. 여기에 대해서는 나중에 자세히 말하겠네. 자네들도 알겠지만, 배우들 가운데 배리 말고는 이 질문에 만족할 만한 설명을 해줄 수 있는 사람이 없어. 필드는 왜 프랜시스에게 접근했는가?

프랜시스와 관련된 또 한 가지 귀찮은 사실, 그러니까 그녀의 핸드백이 나중에 필드의 외투 속에서 발견되었다는 것은 프랜시스의 설명으로 이해가 되었다네. 술 취한 변호사가 다가오자 당황해서 핸드백을 떨어뜨렸다고 했거든. 이것은 나중에 필드가 여자 핸드백을 줍는 것을 보았다는 제스 린치의 증언이 뒷받침해주었지. 딱한 아가씨일세. 나는 진심으로 안됐다고 생각해."

퀸 경감은 한숨을 내쉬었다.

"그럼, 모자 이야기로 다시 돌아갈까? 우리가 늘 그 빌어먹을 모자에 대해 이야기해야 하는 이유는……."

퀸 경감은 잠시 쉬었다가 말을 이었다.

"단 한 가지 요인이 이처럼 수사 전체에 영향을 끼친 사건은 처음이었다네……. 그런데 여기서 주의할 점은, 배우들 가운데 월요일 밤에 정장 차림에다 실크 모자를 쓰고 극장에 나온 사람은 배리 혼자뿐이라는 것이지. 월요일 밤, 관객들이 극장 밖으로 나갈 때 엘러리는 중앙 출입구에서 감시를 했네. 엘러리는 배우들 중 배리만이 정장을 한 채 극장을 나간 사실을 주목했다고 하더군. 엘러리는 나중에 팬저 사무실에서 샘슨과 내게 그 사실을 말했지. 그때는 아무도 그것이 무얼 의미하는지 몰랐지만 말이야. 따라서 배우들 가운데 필드의 실크 모자를 가지고 나갈 수 있었던 단 한 사람은 배리라는 결론이 나오는 거지. 그 점을 잠시 생각해보게. 그리고 모자에 대한 엘러리의 추리를 고려해보면, 배리의 머리 위로 의심의 그림자가 드리워질 수밖에 없어.

다음에 우리가 한 행동은 연극을 직접 구경하는 것이었네. 그날은 엘러리가 결정적인 단정을 내린 목요일 밤이었지. 자네들은 그 이유를 알겠지? 우리는 2막이 진행되는 동안 배리가 살인을 저지를 시간이 있는지 없는지 확인해 우리의 결론을 뒷받침하고 싶었던 거야. 그리고 놀랍게도 배우들 가운데 그런 시간적 여유가 있는 사람은 배리뿐이라는 것을 알아냈네. 배리는 9시 20분에 무대에 있지 않았어. 막이 시작할 때 얼굴을 내민 뒤, 그 후 무대에서 사라져 9시 50분까지 모습을 보이지 않았던 거야. 그러고는 9시 50분에 다시 무대로 올라와 막이 내릴 때까지 계속 있었지. 이것은 움직일 수 없는 사실이네. 연극의 시간표는 정해져 있으니까. 다른 배우들은 모두 처음부터 끝까지 무대에 있거나, 아주 짧은 사이를 두고 무대를 드나들었어. 그래서 우리는 지난 주 목요일, 말하자면 닷새 전에 미궁에 빠진 이번 사건을 해결할 수 있었다네. 그러나 살인범이 누구인지 알아냈다고 그를 잡을 수는 없었어. 자네들도 그 이유를 곧 알 걸세.

범인이 9시 30분 전후까지 객석에 들어가지 않았다는 사실은 '좌측 LL32'와 '좌측 LL30' 입장권의 찢어진 자리가 서로 맞지 않는다는 것이 설명해주네. 자네들도 알겠지만 필드와 배리는 따로따로 극장에 들어갈 필요가 있었어. 필드로서는 배리와 함께 들어가서도 안 되고 아주 늦게 들어가서도 안 되었겠지. 배리로서는 이 일을 비밀로 하는 것이 중요했고.

우리는 목요일 밤 배리를 범인으로 단정 짓자 곧 나머지 배우들과 스태프들을 신문했네. 배리를 먼저 보내고 말일세. 물론 배리가 밖으로 나가고 들어오는 것을 본 사람이 있나 없나 알기 위해서였지. 그런데 공교롭게도 그 모습을 본 사람은 하나도 없었다네. 모두 각자 연기를 하거나 옷을 갈아입거나 무대 뒤에서 바삐 일하고 있었기 때문이지. 우리는 그날 밤 배리가 극장을 나간 뒤 이 작은 조사를 했어. 하지만 결과는 실패였지.

우리는 그 전에 이미 팬저에게서 좌석 도면을 빌렸었네. 그러고는 이 도면과 왼쪽 복도 그리고 무대와 분장실의 배치를 검토한 결과 어떻게 살인을 저질렀는지 알아냈지."

그때 샘슨이 기세 좋게 끼어들었다.

"그 점은 나도 머리를 싸매고 생각했지. 아무튼 필드는 보통 놈이 아니더군. 그리고 그 배리란 놈도 역시 대단한 놈임에 틀림없어. 큐, 도대체 어떻게 알아냈는가?"

"수수께끼란 답을 알고 보면 단순한 거지. 배리는 9시 20분에 시간이 비자 곧바로 분장실로 가서, 재빨리 얼굴에 변장을 하고는 망토를 뒤집어쓰고 실크 모자를 썼네. 그리고 분장실에서 바로 복도로 빠져나갔던 걸세.

물론 자네들은 로마 극장의 구조가 어떻게 되어 있는지 모르겠지. 왼쪽 복도를 면하고 무대 뒤 왼쪽에 일렬로 쭉 자리한 방이 분장실일세. 배리의 분장실은 가장 바깥쪽이어서 복도로 통해 있었지. 거기에 출구가 있었던 셈이야.

배리는 2막이 진행되는 동안 극장 옆문들이 모두 닫혀 있을 때 분장실에서 나와 어두운 복도를 걸어갔네. 그곳은 당시 감시를 하지 않았어. 배리는 그것을 알고 있었던 거지. 제스 린치와 그 여자 친구는 아직 오지 않았을 때였고. 배리에게는 정말 행운이었지. 이윽고 그는 늦게 온 관객처럼 중앙 출입구를 통해 극장으로 들어갔네. 그는 변장한 모습으로 좌측 LL30의 표를 매표구에 내밀었겠지. 객석에 들어가자 그는 표 반쪽을 일부러 버렸네. 그렇게 하는 것이 현명하다고 생각했던 모양이야. 반쪽짜리 표가 입구에서 발견되면 경찰은 관객 가운데 범인이 있다고 생각할 테니까 말이야. 그러면 경찰의 관심이 무대 쪽에서 멀어질 게 아닌가. 게다가 혹시 몸수색을 받더라도 표가 자기 몸에서 발견되면 안 되었으니까. 아무튼 표를 버리면 경찰을 혼란시키는 건 물론이고 동시에 자기 자신을 지킬 수 있다고 생각한 걸세."

"하지만 안내원의 안내를 받지 않고, 다시 말해 다른 사람들 눈에 띄지 않고 어떻게 좌석까지 갈 수 있었던 걸까요?"

크로닌이 끼어들어 물었다.

"그는 안내원을 굳이 피할 생각이 없었네. 연극이 한창 진행 중이라 안이 어두워 안내원이 오기 전에 자리로 가려고 했겠지. 하지만 안내원이 온다 한들 변장한 데다 어두워 들킬 염려는 없었을 거야. 만약 최악의 사태가 일어나더라도 안내원은 고작 어렴풋한 인상밖에는 설명할 수 없는 거지. 어떤 인물이 2막 도중에 들어왔다는 것밖에는 기억하지 못할 테니까. 그런데 공교롭게도 아무도 그에게 가까이 오지 않았네. 운 좋게도 매지 오코넬이 애인과 함께 앉아 있었기 때문이야. 배리는 아무에게도 들키지 않고 필드 옆자리로 숨어들 수 있었지. 잊지 말고 기억해두게, 지금 말한 것을!"

퀸 경감은 목청을 가다듬으며 말을 이었다.

"추리에도 수사에도 나타나지 않는 이런 사실은 알아낼 방법이 전혀 없어. 이건 배리가 어제 자백했기 때문에 안 사실이야. 물론, 범인이 배리인 줄 알았다면 이 과정을 추정할 수 있었겠지. 범인만 알아낸다면 간단한 문제였으니까. 하지만 그런 추정을 할 필요는 없었네. 어떤가? 이렇게 말한다면 엘러리나 내가 변명하는 것처럼 들릴까? 흠!"

퀸 경감은 웃지도 않고 말했다.

"배리는 필드 옆에 앉을 때 이미 어떻게 행동해야 할지 결정해놓은 상태였지. 미리 철저하게 짜놓은 시간 계획대로 행동하고 있었기 때문에 단 1분도 허비할 여유가 없었어. 또 필드도 배리가 다시 무대로 돌아가야 한다는 것을 알고 있었기 때문에 불필요하게 시간을 끌지는 않았네. 사실을 말하자면 배리는 필드와의 대화가 꽤 시끄러우리라 예상했는데 그렇지 않았다고 하더군. 필드는 기분 좋게 배리의 제안과 말을 받아들였다고 하네. 아마 술에 취한 데다 거액이 손에 들어오리라 기대했기 때문일 거야.

배리는 우선 서류를 요구했네. 신중한 필드가 서류를 건네주기 전에 돈부터 내놓으라고 하자 그는 가짜 지폐 뭉치를 내보였네. 극장 안이 어두웠던 데다 배리가 보여주기만 했지 건네주지는 않아서 알지 못했지만, 그것은 연극에서 쓰는 지폐였다네. 필드는 그것을 믿고 말았지. 배리는 서류를 조사해보지 않고는 돈을 줄 수 없다고 했어. 그는 연극배우이기 때문에 상황을 재치 있게 끌어나갔을 거야. ……필드는 좌석 밑에 손을 넣더니 실크 모자를 꺼냈네. 배리는 놀라서 어안이 벙벙했지. 그때 필드가 '서류가 이 속에 숨겨져 있다는 것은 몰랐을걸. 사실, 이 모자를 자네 전용 모자로 줄 생각이었어. 자네도 보면 알거야. 자네의 이름이 쓰여 있으니까.' 하고 말했다는군. 그리고는 모자 속의 밴드를 뒤집어 보였다더군. 배리는 주머니에 넣고 다니는 만년필 모양의 회중전등으로 자기 이름이 쓰여 있는 가죽 밴드 안쪽을 비춰보았다고 하네.

그때 그의 머릿속에 어떤 생각이 떠올랐을까 생각해보게. 순간, 신중하게 짜놓았던 계획이 순식간에 무너지는 느낌이었을 거야. 필드의 모자 밴드에서 스티븐 배리의 이름이 발견된다면 꼼짝할 수 없는 증거가 될 테니까. 배리는 밴드를 뜯어낼 시간이 없었네. 첫째로 나이프를 갖고 있지 않았거든. 둘째로 밴드가 떨어지지 않도록 튼튼한 안단에 꼼꼼히 꿰매져 있었기 때문이지. 그래서 그는 필드를 죽인 뒤 모자를 가져가는 방법밖에는 없다고 판단했던 거야. 배리와 필드는 몸집이 비슷했고 필드의 모자는 정사이즈 18센티미터였으니 배리는 그 자리에서 그 모자를 직접 쓰든지, 아니면 들고 극장에서 나가려고 마음먹었지. 자기 모자는 분장실에 놓아두고 말이야. 분장실에 자기 모자가 있다고 해서 그리 이상할 것은 없을 테니까. 필드의 모자는 자기가 직접 쓰고 나가 집에 돌아가는 대로 곧 없애버릴 계획이었지. 설사 필드의 모자를 쓰고 극장을 나가다가 몸수색을 받는다 해도 안쪽에 자기 이름이 쓰여 있으니까 의심받지 않으리라 생각했던 거네. 하지만 후에 그런 예기치 못한 상황에 빠질 줄은 상상도 못 했겠지. 그래서 배리는 위험하다는 생각은 그리 하지 않고 일을 처리했던 거야."

"똑똑한 악당이로군."

샘슨 지방 검사가 중얼거렸다.

퀸 경감은 무겁게 말을 이었다.

"민첩한 두뇌를 가진 놈이지, 헨리. 그것 때문에 많은 사람들이 머릴 싸매지 않았는가. ……모자를 가지고 가기로 결심한 배리는 자기 모자를 필드 옆에 대신 놓아두고 갈 수 없다는 것을 금방 깨달았네. 자기 모자는 접을 수 있는 실크 모자였던 데다, 더 중요한 사실은 모자에 연극 의상 전문 가게인 '르 브랭'의 이름이 찍혀 있었기 때문이지. 그랬다간 단번에 누가 범인인지 알게 될 테니, 범인으로서는 가장 피하고 싶은 사태가 아니었겠나. 그리고 이것도 그가 말한 것인데, 나중에라도 필드의 모자가 없어진 사실에 경찰이 주목했다 치더라도 그 안에 무엇이 들어 있었는지는 모를 거라고 생각했다는 거야. 결국, 자기에게 혐의 따위는 돌아오지 않을 거라 생각한 거지. 하지만 엘러리는 실크 모자가 없어졌다는 사실만 가지고 여러 가지를 추리했어. 이 이야기를 그에게 들려주자 까무러치게 놀라더군. ……여기까지 얘기했으니 이제 자네들도 알아차렸겠지. 배리가 저지른 범죄의 근본적인 결함은 계획이 허술했기 때문이 아니라 예기치 못한 사태가 일어났기 때문이야. 그 때문에 그는 쓸데없는 짓을 하지 않으면 안 되었던 거지. 그것이 결국 차례차례 연쇄 반응을 일으킨 거라네. 필드의 모자에 배리의 이름이 쓰여 있지 않았더라면 지금쯤 그는 아무 거리낌 없이 나다니고 있었을 거야. 그리고 경찰 기록에는 새로운 미해결 사건이 하나 더 첨가됐을 테고.

말할 것도 없이 이런 생각들은, 지금 내가 설명하는 데 허비한 시간보다 훨씬 더 짧은 시간에 그자의 머리를 번쩍 스쳐 지나갔을 거야. 순간적으로 자기 행동을 결정하고 그것을 실행했겠지. ……모자에서 서류를 꺼내자 배리는 필드가 빤히 쳐다보는 앞에서 그것을 대강 훑어보았을 거야. 그때도 만년필 모양의 회중전등을 사용했지. 다른 사람들이 그 희미한 빛을 보지 못하도록 서로의 몸으로 막고 말이야. 서류는 완전한 것 같았어. 서류를 조사하는 데는 시간이 별로 걸리지 않았을 거야. 그는 우울한 미소를 띤 채 필드를 쳐다보며 '다 있는 것 같군. 이 개 같은 자식.' 하고 말했다는군. 마치 적과 잠시 평화 협정을 맺고 신사답게 물러나는 것처럼 말이야. 필드는 배리의 말을 그대로 믿었지. 배리는 주머니를 뒤졌네. 회중전등 불빛은 그때 꺼졌겠지. 배리는 휴대용 고급 위스키 병을 꺼내 벌컥벌컥 마셨어. 그러고는 자연스럽게 필드에게도 권했지. 필드는 배리가 먼저 술을 마셨기 때문에 아무런 의심 없이 술병을 받아들었어. 설마 자기를 없애려 한다는 것은 꿈에도 몰랐을 거야.

그러나 그것은 배리가 마시던 술병이 아니었네. 어둠을 틈타 배리는 술병을 두 개 꺼냈던 거야. 자기 것은 왼쪽 뒷주머니에서 꺼냈고, 필드 것은 오른쪽 뒷주머니에서 꺼냈지. 필드에게 건네줄 때 그는 병을 바꿔치기한 거야. 아주 간단한 일이었지. 캄캄한 데다 필드는 곤드레만드레 취해 있었으니까. 배리는 필드가 술을 마시지 않을 것을 대비해 독극물을 넣은 피하 주사기까지 준비해두었네. 그것은 몇 년 전 어떤 의사가 구해준 것이었지. 배리는 신경통이 있었는데, 극장을 따라 여기저기 돌아다니다 보니 한군데서 차분히 의사의 치료를 받을 수 없었거든. 그 주사기는 너무 오래돼서 누가 주었는지조차 알아낼 수 없는 것이었다네. 때문에 필드가 술을 받아 마시지 않을 경우에는 그것으로 대비를 하려고 했던 거지. 알겠나? 계획이 이 정도로 빈틈없었던 거야.

필드가 마신 고급 위스키에는 테트라에틸납이 충분히 섞여 있었다네. 그 독약은 희미하게 에테르 냄새가 났지만 술 냄새에 그만 지워졌을 거야. 설사 필드가 마시고 좀 이상하게 느꼈다 해도 그땐 이미 많은 양을 삼켜버린 뒤라 소용없었겠지.

필드가 술병을 배리에게 돌려주자 배리는 그것을 주머니에 집어넣고 '이 서류를 신중하게 조사해봐야겠어. 당신을 믿지 않을 이유는 하나도 없지만, 필드······.' 하고 말했네. 그때 이미 관심을 잃은 필드는 적당히 고개를 끄덕여 보이고는 자리에 파묻혔네.

배리는 정말로 서류를 조사했으나 한쪽 눈은 여전히 매처럼 필드를 지켜보았지. 5분도 못 돼 필드는 고꾸라졌다네. 서서히 의식을 잃어갔지. 얼굴에서 경련이 일고 호흡이 가빠졌네. 격렬하게 몸을 움직이거나 고함칠 수도 없었어. 물론 배리의 일

따윈 완전히 잊고 있었을 거야. 숨지기 직전에 이르러서는 말일세. 결국, 의식이 그리 오래가지는 못했지. 푸색에게 한두 마디 신음을 내뱉은 것도 죽어가는 인간의 초인적인 노력이었던 셈이야.

배리는 시계를 보았네. 9시 40분이었지. 필드와는 십 분쯤 함께 있었을 뿐이었어. 9시 50분에는 무대에 나가지 않으면 안 되었기 때문에 그는 삼 분만 더 기다리기로 했지. 처음에 생각했던 것처럼 그리 시간이 많이 걸리지는 않았지만 혹 필드가 소동을 벌일까 봐 두려웠던 거야. 정확히 9시 43분에 배리는, 고통스러워하며 죽어가는 필드를 남겨둔 채 그의 실크 모자를 집어들고 일어섰다네. 도중에 방해물은 아무것도 없었어. 벽에 찰싹 붙어서 아무도 눈치채지 못하게 통로를 내려가 왼쪽 좌석 뒤까지 갔지. 연극은 긴장이 최고조에 이르러 있었어. 모든 사람들의 눈은 무대에 못 박혀 있었다네.

배리는 좌석 뒤에서 서둘러 가발을 벗고 분장을 고친 다음 극장 뒷문으로 빠져나갔네. 좁은 통로를 지나 복도로 나오면 무대 뒤 여러 곳으로 갈 수 있었지. 배리의 분장실은 복도 입구에서 몇 미터 떨어진 곳에 있었어. 배리는 분장실로 들어가 남은 독극물을 급히 세면기에 쏟아붓고는 수돗물로 깨끗이 씻어 놓았다네. 주사기는 바늘을 빼낸 다음 화장실 배수관을 열고 씻었지. 그는 이제 발견된다 해도 아무 일 없으리라고 생각했어. 주사기를 가지고 있는 것에 대해서는 완벽한 이유가 있었고, 살인에 그런 기구는 전혀 사용되지 않았으니까. 배리는 그때 이미 침착하고 쾌활한 상태로 돌아가 있었어. 약간 지루해하면서 자신을 부르기를 기다렸지. 호출은 정확히 9시 50분에 있었네. 배리는 무대로 나가 9시 55분에 객석에서 소동이 일어날 때까지 조용히 연기를 했지."

"이제 자네의 그 복잡한 계략을 좀 설명해주지 않겠나?"

샘슨이 불쑥 말했다.

"알고 보면 그리 복잡하지 않다네. 배리의 머리가 굉장히 좋고 연기자로서도 상당히 훌륭했다는 점을 염두에 두고 생각해보게. 뛰어난 연기자가 아니었다면 어떻게 그런 일을 해낼 수 있었겠나? 일은 정말 간단했네. 가장 어려운 점은 시간을 지키는 일이었지. 만일 누구에게 들킨다 해도 변장을 했으니 별 문제는 없었거든. 그의 계획에서 단 한 가지 위험한 부분은 살인 현장에서 빠져나갈 때였어. 즉 객석 통로로 내려가 악단석 뒤를 돌아 분장실로 통하는 복도 입구에서부터 무대 뒤로 갈 때까지였지. 배리는 필드 옆에 앉아 있는 동안 줄곧 통로에 서 있는 안내원을 지켜보았다네. 안내원들은 보통 자기 자리를 충실히 지키지만, 배리는 자신이 변장을 했으니 괜찮으리라 믿었어. 그리고 위급 시에는 그 주사기가 자기를 도와줄 수 있을 거라 생각했고. 그런데 마침 매지 오코넬이 직무를 태만히 하고 있어 천만다행이었다고 할까. 어쨌든 어젯밤 배리가 말하길, 자기는 어떤 돌발 상황에라도 대처할 자신이 있었다고 하더군……. 배리가 분장실 복도 입구에 이르렀을 때는 마침 연극이 클라이맥스로 치닫고 있어서 사람들의 눈은 온통 무대로 쏠려 있었네. 무대 스태프들은 일하느라 정신없이 바빴고……. 그자는 정말로 자기가 행동해야 할 타이밍을 사전에 정확히 계산해두었던 거야. 하지만 그래도 위험 요소가 있거나 불확실한 사태가 벌어질 수 있지 않느냐고 물었더니 그자가 어젯밤 웃으면서 말하더군. 그건 처음부터 위험한 일이었다고 말이야. 나는 다른 거야 어떻든 그자의 철학에 대해서만은 감탄하지 않을 수 없었네."

퀸 경감은 불편한지 앉은 자세를 고쳤다.

"이것으로 배리가 어떤 수법으로 범죄를 저질렀는지 분명해졌으리라 생각하네. 그래서 이젠 이야기를 수사 쪽으로 돌리겠네. 모자에 따른 추리도 완성되었고 범인의 신상도 파악되었지만, 우리는 아직 정확한 상황을 짐작하지는 못했어. 우리가 목요일 밤까지 입수한 물적 증거만으로는 아무런 단서도 될 수 없다는 것을 잘 알 거야. 우리는 필드의 서류에서 배리와 결부된 어떤 해결의 열쇠가 나오기를 바랐네. 그것만으로는 충분하지 않았겠지만 말이야. 그런데……."

경감은 한숨을 쉬었다.

"그러다 우리는 교묘한 은닉 장소에서 그 서류를 발견했네. 필드는 자기 집 침대 캐노피 꼭대기에다 그걸 숨겨놓았지 뭔가. 이것은 처음부터 끝까지 엘러리의 활약이었다네. 우리는 필드가 안전 금고도, 우체국 사서함도, 다른 집도, 친한 이웃도, 아는 상인도 없으며, 서류가 사무실에도 없다는 것을 알아냈네. 엘러리는 필드의 방 안 어딘가에 서류가 틀림없이 있을 거라고 주장했지. 자네들도 이미 알고 있는 바와 같이 엘러리의 천재적인 추리력이 여실히 드러난 거야. 우리는 모건의 서류를 발견했고, 이어 크로닌이 찾고 있던 갱 집단에 대한 서류도 찾아냈네. 이것은 다른 이야기지만 팀, 우리가 암흑가 소탕 작전을 벌일 때 어떤 일이 일어날지 아주 기대가 된다네. 그리고 그 외의 자질구레한 서류들도 발견했지. 그 안에 마이클스와 배리의 서류가 있었다네. 팀, 기억할는지 모르겠지만 엘러리는 필적 분석에 대한 책에 관심을 가졌었지. 엘러리는 그때부터 이미 배리의 진짜 서류가 발견될 거라고 생각했다네. 그

Part Four

리고 그 서류는 정말 있었고 말이야.

마이클스의 사건은 흥미로웠네. 그가 사소한 절도죄로 엘마이라 교도소에 들어간 것은 필드가 교묘하게 법망을 속이며 잔재주를 부린 결과였지. 필드는 마이클스의 약점을 잡아 써먹을 필요가 생길 경우에 대비해 그의 범죄 기록을 은닉 장소에 숨겨놓았던 걸세. 필드는 악질이니까. 마이클스가 교도소에서 나오자 필드는 그 서류를 코앞에 들이대었다네. 그리고 자기 앞잡이로 부려 먹었던 거지.

그러나 마이클스는 이미 오래전부터 그 서류에 눈독을 들이고 있었어. 마이클스가 그 서류를 얼마나 갖고 싶었을지 자네들도 상상할 수 있을 거야. 그래서 그는 기회가 있을 때마다 필드의 아파트를 뒤졌네. 아무리 찾아도 없으니 점점 절망했겠지. 필드는 마이클스가 끊임없이 아파트를 뒤지고 있다는 것을 알면서도 마치 악마처럼 가학적인 기쁨을 느끼며 그것을 즐겼을 거라 생각하네. 월요일 밤에 마이클스는 자기가 말한 대로 집에 돌아가 잠을 잤어. 그런데 화요일 이른 아침에 신문을 읽고 필드가 살해되었다는 걸 알게 된 거야. 그는 이제 모두 끝장이라고 생각했지. 그래서 마지막으로 서류를 찾아보려고 했던 거야. 자신이 찾지 못하면 경찰이 찾아낼지도 모르니까. 그래서 그는 화요일 아침 필드의 아파트로 달려와 경찰의 그물에 걸려든 거야. 월급 이야기는 물론 거짓말이었지.

그건 그렇고, 배리의 이야기를 계속해보세. 모자 속에서 찾아낸 원본 서류에서 우리는 '혼혈'이라는 글자를 발견했어. 그러고는 그에 얽힌 지저분한 사정을 바로 파악했지. 간단하고 추하게 말하자면 스티븐 배리의 혈관 속에는 흑인의 피가 흐르고 있네. 그는 가난한 남부 가정에서 태어났어. 편지며 출생 등록을 비롯한 서류들이 그가 흑인의 혈통을 물려받았다는 사실을 증명했지. 그런데 자네들도 알다시피 필드는 그런 사실을 조사하는 일을 하고 있었거든. 온갖 수단을 다 동원해 필드는 배리의 서류를 손에 넣었을 걸세. 언제부터 그랬는지 알 수 없지만, 아마 꽤 오래전부터였을 거야. 필드는 배리가 아직 별 볼 일 없는 배우이기 때문에 돈이 없다는 것을 알았겠지. 그래서 당분간 그를 내버려두기로 한 거야. 언제든 배리에게 돈이 생기거나 명성이 높아지면 협박하려고 말일세. 필드가 아무리 상상력이 풍부하다 해도 배리가 대부호에 명문가의 딸이자 사교계의 꽃인 프랜시스 아이브스 포프와 약혼할 줄은 꿈에도 몰랐겠지. 배리 입장에서 볼 때 자신이 혼혈이라는 사실이 아이브스 포프 집안에 알려진다는 것은 아주 중대한 일이었을 거야. 그리고 더 중요한 사실은, 배리는 사실 도박 때문에 늘 궁핍한 상태였다는 것이네. 돈을 버는 족족 경마장 마권 영업자의 주머니로 굴러 들어갔던 데다 막대한 빚까지 짊어지고 있었던 거지. 프랜시스와의 결혼이 성사되지 않는 한 도저히 깨끗이 청산할 수 없는 그런 상태였네. 사정이 급해지자 배리는 프랜시스에게 편지를 써서 서둘러 결혼하자고 교묘하게 그녀를 설득을 했지. 나는 배리가 프랜시스를 어떻게 생각하는지 줄곧 의심했어. 그러다가 결국 이런 결론을 내렸지. 단지 돈 때문에 그녀와 결혼하려는 건 아니다. 진실로 사랑하고 있다, 그렇게 말이야. 그런 아가씨라면 누구도 진실로 사랑을 느끼지 않을 수 없을 테니까."

늙은 경감은 지난날을 회상하듯 미소 지으며 이야기를 계속했다.

"필드는 얼마 전부터 그 서류를 가지고 배리에게 접근했네.

배리는 있는 대로 돈을 다 주었지만 형편없이 적은 액수였지. 찰거머리 같은 그 협박자를 만족시킬 수 없었던 거야. 배리는 있는 힘을 다해 필드의 입을 막으려고 애썼네. 하지만 필드는 도박으로 돈이 궁한 상태라 조그마한 거래처까지도 이 잡듯이 뒤졌겠지. 벼랑 끝에 선 배리는 필드의 입을 막지 않는 한 모든 것을 잃게 되리라는 것을 깨달았네. 그래서 살인을 계획한 거지. 배리는 필드가 요구한 5만 달러를 주어 진짜 서류를 입수한다 해도, 필드가 소문을 흘리면 자신의 희망이 산산조각 나리라는 것을 알았어. 손쓸 방법은 단 한 가지, 바로 필드를 죽이는 것이었네. 그래서 필드를 해치운 거야."

"흑인의 피라……. 가엾은 친구로군."

크로닌이 중얼거렸다.

"겉으로 봐서는 거의 모르겠던데. 자네나 나와 마찬가지로 희게 보였으니까."

샘슨이 말했다.

"배리의 몸에 완전한 흑인의 피가 흐른다는 말은 아닐세. 혈관에 아주 조금 섞여 있을 뿐이지. 겨우 한 방울 정도라고나 할까. 하지만 아이브스 포프 집안에서 볼 때는 분명 충격적인 일일 거야……

이야기를 계속하겠네. 찾아낸 그 서류를 보고 우리는 모든 것을 알았네. 누가, 왜, 그런 범죄를 저질렀는가를 말이야. 그래서 우리는 그가 유죄 판결을 받을 수 있도록 증거품을 검토해보았네. 증거가 불충분하면 살인죄로는 법정에 내보낼 수 없으니까. 그런데 우리가 어떤 증거를 확보할 수 있었다고 생각하나? 기실 제대로 된 건 하나도 없었네.

증거로서 도움이 될 만한 것들을 하나하나 살펴보세. 여자 핸드백, 이것은 아니지. 자네들도 알다시피 가치가 없어. 독약의 출처는 완전한 실패였고, 덧붙여 말하겠는데, 배리는 존스 박사가 말한 것과 똑같은 방법으로 그 독약을 손에 넣었던 거야. 흔한 가솔린을 가지고 테트라에틸납을 얻은 거지. ……어쨌든 증거가 될 만한 것은 하나도 없었어. 또 한 가지의 증거라면 필드의 모자가 있었네. 그러나 그것도 사라지고 없었지. 비어 있던 여섯 좌석의 나머지 표, 그것도 발견하지 못했고 발견할 수 있을 것 같지도 않았네. 단 한 가지 물적 증거라면 협박서류가 있는데, 그것으로는 살인 동기는 설명되겠지만 살인을 증명할 수는 없었지. 만약 서류만을 들먹인다면, 모건을 비롯해 필드에게 원한을 가진 그 누구라도 범인이 될 수 있다는 애기가 되기 때문이지.

그래서 우리는 배리의 아파트로 숨어 들어가 수색하는 데 모두를 걸었지. 그것이야 말로 그 친구가 유죄 판결을 받을 수 있게 하는 유일한 희망이었어. 뒤져보면 모자든, 표든, 독약이든, 독약을 만든 기구든 간에 무언가 새로운 실마리가 잡히지 않을까 기대했던 거지. 벨리 경사가 절도 전과자를 하나 데려와 금요일 밤 배리가 무대에 있을 때 아파트를 수색하게 했어. 그러나 실마리가 될 만한 것은 하나도 나오지 않았지. 모자도, 입장권도, 독약도 모두 없었던 거야. 배리가 범인이라는 걸 잘 알고 있는 우리로선 그것을 확인한 데 지나지 않는 행동이었지.

궁지에 몰린 우리는 일요일 밤, 살인 현장 가까이에 있었던 사람들을 소집해 모임을 가졌네. 누구든 그날 밤 배리를 본 기억이 있는 사람이 나타날지도 모른다고 추측했기 때문이야. 자네들도 알겠지만 사람은 처음엔 기억을 못 하더라도 나중에 기억해낼 수도 있으니까. 그러나 그것도 실패였어. 단 하나 가치 있었던 말이라면, 필드가 복도에서 핸드백을 줍는 것을 보았다는 오렌지에이드 소년의 증언뿐이었네. 그러나 그것은 배리에게 혐의를 씌울 수 있는 내용이 아니었지. 목요일 밤 출연 배우들에게 질문했을 때에도 직접적인 증언을 하나도 얻지 못했다는 걸 잊지 말길 바라네.

이처럼 우리는 배심원들에게 제시할 그럴듯한 이야기는 준비되어 있었지만 그것을 뒷받침할 만한 증거는 하나도 얻지 못했어. 우리가 내놓을 수 있는 증거는 뛰어난 변호사에게 걸리면 여지없이 박살 날 게 뻔했지. 모두 추정에 따른 상황 증거였으니까. 이런 상태로 사건을 법정에 들고 나간다면 어떤 결과가 나올지는 자네들도 잘 알겠지. 그런데 그때 하필이면 아주 큰 걱정거리가 생겼어. 엘러리가 이곳을 떠나지 않으면 안 될 형편에 놓인 걸세. 나는 완전히 골머리를 앓게 되었지. 가까스로 지탱하고 있는 내 머리 능력으로는……."

퀸 경감은 빈 커피 잔을 불쾌한 눈으로 바라보았다.

"더욱이 주변 사정은 아주 암담한 상태였네. 증거가 없는데 어떻게 사람을 단죄할 수 있겠나? 정말 미칠 지경이었다네. 이때 엘러리가 마지막으로 한 가지 제안을 전보로 보내서 결정적인 도움을 주었다네."

"제안이요?"

크로닌이 물었다.

"내가 조금 협박을 해보는 게 어떻겠느냐는 거였지."

"자네가 협박을 하다니, 나는 도무지 모르겠군."

샘슨이 눈을 동그랗게 떴다.

"엘러리가 보낸 건 단순한 편지 같았지만, 그 안에는 중요한 암시가 들어 있었던 거야. 나는 증거를 만들어내면 되겠다는 생각을 하게 되었지."

두 사람은 의아한 얼굴로 미간을 찌푸렸다.

퀸 경감이 계속 설명했다.

"아주 간단해. 필드는 기이한 독약으로 독살당했지. 살해당한 이유는 배리를 협박했기 때문이었고. 그렇다면 같은 수법으로 갑자기 배리를 협박한다면, 배리는 다시 한 번 독약을 쓰지 않을까……. 아마 십중팔구 같은 독약을 쓸 거라고 봐도 틀리지 않을 걸세. '한번 독살한 사람은 언제나 독살을 시도한다.'라는 말을 자네들에게 되풀이할 필요는 없겠지. 배리의 경우, 테트라에틸납을 사용할 기회를 만들어주면 체포할 기회도 생길 거라 생각했지. 그 독극물은 세상에 잘 알려져 있지 않네. 따라서 그가 테트라에틸납을 가지고 있을 때 붙잡기만 하면 증거를 자연스럽게 확보하는 것이지. 무슨 이야기인지 알겠나?

그 일을 어떻게 하는가는 다른 문제였어. 하지만 협박을 하기에는 상황이 적당했지. 배리의 몸속에 흑인의 피가 흐른다는 사실을 밝혀준 진짜 서류는 내 손에 있었으니까. 배리는 그 서류들을 파기하고서는 만족했겠지. 설마 용의주도한 필드에게서 빼앗은 서류가 가짜일 거라고는 생각 못 했을 테니까. 그렇기 때문에 내가 또다시 협박을 하면 또 전과 같은 처지가 되는 거였어. 그러면 그는 다시 똑같은 행동을 취할 것이라 생각했지.

그래서 나는 우리의 친구 찰스 마이클스를 이용했네. 내가 그를 이용한 이유는 그가 필드의 심복이기 때문이었네. 그가 필드의 진짜 서류를 가지고 있다고 하면 배리는 그대로 믿을 수밖에 없을 테니까 말이야. 나는 마이클스에게 내가 부르는 대로 편지를 쓰게 했네. 그에게 직접 쓰게 한 것은 배리가 필드와 접촉하면서 마이클스의 필적을 알게 되었을지도 모르기 때문이야. 이것은 하찮은 문제일지도 모르지만 나는 이 일에 신중을 기해야 했네. 만약 한 가지라도 일이 잘못돼 틀어지면 다시는 배리를 잡을 수 없을 테니까 말이야.

나는 진짜 서류 가운데 한 장을 편지에 동봉했네. 빈틈없는 협박처럼 보이도록 하기 위해서였지. 나는 또한 필드가 건네준 서류는 복사본이라는 것도 말해주었네. 그리고 동봉한 서류 한 장이 이쪽의 이야기를 증명해줄 거라고 덧붙였지. 배리는 마이클스가 필드처럼 자신에게서 돈을 뜯어내려 한다고 믿어 의심치 않았을 거야. 게다가 나는 그것이 최후통첩이라는 암시를 편지에 써놓았네. 그리고 시간과 장소도 정해두었지. 간단히 말하면 이 계획은 성공했지.

그게 전부라네, 신사 여러분. 배리가 나타난 거야. 그 소중한 테트라에틸납이 든 주사기를 가지고 말이야. 장소는 다르지만, 필드를 살해할 때와 똑같은 수법이었지. 나는 내 부하 리터를 보내면서 만의 하나라도 실수가 없도록 단단히 일러두었다네. 리터는 배리를 보자 곧 그 뒤를 미행하여 우리에게 비상 신호를 보냈네. 다행히도 우리는 관목 숲 속에 숨어 있던 부하들과 아주 가까이 있었지. 배리는 필사적이었어. 기회만 있었다면 자신도 죽고 리터까지 죽였을지 몰라."

퀸 경감은 이야기를 끝내자 한숨을 내쉬며 코담배를 집어들었다. 침묵이 그들의 주위를 감쌌다.

샘슨 지방 검사가 자세를 고쳐 앉으며 감탄하듯이 말했다.

"마치 한 편의 스릴러물을 보는 것 같았어, 큐. 하지만 아직 확실하지 않은 것이 두세 가지 있어. 그 테트라에틸납 말인데, 그처럼 희귀한 독극물이 있다는 걸 배리가 어떻게 알았을까? 자신이 직접 만들기까지 했으니."

"아!"

퀸 경감은 빙긋 웃었다.

"그 문제는 존스 박사가 그것에 대해 말해주었을 때부터 나를 괴롭혔다네. 체포한 뒤에도 알 수 없었지. 하지만 그 해답은 바로 코앞에 있었어. 깨닫고 나니 내 스스로가 어찌나 한심하던지. 자네도 기억하겠지만, 그날 아이브스 포프의 집에서 코니시라는 의사를 알게 되었네. 코니시 박사는 아이브스 포프의 친구로 두 사람 다 의학에 조예가 깊다고 하더군. 엘러리가 한번 그를 방문한 적이 있었지. 그때 그는 아이브스 포프가 얼마 전에 화학 연구 재단 기금으로 10만 달러를 기부했다고 말했다는군. 조사해보니 정말 기부했더라고. 몇 달 전 아이브스 포프의 집에서 어떤 모임이 있었다고 하네. 코니시의 소개로 과학자들이 아이브스 포프 씨에게 '재단 기금'을 부탁하러 왔던 거지. 그날 밤 화제는 자연히 의학에 관한 잡담과 최신 과학적 발견으로 옮겨갔지. 배리는 거기서 재단 설립자 중 하나인 어느 유명한 독극물 학자의 이야기를 귀담아 들었네. 그래서 우연히 테트라에틸납 이야기를 듣게 된 거야. 그때는 뒷날 그것을 이용하게 될 줄은 전혀 몰랐겠지. 나중에 그가 필드를 살해하기로 결심했을 때 그 독약의 엄청난 효과를 떠올리게 되었단 거지."

"토요일 아침, 루이스 팬저를 시켜 제게 보낸 편지는 대체 뭡니까, 경감님? 기억하고 계시겠지요? 그 편지에는 르윈과 팬저가 만났을 때, 두 사람이 아는 사이인지 아닌지 알아보라고 쓰여 있었습니다. 제가 이미 보고드린 대로, 나중에 르윈에게서 들어보니 그는 팬저를 모른다고 했습니다. 그런 일을 꾸미신 데에는 어떤 뜻이 있었습니까?"

크로닌의 물음에 퀸 경감은 조용히 대답했다.

"팬저는 나를 늘 난처하게 만들었다네, 팀. 내가 팬저를 자네에게 보냈을 때는 아직 모자에 대한 추리가 성립되기 전이었어. 그렇기 때문에 그 역시 용의 선상에 있었지. ……그를 자네에게 보낸 것은 단순한 호기심에서가 아니었네. 르윈이 팬저를 알고 있다면 팬저와 필드 사이에 어떤 끈이 있다는 게 아니겠나? 하지만 그렇지는 않았어. 처음부터 그리 희망을 걸지도 않았지만 말이야. 팬저는 르윈을 알지 못하지만, 필드와는 아는 사이였을지도 모르지. 또 한편 그날 아침에 팬저가 극장 주위를 서성거리지 못하게 하려는 목적도 있었어. 사실 그 심부름은 팬저와 나를 위해 아주 좋았지."

"그 친구는 경감님 지시대로 헌 신문지 뭉치를 가지고 돌아간 것에 대해 만족한 모양이지요?"

크로닌이 웃으며 말했다.

"모건이 받은 익명의 초대장은 어떻게 된 건가? 그것도 사람들 눈을 속이기 위한 것이었나?"

지방 검사가 물었다.

"교묘한 사기였지."

퀸 경감이 불쾌한 듯 대답했다.

"어제 배리가 말했는데, 그는 모건이 필드를 죽이겠다고 협박한 말을 들었다고 하더군. 물론 필드가 모건을 협박하고 있는 줄은 몰랐겠지. 그는 모건을 극장으로 꾀어낼 수 있다면 수사에 혼선을 빚을 수 있을 거라 생각했다는군. 모건이 오지 않는다 해도 밑져야 본전 아니겠나. 그렇지만 배리는 모건이 올 것이라 생각한 모양일세. 배리는 흔한 용지를 갖고 타자기 판매점에 가서, 장갑을 낀 채 편지를 치고서 거기다 아무렇게나 사인해 우체국에 보냈지. 증거를 없애기 위해 단단히 주의하면서 말이야. 배리의 입장에서 보면 다행히도 모건은 미끼에 걸려 극장에 나왔네. 모건의 이야기가 워낙 터무니없었던 데다 편지도 누가 봐도 가짜라는 게 뻔했기 때문에 배리가 예상했던 대로 모건은 유력한 용의자가 되어주었지. 반면 신의 섭리가 그 벌충을 해주기도 했네. 필드가 여러 사람에게 공갈 협박을 했다고 모건이 우리에게 말해주었거든. 그 때문에 배리는 치명적인 손해를 입은 셈이지. 거기까지는 예견하지 못했던 거야."

샘슨이 고개를 끄덕거렸다.

"또, 납득이 안 가는 점이 한 가지 있네. 배리는 어떻게 표를 구했나?"

"배리는 필드에게 극장에서 비밀리에 거래를 하자고 말했네. 필드는 찬성을 하고 사람들에게 방해받지 않고 거래를 하려면 주위 여섯 자리 정도는 비어 있어야 한다고 생각한 거야. 그래서 일곱 장을 배리에게 보냈고, 배리는 '좌측 LL30'을 뺀 나머지 모두를 찢어 없애버렸네."

퀸 경감이 오랜 설명에 지친 듯 미소를 지으며 일어섰다.

"주나! 커피 한 잔씩 더 가져오너라."

퀸 경감이 낮은 목소리로 말했다.

샘슨은 손을 내저으며 거절했다.

"고맙네, 큐. 하지만 이만 가봐야겠어. 크로닌과 내가 해결해야 할 일이 산더미처럼 쌓였거든. 그 전에 이 말을 자네에게 해주어야겠네."

그러면서 지방 검사가 덧붙였다.

"큐, 이 친구야. 나는 자네가 이번에 정말 훌륭한 일을 해냈다고 생각하네!"

"이런 이야기는 정말 처음 듣습니다. 수수께끼 자체도 멋졌

거니와, 완벽하고 명징한 추론들이 처음부터 끝까지 아름답게 펼쳐지더군요!"

크로닌도 끼어들었다.

"두 사람 다 정말로 그렇게 생각하나? 그렇게 말해주니 기쁘네. 하지만 모든 공로는 엘러리의 몫이야. 내 아들이지만, 난 정말 그 애를 자랑하고 싶다네."

퀸 경감이 차분히 말했다.

샘슨과 크로닌이 간 뒤 아침 식사 설거지를 하러 주나가 부엌으로 가자, 퀸 경감은 아들에게 보낼 편지를 되풀이해서 읽었다. 그리고 숨을 한 번 내쉬고는 만년필로 편지지에 다시 글을 썼다.

지금까지 쓴 것은 잊기로 하자. 벌써 한 시간도 넘게 지나가버렸다. 샘슨과 팀 크로닌이 찾아와서 우리가 해설한 이븐 사건을 설명하지 않을 수 없었단다. 그 사람들 정말 손발이 척척 맞는 단짝인 것 같다. 원 참, 둘 다 애들 같지 뭐냐. 꼭 마치 옛날이야기라도 듣는 것처럼 완전히 넋을 잃어서는……. 이야기를 하면서 느낀 건데, 실제로 내가 한 일이 얼마나 적었으며 네가 한 일이 얼마나 많았는지 새삼 알게 돼 내 스스로가 정말 한심스러웠다. 나는 네가 좋은 아가씨를 만나 결혼하기를 고대하고 있단다. 그때는 우리 식구 모두 이탈리아로 가서 한가로운 생활을 즐길 수 있을 거야……. 엘, 지금 나는 옷을 입고 경찰청으로 출근해야 한다. 지난주 월요일부터 벌써 처리했어야 할 일들이 산더미처럼 쌓여 있단다. 나는 선천적으로 이 일이 적성에 맞는 모양이다…….

언제 돌아오겠니? 재촉하는 것은 아니지만 쓸쓸한 기분이 드는구나. 나는…… 그래, 나는 아무래도 제멋대로인 데다 지쳐 있는 것 같구나. 그

냥, 위로가 필요한 구닥다리 노인네일 뿐이지. 너는 곧 돌아오겠지? 주나가 잘 있느냐고 안부 전하란다. 그 녀석은 지금 부엌에서 접시를 달그락거리며 설거지를 하는 중이야. 아마 그 소리로 나를 귀머거리로 만들 모양이다.

사랑하는 아버지로부터…….

작품 해설
엘러리 퀸, 작가이자 탐정의 위대한 탄생
decca(howmystery.com 운영자)

1차 세계 대전을 전후한 바로 그 시기는 탁구공이 오가듯, 미스터리의 주도권이 영국과 미국을 넘나들던 시절이었다. 근대적 의미의 최초 미스터리는 미국에서 시작됐지만(에드거 앨런 포), 장르의 기반을 다진 화려한 성공은 주로 영국에 있었다(아서 코난 도일을 위시한 작가군). 수세에 몰린 미국을 구원한 건 윌러드 헌팅턴 라이트라는 한 미술 평론가였다. 그가 바로 S. S. 밴 다인이다. 밴 다인의 초기 네 작품(《벤슨 살인 사건》《카나리아 살인 사건》《그린 살인 사건》《비숍 살인 사건》)은 당시 엄청난 베스트셀러였다. 딱딱한 문장과 장황한 주석 그리고 한없이 현학적인 탐정까지 등장해 비록 후대의 평가는 그리 좋지 않지만, 밴 다인의 이 초기 작품들은 퍼즐 미스터리의 틀을 완벽하게 제시했다.

불가해한 사건을 논리로 해결하는 지적 쾌감, 왠지 멋져 보이는 현학적인 스타일 그리고 밴 다인의 엄청난 성공은 뉴욕에 사는 두 사촌 형제를 자극했다. 유태계 이민의 후손으로 브루클린 주거 지역에 이웃해 살던 프레더릭 다네이와 만프레드 리는 시끌벅적한 뉴욕의 삶에 어느 정도 적응하던 때였다. 소년 시절 잠시 떨어져 살았던 그들은 광고 회사의 카피라이터 겸 미술 감독(다네이)과 영화사의 카피라이터(리)로 다시 만났다.

업종도 회사 위치도 비슷한 터라 그들은 매일 점심을 함께했고 다양한 화제를 나눴다. 그중 한 화제가 공동으로 쓰는 탐정소설이었다. 둘 모두 어린 시절 셜록 홈스에 빠졌고 당시는 혜성처럼 등장한 밴 다인의 전성시대였기 때문에, 어쩌면 당연한 선택이었다.

  1928년 〈맥클루어스McClure's〉 잡지의 소설 공모가 두 사촌 형제의 계획을 현실로 만들었다. 프레더릭 A. 스토크스 출판사가 공동으로 후원한 이 공모전의 1등 상금은 7,500달러였다. 지적인 다네이가 아이디어와 플롯을 짜고 현실 감각이 있는 리가 소설을 구체화하는 역사적인 공동 작업이 시작됐다. 그들이 구상한 탐정소설의 주인공, 즉 탐정의 이름은 '엘러리 퀸'이었다. '윌버 씨'나 '제임스 그리펜' 같은 후보가 있긴 했지만, 고심 끝에 이 리드미컬한 이름을 골랐다. 두 사촌 형제는 탐정은 기억되지만 작가는 쉽게 잊히는 문제를 감안해 영리하게도 작가의 이름도 '엘러리 퀸'으로 결정했다. 저자이자, 작중에서 탐정이며 작가이기도 한 '엘러리 퀸'은 이렇게 탄생했다. 두 사촌 형제는 석 달 이상을 소설 집필에 몰두했고, 비공식적인 채널을 통해 '1등 당선'이라는 소식을 듣기에 이른다. 낭보에 들뜬 그들은 직장을 과감하게 때려치우고 전업 작가가 되기로 결심한다. 물론, 작은 기념품으로 던힐 파이프를 사는 것도 잊지 않았다. 그런데 맥클루어스 잡지사가 파산하는 어처구니없는 일이 발생한다. 잡지사의 상속자는 다른 사람에게 1등을 수여했고(이사벨 브릭스 마이어스로, 우리에겐 MBTI를 개발한 심리학자로 잘 알려져 있다.), 덩달아 대공황도 시작됐다. 엘러리 퀸의 첫 작품은 1929년 출간됐으나 직장을 그만두겠다는 꿈은 잠시 접어야 했다. 하지만 그들의 직장 생활은 그리 오래가지 못했다. 당혹스러운 일을 겪긴 했지만 엘러리 퀸의 후속작들은 거듭 성공했고 그들은 마침내 미스터리만을 쓰는 전업 작가 생활을 시작할 수 있었다.

《로마 모자 미스터리》는 엘러리 퀸의 첫 출발을 알리는 신호탄이자, 엄격한 형식에 얽매인 퍼즐 미스터리의 특성을 고스란히 반영한 엘러리 퀸 1기 작품의 시작이기도 하다. 앞에서 언급했듯, 엘러리 퀸의 시작은 밴 다인의 직접적인 영향하에 있었다. 그렇기 때문에 《로마 모자 미스터리》는 밴 다인의 작품과 많이 닮아 있다. 엘러리 퀸의 1기 작품군은 후에 '국명 시리즈'라고 불리는데 이 작품들은 '국명 형용사+명사+미스터리'라는 제목의 규칙성을 가지고 있다. 밴 다인의 경우, 훗날 깨지긴 하지만 '여섯 글자+murder case'라는 규칙으로 전개됐다. 탐정 역할을 맡고 있는 엘러리 퀸 또한 밴 다인의 파일로 밴스와 유사하다. 파일로 밴스는 조각 같은 외모는 물론 180센티미터가 넘는 당당한 체격의 소유자이며, 포커의 명수이자 모든 학문을 아우르는 예술 애호가이기도 하다. 그리고 숙모에게 받은 넉넉한 재산까지……. 라틴어 비유를 잊지 않는 이 우월한 '스펙'의 탐정은 인간에 대한 깊은 통찰을 보여준다. 엘러리 퀸은 또 어떤가. 하버드 출신, 동서고금의 지식에 밝고 애서가이며 미스터리 작가이기도 하다. 걷는 모습이 늠름하게 느껴질 정도의 당당한 체격이지만 코 위에 얹은 안경 덕에 학자에 가까운 지적인 모습이다. 그리스 신화 비유를 잊지 않는 연역 추리에 능한 순수한 이론가이다. 또 그 역시 외삼촌에게 물려받은 재산이 있다. 파일로 밴스는 왓슨 역을 담당한 마크햄 검사 덕에 자유롭게 수사에 임하고 엘러리 퀸은 아버지 덕에 경찰 수사를 함께할 수 있다는 점도 유사하다.

하지만 《로마 모자 미스터리》와 밴 다인의 작품에는 확실한 차이점이 존재한다. 그것은 바로 엘러리 퀸 1기 작품군의 백미로 꼽히는, 훗날 수많은 후배 작가들이 흉내 낸 '독자에의 도전'이다. 독자와의 공정한 게임을 위해 엘러리 퀸은 다양한 장치를 준비한다. 먼저 탐정의 경이로움을 돋보이게 하는 1인칭 관찰자 시점을 과감히 배제한다. 《로마 모자 미스터리》의 왓슨은 J. J. 맥이라고 할 수 있는데, 작중 탐정인 엘러리 퀸의 원고를 소개하는 데 그친다. 이런 복잡한 이중 설정은 3인칭 시점을 선택해 '게임'을 하기 위한 것이다. 또 각종 도면과 단서는 물론이고 등장인물 소개에서도 독자에게 '게임에의 동참'을 요구하고 있다. 챕터의 간략한 설명(이 또한 일본의 쓰즈키 미치오를 비롯해 많은 후배 작가가 따라한 장치이다.) 역시 마찬가지 이유로 해석된다.

《로마 모자 미스터리》는 유려한 현대 작품에 비해 용의자와 증거를 따라 움직이는 전개를 택하고 있어, 복잡해 보이지만 구성 자체는 단순하다. 제목의 기발함을 살리기 위해 다소 무리한 부분도 찾을 수 있으며 시대를 감안한다 하더라도 동기는 여전히 설득력이 부족한 편이다. 무엇보다 수수께끼와 그것을 숨기는 기교에 집착해 경직된 느낌을 준다. 인간의 본성에까지 닿아 있는 전성기 작품에 비하면 당연히 부족함을 느낄 수밖에 없다. 하지만 엘러리 퀸은 《로마 모자 미스터리》에서 공정한 퍼즐 미스터리의 전형을 선보이고 있다. 신의 능력을 지닌 슈퍼 탐정의 뒤통수만 바라보는 것이 아니라, 직접 참여하는 공정한 게임을 제시한 것이다. 덕분에 사건은 더 생생하고 수수께끼는 더 난해하며 해결은 더 극적이다. 이 작품에 등장하는 세심한 각종 장치들은 훗날 수많은 작가들에게 큰 영향을 끼쳤다.

《로마 모자 미스터리》로 시작된 국명 시리즈는 두 번째 작품 《프랑스 파우더 미스터리》로 이어진다. 두 사촌 형제가 직장을 관두고 전업 작가로 활동할 수 있는 기반을 만들어준 작품으로, 탄탄한 논리와 수수께끼를 감추는 현란한 기교가 더욱 발전된 형태로 펼쳐진다. 프렌치 백화점 진열장에서 튀어나온 시체의 수수께끼. 기대해도 좋을 것이다.

옮긴이 이기원
1967년 서울에서 태어나 아주대학교 공과대학 환경공학과를 졸업했다. 번역으로 책과 인연을 맺기 시작해 현재는 기획, 창작 등 다양한 활동 중이다.

The Roman Hat Mystery
로마 모자 미스터리

2011년 12월 1일 초판 1쇄 발행
2015년 12월 18일 초판 4쇄 발행

지은이 | 엘러리 퀸
옮긴이 | 이기원
발행인 | 이원주
책임편집 | 박고운
책임마케팅 | 임슬기

발행처 | (주)시공사
출판등록 | 1989년 5월 10일(제3-248호)
브랜드 | 검은숲

주소 | 서울 서초구 사임당로 82(우편번호 137-879)
전화 | 편집 (02)2046-2817 · 영업 (02)2046-2800
팩스 | 편집 (02)585-1755 · 영업 (02)588-0835
홈페이지 | www.sigongsa.com

ISBN 978-89-527-6338-9 04840
    978-89-527-6337-2(set)

검은숲은 (주)시공사의 브랜드입니다.
본서의 내용을 무단 복제하는 것은 저작권법에 의해 금지되어 있습니다.
파본이나 잘못된 책은 구입한 곳에서 교환해 드립니다.

 **국명 시리즈 Country Series**

로마 모자 미스터리 The Roman Hat Mystery
로마 극장, 가장 인기 있던 연극의 2막이 끝나갈 무렵 발견된 한 남자의 시체. 두 사촌 형제의 역사적인 첫 공동 작업.

프랑스 파우더 미스터리 The French Powder Mystery
프렌치 백화점 전시실에서 튀어나온 시체. 용의자를 모으고 소거한 후 범인을 지적하다. 미스터리 역사상 가장 멋진 결말.

네덜란드 구두 미스터리 The Dutch Shoe Mystery
네덜란드 기념 병원, 이동식 침대에서 발견된 시체. 흰색 바지와 흰색 신발 한 켤레를 바탕으로 펼쳐지는 놀라운 추리.

그리스 관 미스터리 The Greek Coffin Mystery
미술품 중개업자의 죽음, 사라진 유언장. 최강의 적과 맞닥뜨린 엘러리 퀸의 당혹. 미국 미스터리를 대표하는 걸작.